J.R. WARD

LEAPING HEARTS
LA SFIDA DEL CUORE

romanzo

Traduzione dall'inglese
di Silvia Romano

One

Della stessa autrice abbiamo pubblicato:

Una donna indimenticabile
Colpevole d'amare
Un cuore d'oro
Leaping Hearts – La sfida del cuore

Prima edizione: luglio 2024
Titolo originale: *Leaping Hearts*

This edition published by arrangement with Berkley,
an imprint of Penguin Publishing Group,
a division of Penguin Random House LLC
through Berla & Griffini Rights Agency.

Sede secondaria: via Giovanni Antonelli, 44 – 00197 Roma
tel. 06.39366384 – email: info@gruppoeditorialefanucci.it
Indirizzo internet: www.fanucci.it

Stampato in Italia – Printed in Italy

Progetto grafico: Franca Vitali

J.R. WARD

LEAPING HEARTS
LA SFIDA DEL CUORE

Caro lettore,
Leaping Hearts – La sfida del cuore è il mio primo romanzo a essere stato pubblicato, e quindi non c'è da meravigliarsi se mi è molto caro; e lo sarà sempre. Tutto è cominciato quando ho ricevuto la 'chiamata' che mi annunciava che una casa editrice era interessata al mio manoscritto. Per la prima volta nella mia vita ho collaborato con un vero editor, ho tenuto tra le mani pagine rilegate con il mio nome scritto sopra, ho preso la macchina per andare in una libreria a Quincy, nel Massachussetts, per vedere il mio libro in vendita sugli scaffali.
Quasi tutto quello che c'è nella storia nasce da due mie passioni di quando ero un'adolescente: sei casse di liquori piene di circa cinquecento romanzi Harlequin Presents, e il mio amore, come ogni ragazzina di New York, per l'equitazione. Certo, adesso appartengono entrambe al passato. Quei magnifici libri con la copertina bianca, le volute dorate, e le fotografie rotonde di coppie sono stati regalati. E non monto più (la forza di gravità tende ad avere una pressione maggiore con l'età)... ma è stato l'incontro tra le storie d'amore e i purosangue a portarmi verso questo meraviglioso libro.
Questo è quello che è successo: durante il periodo della scuola, del college e quando frequentavo la facoltà di legge all'università, ho sempre scritto storie. Alcune le finivo, altre le abbandonavo, ma tutto quello che mettevo su carta parlava di due persone che si innamoravano. Era quello che avevo nella testa. E non c'era da stupirsi, visti tutti gli Harlequin che avevo divorato. Quando la mia carriera scolastica terminò, ed entrai nel mondo del lavoro, continuai a tessere storie, scrivere e pensare... finché finalmente, dopo tanti anni di cose sbagliate e insoddisfacenti, non arrivai a un '*The End*' che funzionava davvero.

Ironia della sorte, da lì a poco con il mio fidanzato (che adesso è il mio adorato marito) partimmo per andare a trovare mia madre a Cape Cod per il fine settimana. La strada che percorrevamo dopo aver abbandonato la Route 6 fiancheggiava un campo recintato in cui c'erano dei cavalli. Per qualche ragione, quel giorno in particolare, guardai a destra e vidi un purosangue che galoppava e, *bam!*, la storia di *Leaping Hearts – La sfida del cuore* si mise in moto nella mia testa.

Essendo a quei tempi una sostenitrice dell'improvvisazione (adesso devo avere tutto chiaro prima di cominciare), buttai giù parte della trama, invece di partire dal primo capitolo, senza avere idea di quello che stessi facendo. Portai persino un bloc-notes (ce l'ho ancora) a un concorso ippico e presi appunti per rinfrescarmi la memoria sulle gare di salto a ostacoli. E poi si aprirono le danze. O si saltarono gli oxer, nel caso specifico. Scrissi il romanzo piuttosto in fretta, e poi partii subito per New York dove incontrai la mia prima agente.

Durante un pranzo in un bistrot francese, le dissi che avevo qualcosa di meglio del manoscritto che aveva sulla scrivania, e lei si convinse ad aspettare di vedere il mio nuovo progetto prima di mandare qualunque cosa a un editore. Circa un mese dopo, glielo inviai con un corriere, e poi partii subito per andare a trovare i miei futuri suoceri (anche se nessuno di noi immaginava quello che ci avrebbe riservato il futuro).

Qui entra in scena Sue Grafton. Sì, *quella* Sue Grafton. Mentre ero a casa dei genitori del mio ragazzo, suo padre scoprì che c'era nell'aria questo mio desiderio di scrivere, e si offrì di presentarmela. Lui sa molte cose su pistole, munizioni eccetera eccetera, e le aveva dato delle delucidazioni per uno dei suoi libri. Non dimenticherò mai la prima volta che sono entrata a casa di Sue. Lei e il suo splendido marito avevano appena comprato una vecchia casa meravigliosa e la stavano ristrutturando. La prima cosa che mi chiese fu la mia opinione su un campione di moquette.

Chiacchierammo, mentre io cercavo di rimanere calma. Insomma non solo si trattava di una vera scrittrice, ma di Sue Grafton, accidenti. Si offrì di leggere le prime cinquanta pagine del mio manoscritto, ma mi avvertì che era molto severa e di un'onestà brutale. Io risposi con 'Ci mancherebbe', e 'Grazie' (e presi in considerazione l'ipotesi di vomitare). Due giorni dopo mi chiamò per darmi, in cinque minuti, il consiglio che adesso do io a ogni scrittore alle prime armi che mi chieda un'opinione sul proprio lavoro. Non leggo i manoscritti di chiunque, ma non è mai successo che queste tre piccole dritte non fossero azzeccate:

1) Togliete quei maledetti avverbi ('maledetti' l'ho aggiunto io, non è di Sue). Letteralmente, fate una ricerca di tutte le parole che finiscono in *-mente* e toglietele di mezzo. La maggior parte dei novellini si dà troppo da fare per assicurarsi che sulla pagina ci sia ogni sfumatura, non fidandosi dei propri dialoghi o delle descrizioni per raggiungere il lettore;
2) Sbarazzatevi di quegli stupidi verbi enunciativi pomposi ('stupidi' l'ho aggiunto io, non Sue). Niente 'esclamò', 'schernì', 'obiettò', 'intonò'. Lui disse, lei disse. E basta;
3) Dateci un taglio con questi cavolo di drammi (ehm, sì, 'cavolo' l'ho detto io, non lei). La maggior parte della gente non vuole mostrare la propria emotività alla massima frequenza ogni momento, spalancando le braccia e saltellando in giro come fanno le scimmie. Sì, è narrativa, e come tale, non tutti i personaggi devono essere noiosi come degli agenti del fisco, ma non è nemmeno un film muto.
Fu come se qualcuno mi avesse mostrato una via di uscita dalla giungla. Mi disse anche che 'sapevo scrivere' cosa che sembrò sorprenderla un po'. Francamente, sorprese anche me. Nonostante tutto il tempo che avevo trascorso a darmi da fare come una pazza, non ne ero ancora sicura. Non appena riagganciai, chiamai la mia agente a New York, e le dissi di fermarsi!
Il fatto era che alla mia agente *Leaping Hearts – La sfida del cuore* era piaciuto molto di più dell'altro manoscritto ed era pronta a mandarlo agli editor delle grosse case editrici. Aveva già stampato delle copie, scritto la lettera di presentazione, contattato delle persone telefonicamente. Stava per accadere. E io, un'idiota che non aveva ancora – e forse non avrebbe mai – pubblicato un libro, le stavo dicendo come fare il suo lavoro? Ma poi le dissi che ero riuscita a farne leggere una parte a Sue Grafton.
«E come *diavolo* hai fatto?»
«Una lunga storia. Ma aspetta a mandarlo!»
In quel momento stavo pensando alla scena di *Wall Street* in cui Bud Fox riceve la chiamata da un pezzo grosso a cui aveva fatto la corte, e il tizio di fianco a lui gli sussurra incredulo 'Gekkko'. Immaginatevi solo, 'Grafffton', e capirete com'è andata la conversazione tra me e la mia agente quel giorno.
Mentre ero ancora 'in vacanza', revisionai il manoscritto da capo a piedi, facendo tutto quello che mi aveva detto di fare Sue. Era impressionante. Vidi esattamente quello di cui parlava. La storia c'era, ma la scelta delle parole e le insicurezze erano d'intralcio, il velo pesante degli avverbi e le frasi fatte, le grida e le urla che allontanano il lettore dai personaggi.
Per farla breve, i diritti del libro furono acquistati e il manoscritto

raggiunse gli scaffali delle librerie, e mi chiesero di scrivere altri tre romanzi. E poi arrivò l'ira divina che cambiò tutto!
Devlin McCloud è il classico eroe romantico con un passato oscuro, un infortunio, l'aspetto selvaggio. E A.J. Sutherland somiglia molto a me, concentrata sui suoi obiettivi a esclusione (quasi) di tutto il resto. E Sabbath... be', è il cavallo che da ragazza avrei voluto avere e cavalcare... e in sella al quale avrei voluto vincere.
Spero che li adoriate tutti e tre quanto li adoro io. Sotto tanti punti di vista, questo per me è stato l'inizio del viaggio, e, insieme a *Il risveglio*, una delle cose migliori che mi siano mai successe. Grazie, grazie, grazie per il vostro sostegno, e come sempre...

Buona lettura!

J.R. Ward,
dicembre 2011

1

A.J. Sutherland rimase affascinata dallo stallone nel preciso istante in cui lo vide. E non fu l'unica. Tutto il pubblico lo fissava incantato, con lo sguardo perso degli zombi, come se si trovasse davanti a un ipnotizzatore. Invitata dal proprietario ad avanzare, la gente si spostò come un ghiacciaio, facendosi strada verso il banchetto del banditore e spingendo le corde che delimitavano lo spazio in cui era esposto il cavallo.

A.J. cercò in tutti i modi di aprirsi un varco tra la folla, ma gli altri stavano facendo la stessa cosa. Si formò una strettoia e la gente usava i gomiti come bastoni da hockey per guadagnare posizioni. Non essendo tipo da darsi per vinta, specialmente quando si trattava di ottenere ciò che voleva, anche A.J. si difese piazzando qualche gomitata finché non riuscì a raggiungere la prima fila. Con le braccia strette intorno al corpo, non appena ottenne una visuale senza ostacoli dello stallone morello, rilasciò di colpo il respiro.

Aveva visto molti buoni purosangue in Virginia, ma mai nessuno come lui.

A testa alta, il cavallo fissava la folla con disinteresse ostile. Era lui il re: dominava il mondo. Tutti gli altri occupavano solo spazio.

Sotto le luci, il suo mantello brillava di striature nere e blu e la coda si muoveva con insofferenza. Gli zoccoli scuri pestavano la terra mentre agitava la testa contro la capezza e la lunghina che lo tenevano legato agli stallieri. Sovrastando gli uomini che aveva intorno con il suo corpo possente, era lui a comandare, nonostante fosse in minoranza rispetto ai cinque groom che avevano il compito di tenerlo. Gli uomini lo circondavano con cautela, tesi.

Proprio come la folla, conoscevano la sua reputazione. E non era buona.

A.J. si riempì gli occhi dello stallone. In ogni suo movimento, si intravedevano una forza e un'agilità tanto atletiche quanto poetiche. E dietro alla sua aria sprezzante, percepì un'intelligenza feroce e una volontà di ferro.

Con quella massa di gente alle spalle, A.J. prese una decisione. Era l'esemplare più bello che avesse mai visto. E sarebbe stato suo.

«Il prezzo di base è diecimila dollari» disse il banditore.

A.J. sollevò la mano.

Era un prezzo spaventosamente basso considerata la linea di sangue del cavallo, alto se si pensava alla sua propensione a creare problemi.

«Diecimila dollari. Qualcuno offre undicimila?»

Da qualche parte nella folla si alzò un'altra mano. Un'ondata di speculazioni attraversò l'arena. Molti erano venuti per vederlo da vicino; pochi con l'idea di comprare. Tutti volevano sapere chi se lo sarebbe aggiudicato.

«Undicimila al signore. Dodicimila?»

A.J. annuì.

L'altro offerente ribatté tredicimila e lei alzò immediatamente il prezzo a quattordicimila. Ci fu una pausa, poi il prezzo salì a quindicimila dollari.

«Qualcuno offre sedicimila?» Il banditore guardò verso di lei. A.J. fece un cenno con la testa senza esitazione.

Proprio in quel momento, il suo fratellastro le afferrò il braccio.

«Cosa stai facendo?» Peter Conrad aveva gli occhi fuori dalle orbite.

«Secondo te cosa sto facendo?»

«Stai prendendo un'altra decisione affrettata. Ti stai buttando a capofitto in un altro casino per il quale dovrò pagare io.» Il prezzo continuava a salire, e il suo tono andava di pari passo. «Non hai sentito che reputazione ha quell'affare?»

«Scusa» disse A.J., girandogli attorno. I due fecero un passo di rumba ravvicinato, scambiandosi di posto.

«Siamo a ventiduemila dollari» disse il banditore.

A.J. ristabilì il contatto visivo con l'uomo con il martelletto e annuì. Il mormorio della folla aumentò, sollevandosi a ondate insieme all'asta.

«Fermati» sibilò Peter.

A.J. non gli diede retta. La sua attenzione era rivolta all'altro offerente. Come un treno che rallenta, il suo rivale stava perdendo velocità, ma non era ancora fuori dai giochi. Ci fu una lunga pausa, poi il prezzo si alzò di nuovo. Senza battere ciglio, A.J. aggiunse altri mille dollari.

«Non ti azzardare a comprare quell'animale!» le intimò Peter. Poi, voltandosi verso il banditore, cominciò a scuotere la testa e a passarsi la mano sulla gola per contestare la sua autorità.

Quando fu di nuovo il suo turno, A.J. fissò i suoi feroci occhi azzurri sul fratellastro e parlò a voce alta sopra la folla. «Offro trentamila dollari per lo stallone.»

Si levò un coro di sorpresa e il banditore si meravigliò della sua buona sorte. E della temerarietà di A.J.

Peter cominciò a balbettare, sopraffatto dalla sua audacia.

«Mmm, siamo a trentamila dollari» disse il banditore, guardando l'altro offerente tra la massa di gente. «Trentamila dollari e uno...»

«Tu sei pazza!» le disse il fratellastro. Cercò in tutti i modi di fermare il banditore, ma l'uomo reagì alla sua scenata scuotendo la testa. Era un'offerta valida e lo sapevano tutti.

«Trentamila dollari e due...»

Ignorato, Peter strinse le mani a pugno per la frustrazione e provò con una tattica diversa, assumendo un'espressione di sdegno sprezzante.

«Non mi farò carico di un problema che stai creando tu» disse ad A.J. «Sono stanco di riparare alle conseguenze delle decisioni che prendi sull'onda dell'entusiasmo. Se vai fino in fondo, te la sbrigherai da sola.»

Si sistemò la giacca di cachemire con una tiratina ai polsini. Il marroncino della giacca si abbinava alla perfezione ai pantaloni di seta e a un maglione a collo alto beige, ma la sua carnagione pallida non ne beneficiava. Era un perfetto esempio di sfumature blande. L'unico tono di colore deciso era rappresentato da un elegante fazzoletto rosso nel taschino della giacca. Sembrava un peperoncino caduto in una tazza di fiocchi d'avena.

A.J. si guardò i vestiti. Un paio di jeans malandati ma puliti, una polo, un giaccone casual e stivali di pelle. Indossava il cappellino da baseball delle Scuderie Sutherland, che teneva a bada una parte dei ricci castano ramati. Il resto della chioma era legato con un elastico sulla nuca. Pratica e comoda. Niente di particolare.

«Trentamila dollari e tre.»

«Rimpiangerai quello che hai fatto» le annunciò Peter.

Era una promessa che A.J. aveva già sentito da lui. Quello che intendeva era che, se le cose non avessero preso una brutta piega per colpa della sua impulsività, ci avrebbe pensato lui.

«Il mio unico rimpianto sarebbe stato non aggiudicarmelo» mormorò A.J.

«Venduto!» gridò il banditore. «Lotto numero 421, uno stallone purosangue di quattro anni, Sabbath, alle Scuderie Sutherland.»

La frustrazione di Peter rimontò mentre il martelletto colpiva il legno. «Quanto dovrà andare avanti questa situazione, accidenti! Quando pensi di crescere e di smetterla di comportarti in modo così avventato?»

A.J. osservò il suo viso irrigidirsi mentre la rabbia lo assaliva.

Si rese conto che era molto più di una leggera arrabbiatura, che di solito prevedeva sbattere i piedi e sbuffare, o di un'arrabbiatura parziale, che era come una leggera arrabbiatura più gli insulti. Vide che sulle tempie e la fronte si erano formate delle gocce di sudore, caratteristiche tipiche dell'arrabbiatura totale. Con un distacco che trovò divertente, si accorse che con il passare degli anni la sua fronte sembrava diventare sempre più spaziosa, per gentile concessione dell'attaccatura dei capelli che retrocedeva.

«Peter, respira» disse con voce calma. «Andrà tutto bene.»

«Bene? Hai appena speso trentamila dollari per un cavallo che nessuno può montare!»

«È magnifico. Perfino tu dovresti essere in grado di vederlo. E la sua linea di sangue è impeccabile.»

«Essere lontanamente imparentato con la nobiltà non lo ha reso un gentiluomo.»

«Può saltare qualunque ostacolo gli mettano davanti.»

«E di solito senza il suo cavaliere! Ha una personalità che si adatta meglio al rodeo che a una gara di salto a ostacoli. Peggio ancora, se lo mettessimo in un recinto con un mantello rosso darebbe filo da torcere a qualunque matador.»

La gente stava cominciando a raccogliersi intorno a loro, affascinata dal fervore dell'asta e dalla discussione che ne era scaturita. Ad A.J. non interessava, ma le dava l'orticaria vedere che più il pubblico aumentava, più Peter s'infervorava. Amava essere al centro dell'attenzione, e mentre lo osservava sbocciare sotto gli occhi di quegli sconosciuti, le venne in mente la pubblicità di un dentifricio che aveva fatto quando era bambino. Se ne era vantato per mesi come se avesse vinto un Oscar, e quello spot di trenta secondi gli aveva fatto credere di essere destinato alla celebrità. L'eco delle parole 'Mentolato, mammina!' pronunciate alla telecamera era durata vent'anni.

«Stai esagerando» gli disse, cercando di dare un'altra occhiata al cavallo mentre gli stallieri cominciavano a portarlo via.

«E tu sei fuori controllo! Io gestisco un maneggio di vincenti. Alcune delle migliori linee di sangue della nazione si trovano sotto il nostro tetto e non ti permetterò di portare una bestia come quella tra di loro.»

«Non è una bestia...»

«Quell'affare ha scaraventato a terra il cavaliere che lo montava, è scappato fuori dal campo, e ha calpestato metà della folla al concorso di Oak Bluff.»

«È una storia passata.»

«È successo la settimana scorsa.»

«Diventerà un campione. Vedrai.»

«Quello stallone è pericoloso e imprevedibile. Cosa ti fa credere che improvvisamente diventerà un vincente?»

«Il fatto che sarò io a montarlo.»

Peter grugnì. «Dubito che tu riesca a rimanere in sella abbastanza a lungo da mettere entrambi i piedi nelle staffe.»

Un misto di orgoglio e frustrazione le fece alzare il tono della voce più di quanto fosse nelle sue intenzioni. «Lo vedrai. Tra due mesi lo porterò alle qualificazioni» rispose.

Intorno a loro la gente restò a bocca aperta.

In quel momento, in lontananza si levò un grido di paura. Appena si voltò, A.J. vide numerosi garzoni di scuderia scappare in direzioni diverse, tuffandosi per cercare riparo. E subito ci fu un fuggi fuggi generale. Lo stallone era riuscito a liberarsi dagli stallieri, aveva superato con un salto le corde che delimitavano l'area riservata al pubblico, e si era scaraventato sulla folla, facendola sparpagliare come biglie sul pavimento.

Oh no, ci risiamo, pensò A.J., risparmiando a Peter un'occhiataccia mentre entrambi si mettevano a correre. Quando il cavallo caricò verso di loro con gli zoccoli infuocati, il viso del fratellastro aveva un'espressione che oscillava tra la soddisfazione del 'te lo avevo detto' e la paura assoluta.

Tutte le persone sane di mente corsero fuori dalla pista, ma qualche anima coraggiosa si fece avanti, allargando le braccia a semicerchio intorno all'animale. Stavano cercando di spingerlo verso un cancello aperto che portava a un paddock vuoto, ma lo stallone sembrava aver capito le loro intenzioni. Invece di cadere nel tranello, puntò dritto verso di loro, che si tolsero di mezzo per evitare di essere investiti.

Portata a termine la sua missione, lo stallone proseguì la corsa, pronto ad altre sfide, trascinandosi dietro la lunghina come uno striscione. Con tutta la gente che gridava e imprecava regnava il caos, e A.J. ebbe la sensazione che il cavallo fosse compiaciuto di tutto il trambusto che stava provocando. Si era liberato dei suoi carcerieri, aveva terrorizzato la folla e si stava divertendo a dare la caccia agli ultimi in fuga.

Se fosse una persona starebbe ridendo, pensò.

Peter era fuori di sé. «Non posso credere che tu voglia portare a casa quel demonio!»

A.J. sorrise mentre lo stallone le passava davanti al galoppo, una macchia nera sfocata. Era agile e aggraziato, con la forza dell'acciaio nei muscoli. «Guarda come corre.»

«Dritto all'inferno se fossi io a decidere la sua destinazione.»

Dopo altri dieci minuti in cui la gente cercava invano di riacciuffarlo, A.J. si abbassò la visiera del cappellino ed entrò nel recinto. Incrociò lo sguardo dello stallone all'istante. Lanciandole un'occhiata minacciosa, Sabbath scattò verso di lei, per poi fermarsi di colpo a pochi metri di distanza quando si rese conto che non si sarebbe spostata. Intorno a lui si sollevò una nuvola di polvere mentre sfregava lo zoccolo sulla terra in segno di avvertimento, scuotendo la testa su e giù.

Invece di mostrarsi intimorita, A.J. infilò le mani nelle tasche dei jeans. Tra la folla calò il silenzio.

Sapeva che il cavallo stava valutando le sue opzioni. Che qualcuno si rifiutasse di lasciargli libero il passaggio era un'esperienza nuova per lui, e sembrava confuso.

«Okay, ti sei divertito» gli disse a bassa voce. «Adesso è ora di fare il bravo.»

Come se avesse capito le sue parole, lo stallone scosse la magnifica testa ed espresse il suo rifiuto con un forte nitrito. Aveva il respiro pesante, le froge dilatate, ma A.J. sapeva che si trattava più di una messinscena che di fatica. Anche dopo essere sfrecciato per il campo come una scheggia impazzita, non aveva una goccia di sudore sul mantello nero splendente.

Mentre si squadravano, A.J. lo guardava con aria tranquilla e disinteressata, come avrebbe fatto con un bambino di due anni che faceva i capricci. Ma dentro di sé, i suoi sensi erano all'erta. Studiò ogni suo movimento, notando anche la più piccola contrazione dei muscoli dell'ampio petto, osservando le vene che pulsavano sotto il mantello lucido. Era alla ricerca di un minimo segnale che la avvertisse che stava per lanciarsi su di lei, di qualunque indizio per capire quale sarebbe stata la sua prossima mossa.

Dopotutto, A.J. poteva anche essere coraggiosa, ma non era stupida. Sapeva bene di dover essere estremamente attenta quando cercava di far capitolare un animale come Sabbath. Uno stallone da mezza tonnellata con una personalità da lottatore professionista non era cosa da prendere alla leggera. Era una situazione pericolosa. Ed eccitante.

«Lo sai, forse hai sbagliato mestiere.» Fece un passo in avanti, continuando a parlare. «Saresti stato un bravissimo compressore a vapore.»

Sabbath sbuffò e si impennò sulle zampe posteriori per dare spettacolo.

«Facciamo un patto» disse, fermandosi a solo mezzo metro da lui. «Tu ti calmi e vieni con me, e io ti aiuterò a incanalare tutta quell'energia in qualcosa di più costruttivo.»

Le sue parole la fecero sorridere, pensando che probabilmente era come chiedere a un giocatore di rugby di barattare i suoi scarpini con i tacchetti per un paio di scarpette da tip tap.

Mentre il cavallo sembrava valutare la sua proposta, A.J. immaginò di sellarlo e montarlo per la prima volta.

«Se mi scaraventerai a terra farò un bel volo» disse piano. «Ma per fortuna tendo a rimbalzare.»

Sabbath emise un altro nitrito feroce. A.J. sorrise ancora di più.

«Questo vuol dire che accetti? Sei pronto per un po' di tip tap?»

Il cavallo spinse la testa in avanti con diffidenza, avvicinando il muso nero al suo viso. Inspirò a lungo, annusandola. Poi le ributtò tutta l'aria in faccia, facendole volare il cappellino.

A.J. scosse la testa. «Se vuoi fare colpo su di me, non ti basterà puntare alle persone come fossero birilli e farmi cadere il cappello.»

Sabbath si impennò di nuovo, con la criniera che si agitava al vento, sfregando gli zoccoli sullo spazio di terra che li separava. Poi, con aria annoiata, piegò di colpo il collo, abbassando la testa.

Dopo un attimo, A.J. allungò le mani con cautela e afferrò la corda con la mano sottile. Vedendo che lo stallone muoveva semplicemente le orecchie ma glielo lasciava fare, si spostò di lato e fece qualche passo in avanti. Insieme, si incamminarono per uscire dall'arena.

Uno degli stallieri si avvicinò con passo incerto. Senza dire una parola, indicò il luogo in cui doveva portare lo stallone e si dileguò. Rimasta sola a gestire il cavallo, A.J. lo condusse nella scuderia e raggiunse il suo box.

«Tu non lo sai ancora,» sussurrò, mentre lo faceva entrare «ma noi due formeremo una grande squadra.»

Continuando a osservarlo con attenzione, gli tolse la capezza, richiuse la mezza porta e ci si appoggiò.

Quando Sabbath si abbassò per mangiare il fieno, A.J. sospirò. «Dovremo solo insegnarti le buone maniere prima.»

Ai margini della folla, Devlin McCloud osservò la scena con sguardo cinico. Aveva capito esattamente il momento in cui il cavallo sarebbe scappato. Prima che l'animale scattasse in avanti, i suoi enormi posteriori si erano irrigiditi, e aveva scelto il momento perfetto per fare la sua mossa. In quel preciso istante, il groom che teneva la lunghina aveva abbassato la guardia guardando nella direzione opposta per ridere di qualcuno dietro di lui. Approfittando dell'attimo di distrazione, il cavallo era partito come un fulmine, e il giovane era stato trascinato a terra rischiando di essere schiacciato. Quando il ragazzo lasciò la corda, sembrava una cotoletta impanata.

La gente intorno a lui cominciò a correre per mettersi al sicuro, ma Devlin, per via del problema alla gamba, non era in grado di muoversi altrettanto rapidamente. Affidandosi al bastone, si diresse verso il bordo del recinto con l'andatura impacciata che tanto detestava, senza mai distogliere gli occhi dal cavallo.

Non lo fissava solo perché voleva evitare di essere investito. Ne era affascinato. Quel cavallo si muoveva con una grazia e una forza che Devlin non vedeva da tempo. Gli ricordava...

Scacciò il pensiero di Mercy. Era trascorso quasi un anno dall'incidente, quasi un anno da quando la aveva abbattuta, ma il dolore era ancora insopportabile. Per l'ennesima volta si chiese quanto tempo ci sarebbe voluto per superare quella perdita, e temeva che il male al cuore, come quello alla gamba, non sarebbe mai svanito.

Quando finalmente raggiunse la ringhiera, si piegò per uscire dal campo e rimase a osservare la situazione degenerare. La folla stava ancora vagando come un gregge di pecore spaventato e guardò divertito un gruppo di uomini che cercava di chiudere il cavallo in un angolo.

Quello stallone è troppo intelligente per farsi fregare, pensò, e non rimase per niente stupito quando l'animale si scaraventò su di loro.

Scosse la testa.

Se qualcuno riuscisse a controllare quel cavallo e incanalare tutta quell'energia, avrebbe per le mani un biglietto vincente, si disse. Sarebbe come imbrigliare la fissione nucleare, ma il potenziale racchiuso in quell'animale potrebbe valere il rischio di scottarsi.

Lo stallone gli sfrecciò davanti a tutta velocità, con la testa alta e la coda piegata che ondeggiava nella sua scia.

Devlin pensò ai suoi nuovi proprietari. Sperava che le Scuderie Sutherland sapessero a cosa andavano incontro, ma dubitava che fossero all'altezza della situazione. Avevano molti soldi, finimenti bellissimi e una piscina in cui divertirsi, ma li conosceva più per i loro giocattoli che per le loro prodezze nell'addestramento. Aveva la sensazione che lo stallone li avrebbe messi alla prova.

Mentre il ricordo della sua carriera risvegliava in lui la passione, pensò a quanto gli sarebbe piaciuto poter dominare quell'animale. Con l'invidia che gli bruciava nelle vene, si guardò la gamba disgustato. Era abituato a stare dentro al campo, non a *bordo* campo. La distanza tra le due postazioni era molta, e dopo un anno, viaggiava ancora inquieto nel vuoto che separava ciò che era stato in passato da ciò che era adesso.

Il suo sguardo si spostò di nuovo sulla folla, poi si strinse su una giovane donna che era entrata nel recinto e si stava avvicinando al cavallo. Era alta e magra, ma il suo corpo era forte, e Devlin si dimenticò completamente dello stallone. Non riusciva a vedere il suo viso perciò si spostò per trovare un'angolazione migliore. Si domandò chi fosse. Una groom? Un'aiutante della casa d'aste? Sapeva che se l'avesse già vista, se lo sarebbe ricordato. C'era qualcosa di indimenticabile nel suo modo di muoversi.

La osservò camminare verso lo stallone con aria sicura,

ancheggiando, le lunghe gambe che la conducevano attraverso il campo. Provò uno strano dolore, come se gli avessero dato una ginocchiata nello stomaco. Non riusciva a distogliere lo sguardo da lei, e quando la donna si fermò davanti al cavallo, la sua mano strinse forte il bastone. A differenza dei garzoni della scuderia, il suo sguardo sull'animale era deciso, e si mise le mani in tasca con assoluta calma.

Ben fatto ragazza, pensò Devlin con approvazione. Piano. Muoviti con delicatezza.

Vide il cavallo e la donna studiarsi. Il contrasto tra i due era impressionante. L'animale era scuro e feroce. La donna, esile e imperturbabile. Eppure, appena parlò con quel grosso animale nero, fu subito evidente che tra di loro stava accadendo qualcosa di speciale. E poi il cavallo le fece volare via il cappello, in un palese tentativo di provocarla, ma quando non ne ottenne nessuna reazione, abbassò la testa. Non si stava arrendendo, era più un accordo che avrebbe potuto ritrattare in qualunque momento. Nell'istante in cui lei prese la lunghina, Devlin, come il resto della folla, rilasciò un sospiro di sollievo.

Era davvero sbalordito. Come tutte le imprese audaci, c'era voluto coraggio e incoscienza per avvicinarsi così tanto allo stallone. Doveva dargliene atto, si era mossa con intelligenza, mostrando di avere quella sensibilità che si ottiene solo dopo aver trascorso una vita in mezzo ad animali imprevedibili. Tuttavia il pericolo era stato costante, e Devlin fu contento che non si fosse fatta male.

E poi accadde il vero miracolo. Lo stallone si lasciò condurre da lei. Fingendosi annoiato, per non dare l'impressione che si stesse arrendendo, l'enorme cavallo le aveva permesso di portarlo via dal recinto. Era una piccola dimostrazione di fiducia.

Mentre la folla si disperdeva, Devlin zoppicò verso il centro del campo. Si piegò per raccogliere il cappellino della donna. Il logo imponente delle Scuderie Sutherland, due S intrecciate nell'edera, era cucito sul davanti.

Andò a cercarla.

«Non ti permetterò di portarlo al maneggio» stava dicendo Peter ad A.J. mentre si trovavano davanti al box dello stallone.

Nonostante il suo fratellastro continuasse a gridarle contro, l'attenzione di A.J. era tutta rivolta su Sabbath, che aveva la testa fuori nel corridoio. Lo stallone sembrava guardare Peter con lo stesso interesse che aveva lei. Il che non era molto.

«Per l'amor del cielo» disse esasperata. «Sabbath verrà a casa con noi e non appena la smetterai di dire idiozie e ti toglierai di mezzo, tutto si sistemerà.»

«Quel cavallo non starà nella scuderia.»

«Cosa proponi? Che lo porti in casa? A tua madre verrebbe un colpo se vedesse le impronte degli zoccoli su quei tappeti persiani che ha voluto comprare ad ogni costo. E poi, non credo che esista l'equivalente equino della porta basculante per cani.»

Da quando avevano finito l'università, i due erano tornati a vivere nella villa del padre di A.J. La tensione tra loro rendeva le cose difficili, ma a lei piaceva il fatto che si trovasse vicino al maneggio, e a lui il fatto che fosse sufficientemente lussuosa per le sue esigenze. A.J. sapeva che suo padre era contento di averli a casa, ma la sua seconda moglie era meno magnanima. Regina Conrad, la madre di Peter e la moglie di Garrett Sutherland da diciotto anni, voleva sempre avere suo figlio vicino, ma era meno entusiasta della presenza di A.J. nella loro elegante dimora.

Peter spinse in avanti il mento. «Non ho intenzione di discuterne. Ti ho avvisato prima che lo comprassi. Ho cercato di farti ragionare, ma come al solito con te non si ottiene nulla.»

A.J. sentì la frustrazione avere la meglio su di lei, il suo contegno vacillare. Sforzandosi di non perdere la pazienza, si portò la mano al collo, dove un diamante pendeva da una catenina sottile. Era l'unica cosa che aveva di sua madre, e mentre sfregava la pietra luccicante tra il pollice e l'indice, cercò di calmarsi.

«Peter, fidati di me. Posso farlo cambiare. Lavorerò con lui, personalmente.»

«Non se io mi rifiuto di pagarlo.»

Si voltò verso di lui. «Non starai parlando sul serio.»

«Basterà una telefonata all'ufficio della casa d'aste e sei fuori dal conto di addebito.»

«Non puoi farlo.»

«Mettimi alla prova.»

«Bene, userò un assegno del mio conto personale.»

Peter rimase in silenzio per un attimo, valutando la sua prossima mossa. «Tuo padre non ti permetterà di montare quello stallone.»

«Non interferisce mai con il mio lavoro.»

«Scommetto che la cosa cambierà quando gli racconterò che il tuo piccolo amico ha la tendenza a scaraventare a terra il suo cavaliere. Per non parlare delle sue tecniche di controllo delle masse.»

«Senti, non c'è bisogno di ingigantire la questione.» A.J. lasciò ricadere la pietra sul collo. «Sarà solo un cavallo su cinquanta al maneggio. Ti accorgerai a malapena della sua presenza.»

«Non è la proporzione a preoccuparmi. Questo animale è cattivo e pericoloso. Non voglio un esodo di massa dalle scuderie. Devo proteggere la mia azienda.»

«Lascia che ti ricordi una cosa: metà delle Scuderie Sutherland appartiene a me.»

«Tu ti occupi dei cavalli. Io gestisco gli affari. E questi trentamila dollari che tu hai appena buttato dalla finestra fanno parte dei soldi che gestisco io.»

«Solo con il tasso di monta di questo stallone, trentamila dollari ti sembreranno gli spiccioli che trovi tra i cuscini del divano.»

«Per cosa? Il dubbio piacere della sua compagnia? Non credo.»

«Quando sarà un campione, stai certo che ci guadagnerai.»

«Non puoi sapere se quel cavallo sia in grado di gareggiare in qualcosa che non sia un torneo di bowling. Sembra che il suo forte sia buttare giù la gente come fossero birilli, non saltare gli ostacoli.»

«Ha già partecipato a dei concorsi in passato.»

«E in campo è stato spaventoso. Non lo definirei un buon biglietto da visita come animale da monta.»

«Ce l'ha nel sangue.»

«Ha ragione.»

A.J. si voltò per vedere chi fosse d'accordo con lei, e si ritrovò davanti una leggenda.

Mentre la sua temperatura corporea saliva, rimase senza fiato. Lì in piedi, con il suo cappellino in mano e così vicino da permetterle di vedere i suoi occhi nocciola screziati di verde, c'era Devlin McCloud. Il suo cuore cominciò a battere forte, e quando i loro sguardi si incontrarono sentì una specie di scossa.

Anche se conosceva bene il suo viso per via di tutta l'attenzione mediatica ricevuta durante la sua carriera, era la prima volta che si trovava a pochi passi da lui, ed era sbalordita. Se il campione sulle copertine delle riviste era di una bellezza devastante, di persona era semplicemente irresistibile. Il suo corpo cominciò a fremere.

Mio dio, è bellissimo, pensò.

Era alto più di un metro e ottanta, le spalle larghe, le braccia forti e un atteggiamento deciso e sicuro. Guardava il mondo con due occhi infossati, molto intelligenti, che in quel momento erano fissi su di lei come un riflettore. I capelli erano scuri e tirati indietro, la pelle abbronzata. Diversamente da Peter, era vestito in stile casual come lei, con un paio di jeans e una camicia sportiva, ma dimostrava tanta autorità che, anche se avesse indossato degli stracci, avrebbe comunque dato l'impressione di essere il padrone.

Era davvero Devlin McCloud in persona.

Erano in pochi nel mondo dell'equitazione a non conoscerlo. Era un anticonformista, un protagonista dello sport a livello nazionale, l'ex capitano della squadra di equitazione olimpica, vincitore di numerose medaglie d'oro e uno dei migliori cavalieri di salto a ostacoli che il Paese avesse mai avuto. E se non fosse stato famoso per i suoi risultati, ci avrebbe pensato la sua tragedia ad assicurargli la notorietà. Gli occhi di A.J. si spostarono per un attimo sulle sue gambe, e non appena lui se ne accorse, fece un'espressione infastidita.

«Credo che questo sia tuo.» Le porse il cappellino.

Aveva una voce profonda e sensuale, con una specie di graffio che le risuonò nelle orecchie e giù per la spina dorsale. Nonostante fosse stato intervistato diverse volte dalla televisione e dalle radio nazionali, era la prima volta che A.J. lo sentiva parlare dal vivo. Anche se sapeva molto di lui, e il suo maneggio privato non distava molto dal Centro Sutherland, non si erano mai incontrati. Ma la cosa non era strana. Quell'uomo permetteva a poche persone di avvicinarglisi.

A.J. si rese conto che lo stava fissando, prese il cappellino e si rivolse a Peter: «Visto? Se c'è qualcuno in grado di riconoscere un campione, è lui.»

«Non ho detto che diventerà un campione.»

A.J. si voltò sorpresa. «Ma tu mi hai dato ragione.»

«Credo che abbia il salto nel sangue. Essere un campione è una cosa completamente diversa.»

La voce di McCloud era deliziosa e A.J. si distrasse a osservare il modo in cui le sue labbra si muovevano sulle parole. Avevano una forma perfetta, si disse, quello inferiore più pieno, quello superiore arricciato sopra i denti dritti e bianchi. Fece fatica a mantenere la concentrazione.

«Mmm... ma se ha un talento innato, allora può vincere.»

«A cosa servono le migliori fondamenta del mondo se non puoi costruire il tetto perché i muri non sono stabili?»

«Esattamente quello che penso io» disse Peter.

«Be', vi sbagliate entrambi. Lo trasformerò in un campione.»

«Otterresti un risultato migliore se lo trasformassi in cibo per cani» mormorò Peter.

In piedi davanti alla donna che lo aveva affascinato, Devlin spostò il peso e cambiò la posizione del bastone. Vide che i suoi occhi si spostavano di nuovo verso il basso seguendo quel movimento, e detestò il fatto che il suo difetto fisico fosse per lei così evidente.

Vedendola da vicino, si rese conto che in realtà la riconosceva. Era la figlia del ricchissimo ingegnere Garrett Sutherland, una nuova presenza nel circuito professionistico. La ragazza, che doveva avere sui venticinque anni, stava muovendo i primi passi nei concorsi di alto livello, ma aveva dimostrato di avere le carte giuste. Il tizio con lei doveva essere Peter Conrad, la persona che dirigeva il maneggio.

Ignorando Peter, Devlin continuò a guardare la donna e si rese conto che era stramaledettamente bella. Aveva i lineamenti marcati, il mento pronunciato, e due occhi azzurri impressionanti che si posarono sui suoi senza titubanze. Tutto quello gli piaceva. Aveva anche la carnagione luminosa di chi trascorre molto tempo all'aria aperta, il portamento tipico dell'atleta e un corpo mozzafiato. Si ritrovò a chiedersi come sarebbe stata con quei capelli ramati sciolti sulle spalle.

«Io ho fiducia in lui,» stava dicendo «e per cominciare lo porterò alle qualificazioni.»

«Sarai lo zimbello del circuito» ribatté il fratellastro.

«O magari vinceremo.»

Due mesi dopo, i migliori atleti di salto ostacoli della nazione avrebbero gareggiato per entrare a far parte della squadra destinata ad affrontare i più forti cavalieri d'Europa. Al termine del concorso, chi avesse ottenuto il punteggio migliore sarebbe diventato il capitano della squadra pronta a volare oltreoceano, e visto che l'anno successivo ci sarebbero state le Olimpiadi, quel cavaliere sarebbe stato il probabile prescelto a guidare gli atleti americani a caccia della medaglia d'oro. Le qualificazioni erano un evento prestigioso, si tenevano all'eccezionale Borealis Hunt and Polo Club, e l'iscrizione libera significava che chiunque poteva gareggiare, anche se non era classificato.

Era una gara che Devlin conosceva bene. L'aveva vinta diverse volte. Era anche l'evento che gli era costato la carriera.

«Non puoi farlo.» Peter si muoveva avanti e indietro nei suoi mocassini italiani, come un metronomo nervoso. «Non puoi e basta. Ci metterai in ridicolo.»

«Grazie per il sostegno» rispose seccata, poi guardò Devlin negli occhi.

Incrociando il suo sguardo, Devlin percepì l'insicurezza che la donna stava cercando di mascherare.

Ha ragione a essere preoccupata, pensò. Lo stallone aveva bisogno di molto lavoro, e comunque, non era possibile sapere quale sarebbe stato il risultato. Il tempo e la sua inesperienza non avrebbero facilitato le cose. Due mesi non erano sufficienti per stabilire una buona intesa tra cavallo e fantino, anche se il cavaliere avesse lavorato con un animale docile e avesse avuto alle spalle anni di competizioni.

«Ti avviso» le disse Peter prima di voltarsi per andarsene. «Non cercare di portare quel cavallo nel mio maneggio.»

«Il nostro maneggio» lo corresse.

Ma lui se ne stava già andando, schivando con grazia una palla di fieno davanti a un altro box ed emettendo un urlo quando un muso incuriosito gli si avvicinò.

«Maledetti animali» bisbigliò.

A.J. si voltò verso Devlin, e mentre i suoi occhi si spostavano sulle sue spalle larghe, si dimenticò per un attimo della frustrazione. Notò che i capelli gli sfioravano il colletto, onde setose che si infrangevano sulla flanella, e si chiese come sarebbe stato toccarli. Le dita strinsero il cappellino fino ad arrotolarlo e il suo cuore cominciò a battere all'impazzata dal desiderio.

Si rese conto di avere le guance arrossate, si schiarì la voce e disse: «Non pensi che sia possibile?»

Vedere quel viso pieno di speranza lo rese nostalgico. Tornando indietro con la mente, ricordava a fatica cosa si provava. Li separavano meno di dieci anni, ma mentre guardava l'azzurro cristallino dei suoi occhi si sentì vecchissimo.

Che colore è?, si chiese. Azzurro cielo?

Sentì un'agitazione profonda e dovette distogliere lo sguardo dal suo viso per posarlo su qualcosa di meno pericoloso. Quando A.J. si mise a giocherellare con il cappellino, intravide il logo e aggrottò le sopracciglia.

Devlin aveva sempre avuto un'avversione per le persone delle classi abbienti, che spesso, insoddisfatte e annoiate, subivano il fascino del mondo dei cavalli. Benché non tutti i ricchi fossero cattivi, non sopportava quelli che praticavano l'equitazione solo perché pensavano che fosse uno sport prestigioso. Era così che i cavalli venivano maltrattati o si infortunavano.

E per quanto la donna davanti a lui fosse alla mano, con i suoi jeans e il giaccone casual, era molto più conosciuta per il fatto di appartenere a una famiglia facoltosa che non per le sue doti da amazzone. Osservando il logo che si attorcigliava tra le sue mani, provò una forte tentazione di voltarle le spalle e andarsene. Anche mettendo da parte la questione dei soldi di suo padre, aveva trascorso un anno già abbastanza difficile cercando di accettare di aver perso i propri sogni e le proprie speranze per aver voglia di commentare quelli di un altro cavaliere.

Ma alla fine, Devlin si perse di nuovo nei suoi occhi e non riuscì a negarle una risposta. Guardando in quel mare azzurro, si accorse che gli stava accadendo qualcosa di inspiegabile. Per qualche strana ragione, si sentì alleggerito, meno cinico, meno stanco della vita. Avvertì il desiderio di avvicinarsi a lei.

«Non conosco a sufficienza né te né il tuo cavallo per poterlo dire» rispose con cautela. «È probabile che con tanto impegno e un duro allenamento riusciate a saltare gli ostacoli, dando per scontato che non ti scaraventi a terra per puro divertimento. Ma vincere? Quello richiede un lavoro di squadra che non si può insegnare. Né ai cavalli né alle persone.»

A.J. lo ascoltava con un'espressione preoccupata, ma poi si mostrò ottimista.

«Ho bisogno di un istruttore» annunciò.

Quando capì dove voleva arrivare, percepì come un urto violento. «Con quello che puoi permetterti, ne troverai uno, non ho dubbi.»

«Voglio te.»

«No, ti sbagli.»

«Ma tu sei il migliore e io voglio...»

«Tu vuoi qualcuno che faccia miracoli. E io ho smesso di farne alle qualificazioni dell'anno scorso.»

A.J. allungò una mano e gli toccò il braccio. Rimase sbalordito da quanto quel gesto delicato lo turbò. Era come se si fosse scottato, ma era comunque una sensazione piacevole. Si ritrasse bruscamente, anche se quella sensazione lo incuriosiva.

«Per favore, posso pagarti...»

«I soldi non risolvono tutto» disse.

Prima di perdere di nuovo la lucidità, si voltò e se ne andò, zoppicando più del solito.

Ferma davanti al box di Sabbath, A.J. lo lasciò andare, dispiaciuta. Era chiaro che lo aveva offeso, anche se era l'ultima cosa che avrebbe voluto. Ma le era sembrata una gran buona idea. Chi meglio di lui avrebbe potuto aiutarla a trasformare quel cavallo?

Si appoggiò alla porta del box e ripensò alla storia di McCloud. Era comparso sulla scena dell'equitazione circa dieci anni prima, dal nulla, conquistando il successo dal giorno alla notte. Anche se era poco più che ventenne, nel giro di poco tempo si era guadagnato la fama di avversario caparbio e imperturbabile, con un istinto impareggiabile per i cavalli. Dopo aver vinto una serie di competizioni, con saltatori che erano bravi se montati da altri ma spettacolari con lui in sella, aveva trovato l'abbinamento perfetto in una femmina grigio chiara, pezzata. Lui e la sua cavalla, Mercy, avevano dominato quello sport per un periodo così lungo, che la maggior parte della gente non riusciva a ricordare un momento in cui quel binomio non fosse stato ai vertici.

Che si trattasse di salto ostacoli o di cross-country, erano imbattibili e la folla li amava. E non solo perché vincevano, ma anche perché insieme erano bellissimi. Uomo e animale che si muovevano come una sola entità, uniti, non separati, dalla sella. Con quella speciale giumenta e il suo talento, sembrava che il regno di Devlin McCloud nello sport dei re fosse destinato a durare per sempre.

Ma tragicamente, le cose non andarono così.

Poteva capitare che i fantini si facessero male durante le competizioni. E così i cavalli. Era il rovescio della medaglia di quello sport, e forse per qualcuno quei rischi facevano parte del brivido. Nella maggior parte dei casi, chi cadeva si rialzava con escoriazioni e lividi, ma non tutti. Purtroppo, durante un riscaldamento mattutino prima delle qualificazioni, Devlin e Mercy non erano stati così fortunati. Devlin era uscito dal campo su una barella. Mercy era stata abbattuta, nel punto stesso in cui giaceva.

In un'ora, la notizia dell'incidente aveva fatto il giro del mondo dell'equitazione. L'intero sport era entrato in lutto e avrebbe voluto condividere il proprio cordoglio con Devlin. Ma anche se erano stati in molti a farsi avanti per aiutarlo, lui aveva respinto qualunque atto di gentilezza. Poiché aveva la fama di essere un tipo solitario, il suo isolamento a seguito dell'incidente non aveva sorpreso nessuno. Rifiutando il sostegno della comunità equestre, si era rifugiato nel suo dolore e aveva chiuso fuori il resto del mondo. Circolavano voci che fosse andato via, che avesse lasciato la Virginia e che non si sarebbe mai più fatto vedere, ma A.J. sapeva che non era vero. A volte, mentre usciva o entrava nel vialetto tortuoso delle Scuderie Sutherland, le era capitato di vederlo, al volante di un pick-up, con lo sguardo torvo e assorto.

Sospirò con rassegnazione, provando tristezza per tutto quello che aveva perso. Devlin McCloud era un enigma. Un uomo di una bellezza mozzafiato, sexy in modo devastante, che in cinque minuti di conversazione l'aveva fatta sentire come se si fosse scolata mezzo litro di whisky. E la sua voce... Si chiese cosa avrebbe provato se quelle labbra si fossero poggiate sulle sue.

«Forse è meglio così» disse ad alta voce, arrossendo. Quando si portò le mani sulle guance, le sembrò che fossero ghiacciate.

Dopotutto, voleva davvero un istruttore che la turbasse in quel modo? Riusciva a malapena a stargli vicino per qualche secondo prima di perdere la compostezza. Considerato il modo in cui si comportava lo stallone, sarebbe già stata abbastanza dura arrivare alle qualificazioni tutta intera senza complicare le cose con un allenatore verso il quale provava attrazione.

«Quindi sei tu con il cavallo, *non*?» Una voce dal marcato accento francese interruppe le sue fantasticherie.

A.J. si voltò e quando vide Philippe Marceau andare verso di lei dovette soffocare una smorfia. Quell'uomo era molto più conosciuto per le sue qualità di cavaliere che non di essere umano, e fu come vedersi avvicinare da qualcuno con un brutto raffreddore. L'unica cosa che voleva era scappare nella direzione opposta.

Mentre avanzava impettito nel corridoio, le ricordò molto Peter. Era vestito in modo troppo elegante, con un abito di seta chiaro, e una camicia e una cravatta color rosa pastello acceso. Quando raggiunse lei e lo stallone, si sistemò la cravatta accecante in modo plateale, con i mignoli piegati come il grilletto di una pistola. Somigliava a un cantante swing che si era perso mentre andava a lavoro e lei pensò che sarebbe stata più che felice di indirizzarlo in qualunque altro luogo del pianeta.

«È un buon acquisto» disse, facendo un cenno verso Sabbath. «Se si cerca un cavallo selvaggio da domare.»

«Che bel vestito che hai. Vai a fare uno show da qualche parte?»

«Sempre con la risposta pronta. Peccato che una donna bella come te sprechi il suo aspetto vestendosi da maschiaccio e le sue labbra deliziose facendo battute di poco gusto.»

Sabbath, che si era rimesso a mangiare dopo che Devlin se ne era andato, sollevò la testa verso il nuovo odore. Dandogli una rapida occhiata, abbassò le orecchie.

«Allora,» disse Philippe mentre si avvicinava, stordendola con il suo profumo «quando andiamo a cena insieme? Un buon ristorante francese, del vino rosso, una chiacchierata. Magari qualcos'altro...»

A.J. pensò che avrebbe preferito mangiare cibo in scatola con un caprone. E per quel 'qualcos'altro', lei era l'ultima persona che si sarebbe fatta abbindolare dai suoi modi da latin lover. Sapeva che le attenzioni di quell'uomo erano distribuite in giro con la discrezione di chi semina un prato e, anche se le piacevano gli uomini bassi che avevano un'alta opinione di sé, non avrebbe aggiunto il suo nome alla fine di una lista sorprendentemente lunga.

«Grazie per l'invito, Philippe, ma io non esco con nessuno.»

«L'ho sentito dire. La regina di ghiaccio che vive nel castello di suo padre.»

«Meglio soli che male accompagnati.»

«*C'est vrai,* se tutto quello che riesci ad attirare è una cattiva compagnia.»

A.J. si morsicò la lingua, sul punto di ricordargli che l'aveva appena invitata a uscire.

«Sarò troppo occupata a preparare Sabbath per le qualificazioni» disse invece.

«Monterai quell'affare alle qualificazioni? Mancano due mesi, *chérie.* Non te lo ricordi? Avrai bisogno di un altro cavallo o di un'eternità prima che tu possa gareggiare a quel livello.»

«Be', allora di sicuro capirai perché non posso venire a cena con te.»

«*C'est dommage*» disse, squadrandola dalla testa ai piedi. «Sei pazza se pensi di presentarti a un evento del genere in sella a questo cavallo inutile, ma d'altra parte, nessuno si aspetterebbe che tu vinca. Quando fallirai, non ci saranno sorprese, perciò non hai niente da perdere. In questo senso, sei fortunata.»

A.J. gli avrebbe dato volentieri una lavata di capo su quanto prendeva seriamente le gare, ma lui stava già introducendo il suo argomento preferito. Il suo sospiro melodrammatico sembrava il verso di un cantante che riscalda le corde vocali.

«Non puoi capire il peso di essere un campione. La pressione che comporta doversi esibire al meglio, eccellere. Io mi ci scontro ogni volta che entro in campo, anche per allenarmi.»

Quell'uomo aveva avuto la medesima conversazione con chiunque avesse avuto la sfortuna di essere risucchiato nella sua orbita. Si diceva che la gente si infilasse tra i forconi nella speranza di liberarsene e A.J., a cui era capitato di far parte del pubblico in qualche occasione, era pronta a scommettere che una botta in testa fosse meno dolorosa che ascoltare il monologo di Marceau.

Con la sua voce in sottofondo, osservò la testa di Sabbath spuntare dal box. Philippe, però, era troppo concentrato su sé stesso per notare lo stallone che allungava il muso in avanti. A.J. ebbe la sensazione che il cavallo stesse tramando qualcosa, ma gli concesse il beneficio del dubbio. C'era tempo per intervenire, si rassicurò, mentre Sabbath si avvicinava a Philippe. Di sicuro lo stallone si era divertito abbastanza per quel giorno.

Ma si sbagliava in entrambi i casi. Nel giro di un attimo, il cavallo si spinse in avanti, afferrò la manica di Philippe, e gli diede un forte strattone. L'uomo barcollò sulle scarpe con plateau e cadde come un sacco di patate, sbattendo contro la porta del box.

Il suo viso diventò rosso per l'indignazione e si pulì l'abito con le mani tremanti. A.J. immaginò che il fiume di parole che gli uscivano di bocca fossero insulti. Anche se erano in francese e lei non capiva neppure una parola, qualcosa le diceva che non si trattava di una lista dei benefici del ritrovarsi con il sedere a terra.

Quando si fu calmato a sufficienza, abbandonò la sua lingua madre. «Questo cavallo non sarà mai un campione. Ha dei modi da asino, e le probabilità che possa saltare gli ostacoli sono le stesse di vederlo camminare su due zampe. È stupido, e lo sei anche tu per aver speso più di un centesimo per lui.»

In realtà disse 'stupidò'.

Philippe se ne andò, sbuffando indignato mentre continuava a pulirsi il vestito.

A.J. si voltò verso Sabbath e gli lanciò un'occhiataccia.

«Non è stato molto carino da parte tua. Anche se devo ammettere che è capitato a tutti di avere voglia di buttarlo giù dal piedistallo.»

2

Quando A.J. raccolse le poche cose di Sabbath dal suo vecchio maneggio si stava facendo buio. La conversazione con il precedente proprietario era stata breve, sembrava che avesse paura che lei cambiasse idea, e le consegnò i documenti per la registrazione come se si stesse sbarazzando di un candelotto di dinamite acceso.

L'ultima cosa che le restava da fare prima di andarsene era saldare il pagamento con l'ufficio della casa d'aste. Mentre camminava tra la folla, le tornarono alla mente le parole di Peter. Sentirlo riferirsi alle Scuderie Sutherland come *sue* le diede da pensare. Era stata sempre così occupata ad allenarsi e gareggiare, che non aveva mai prestato molta attenzione alla parte amministrativa.

A parte i cavalli che montava lei, il Centro Sutherland ospitava una cinquantina di saltatori di proprietà di altri cavalieri o istruttori. Grazie al prezzo considerevole che pagavano, disponevano di qualunque risorsa immaginabile per l'allenamento, compresa una piscina per i cavalli. Avevano anche un largo numero di arene, sentieri e campi a ostacoli così come numerosi paddock e maneggi. Era un grosso business che portava molti soldi.

Ma non era cominciata così. Quando la madre e il padre di A.J. si erano trasferiti nella loro casa appena sposati, Garrett aveva costruito una scuderia e un maneggio per i cavalli della sua amata moglie. I più bei ricordi che aveva di sua madre erano di loro due che lavoravano con gli animali, e dopo la sua morte, A.J. si era legata ancora di più all'equitazione. Mentre le sue abilità e il suo interesse crescevano, il centro aveva fatto lo stesso, e A.J. sapeva che suo padre era molto felice dei miglioramenti di entrambi. Di sicuro lei era stata contenta quando avevano costruito un altro edificio e nuovi volti si erano uniti a quella che per lei era diventata una famiglia allargata. Nel suo cuore, il Centro Sutherland era più di un'azienda; era l'eredità di sua madre e una comunità in cui A.J. si sentiva accettata. Si sentiva più a casa lì che nella villa in cui viveva.

Il suo fratellastro aveva una visione diversa. Peter aveva cominciato a occuparsi della parte amministrativa dopo il college, perché sua madre pretendeva che si rendesse utile mentre cercava di intraprendere la carriera di attore. Pensando che sarebbe stato via spesso per recitare, e che presto sarebbe diventato una star di Hollywood, aveva accettato di occuparsi della contabilità e aveva subito mostrato fiuto per gli affari. Sfortunatamente, i suoi successi finanziari non lo entusiasmavano e considerava il tempo al maneggio un promemoria del suo fallimento nella recitazione. Dopo molti anni di audizioni, sembrava che quella pubblicità del dentifricio dovesse rimanere l'unico momento di gloria della sua carriera di attore.

Anche se litigavano riguardo ai soldi, e più o meno anche riguardo a tutto il resto, A.J. doveva ammettere che Peter era bravo a gestire il centro. Nonostante le sue capacità di relazionarsi con gli altri lasciassero a desiderare, era portato per i numeri, e A.J. si rendeva conto che il maneggio non sarebbe stato il successo che era senza di lui. Purtroppo però, Peter odiava andare nelle scuderie e ci teneva che tutti lo sapessero. Non gli piaceva l'odore di quel posto o il fatto che il fieno e i peli dei cavalli gli si attaccassero ai vestiti. Non sopportava il fango in primavera, gli insetti d'estate, e il freddo in autunno e inverno. E qualunque stagione fosse, detestava il suo ufficio. In origine la stanza era stata un magazzino per le granaglie, e quando pioveva, la moquette che aveva messo emanava ancora il vecchio odore del mangime per cavalli, nonostante l'avesse fatta pulire migliaia di volte.

L'unica cosa che gli piaceva era fare soldi e vederli accumulati nei conti bancari. Ogni volta che A.J. voleva comprare qualcosa per il maneggio, doveva andare da lui a supplicarlo come una mendicante. Odiava supplicare. Per lei, i soldi erano un mezzo. Davano alla gente la possibilità di inseguire i propri sogni, e i suoi erano costosi. Da dove arrivassero non le era mai interessato. Era sempre troppo occupata a pulire zoccoli, portare in giro balle di fieno e sacchi di cereali e fare iniezioni contro i vermi. Perdere tempo a preoccuparsi di quanto stesse spendendo per qualcosa di cui aveva bisogno, o aspettare di vedere se poteva ottenere un prezzo migliore le sembrava inutile.

A causa delle due diverse filosofie nella stessa azienda, c'erano stati numerosi scontri, e i litigi non restavano al Centro. Vivendo sotto lo stesso tetto, qualunque discussione fosse scoppiata al maneggio li seguiva su per la collina fino alla villa, e veniva servita durante la cena. Regina prendeva le difese di Peter, e il padre di A.J., che aveva un attacco di gastrite ogni volta che c'era un conflitto, pregava tutti di mantenere la calma e andarci piano con le parole.

Garrett assumeva molti antiacidi.

Sia lei che Peter avevano superato i vent'anni da un pezzo, e A.J. sapeva che era ora di andarsene di casa, ma era troppo impegnata ad allenarsi per cercare un posto tutto per sé, e Peter era felicissimo di usufruire delle numerose comodità a sua disposizione nella villa. Sospettava anche che per separarsi dall'influenza della madre ci sarebbe voluta un'operazione chirurgica. Regina Conrad, in Sutherland, era una donna autoritaria con un bisogno insaziabile dell'approvazione altrui. Di conseguenza, provava un desiderio irrefrenabile di dimostrare che tutto ciò che riguardava lei e suo figlio era superlativo. Per A.J. era difficile convivere con quel costante bombardamento di propaganda, e non capiva come Peter potesse sopportare di essere l'oggetto di tutte quelle chiacchiere.

Probabilmente il premio di consolazione era un'ossessione materna senza riserve.

Ai suoi occhi, quei due sembravano pezzi costosi di un set di valige, ma Garrett dava l'impressione di essere sereno. La sua felicità era la sola ragione per cui lei si sforzava di far funzionare le cose con il fratellastro e con Regina. Ma non era facile.

Arrivata all'ufficio d'aste, A.J. aprì la porta che scricchiolò in quel modo accogliente tipico delle porte delle fattorie, ed entrò. Margaret Mead, una vedova irlandese sulla sessantina, sollevò lo sguardo da dietro il bancone e sorrise. Si conoscevano da anni.

«Insomma, A.J., dovresti avere un aspetto più felice oggi.»

«A quanto vedo, sai già in cosa mi sono imbarcata.»

«Certo che lo so.»

«Quindi hai intenzione di unirti al coro e dirmi anche tu che sono pazza?» Mise lo zaino di tela sul bancone e ci si appoggiò.

«È questo che ti hanno detto?»

Lo sguardo di A.J. era duro.

«Ignorali» disse Margaret mentre tirava fuori un fascicolo. «Hai seguito il tuo istinto con quel cavallo. La gente si mette nei guai seri solo quando dà ascolto alle voci degli altri invece che alla propria. Lo stallone adesso è tuo e hai l'opportunità di voltare pagina. Parti da zero con lui.»

Le passò dei fogli da dietro il bancone e prese una penna da una tazza colma di altre penne, pennarelli e matite di ogni sorta. A.J. esaminò i documenti, afferrò la Bic e si accinse a mettere la sua firma in basso quando alzò lo sguardo sull'intestazione della ricevuta. C'era scritto 'Scuderie Sutherland, c/o Peter Conrad'.

D'impulso, si fermò.

«Ripensandoci, ti darò un assegno dal mio conto personale» disse A.J., tirando fuori il portafoglio.

Non era sicura di quello che stava facendo ma quella decisione arrivò dallo stesso posto dentro di sé da cui era arrivata la spinta a partecipare all'asta per lo stallone. Compilò un assegno post-datato, così avrebbe avuto il tempo di trasferire abbastanza soldi sul conto prima che venisse incassato, e si sentì mancare l'aria nell'inserire tutti quegli zeri. Era una parte considerevole dei suoi risparmi, ma l'istinto le diceva che era meglio fare quell'investimento piuttosto che rischiare che Peter rifiutasse il pagamento mentre litigavano sul fatto che lei non aveva il diritto di comprare quel cavallo.

Quando staccò l'assegno e lo diede a Margaret, si chiese se avesse perso la testa. Nel corso degli anni, era riuscita a mettere da parte un gruzzolo grazie alla generosa quantità di denaro che le dava suo padre. Era un simbolo di indipendenza che non aveva mai ritenuto di usare prima, e adesso lo stava facendo fuori.

Forse Peter ha ragione a proposito della prudenza economica, pensò, rendendosi conto per la prima di volta del fatto che i soldi non fossero infiniti. Non riusciva a credere di aver appena speso tutti i suoi averi in un ragazzaccio instabile a quattro zampe con gli zoccoli.

Margaret prese l'assegno. «Non essere così preoccupata. Il vuoto che senti nello stomaco è solo il rimorso del compratore. Un paio di respiri profondi e ti sentirai meglio, stanne certa.»

A.J. cercò di mandare giù lo shock. I soldi c'erano sempre stati, e ne sarebbero arrivati altri, si disse. E se Sabbath fosse diventato un campione, probabilmente avrebbe potuto vendere alcune delle sue quote al maneggio e recuperare i soldi, e lui sarebbe comunque rimasto il suo cavallo.

Quando tornò al box, si sentiva un po' meglio. Il fatto che lo stallone fosse contento di vederla aiutò. Non appena sentì il suo odore, fece un piccolo nitrito e allungò la testa in avanti, lasciandosi accarezzare il muso vellutato.

«Be', adesso è ufficiale. Siamo nella stessa barca» gli disse. «Allora, cosa dici, vogliamo togliere le tende?»

Ci mise mezz'ora a prepararlo per i centocinquanta chilometri che li aspettavano per raggiungere le Scuderie Sutherland. Gli mise le fasciature alle zampe, una coperta sulla schiena lucida e poi andò a prendere l'autotreno che faceva parte della flotta dei Sutherland per il trasporto dei cavalli. Quando condusse lo stallone verso la rampa, rimase all'erta nel caso decidesse di scappare, ma non sembrava interessato a fare scenate.

Niente pubblico, niente spettacolo, pensò, mentre lo sistemava in uno dei box stretti. Soddisfatta, chiuse i portelloni posteriori, si arrampicò in cabina, e girò una piccola chiave che mise in moto il gigantesco motore diesel. Lasciandosi quel posto alle spalle, si accorse di essere emozionata all'idea di tutte le possibilità che avevano davanti.

Mentre i chilometri passavano e cominciava a scendere la sera, la sua mente volò verso Devlin McCloud. Si ricordava il timbro roco della sua voce, come le era sembrato affascinante il suo viso da vicino, ogni scintilla negli occhi color nocciola. Il suo corpo reagiva come se fosse seduto lì accanto a lei, e quelle immagini le davano la sensazione di trovarsi sotto una lampada riscaldante.

Cosa aveva di così inebriante? C'era qualcosa nella sua intelligenza e nel suo atteggiamento sicuro, in quegli occhi infossati, in quel modo possente di muoversi, in quel corpo...

«Dacci un taglio adesso» disse ad alta voce. «È un uomo, non una fantasia.»

Ma si abbandonò comunque ai sogni. Nella terra di nessuno tra la casa d'aste e il maneggio, fantasticò sui modi di incontrarlo di nuovo. Erano difficili da immaginare considerata la sua natura solitaria, ma il suo preferito, e l'unico che poteva essere remotamente probabile, era quello in cui lei bucava una gomma nel tratto di strada proprio davanti al vialetto di casa sua. Devlin sarebbe arrivato con il suo pick-up; avrebbero parlato mentre lui allentava i bulloni, e magari avrebbero deciso di andare a cena insieme. E al cinema. Poi l'avrebbe accompagnata a casa e l'avrebbe baciata al buio...

Certo, era pura fantasia. Lei non era il genere di donna a cui gli uomini chiedevano di uscire, e le risultava difficile passare per la povera ragazza in difficoltà che doveva essere salvata. E comunque, Devlin McCloud non le sembrava il tipo che perdeva tempo ad andare al cinema.

Allora cosa farà con le donne?, si chiese. Era uno di quegli uomini che preferiva stare a casa e cucinare? Non ce lo vedeva ad andare ai rally dei Monster Truck. Cene formali nei ristoranti a cinque stelle? Picnic in montagna? Cavalcate nei sentieri tra i boschi scambiandosi lunghe occhiate? Ma quello che le interessava in modo particolare era il dopo. Che amante era? Tenero e lento o con un desiderio ardente? Pensò che probabilmente dipendesse dalla donna che era con lui e da quanto la voleva.

Si accigliò, turbata dalla direzione che avevano preso i suoi pensieri. Le sue preoccupazioni di solito erano incentrate su cose pratiche, non romantiche. E di certo non erotiche. Era più abituata a sognare di trovare il maniscalco perfetto o un veterinario che sarebbe andato con piacere in una scuderia fredda alle due di notte. Ma d'altra parte, non aveva mai incontrato nessuno come lui prima, e non riusciva a decidere se stesse morendo dalla voglia di vederlo o se fosse grata del fatto che probabilmente non sarebbe successo. Aveva avuto un profondo effetto su di lei, e per quanto fosse stato eccitante stare nella sua orbita, le sembrava di camminare su un terreno minato.

Dovendo fare i conti con la realtà, ed essendo quasi arrivata a destinazione, cominciò a pensare allo stallone. Mentre si infilava tra gli imponenti pilastri bianchi che costeggiavano il viale di accesso al maneggio, si chiese se a Sabbath sarebbe piaciuta la sua nuova casa.

Ma vista la piega che presero le cose, i suoi zoccoli non ebbero nemmeno l'occasione di toccare terra.

Appena fermò l'autotreno davanti all'insegna in legno di uno degli edifici delle scuderie, Peter e suo padre uscirono dall'ufficio. Dalle loro espressioni capì di non avere scampo. Peter aveva uno sguardo serio e suo padre quella smorfia sofferente tipica di quando stava per negarle qualcosa.

Senza fermarsi a salutarli, A.J. scese dalla cabina e spalancò il portellone del van per controllare lo stallone. Loro la seguirono all'interno.

«Quel cavallo se ne deve andare» disse Peter. «Tuo padre è d'accordo con me.»

«Arlington, tesoro,» disse Garrett «per favore sii ragionevole.»

A.J. sospirò esasperata. «Sentite, non ho tempo di discutere con voi. La mia priorità è tirare fuori questo povero cavallo dalla scatola di sardine in cui ha passato l'ultima ora e mezza.»

«Quello stallone nelle scuderie non ci entra» disse Peter.

«Non mi sembra che tu abbia molta scelta, ti pare?»

«Sei tu a non avere scelta. Ho trovato un compratore.»

«Cosa?!» Si voltò. «Non hai il diritto di vendere nessuno dei nostri cavalli senza il mio permesso!»

«Diglielo, Garrett.»

«Dirmi cosa?» Le dita, che tremavano per la rabbia, cercarono il suo diamante.

«Be', cara, io...»

«C'è stato un piccolo cambiamento a livello amministrativo» disse Peter. «Grazie alla tua trovata, adesso io sono il presidente della società a cui appartengono le Scuderie Sutherland.»

«E questo cosa significa esattamente?»

«Che adesso sono libero di dirigere l'azienda senza dovermi preoccupare di come tu spendi i soldi. Ho diritto di veto. Posso ottimizzare le operazioni, magari persino diversificarle. E posso mandare questo demonio lontano da qui.»

«Non è un demonio!»

«Evidentemente il significato che do a questa parola è diverso dal tuo. Ma se c'è una cosa che so, è che comprare questo stallone è un altro esempio della tua incapacità di ponderare le scelte o di considerare gli aspetti economici.»

«Aspetti economici! Sto parlando di un campione. Sto parlando di vittorie. In questo maneggio abbiamo bisogno di cavalli vincenti, non di un ragioniere con i paraocchi.»

«Lo hai pagato molto più del valore di mercato.»

«Vale ogni centesimo.»

«Vale la metà di quello che hai pagato.»

«Come fai a saperlo?»

«Perché è quello il prezzo a cui l'ho venduto.»

A.J. guardò Garrett, esterrefatta. «Non stai parlando sul serio.»

«Peter ha ragione» disse con tono supplichevole. «Quel cavallo è pericoloso e probabilmente lo hai pagato troppo.»

«Quindi gli hai dato il maneggio?»
«Non abuserebbe mai...»
«Come definiresti la decisione unilaterale di vendere un cavallo con cui ho intenzione di gareggiare?» Osservò suo padre scavare nelle tasche, in cerca dei suoi antiacidi. Mentre Garrett ne prendeva due e li masticava con disperazione, gli disse: «Questo è ridicolo. Non è necessario.»
«Arlington, mi preoccupo per la tua sicurezza.»
«Lo capisco, ma bisogna rischiare per avere successo.»
«Il rischio deve essere calcolato» sottolineò Peter.
«Ho fatto i miei calcoli. Correrò il rischio.»
«Ma devi imparare ad accettare l'autorità» disse Garrett. «Non puoi continuare a fare quello che ti salta in mente senza pensare alle conseguenze e poi trovare delle giustificazioni. Questo adesso è un grosso business. Ci sono altre persone coinvolte. Non è più solo l'hobby di famiglia.»
Con la schiena indolenzita, cominciò a controllare le corde con cui era legato Sabbath. «Lo so bene.»
«Non perdere tempo a tirarlo fuori dal van» le disse Peter. «Il nuovo proprietario vuole che gli venga recapitato questa sera.»
A.J. stava preparando a scontrarsi con il fratellastro, poi si ricordò di tutti gli zeri che aveva scritto. Quella che era cominciata come un'altra mossa impulsiva, si era appena dimostrata un colpo di genio.
Quando li guardò di nuovo, stava sorridendo. «La sua nuova proprietaria ce l'avete davanti.»
«Non fare la sciocca» disse Peter, voltandosi dall'altra parte. «Lascialo qui nel van...»
«Questo cavallo è mio, non del maneggio. Perciò puoi prendere il tuo incarico aziendale e infilartelo...»
«Stai mentendo.»
A.J. tirò fuori la ricevuta. «Ho la documentazione proprio qui.»
Peter le tolse i fogli di mano, controllandoli con la bocca tirata. «Bene, buon per te. Ma non puoi tenerlo qui.»
«Cosa vuoi dire?» A.J. guardò suo padre in cerca di aiuto.
«Senti, Peter,» disse Garrett senza convinzione «adesso non possiamo...»
«Sono io a comandare qui, i box sono tutti occupati.»
A.J. gli strappò di mano i documenti. «D'accordo, allora scendete da questo van e me ne vado via subito.»

I due uomini la fissarono come se fosse pazza.

«Che c'è? Siete stati molto chiari, io e il mio cavallo non siamo i benvenuti, perciò ce ne andremo da un'altra parte. Pagherò al maneggio il prezzo per l'uso del van e ve lo restituirò domani mattina quando tornerò a prendere le mie cose.»

«Ma, aspetta un momento...» disse suo padre.

«Dove pensi di andare?» chiese Peter.

«Non sono affari tuoi.»

E d'altra parte, pensò A.J., non lo so neanche io.

«Tesoro, noi siamo la tua famiglia» disse Garrett. «Questo maneggio è a tua disposizione.»

«Ma tu non hai riservato a me un ruolo paritario nel suo futuro, giusto?»

«Vieni a casa e parliamone con calma» la pregò suo padre.

«Io non vengo a casa.»

«Non ti sembra di essere un po' avventata?»

«Avventata? Non dovresti dirlo al tuo nuovo presidente? Mi ha appena sbattuto fuori dal mio maneggio. Se hai un problema con la piega che hanno preso le cose, fissa un appuntamento e parlane con lui.»

Peter scosse la testa. «Questo è precisamente il motivo per cui non avresti mai potuto farti strada nel mondo degli affari. Sei troppo emotiva.»

A.J. non reagì alla sua provocazione. Il tempo per litigare era finito, adesso doveva escogitare qualcosa. Aveva un animale grande come un autobus e nessun posto in cui metterlo, si stava facendo tardi e anche lei era in mezzo a una strada. Le serviva un piano, e in fretta. Per farlo, doveva liberarsi di Peter e di suo padre e trovare un posto per pensare.

Sapeva che quei due non sarebbero scesi dal van se non lo avesse fatto lei, perciò si avvicinò al portellone e saltò giù. Loro la seguirono all'istante. Prima che potessero fermarla, richiuse il portellone e salì in cabina. Stava per ingranare la prima quando suo padre si mise davanti.

«Dove stai andando?» le chiese con voce angosciata mentre allargava le braccia, come se fosse pronto a bloccare il van e placcarlo come un rugbista. Era ridicolo in quella posizione, con il suo vestito su misura in tweed e la cravatta regimental.

Peter scuoteva la testa, cercando di trascinarlo via. «Garrett, lasciala andare. È meglio che sbollisca la rabbia da qualche altra parte. Domani mattina tornerà.»

A.J. sporse la testa dal finestrino. «Un cambio di scenario non mi farà calmare.»

Poi mise il piede sull'acceleratore e l'enorme van si lanciò in avanti. Non sapeva cosa avrebbe fatto se suo padre non si fosse spostato.

Peter lo tirò via.

«Tornerai!» le gridò il suo fratellastro mentre se ne andava.

Si sbagliava, ma dopo aver guidato senza meta per un po', A.J. stava cominciando a farsi prendere dalla disperazione. Sconfortata, scalò le marce e fermò il van con una frenata reboante nel parcheggio di un bar aperto tutta la notte lungo una strada di campagna. La maggior parte dei clienti erano agricoltori di zona e lì la conoscevano tutti, visto che lo frequentava spesso, ma non voleva entrare, anche se l'ambiente sembrava molto allegro. Sarebbe stato difficile spiegare perché era in giro da sola di sera con il van, senza accennare alla rottura con la sua famiglia.

Rimase seduta nella cabina a fissare il luccichio del cruscotto sfregando il solitario che aveva al collo. Era da qualche anno ormai che una vocina nella testa le diceva che era arrivato il momento di farsi una vita propria. Soltanto che non aveva mai immaginato che la sua dichiarazione di indipendenza sarebbe avvenuta in modo così burrascoso, ed era difficile non sentirsi sola e preoccupata. Per quanto li considerasse oppressivi, Peter e suo padre le offrivano protezione e sicurezza. In quel momento, lì da sola, la scelta che aveva fatto e la responsabilità che si era assunta sembravano insopportabili.

Era la prima volta che si sentiva così. Era sempre stata impulsiva, e se le cose non prendevano esattamente la piega che voleva lei, di solito riusciva a inventarsi qualcosa all'ultimo minuto. Adesso il suo pozzo di idee era a secco. Seduta al volante senza un posto dove andare, non sapeva proprio cosa fare. La sua unica certezza era che tornare indietro non fosse un'opzione.

Guardò di nuovo l'orologio e cercò di concentrarsi. Gli altri grossi maneggi a quell'ora sarebbero stati chiusi, ma riconsiderò ancora una volta quelli più vicini, uno per uno. Era inutile. Nella lista che aveva in mente non aveva trovato una soluzione prima, e non la trovava adesso.

Stiracchiando il collo indolenzito per la tensione accumulata, le cadde l'occhio sul suo cappellino da baseball. Prendendolo in mano, le balenò un'idea folle. Le vennero in mente due attraenti occhi color nocciola.

Ne aveva il coraggio?

Un attimo più tardi era di nuovo per strada, viaggiando nella direzione opposta a quella da cui era venuta. Quando superò le Scuderie Sutherland senza entrare, provò una brutta sensazione, un misto di rabbia, senso di colpa e nostalgia di casa. Proseguì.

Dopo qualche chilometro, sulla sinistra, vide la minuscola insegna che cercava. Diversamente da quella arcuata che segnalava il Centro Sutherland, questo era un semplice cartello in legno su un palo. C'era scritto MCCLOUD.

Svoltò in una strada sterrata, la cui superficie era ampia e regolare, perfetta per i van che trasportavano cavalli e i macchinari agricoli. Attraversò uno spiazzo alberato che presto si aprì su prati erbosi in cui si intersecavano staccionate scure. Il chiaro di luna splendeva sul paesaggio, inondandolo di una luminosità ultraterrena, come in un sogno.

Più avanti comparivano degli edifici. C'erano due scuderie, piccole rispetto a quelle del Centro Sutherland, ma A.J. immaginò che potessero ospitare almeno sei cavalli ciascuna. Sulla sinistra c'era un campo per il salto ostacoli, e sulla destra diversi paddock in terra. Più in lontananza, vide una fattoria con una finestra poco illuminata.

Fermò il van davanti a uno degli edifici del maneggio, fece un respiro profondo e scese dalla cabina. Senza concedersi il tempo di pensare, andò a dare un'occhiata a Sabbath. Con suo grande sollievo, sembrava contento. Aveva la testa abbassata e una delle zampe posteriori era piegata, appoggiata sulla punta dello zoccolo. Sembrava che dormisse. A.J. controllò l'acqua, la capezza e la corda legata alla parete del box. Non le piaceva l'idea di lasciarlo solo, ma sapeva che non sarebbe stata via molto. Avrebbe ricevuto un sì o un no, e conoscendo Devlin McCloud, non avrebbe perso tempo per darle una risposta.

Stava per scendere dal van, quando notò il suo riflesso nel lungo specchio davanti al quale i cavalieri si vestivano prima delle gare. I capelli ramati erano un groviglio stopposo. I jeans erano sporchi di terra e di fieno, come se non avessero mai visto una lavatrice, e la camicia di flanella che penzolava fuori dai pantaloni era un vero disastro. Il giaccone non aiutava, ingrossandola come un informe sacco marrone.

Sembrava un caso disperato. Che in fondo, pensò, non è troppo lontano dalla verità.

Ma non voleva che Devlin McCloud la vedesse in quello stato. In tutte le fantasie che si era creata, nelle quali si incontravano per caso, lei aveva sempre un aspetto decente. Nei suoi sogni a occhi aperti, c'era la speranza che lui la vedesse come donna, e non solo una groom, e nel profondo del suo cuore, per qualche assurda ragione, voleva che la trovasse bella. Che la considerasse come un oggetto misterioso e da desiderare. Che avesse voglia di toccarla e baciarla e affondare dentro di lei con il suo corpo.

A.J. fece una posa attraente davanti allo specchio, spingendo in fuori le labbra e sollevando un fianco.

Certo, come no.

Cercando di non sentirsi sconfitta, si legò i capelli, lisciando le ciocche ribelli. Si diede delle pacche sui jeans per togliere più polvere possibile e infilò dentro la camicia. Mentre si puliva la guancia sporca, si diede un'ultima occhiata, e pensò che se McCloud non avesse chiamato la polizia per farla portare via, sarebbe già stata fortunata.

Si allontanò dal van e fece un respiro profondo, godendosi l'odore meraviglioso di erba e terra. Era una serata d'autunno, fredda ma non troppo, incredibilmente limpida. Camminando verso la fattoria bianca, alzò lo sguardo e vide il tratto di Via Lattea sopra di lei, onde di stelle che brillavano in un mare scuro e vellutato.

Quando i tacchi dei suoi stivali di pelle picchiarono su un vialetto lastricato, rallentò, cercando di avvicinarsi alla casa facendo il minor rumore possibile. Era un edificio antico a due piani, dalle linee accoglienti e con tante finestre a quattro pannelli sul davanti. Il tetto era nero e spiovente, ma con un'inclinazione delicata, e diversi comignoli spuntavano qua e là. Sul retro c'era un'altra ala della casa, che si allungava verso un giardino.

Quella parte dev'essere la fattoria originaria, pensò stupita, notando che qualcuno si era dato un gran da fare per mantenerla in buono stato. La casa, come il resto del maneggio, era in condizioni perfette, e brillava grazie alla vernice fresca e alla cura meticolosa del suo proprietario.

Raggiunta la porta d'ingresso, si accorse che non c'erano né campanelli né un battente per bussare. Cercando di non prenderlo come un brutto segno, picchiettò le nocche sul legno lucido. Ci fu un lungo silenzio e poi sentì dei passi irregolari.

Mentre il rumore si avvicinava, il peso enorme di tutto quello che aveva fatto le si rovesciò addosso con una terribile lucidità. Aveva prosciugato i suoi risparmi per comprare un cavallo indisciplinato, lasciato il suo maneggio e la sua famiglia, e stava andando a elemosinare compassione da un uomo noto per averne poca per sé stesso. E ancor meno per gli altri.

Quando Devlin McCloud aprì la porta, la sua presenza fu come un urto. L'impatto che le provocò rivederlo fu qualcosa a cui non era preparata, contrariamente a quanto accadeva nelle sue fantasie, e incontrare il suo sguardo fu come essere risucchiati in un vortice e desiderare di affogare. Sarebbero bastati i suoi occhi nocciola a turbarla, ma poi notò che indossava solo i pantaloni del pigiama e nient'altro.

Era impossibile non guardare.

Il chiaro di luna gli accarezzava il petto e le braccia sottolineando ancora di più i muscoli sotto la pelle liscia. Il corpo era scolpito e possente, un esempio perfetto di uomo nel fiore degli anni, dalle spalle imponenti allo stomaco disegnato, alla punta delle anche che spuntavano sopra la cintura dei pantaloni. Con la bocca secca, A.J. si chiese come fosse la parte inferiore del corpo.

Si sentì il suo sguardo addosso, e quando alzò gli occhi, vide che in fondo ai suoi brillava una luce, una specie di reazione a qualcosa che però nascose in fretta. Era certa che avesse notato che stava arrossendo, e dovette frenare l'impulso di mettersi le mani sulle guance. Pensò che probabilmente era stanco di vederla fissare il suo corpo, e cercò qualcosa di intelligente da dire, ma lui la precedette.

«Sapevo che non era qualcuno che voleva vendermi dei biscotti, ma tu sei una sorpresa.»

Aspetta di vedere cos'ho nel van, pensò.

«Ho bisogno del tuo aiuto» esclamò, prima di perdere la calma.

Il suo viso si indurì all'istante. «Ti ho dato la mia risposta oggi pomeriggio. E per quanto apprezzi la tua tenacia, non ho intenzione di riprendere quella conversazione. Specialmente qui in piedi sulla porta, nel cuore della notte, e con indosso solo il pigiama.»

Per un attimo si distrasse a pensare che non ci fosse davvero bisogno di ricordarle che era mezzo nudo. «Ma io...»

«Non ti farò da istruttore. Adesso torna alle Scuderie Sutherland e riprendi la tua bella vita. Io ho bisogno di dormire.»

Si voltò per andarsene.

«Non posso.»
Le sue dolci parole lo fermarono e si girò verso di lei. «Cosa vuol dire che non puoi?»
«Non faccio più parte della Scuderie Sutherland.»
Devlin la guardò confuso. «Hai rinunciato al tuo diritto di nascita o roba del genere?»
«In pratica sì.»
«Perché l'avresti fatto?»
«Diciamo solo che io e la direzione abbiamo avuto una divergenza di opinioni.»
«Su Sabbath.»
«A quanto pare siamo entrambi orfani adesso.»
Devlin sospirò frustrato. «E secondo te io cosa c'entro? Non sono esattamente quel che si dice un missionario. Non gestisco un rifugio per bambini ribelli e i loro animali da compagnia.»
«Ma io ho bisogno di un posto per allenarmi e per metterlo in pensione.»
«Non sono un allenatore e non offro un servizio di pensione.»
«Posso pagarti.»
In realtà non sapeva con quali soldi, ma quello non era il momento di perdersi nei dettagli.
«Non ne dubito» disse con tono sarcastico.
«Senti, almeno lasciagli passare qui la notte.»
«Quel cavallo è ancora nel van?»
«Sì, ma...»
«Sei fuori di testa?»
«Non l'ho pianificato.»
«Mi sembra ovvio» disse, voltandosi. «Scommetto che tu non pianifichi un sacco di cose.»
«Questo non è vero!»
Almeno non completamente, pensò A.J., ammettendo che quella serata non era stata un capolavoro di decisioni ponderate.
«Dove stai andando?» gridò.
«Non sono interessato al piccolo dramma tra te e la tua famiglia» disse da sopra la spalla. «Ma che mi prenda un colpo se me ne starò con le mani in mano mentre un cavallo paga il prezzo delle follie delle persone.»
Scomparve in casa, lasciando A.J. senza parole sui gradini davanti alla porta. Inebetita, notò che di schiena era altrettanto bello.

Voleva ribattere alle sue affermazioni. Nonostante potesse sembrare il contrario, lei non avrebbe mai compromesso la sicurezza di un cavallo o la sua incolumità, ma non ritenne che fosse il momento adatto per giustificarsi. A quanto pareva, Sabbath aveva un posto in cui stare per la notte e non avrebbe messo a rischio quell'opportunità solo perché era stata giudicata nel modo sbagliato.

Invece di aspettare Devlin, soffocò uno sbadiglio e tornò verso la scuderia, chiedendosi dove sarebbe andata a dormire. Di sicuro non alla villa. Avvicinandosi al van, guardò la cabina con aria ostile, pensando che probabilmente c'era abbastanza spazio per stendersi. Non era il massimo, ma almeno sarebbe stata in posizione orizzontale.

Muovendosi con una coordinazione frutto di anni di pratica, abbassò la rampa, staccò la corda che teneva legato Sabbath e lo fece scendere dal van. Lui sembrava contentissimo di lasciarsi guidare da lei e mentre aspettavano McCloud, A.J. gli fece sgranchire un po' le zampe. Quando l'uomo uscì di casa, lo stallone stava annusando la terra con aria felice.

Vedendolo arrivare, A.J. provò una forte agitazione. Era una sensazione calda e violenta, come un lampo, e le sembrò che il suo corpo stesse comunicando con quello di Devlin in un linguaggio segreto. La scacciò per concentrarsi sulla lunghina che aveva tra le mani, chiedendosi se la sentiva anche lui.

Senza dire una parola, Devlin le passò accanto e aprì le due ante della porta della scuderia, che scivolarono all'indietro senza fare rumore sulle guide ben oleate. Allungò una mano e accese le luci. Sbirciando dentro, A.J. vide sei box ampi, tre su ogni lato, separati da un corridoio spazioso. Sulla sinistra c'era la selleria, e a destra un piccolo ufficio. Era un posto immacolato, c'era tutto ciò di cui un cavallo e un cavaliere potevano avere bisogno, ma nel momento in cui fece entrare Sabbath, si accorse che qualcosa non andava.

Il silenzio di quel luogo era opprimente. Tutto il rumore di sottofondo che era abituata a sentire in mezzo ai cavalli non c'era. Nessuno zoccolo che batteva a terra, nessun nitrito incuriosito di benvenuto, nessun tintinnio provocato dallo sfregamento dell'ottone mentre si muovevano le capezze. Quel posto era una città fantasma.

Provò pena per lui.

«Puoi sistemarlo qui» disse Devlin, aprendo il cancelletto di uno dei box.

A.J. condusse lo stallone all'interno e gli tolse la capezza, notando che sul pavimento c'era della terra smossa ma niente acqua o mangime.

«Ho del fieno nel van» disse uscendo «e se mi fai vedere dov'è il tubo...»

«C'è un sistema automatico di abbeveraggio» rispose chiudendo la parte bassa della porta. «Ma dovrai portargli da mangiare.»

A.J. uscì.

Quando tornò, Devlin e Sabbath si stavano esaminando come due pugili su un ring. Lo stallone aveva la testa fuori dal box e fissava con ferocia gli occhi dell'uomo che era a pochi centimetri da lui, immobile come una statua. Rallentò, curiosa di vedere cosa succedeva.

Sabbath sbuffò contro la giacca di Devlin e piantò uno zoccolo a terra. Temendo che lo mordesse, A.J. si avvicinò di corsa, ma la voce di Devlin la bloccò.

«Stai indietro» disse. «È una cosa tra me e lui.»

Non sapendo cosa dire, obbedì.

Lo stallone inspirò un enorme quantitativo d'aria e la ributtò addosso a Devlin. L'uomo rimase fermo, con il bastone piegato mentre resisteva al forte impatto. Esattamente come il suo corpo, il suo sguardo era fisso, non vacillò mai, nemmeno quando Sabbath colpì la parete del box con un calcio e buttò la testa all'indietro, emettendo un forte nitrito.

A.J. lasciò cadere il fieno e corse verso di loro, ma poi si fermò sorpresa. Finita la sceneggiata, le orecchie dello stallone si rilassarono e Sabbath indietreggiò nel box da solo.

«Il primo round è un pareggio» disse Devlin, con un sorriso che gli spuntava dietro le labbra dritte. «E questo cavallo è un osso duro.»

A.J. gli restituì il sorriso mentre buttava il fieno nel box. Soddisfatta della sistemazione di Sabbath, chiuse la parte superiore della porta e uscirono insieme nella notte.

«Grazie» gli disse, fermandosi davanti al van.

Lui scrollò le spalle. «Per stanotte starà bene.»

«Te ne sono grata.»

«A che ora vieni a prenderlo domani?»

«A proposito di questo, ti dispiacerebbe se il van occupasse un po' del tuo vialetto stanotte?»

«Certo che no. Ma tu come farai ad andare a casa?»

«Non vado a casa.»

Subito dopo, A.J. spalancò la portiera del passeggero e gattonò dentro, così stanca che sentiva dolore ovunque.

«Cosa stai facendo?»

«Sono esausta, e come hanno detto praticamente tutti quelli che ho incontrato oggi, te compreso, non sono molto lucida. Se non ti dispiace, passerò la notte qui.»

«Non starai parlando sul serio.»

A.J. chiuse la portiera e si girò sul fianco, infilandosi un braccio sotto la testa. All'improvviso, le venne da piangere.

Un colpo deciso batté sul finestrino.

A.J. si mise l'altro braccio sull'orecchio, cercando di bloccare quel suono. L'ultima cosa che voleva era farsi vedere in lacrime da lui.

Il bastone continuò a bussare.

Alzandosi di scatto, tirò giù di poco il finestrino. «Che c'è?»

«Non puoi dormire qui.»

«Se continui a fare rumore, non posso darti torto.»

«Non dormirai qui fuori.»

«Perché? Non verrai a raccontarmi che devi fare qualcosa in questo pezzo di terra stanotte.»

«Fa freddo e non ho l'abitudine di lasciare congelare la gente nel giardino di casa mia.»

«Hai dei suggerimenti?»

«Vieni dentro.»

La sua voce era gentile, come se si rendesse conto che era allo stremo delle forze. Sfortunatamente, vederlo preoccupato la turbò ancora di più.

«Starò benissimo qui fuori.» Con un groppo in gola tirò su il finestrino e si sdraiò, rimettendosi il braccio sull'orecchio.

I colpi ricominciarono.

«Ti sto ignorando» gridò A.J.

«Non la smetterò finché non verrai in casa.»

«Il tuo braccio si stancherà prima di me.»

«Non esserne tanto sicura» gli sentì dire.

Aveva ragione lui.

Qualche minuto più tardi, A.J. uscì dalla cabina. Stanca e frustrata, non se la sentì di dire niente, perciò incrociò le braccia sul petto e sollevò il mento. Devlin fece strada verso la fattoria.

3

Complice l'aria fredda della notte e la volontà di non mostrarsi debole ai suoi occhi, quando raggiunsero la porta di casa, A.J. si tranquillizzò. Seguendolo all'interno, si ritrovò in un atrio con una scala alle cui spalle c'era una cucina. Sulla sinistra un salotto modesto e con pochi mobili era reso accogliente dal rivestimento in ciliegio alle pareti e dal fuoco che si stava spegnendo nel vecchio camino in pietra. Dalla parte opposta c'era una sala da pranzo con al centro uno splendido tavolo antico e delle sedie intagliate.

In ogni stanza, tappeti orientali coprivano larghe assi di quercia, e i soffitti alti color crema davano all'ambiente ampio respiro. Ovunque si voltasse, c'erano finestre che partivano dal pavimento e salivano fino in cima, e A.J. sapeva che durante il giorno la luce avrebbe inondato l'ambiente. Con una vista spettacolare e i dettagli antichi, era una casa bellissima, ma c'era qualcosa che le conferiva un'aria asettica. Si accorse che non c'erano foto di famiglia, o di amici, nessun ricordo di viaggio. E dov'erano tutti i trofei e le medaglie?

«Dovrai dormire sul divano» disse Devlin, indicando un sofà con una fodera blu scuro. «Uso le altre camere da letto come ufficio e... magazzino.»

A.J. sollevò lo sguardo sentendolo esitare ma la sua espressione era imperscrutabile mentre metteva il bastone in un portaombrelli e appendeva il cappotto. Lei lo imitò, togliendosi il giaccone e mettendolo su un gancio alla parete, di fianco al suo. I due giacconi pendevano l'uno accanto all'altro e le maniche si confondevano. Quell'immagine le piacque, e mentre si metteva comoda, il solo fatto di trovarsi in casa sua le provocò una piacevole eccitazione.

Devlin scomparve nel corridoio e tornò con una camicia da uomo pulita, ancora calda dall'asciugatrice. «Vado a prenderti un cuscino e qualche coperta.»

Con la sua camicia tra le mani, lo osservò affrontare le scale con la cautela di qualcuno con il doppio dei suoi anni. Ogni volta che appoggiava il piede della gamba offesa, A.J. non riusciva a trattenere una smorfia. Anche se la sua espressione era impassibile, A.J. sapeva che stava facendo uno sforzo incredibile. Si vedeva dal rossore sul viso e dalla stretta ferrea della mano sulla ringhiera.

Spinta da un impulso, A.J. appoggiò la camicia e lo seguì. In cima alle scale, vide diverse porte e infilò velocemente la testa in una stanza. Con la sola luce fioca del corridoio, era troppo buio per distinguere le strane forme all'interno.

«Cosa stai facendo?» La sua voce le arrivò dura come una frustata. Allungando un braccio di fianco a lei, richiuse la porta.

«Volevo evitarti di rifare le scale...»

«Non sono un invalido e non voglio che ficchi il naso in giro. Perché non scendi e ti metti seduta così posso fare il padrone di casa?»

A.J. si morsicò la lingua e se ne andò di corsa, chiedendosi perché si agitasse tanto. Ma ripensandoci, ne dedusse che doveva essere in imbarazzo per il fatto che zoppicava e probabilmente aveva ferito il suo orgoglio. Visto che stava per trascorrere la notte sul suo divano e che il suo cavallo era in uno dei suoi box, pensò che si meritasse di essere lasciato in pace.

Qualche minuto più tardi, Devlin scese al piano di sotto. Questa volta lei non lo guardò, augurandosi di trovare qualcosa sulle pareti che la tenesse occupata. Le sarebbe andata bene persino una di quelle palle di vetro con la neve piuttosto di fare finta, mentre si avvicinava, che il rivestimento in legno fosse interessante.

Senza dire una parola, le passò lenzuola e coperte, poi scomparve in cucina. Non appena rimase sola, riprese a respirare normalmente e preparò il divano per la notte. Diede un'occhiata dietro di sé per essere sicura che non la vedesse mentre si cambiava e si mise la camicia.

Quando le coprì il corpo nudo, si rese conto che stava indossando una camicia di Devlin McCloud e la cosa la stupì. Data la morbidezza del cotone, doveva essere una di quelle che usava spesso, e il pensiero che il tessuto sulla sua pelle aveva toccato quella di lui la eccitò. Diede un'altra sbirciata verso il punto da cui era scomparso e avvicinò la manica al naso inspirando a fondo. Il profumo del suo ammorbidente era meraviglioso, e in quel momento capì di essere completamente impazzita. L'istante in cui una persona pensa al Lenor come a un profumo, significa che probabilmente è sulla buona strada per il manicomio.

Altrettanto stordito, Devlin McCloud girò l'angolo nel momento esatto in cui la donna che aveva occupato i suoi pensieri per tutto il pomeriggio e la sera si stava chinando per sistemarsi tra le sue lenzuola. Senza volerlo, vide le sue gambe toniche e la sua mano si strinse intorno al bicchiere di scotch che si era versato. Non poté fare a meno di osservarla mentre si sdraiava e si tirava la coperta su fino al mento.

«Adesso cos'ho fatto?» gli chiese.

«Niente. Perché?»

«Hai quell'espressione da gatto della giungla che studia un'antilope, perciò ho pensato di chiedertelo.»

Invece di risponderle, Devlin spense la luce e bevve un lungo sorso del liquore marrone. Non era un gran bevitore ma aveva la sensazione che dormire sarebbe stata un'impresa. Poi, come se non bastasse, intravide la pelle liscia del polpaccio e della coscia. Sentì un calore avvolgergli lo stomaco, e sapeva che non era solo l'effetto dello scotch.

«Il bagno è in fondo al corridoio. La doccia è al piano di sopra, se ti serve domani mattina.»

«Grazie ancora» mormorò A.J., abbandonandosi chiaramente alla stanchezza.

Devlin rimase a lungo nell'ombra a osservare la donna finché, completamente turbato, raggiunse le scale. Persino in quel momento, faticò ad andarsene. Con un piede sul primo gradino, restò a guardarla nel riflesso del fuoco che aveva ravvivato ore prima. I capelli ramati erano sparpagliati sul cuscino che le aveva dato, formando delle magnifiche onde scure, e nella luce fioca le linee perfette del suo viso sembravano appartenere a una creatura del paradiso, non terrena. Immaginò di andare da lei, mettere una mano sotto il peso dei suoi capelli setosi e avvicinarla alla sua bocca. Avrebbe avuto il sapore del miele. Calda, dolce e dorata.

Merda, pensò. Perché non era andata da lui a chiedergli semplicemente di uscire insieme?

Anche se, a pensarci bene, Devlin sapeva che una serata con lei non sarebbe stata affatto priva di complicazioni. Quella donna riusciva a illuminare ciò che la circondava confondendolo come mai gli era successo prima.

Credo di essere nei guai, pensò.

La forte attrazione che provava nei suoi confronti lo sorprendeva, e la giustificò dicendosi che era da molto che non stava con una donna. Prima dell'incidente, non aveva molto tempo per la vita privata. E da quel momento in poi, non aveva avuto alcun interesse ad averne una. Era da tanto che non provava qualcosa che non fosse dolore, e si era dimenticato che il suo cuore fosse in grado di sentire altro. Adesso, per la prima volta dall'incidente, stava guardando qualcosa che trovava bellissimo.

O qualcuno, in quel caso.

A.J. si mosse, facendo un sospiro.

Fu come se gli avesse sussurrato all'orecchio un invito, e si rese conto di avere un'erezione.

Con un movimento maldestro, buttò giù quel che restava dello scotch e salì al piano di sopra.

La mattina successiva A.J. si svegliò all'alba, cercando di fare meno rumore possibile mentre si infilava i jeans e gli stivali e riordinava il divano. Uscita di soppiatto dalla porta d'ingresso per andare alla scuderia, alzò lo sguardo verso le finestre del primo piano. Si chiese se Devlin stesse dormendo. E che aspetto aveva mentre riposava.

Probabilmente porterà quei pantaloni del pigiama, pensò. O se li era messi di corsa per andare alla porta perché di solito dormiva nudo?

All'improvviso, il freddo del mattino non sembrava più tanto freddo.

Sforzandosi di allontanare quei pensieri ostinati dalla mente, si affrettò per raggiungere la scuderia. Le prime luci dell'alba cominciavano a illuminare i campi esaltando tutte le sfumature del color pesca, ma non si fermò a gustarsi la meravigliosa mattina. Aveva fretta di vedere lo stallone e fu sollevata nel sentire il suo zoccolo che batteva a terra e il nitrito di saluto mentre spalancava la grossa porta.

Ecco, è questo il suono che dovrebbe esserci in una scuderia, pensò, aprendo la parte superiore del box. Sabbath si allungò verso di lei, dandole un colpetto sulla spalla e annusandole la giacca.

«Buongiorno anche a te» disse, accarezzandolo dietro le orecchie. Era contenta dell'accoglienza. «Sai una cosa, comincio a pensare che tu sia un vero tenerone.»

Sabbath mosse le orecchie avanti e indietro, e poi spinse il muso sotto il suo braccio, sollevandola da terra.

Ridendo, entrò nel box, controllò che avesse l'acqua e poi andò nel van a prendere un po' di avena e di fieno. Quando tornò, Sabbath aveva la testa fuori nel corridoio e si guardava intorno. A.J. si piegò sotto il suo collo e appese un secchio con il mangime a un gancio di ottone vicino al tubo dell'acqua, poi aspettò che lo annusasse e iniziasse a mangiare. Pensando che avrebbe voluto starsene tranquillo mentre faceva colazione, uscì dal box.

Non appena chiuse la porta, Sabbath rimise la testa nel corridoio e cominciò a nitrire. Preoccupata, tornò da lui, e non appena lo fece il cavallo ritirò dentro la testa e la infilò nel secchio. Con un sorriso accondiscendente, si appoggiò alla porta e gli parlò mentre mangiava, sfruttando quel momento per pensare a un piano per loro due. Quando lo stallone concluse il suo pasto, il loro futuro non era più chiaro, ma A.J. aveva apprezzato la tranquillità del tempo trascorso con lui. Mentre chiudeva la porta del box, si disse che, quando voleva, sapeva essere molto affettuoso. Uscendo dalla scuderia, rimase per un attimo a guardare la fattoria. Con la luce delicata del mattino, era un vero gioiello, bella e accogliente, e l'autunno le dava un aspetto ancora più ospitale. In un'esibizione infuocata, i rossi e i gialli caldi dell'autunno cominciavano ad accorciare le punte dei rami degli alberi, facendo risaltare il bianco luminoso della casa.

Era un'immagine perfetta, da cartolina, pensò. Spediscila a qualcuno e ricordagli la casa dei sogni che tutti vorrebbero avere. Peccato che il modello di Norman Rockwell della fattoria americana aveva sul suo stomaco l'effetto di una scatola di puntine da disegno.

A.J. si sfregò la pancia, pensando che il problema di suo padre con lo stress e l'acidità potesse essere ereditario.

Si sentiva in trappola, da una parte c'era l'eccitazione di rivedere Devlin McCloud e dall'altra la consapevolezza che se ne doveva andare. Quella combinazione l'avrebbe messa al tappeto. Dubitava che l'avrebbe incontrato di nuovo, il che stranamente la sconvolgeva. E in più, si ritrovava allo stesso punto della sera prima, senza un posto in cui tenere lo stallone.

Perché non potevano restare lì?

Quella struttura era tutto ciò che poteva desiderare. Perfettamente attrezzata, senza altri cavalli o cavalieri che potessero causare distrazioni. E avere un istruttore della levatura di Devlin sarebbe stata un'opportunità unica per chiunque. Il solo inconveniente era l'effetto che aveva su di lei, ma anche quello era emozionante. Immaginò che lavorare con lui fosse stimolante sotto moltissimi punti di vista, e se fosse riuscita a mantenere la concentrazione, sarebbe stato un modo splendido per scoprire se tra loro poteva nascere qualcosa.

Vista così, era difficile decidere cosa fosse più eccitante. L'allenamento o l'uomo?

Allora cosa poteva dirgli per fargli cambiare idea?

Buongiorno, a proposito, belle lenzuola, sei sicuro di non voler passare i prossimi due mesi con me e il mio grande stallone morello?

Non pensava che avrebbe funzionato.

Era tutto tranquillo quando A.J. rientrò in casa, e si chiese se non fosse il caso di andarsene e basta. Probabilmente era la cosa giusta da fare, ma per quanto la riguardava, non era un'opzione. Voleva vederlo ancora una volta, perciò si diresse in cucina in cerca della macchinetta del caffè. La trovò, vicino a un contenitore pieno di caffè macinato. Mentre l'aroma inondava la stanza, si mise a sedere al tavolo in quercia malandato e guardò fuori dalle finestre verso la catena di montagne alle spalle della casa. In alto nel cielo, sopra le curve ondulate delle colline, degli uccelli cavalcavano pigramente onde invisibili di correnti e A.J. invidiò la loro spensieratezza. Girandosi e rigirandosi nel vento, sembravano contenti di essere trascinati verso direzioni inaspettate.

Quando il caffè salì, cercò una tazza, se ne versò un po' e ricominciò ad aspettare. Poco dopo sentì dei rumori al piano di sopra. Passato qualche minuto, Devlin arrivò, camminando più lentamente del solito.

«Buongiorno» disse A.J., guardandolo con la coda dell'occhio. Si era fatto una doccia e la barba, sentiva l'odore di pulito del suo sapone. Era pungente, con una leggera traccia di cedro.

Buono, pensò.

«Vedo che hai fatto come se fossi a casa tua.»

«Stavo solo cercando di rendermi utile.»

«Grazie per aver preparato il caffè.»

A.J. lo osservò di nascosto mentre attraversava la stanza verso la moka. Aveva i capelli lucidi e bagnati, e portava una camicia di flanella che gli segnava le spalle larghe, con le maniche arrotolate su fino ai gomiti. Sotto aveva un paio di jeans scoloriti sulle cosce e – arrossì quando se ne accorse – sul sedere. Sembrava a suo agio, disinvolto, eppure nel pieno controllo di sé e di quello che lo circondava.

Mi potrei abituare senza difficoltà a vederlo tutte le mattine, pensò.

Quella riflessione la spinse a chiedersi quante donne erano scese da quelle scale con lui dopo aver trascorso una notte nel suo letto, quante si erano sedute al tavolo ruvido di quercia a cui era seduta lei adesso. Chi aveva amato con il suo corpo? E con il cuore? C'era qualcuno nella sua vita in quel momento?

Scosse la testa, dicendosi che non erano affari suoi. Ma non servì a niente. Dato l'effetto che aveva su di lei, le sue relazioni con le donne erano per lei una preoccupazione fuori luogo ma innegabile.

Devlin si sedette con una smorfia. «Niente di cui preoccuparsi. È solo che ci vuole un po' al mattino prima che la gamba si risvegli» mormorò, notando il suo sguardo apprensivo.

«Ti dà molto fastidio?»

«Si fa sentire.»

«Riuscirai a montare di nuovo?» gli chiese d'istinto.

Devlin rimase impietrito, con la tazza a mezz'aria. Il dolore gli indurì i tratti del volto, facendolo sbiancare.

«Scusa» disse. «Non intendevo...»

«No,» disse con dolcezza «non fa niente.»

Rimase in silenzio così a lungo che A.J. pensò si fosse dimenticato che era seduta lì davanti a lui. E poi rispose.

«Non è che non possa più montare... È che non posso più cadere.» Guardò dentro la tazza. Bevve un sorso. «Questa gamba è tenuta insieme da viti e placche di metallo. Un altro trauma e fine della storia. In questo momento, sto ancora lavorando per riacquistare la mobilità. Suppongo che tutto sommato dovrei ritenermi fortunato. Ci sono persone che non riescono nemmeno più a camminare dopo che gli è capitata una cosa come la mia.»

«Che incidente terribile» sussurrò A.J. «Deve essere stato tremendo perdere...»

«Mercy? È stato peggio che perdere la mia carriera. Abbatterla è stata la decisione più difficile che abbia mai preso.» Fissò dritto davanti a sé, perso tra i ricordi. «Non so descrivere com'è stato dopo che siamo caduti a terra. Lei si agitava, aveva la zampa anteriore distrutta. Completamente distrutta. Non si poteva fare niente. Si era girata all'altezza del ginocchio, lo zoccolo era rivolto dalla parte sbagliata.»

A.J. allungò il braccio verso di lui, provando il bisogno di alleviare in qualche modo la sua angoscia. Gli posò la mano sull'avambraccio. La sua pelle era calda e sentì i peli sottili che la coprivano.

Lo sguardo di Devlin si abbassò di colpo sul punto in cui lo stava toccando e A.J. si accorse di averlo scioccato. Gli occhi color nocciola si strinsero su di lei. C'era molta diffidenza nel suo sguardo. Pensò che i media e tutti quelli dell'ambiente dovevano essergli stati addosso per scoprire qualcosa di più sul suo tormento interiore. Non volendolo pressare, tolse la mano.

«Non so perché ne sto parlando con te» disse piano. «Ma credo che c'entrino i tuoi occhi.»

Le mancò il respiro. «I miei occhi?»

Annuì. «Di solito sono diffidente. Ma è difficile esserlo del cielo azzurro.»

A.J. deglutì, le sembrava di trovarsi sul ciglio di un burrone. E saltare le sembrava un'idea fantastica.

Devlin proseguì. «Sono stato con Mercy quando il veterinario le ha fatto l'iniezione. Le tenevo la testa sul mio grembo mentre la luce abbandonava i suoi occhi. Mentre il battito del suo cuore si faceva sempre più debole, mi sono detto che stava smettendo di soffrire, che il dolore la stava lasciando. Che la sua agonia sarebbe finita presto. Non mi ha aiutato molto.» Guardò fuori dalle finestre. «Mi sento un egoista. Per aver desiderato che rimanesse con me nonostante la sua sofferenza.»

«Era la tua compagna. È ovvio che non volessi perderla.»

Posò di nuovo lo sguardo su di lei e si mosse. A.J. pensò che stesse per alzarsi, invece sentì le sue dita sopra la mano. Rimase pietrificata. Lentamente, tracciò le vene sottili che correvano sotto la sua pelle. Era un contatto delicatissimo, poco più che una carezza d'aria, ma la devastò. Si sentiva come se le avesse preso il cuore e lo stesse tenendo nel palmo della mano.

Restarono seduti, legati dal suo tocco gentile, finché l'orologio a pendolo nel corridoio suonò le otto. I rintocchi interruppero l'atmosfera e li riportarono indietro dal luogo in cui i loro cuori si erano uniti.

«Be', sarà meglio che vada» disse A.J., senza sforzarsi di nascondere il suo disappunto.

«Dove pensi di andare?» Si appoggiò allo schienale staccando la mano.

«Non lo so proprio» rispose alzandosi. Portò la tazza nel lavandino e la sciacquò, poi la mise sul bancone. «Grazie ancora per averci ospitato.»

«Prego.»

A.J. fece per andarsene, poi si fermò, nella speranza che le dicesse qualcosa o la accompagnasse fuori. Ma Devlin rimase seduto a bere il suo caffè, con il sole che si riversava nella stanza. A quel punto lo salutò con la mano, anche se non era sicura che la stesse guardando, e uscì.

Mentre camminava verso la scuderia, si chiese se avrebbe avuto l'occasione di rivederlo. Non pensava che sarebbe successo presto e sapeva che non sarebbe stato nella tranquilla intimità della sua cucina. Entrambe le cose, pensò, erano una perdita difficile da superare. C'erano voluti solo venti minuti con lui nel bagliore del mattino per avere un'idea di cosa fosse l'amore vero.

Quando entrò nella scuderia, Sabbath l'accolse con un nitrito.

«È ora di ricaricarti nel van» gli disse, depressa. «Non ha senso che ti abitui a questo box spazioso se dovrò metterti sottovuoto come delle noccioline in un vasetto per il prossimo futuro.»

Prese la capezza, e mentre gliela stava infilando sopra le orecchie, sentì Devlin entrare nella scuderia.

«Tra un attimo ci togliamo dai piedi» disse A.J., senza sollevare lo sguardo. Fece uscire lo stallone dal box.

«Vi porterò alle qualificazioni ma niente di più.»

A.J. si fermò di colpo. «Cosa?»

«Puoi tenerlo qui a un prezzo standard e a me darai quello che si paga normalmente per un istruttore.»

Non riusciva a credere alle sue orecchie.

«Davvero?»

Devlin annuì.

«È fantastico!» Le batteva il cuore per la felicità e aveva voglia di buttargli le braccia al collo. «Ma come mai hai cambiato idea?»

«Credo di essere pronto per...» Lasciò la frase in sospeso. «Cominceremo oggi. Dove hai i finimenti?»

Le girava la testa. «Al Centro Sutherland. Devo riportare il van.»

«Bene. Allora vai e preparati a montare tra un'ora. Ci vediamo in campo.»

Dopo che se ne fu andato, A.J. si voltò verso Sabbath. Lo stallone ricambiò il suo sguardo con aria perplessa, come se avesse capito che c'era stato un improvviso cambio di programma.

«A quanto pare hai finalmente una casa» disse, sorridendo. «Almeno per i prossimi due mesi.»

Lo rimise nel box e controllò l'orologio appeso al muro. Se si fosse sbrigata, avrebbe potuto raggiungere le Scuderie Sutherland e prendere tutte le sue cose senza incontrare Peter. Lui sarebbe stato al club a giocare a squash e non si sarebbe presentato a lavoro fino a tarda mattina.

Quando A.J. arrivò al centro, si sentì sollevata nel constatare che effettivamente la sua elegante berlina non c'era. Con un movimento fluido, parcheggiò il van e corse nella sua selleria privata. Mentre prendeva le sue cose, alcuni fantini si fermarono da lei, guardandola incuriositi, il che significava che erano in molti a non sapere perché se ne stesse andando. Le risultò difficile rispondere alle loro domande con qualcosa che non fosse una scrollatina di spalle e qualche sorriso sbilenco. Quello che provava era troppo complicato per essere ridotto a delle semplici risposte.

Quando notò la pila inclinata di finimenti e altri attrezzi accatastata alla porta, andò a prendere l'auto. La Mercedes cabriolet rosso fiammante era un regalo di compleanno di suo padre e, a dirla tutta, non le piaceva molto. L'elegante design europeo e il motore potente erano perfetti se si usciva per andare a pranzo, ma non servivano a niente se bisognava trasportare una gran quantità di cose. Quello di cui aveva davvero bisogno era un grosso pick-up, ma sapeva che se avesse restituito il regalo, avrebbe spezzato il cuore a suo padre, perciò aveva tenuto la macchina.

Osservando le sue cose e lo spazio dei sedili posteriori, lanciò un'occhiata invidiosa a un pick-up parcheggiato dall'altra parte della strada. Si rese subito conto che l'unico modo di farci entrare tutto era di tirare giù la capote. Quando terminò, c'erano coperte e fasce per cavallo, selle e briglie che spuntavano dai sedili posteriori e pendevano ai lati dell'auto.

Sembra una strana rappresentazione della slitta di Babbo Natale, pensò, mentre si sedeva sul sedile in pelle avvolgente. E in questo caso, le renne avevano gli abbaglianti.

Passando attraverso i pilastri, si sentì pronta a tornare subito da Devlin, ma prima di imboccare la strada principale si fermò. Le venne in mente che c'era un altro problema.

Lei non aveva un posto dove stare.

Dove avrebbe dormito? La sua camera da letto alla villa era fuori discussione così come lo era stata la notte precedente. Non poteva tornare a casa di suo padre. Non ancora. Le distrazioni provocate da una famiglia che sembrava il remake di *Dynasty* non l'avrebbero aiutata ad arrivare alle qualificazioni tutta intera.

Il pensiero di un hotel la spaventò a morte. Facendo un rapido conto, sapeva che non le sarebbe rimasto molto dopo aver trasferito quella somma dal suo libretto di risparmio per coprire l'assegno per Sabbath. E non aveva intenzione di andare a chiedere soldi a suo padre.

Prese ad accarezzare il diamante mentre analizzava la situazione. Sorridendo a denti stretti, le sembrò ironico essere seduta su una Mercedes e doversi preoccupare di come pagare qualcosa. Di colpo, considerò l'ipotesi di vendere l'auto ma la accantonò. Aveva bisogno di una macchina e sapeva che probabilmente era intestata alle Scuderie Sutherland, data l'abitudine di Peter a scaricare le spese.

Il divano di Devlin McCloud aveva molti punti a suo favore. Era economico, vicino al cavallo e vicino a lui. L'idea di loro al riparo in quella bellissima vecchia fattoria era allettante. Serate fredde, il fuoco nel camino. Un po' di vino...

Un momento, si disse. Scendi dal trenino dell'amore. Solo perché quell'uomo si è offerto di allenarti non significa che debba vederti saltare su qualcosa che non siano gli ostacoli nel maneggio. Per quanto la tua libido speri il contrario.

Si guardò i jeans con disgusto.

Una cosa era chiara, decise. Che si trattasse del bed and breakfast dell'ignaro McCloud o di un motel, non poteva stare due mesi senza cambiarsi i vestiti. Era solo una questione di giorni prima che quei maledetti affari cominciassero a camminare da soli.

Doveva andare a casa di suo padre.

Con una smorfia, lanciò l'auto nel vialetto e percorse il breve tratto fino alla villa.

In cima alla strada privata c'era una struttura imponente, dall'aspetto formale, l'unica casa che avesse mai avuto. Ci era molto affezionata, ma non poteva dire che le piacesse vivere lì. Ciò che le stava a cuore erano i pochi ricordi che aveva di sua madre, i Natali nell'elegante biblioteca, i festeggiamenti del 4 luglio vicino al laghetto, la caccia all'uovo di Pasqua nel giardino terrazzato. Ma tutto quello apparteneva al passato. L'esistenza quotidiana più recente non era facile.

Mentre spegneva il motore, si augurò che la fortuna continuasse a stare dalla sua parte e che Regina stesse finendo di prepararsi nella camera da letto principale. Se fosse andato tutto liscio, sarebbe riuscita a entrare di corsa, raccogliere le sue cose, e uscire prima che qualcuno se ne accorgesse.

Ma le sue preghiere non furono accolte.

Non appena A.J. raggiunse l'ultimo gradino in marmo che portava all'entrata maestosa, la sua matrigna spalancò la porta d'ingresso decorata. Era una cosa insolita, e A.J. sapeva che stava per ricevere una bella lavata di capo.

In piedi sulla soglia, in atteggiamento minaccioso, Regina indossava uno dei suoi perfetti tailleur confezionati su misura, con una spilla di diamante che brillava sul colletto come una costellazione. Il color pesca delicato del tailleur accentuava i suoi colori intensi, evidenziando i capelli neri con la messa in piega e gli occhi scuri. Metteva in risalto anche il viso paonazzo dalla rabbia.

«Questa volta hai esagerato» disse. «Tuo padre è a letto con il mal di stomaco, Peter ha dovuto prendersi un giorno libero per farsi fare un massaggio, e la mia cena di stasera sarà rovinata per colpa della tensione che c'è in questa casa. Spero che tu sia contenta!»

È esattamente per questo che non posso stare alla villa, pensò A.J.

Cercò di passare ma Regina la bloccò.

«Non riesco a capire come tu possa essere tanto egoista. Tuo padre ti ha sempre dato tutto quello che hai voluto e ogni volta tu lo ripaghi spezzandogli il cuore.»

«Senti, mi dispiace sinceramente che ci sia rimasto male» disse A.J., facendo una finta a sinistra e infilandosi in casa. Attraversò di corsa il grande atrio per dirigersi verso la scala a chiocciola, poi salì i gradini due alla volta, lasciando la sua matrigna che le gridava dietro.

«A che ora tornerai stasera? Gli ospiti arrivano alle sette e ci metteremo a tavola alle otto. Non voglio che ti presenti con i vestiti da equitazione quando abbiamo già cominciato a mangiare come hai fatto il week-end scorso.»

La donna stava ancora bollendo di rabbia in fondo alle scale quando A.J. ricomparve dieci minuti più tardi con le valige.

«Cosa ci fai con quelle?» chiese Regina.

«Me ne vado per un po'.»

«Cosa vuol dire me ne vado?»

«Che non starò qui.» A.J. le passò di fianco, e all'improvviso la donna sembrava fin troppo contenta di lasciarla passare.

«Cosa devo dire a tuo padre?»

«Niente. Lo sa già. Lo chiamerò presto. Digli solo che lo chiamerò.»

«Ci puoi scommettere che lo farò» disse Regina, piano. Sembrava che stesse riflettendo su qualcosa e che fosse contenta di guardare a un futuro in cui la sua figliastra fosse meno presente.

Con un cenno finale, A.J. scomparve dall'imponente casa. Stipando i borsoni sopra la pila di finimenti, si infilò nel vialetto pensierosa.

Questa è la mia vita. È una mia scelta. Sono libera.

Si sentì più forte che mai, più sicura che mai, sia riguardo alla decisione di comprare lo stallone che a quella di allontanarsi dall'influenza della sua famiglia. Quando parcheggiò davanti alla scuderia di Devlin, saltò fuori dalla macchina, pronta a conquistare il mondo. Con le braccia piene di oggetti in cuoio e ottone, corse dentro, diretta alla selleria.

E andò dritta addosso a Devlin.

Lui stava uscendo dalla stanza proprio mentre A.J. girava l'angolo, e si scontrarono, rimbalzando l'uno contro l'altra. I finimenti si sparsero ovunque. Farfugliando per la sorpresa, A.J. si aggrappò alla prima cosa che trovò per evitare di finire a terra insieme alle briglie e i sottopancia. Quel qualcosa era Devlin. Non appena allungò la mano verso di lui, sentì le sue braccia forti come l'acciaio avvolgerla e tirarla verso di lui.

A.J. trasalì e lo guardò dritto negli occhi. Erano socchiusi, pieni di ardore. Il petto era come un muro contro di lei e una delle sue cosce era tra le sue gambe, i loro fianchi intrecciati. Sentì un'attrazione verso di lui che era innegabile. In quel momento, l'unica cosa a cui riusciva a pensare era baciarlo. Non le importava che ci fossero tante buone ragioni per non farlo. Non le importava che fosse pieno giorno. Non le importava che lui fosse il suo istruttore. Non le importava di niente tranne del fatto che le facesse pompare il sangue nelle vene e girare la testa e cedere le gambe.

La bocca di Devlin rimase ferma sopra la sua come una tortura, a pochi centimetri di distanza. Voleva che si avvicinasse e fece scivolare le mani sulle sue spalle, poi sulla nuca. Affondandole tra i suoi capelli, sentì la consistenza setosa, poi la solidità del cranio.

«Stai bene?» le chiese Devlin, con voce bassa ed eccitata.

Non riuscì a fare altro che annuire, anche se era una bugia. Si sentiva in molti modi, ma 'bene' non era uno di quelli.

Mentre continuava a sorreggerla, A.J. avvertì le sue mani muoversi lungo la sua schiena e posarsi sul collo. Le venne la pelle d'oca. Devlin indugiò per un attimo, come se stesse per allontanarsi, e lei si aggrappò con più forza. E poi, molto lentamente, come in un sogno, la bocca di Devlin colmò la distanza che li separava e premette contro la sua con fermezza.

Fu come essere colpiti da un fulmine.

Visto che lei non lo fermava, cominciò a muovere le labbra sulle sue, accarezzandole, allettandola finché A.J. non dovette aprirle perché non riusciva più a respirare. Quando lo fece, le infilò la lingua in profondità. A.J. gli si avvinghiò al collo, stringendolo a sé, e premette il bacino contro il suo.

Devlin le posò una mano sui fianchi e sfregò il bacino contro di lei. Il calore che A.J. provava tra le gambe aumentò e cominciò a fremere per lui. Quel bacio si trasformò in desiderio ardente che sfociava nella disperazione, e proprio quando pensava di non resistere più, la bocca di Devlin si spostò sul suo collo, mordicchiando la pelle delicata, succhiandole il lobo. A.J. trasalì. Per puro riflesso, affondò le unghie nella camicia di flanella e pensò seriamente di concedersi a lui proprio lì, per terra, davanti alla selleria...

Il nitrito infastidito di Sabbath li interruppe. Sentendo quel suono, Devlin sollevò lo sguardo dal collo di A.J. e lanciò un'occhiataccia allo stallone, che aveva la testa fuori dal box. Quando il cavallo gemette di nuovo, a malincuore si separarono, ansimando.

«A quanto pare, ti vuole tutta per sé.» La voce di Devlin era profonda con un tono molto mascolino. Aveva ancora il braccio intorno alla sua vita e non sembrava avere alcuna fretta di toglierlo. E la cosa non le dispiaceva affatto.

A.J. scoppiò a ridere ancora senza fiato. «Mi sento come se fossi stata sorpresa dai miei!»

Devlin fece un passo indietro. Mentre si metteva le mani in tasca, si schiarì la voce. «Forse dovrei dire qualcosa per scusarmi. Ma non sono pentito di averti baciata.»

Nemmeno A.J. era pentita, e stava per dirglielo ma lui continuò a parlare. «Farò del mio meglio perché non accada più. Non è una buona idea che il tuo allenatore sia il tuo ama... sia qualcos'altro a parte il tuo allenatore.»

Anche se sapeva che aveva ragione, era difficile non sentirsi rifiutata. E non svenire per la frustrazione sessuale.

«Giusto. Mmm... suppongo che dovrei prendere le mie cose...»

«Ti aiuto.»

Mentre sistemavano il disordine che il loro scontro aveva provocato, si creò un silenzio imbarazzante. I finimenti furono maneggiati con insolita goffaggine; mezze frasi vennero cominciate e lasciate in sospeso.

Quel bacio aveva cambiato il centro di gravità tra di loro, scombussolandoli. Adesso che avevano assaporato il piacere, ciò che prima era un'ipotetica attrazione si era trasformata in qualcosa di molto reale, e si rifugiarono entrambi nei loro pensieri mentre ragionavano sulle implicazioni.

«Facciamo così. Io scarico la macchina. Tu prepari il sorvegliante» disse Devlin quando uscirono dalla selleria.

Si voltarono verso lo stallone, che li stava ancora fissando con sguardo di pesante rimprovero. A.J. non poté evitare di ridere.

A Devlin quel suono piacque e i suoi occhi si soffermarono a guardarla mentre camminava verso il cavallo. Osservando i suoi fianchi dondolare ebbe un'altra erezione e si spostò i pantaloni, sentendosi come un adolescente. Quel pensiero lo fece sorridere cupamente, e per cercare di togliersi dalla mente quel suo profumo di lavanda, si mise a raccogliere la sua attrezzatura. Mentre la portava nella selleria e la appendeva a diversi ganci vuoti e sui poggiasella, si impose di pensare ad altro che non fosse quanto era stato piacevole sentirla contro di lui.

A qualunque altra cosa, accidenti.

Nel tentativo di distrarsi, superò le file di selle e briglie impolverate e raggiunse l'unica finestra in fondo alla stanza. Si vedeva il campo e gli ostacoli di medio livello che era riuscito a mettere insieme mentre lei era andata via. Lo sforzo fisico di spostare lunghi pali in legno e aggiustare i reggibarriera per cambiare l'altezza degli ostacoli non era stato faticoso. Il problema era la gamba. Poiché zoppicava, ci aveva impiegato il doppio del tempo normale a organizzare la loro prima sessione.

La cosa lo fece riflettere. Aveva bisogno di aiuto.

Per preparare A.J. e il cavallo alle qualificazioni, doveva farli allenare su ostacoli e combinazioni diverse, e ciò significava che avrebbe dovuto muoversi molto per il campo. Per quanto odiasse riconoscere di avere un problema, fu costretto ad ammettere di non poter eseguire il lavoro in modo efficiente. Avere qualcuno a risistemare le barriere se il cavallo commetteva un errore, cambiare le combinazioni e trasportare il mangime avrebbe fatto risparmiare a tutti un bel po' di tempo. A quanto pareva, doveva chiamare Chester.

Non avrei mai pensato di doverlo fare, si meravigliò, scuotendo la testa.

Si conoscevano da quando Devlin aveva cominciato come groom in una scuderia, e non si erano mai separati. L'anziano uomo ci sapeva fare con i cavalli ed era un lavoratore infaticabile; i due formavano una squadra eccezionale. Lasciare andare il suo caro amico dopo l'incidente era stato per lui un ulteriore dolore, ma Chester aveva detto che sarebbe tornato. Devlin non gli aveva creduto.

Adesso le cose sono diverse, pensò, sentendo A.J. che si muoveva all'esterno.

Mentre usciva dalla stanza, la vide tirare fuori Sabbath dal box e legarlo ai due venti. Indossava un paio di jeans rovinati che le fasciavano le cosce e i fianchi come una seconda pelle. Gli tornò alla mente la vista delle sue gambe nude sotto la camicia che le aveva prestato, e soffocò un gemito.

Lavorare al fianco di qualcuno che desiderava così tanto avrebbe reso quei due mesi molto lunghi. Ed era fuori dubbio che dovevano mantenere le cose su un piano professionale. Sapeva che se avesse provato ad avere una relazione con lei, avrebbe messo entrambi in una posizione difficile, se non impossibile. L'allenamento che dovevano portare avanti con lo stallone avrebbe comportato una tabella di marcia estenuante e lunghe ore di lavoro. Doveva rimanere obiettivo rispetto alla monta e agli sforzi di A.J., ed entrambi dovevano essere lucidi, cosa che sarebbe stata impossibile se si fossero abbandonati alla passione. E vista l'esplosione che c'era stata davanti alla selleria, si sarebbe trattato di una passione travolgente.

Deve essere solo un rapporto di lavoro, si disse, mentre usciva a prendere altri finimenti.

Buona fortuna, lo schernì una vocina nella sua testa.

Terminato di scaricare la macchina, Devlin prese una cartelletta malconcia da un gancio sul muro di fianco alla selleria. Era stata una parte integrante del suo allenamento quanto la sella e gli stivali, il posto in cui annotava pensieri e programmi. Tenendola tra le mani per un momento, rimase colpito da quanto gli risultasse familiare quel peso. Non avrebbe mai pensato di usarla di nuovo. Sfilò il moncone della matita attaccata in alto e sfregò le dita sul legno rovinato dove i suoi denti l'avevano mordicchiata, provando una sensazione di distacco dal suo passato. Quanto tempo aveva trascorso con quella cartelletta sulle gambe, assorto, a progettare l'attacco da sferrare nella gara successiva? A preparare l'assedio per un'altra vittoria?

Più ore di quante stelle ci siano in cielo.

Si appoggiò alla porta della scuderia, posando di nuovo la punta della matita su un foglio. Si perse nei suoi pensieri, visualizzando salti e trascrivendo il percorso degli zoccoli in volo. Con il volto accigliato per la concentrazione, tornò indietro con la mente, in un mondo che ricordava molto bene. E che gli era mancato tantissimo.

Da sotto la pancia di Sabbath, dove si era infilata per pulire uno degli zoccoli, A.J. guardò Devlin di nascosto. Il suo corpo era ancora in ebollizione come un motore surriscaldato, e aveva la sensazione che quel bacio l'avesse marchiata in modo indelebile. Era diverso da qualunque cosa avesse mai provato, profondo quanto pericoloso.

Anche se quello che le aveva detto dopo l'aveva ferita, doveva ammettere che mantenere le distanze era la cosa giusta da fare. Se fosse accaduto qualcosa tra di loro, non sarebbe stata una cosa occasionale. Quel bacio era stato troppo passionale, e A.J. si sentiva già legata a lui per via della conversazione avvenuta la mattina.

Sono venuta qui per cavalcare e per vincere, ricordò a sé stessa. Non per rimanere invischiata in una relazione che potrebbe farmi soffrire enormemente.

Passò all'altra zampa. Alla sua richiesta di sollevarla, Sabbath protestò, e A.J. dovette piegarsi per tirarla su da terra. Stava imparando che aveva degli zoccoli molto sensibili. Quando affondò il nettapiedi per togliergli della terra Sabbath fece una smorfia, ma lei lo ignorò continuando a pensare al bacio di Devlin.

Quel bacio.

Sentiva ancora il calore delle sue labbra e si chiese se anche lui fosse sorpreso dal fuoco che si era acceso tra di loro. Per lei, era qualcosa di travolgente e unico. Provava anche lui la stessa cosa? O era semplicemente un uomo passionale?

Dài, A.J., si disse. Puzzi come un cavallo, indossi gli stessi jeans che avevi ieri e l'unico trucco che hai è la crema idratante. Non sono esattamente i simboli della seduzione a cui gli uomini reagiscono. O pensi che tutti quei poster con le sventole in bikini siano lì per i costumi da bagno?

Lo guardò di nuovo.

Era appoggiato alla porta, con la luce del sole che gli sfiorava le linee marcate del viso e scendeva sulle braccia e le mani mentre lavorava. Si domandò come sarebbe stato sentirle sulla sua pelle.

«Cos'hai da guardare?» le chiese, senza alzare la testa.

«Niente.» Arrossì, distogliendo lo sguardo.

Sabbath ritrasse la zampa e lei lo lasciò andare. Mentre si tirava su, intravide la sua auto, in cui erano rimasti solo i suoi bagagli. Quando vide i borsoni, si ricordò che doveva ancora trovare un posto dove stare. E, imbarazzata, si rese conto che il divano di Devlin adesso era molto più di una semplice soluzione economica ai suoi problemi.

4

Terminato di bardare Sabbath, A.J. fece un passo indietro e lo guardò con soddisfazione. Era stata lei a dargli da mangiare, a pulirlo e a spalare il box. Le sue dita avevano adattato con cura la briglia sulla sua testa e avevano infilato il morso in bocca. La sua sella era sul dorso e presto lui avrebbe portato il suo peso. Era il suo cavallo. Suo e di nessun altro.

E a completare il quadro, era stato incredibilmente compiacente tutta la mattina.

Ma A.J. non se l'era bevuta.

Fu per questo che gli mise la martingala. La striscia di pelle, che partiva dalla testa e arrivava al petto ampio ed era fissata al sottopancia, gli avrebbe impedito di alzare troppo la testa o di impennarsi. Era un accessorio comune e con tutta probabilità ci era già abituato.

Così, quando deciderà di smetterla con questa recita e comincerà a sbandare in giro per il campo, avrò qualche speranza, pensò A.J. Un po' come avere la cintura di sicurezza in macchina.

Cavolo, se avessero potuto mettergli un airbag, non ci avrebbe pensato due volte.

Prima di portarlo nel campo, A.J. indossò un paio di vecchi chaps di pelle. Quando li aveva comprati, anni prima, erano color miele scamosciato. Adesso, dopo infinite ore in sella, erano diventati marrone scuro e liscissimi. Li strinse intorno alla vita sottile, cominciò a far scendere la lampo su entrambe le gambe per coprire completamente i jeans.

Devlin alzò la testa interrompendo le sue riflessioni, e perse all'istante la concentrazione. La prima cosa che notò, fu che i suoi finimenti avevano quella luce particolare che solo il tempo dà alle cose. Considerato che suo padre era un uomo molto ricco, fu sorpreso che non avesse infiocchettato lo stallone con una bardatura nuova di zecca o che non gli avesse messo in testa una di quelle briglie in nylon. Invece, la sella sul dorso di Sabbath portava i segni di un uso costante. Certo, in origine doveva essere costata molto, ammise, riconoscendo le linee di una famosa selleria. Ma era stata utilizzata diverse volte e nel modo appropriato, e non poté fare a meno di approvare il modo in cui qualcuno se ne era preso cura. La pelle era in ottime condizioni, flessibile ma resistente, e di certo non era la sella di una ragazzina ricca e viziata. Era l'attrezzatura di una vera amazzone, che capiva che l'utilità di buoni finimenti, se trattati con cura, aumentava nel tempo.

Lo sguardo di Devlin si posò sui chaps. Osservandola mentre li indossava, invidiò la pelle che le fasciava le cosce. Sentì dentro di sé un calore crescente che gli fece digrignare i denti, mentre immaginava le sue mani tirare giù la cerniera di ottone sulle gambe di A.J. Per quanto, se fosse stato per lui, quella cerniera l'avrebbe aperta, non chiusa, e subito dopo anche i jeans sarebbero caduti per terra.

Cercò di controllarsi.

«Siete pronti?» le chiese.

«Lui sembra decisamente pronto ad andare da qualche parte.»

Lo stallone era in fibrillazione, sapeva perfettamente cosa significava essere bardato.

Vedendo il cavallo sellato e impaziente di allenarsi, e riconoscendo la luce della trepidazione negli occhi di A.J., Devlin si rese conto che era da quasi un anno che nella sua scuderia non c'era un cavallo pronto a scendere in campo. Il pensiero di ciò che aveva perso lo travolse, provocandogli una morsa alla bocca dello stomaco.

A.J. lo guardò e gli sorrise.

«Dio, cosa non darei per essere al tuo posto» le disse.

Sabbath sollevò la testa, tirando le corde che lo tenevano legato.

«Ne sei proprio sicuro?» esclamò. «Sto associando la mia fama di professionista a una mina vagante.»

Devlin notò che arrossì quando si accorse di quello che aveva detto.

«Che stupida» mormorò, e poi lo guardò con compassione. «Certo che hai voglia di montare. Oddio, mi dispiace.»

«Non devi» disse, alzandosi. «In realtà, mi basta quasi vedere la tua eccitazione. Tutte le possibilità di successo e di fallimento stanno danzando nei tuoi occhi.»

«Sai una cosa, è così che mi sento in questo momento. Non so cosa succederà, perciò posso permettermi il lusso di prevedere che sarà un successo.» Sabbath batté uno zoccolo a terra e A.J. lo guardò con aria perplessa. «Che ti prende? Ah, la striscia della martingala si è girata.»

Devlin la osservò mentre si prendeva cura dello stallone, e sperò che A.J. apprezzasse quel momento. Lui non lo aveva fatto quando era stato al suo posto. Troppo impegnato a cercare di raggiungere i suoi obiettivi, non aveva mai considerato il perseguimento della vittoria importante quanto la vittoria stessa. Adesso si rendeva conto che la fatica e la routine erano una grossa parte di quello che aveva amato della sua vita, e vedere la passione di A.J. gli fece ricordare ogni cosa.

Che ironia, pensò, che me ne sia accorto solo adesso che è troppo tardi.

Dopo aver terminato con gli ultimi ritocchi, A.J. prese il cap e liberò Sabbath dalle corde. Mentre lo portava fuori nell'aria fresca dell'autunno, lo stallone cominciò a caracollare, picchiettando gli zoccoli sulla ghiaia del vialetto verso il campo. Agitando la testa, allargò le narici e inspirò i profumi dei primi giorni di ottobre, eccitato per il lavoro che lo aspettava.

«È pieno di energie, vero?» disse Devlin, infilandosi la cartelletta sotto il braccio e raccogliendo il bastone.

«E smanioso.»

Entrarono tutti e tre nel campo.

Mentre Devlin chiudeva il cancello dietro di loro, A.J. fermò Sabbath per mettersi il cap. Si ritrovò in un recinto all'aperto di forma ovale, grande quanto mezzo campo da rugby, con un fondo in terra smossa. Era ampio. Anche con gli ostacoli sistemati nel mezzo, restava abbastanza spazio per far esercitare lo stallone intorno al perimetro e per lavorare sui cambi di andatura e di direzione nei corridoi.

Al centro erano sistemati una quindicina di ostacoli a intervalli regolari, sia singoli che in gabbie. Quasi tutti erano costituiti da barriere dai colori vivaci, ognuna in condizioni perfette, proprio come A.J. si aspettava dall'attrezzatura di Devlin. Erano disposti in modi e ad altezze diversi, dandole un'eccellente occasione per acquistare familiarità in sella a Sabbath con i salti che avrebbe affrontato in gara.

Era un paradiso per un saltatore.

E guardando il suo nuovo parco di divertimenti, il sangue dello stallone pompava forte. Sapeva cosa stava per fare, e nei suoi occhi si leggeva il desiderio di un guerriero di scontrarsi con un avversario alla sua altezza. A.J. capì dal movimento delle zampe e dai nitriti intensi che Sabbath era impaziente di cominciare.

Non ancora, Flash Gordon, pensò.

Prima avrebbero dovuto fare un po' di lavoro in piano. Anche se era molto meno eccitante di galoppare sugli ostacoli, aveva un ruolo fondamentale nell'iter addestrativo. Esercitandosi insieme sulle diverse andature, A.J. e lo stallone avrebbero avuto l'opportunità di conoscersi meglio e di riscaldarsi prima di affrontare la parte più faticosa.

«Vuoi una spinta?» le chiese Devlin.

«Grazie.» A.J. fece passare le redini sopra la testa di Sabbath, tenendole con la mano sinistra. Appoggiò l'altra mano sull'arco posteriore della sella e sollevò la gamba sinistra, in attesa che Devlin la spingesse.

Lui si mise dietro di lei, avvicinando il corpo al suo. Mentre si piegava e le toccava il polpaccio, sentì di nuovo il profumo delicato di lavanda nelle onde dei capelli legati sulla nuca. Non poté fare a meno di chiedersi se anche la pelle avesse lo stesso odore.

L'allenamento, ricordò a sé stesso mentre le toccava la caviglia. Sei qui per l'allenamento.

A.J. fu colta alla sprovvista dalla sensazione della sua mano sulla gamba, e poi fu sollevata da terra e si ritrovò in groppa allo stallone. Sentì la sella aggiustarsi sotto di lei e Sabbath spostare il peso, ma i suoi pensieri erano rivolti al modo in cui Devlin aveva indugiato sul suo polpaccio.

«Tutto a posto lì sopra?»

«Sì» rispose con voce roca.

A.J. lo osservò raggiungere il centro del campo con lo stomaco sottosopra. Si chiese di che colore avesse gli occhi quando faceva l'amore, e dovette mordersi il labbro per evitare di mettersi a gridare dalla frustrazione.

L'unico colore su cui doveva concentrarsi era il marrone, quello della terra che avrebbe mangiato se non fosse stata attenta. Stava montando un cavallo che non conosceva e con una brutta reputazione, perciò se non avesse dato il meglio di sé, sarebbe di sicuro caduta. Proprio in quel momento, Sabbath alzò la testa e sfregò gli zoccoli contro la terra, come se volesse confermare i suoi pensieri.

Per ora ci scaldiamo lentamente, pensò, faticando a controllarlo. Un po' di lavoro in piano era tutto quello che si sentiva di fare in quel momento.

Ma lo stallone aveva altri programmi.

Non appena A.J. si abbassò per controllare un'ultima volta la martingala, mentre stava ancora rimuginando su Devlin, il cavallo sfruttò il suo tempismo perfetto. Sapeva che lo spostamento di peso significava che lei era distratta, e ne approfittò. Con una mezza impennata, partì a razzo verso il centro del campo, correndo a folle velocità verso uno degli ostacoli.

A.J. doveva pensare in fretta. Grazie al suo istinto riuscì a recuperare l'equilibrio, evitando per un pelo di cadere quando Sabbath si alzò con forza sulle zampe posteriori. Con la rapidità di un fulmine, lo stallone macinava metri e non le restava molto tempo per capire a cosa stesse puntando con tanta ostinazione. Guardando l'ostacolo che si avvicinava, era certa che avrebbero potuto saltarlo, ma Sabbath era appena uscito dal box e non voleva che si facesse male. E cosa più importante, doveva insegnargli che non poteva ribellarsi al morso e partire in quel modo ogni volta che ne aveva voglia.

Appoggiandosi il più possibile sulla sella, usò il suo peso per spingere sulle staffe e tirò indietro le redini come se stesse cercando di sradicare il troncone di una quercia. Gli zoccoli scatenati dello stallone cominciarono a rallentare un po' e A.J. ne approfittò per spostarsi di lato. Il cambio di assetto lo costrinse a deviare la traiettoria e così mancò l'ostacolo, arrivando all'estremità opposta del campo caracollando.

Accadde tutto così in fretta che se non fosse stato per i colpi degli zoccoli sulla terra, Devlin non se ne sarebbe nemmeno accorto. Quando sollevò lo sguardo verso il rumore, vide l'imponente cavallo morello scattare in avanti e osservò la reazione di A.J., sapendo che gli avrebbe detto di più sulle sue abilità di amazzone che un'intera settimana di allenamento intenso. Invece di agitarsi, la ragazza si concentrò e fece rallentare Sabbath senza tirare troppo sulla bocca o rischiare che uno dei due si facesse male. Era la reazione misurata di una vera professionista e Devlin ne fu sollevato. Quando un cavallo è in fuga, tutto l'addestramento del mondo non basterebbe ad aiutare un cavaliere con poco istinto. In sella a un animale senza controllo, un cavaliere o ha i giusti riflessi oppure si ritrova a terra.

L'istinto di A.J. era buono.

E ne avrà bisogno, pensò, camminando verso di loro.

«Te la sei cavata bene» disse.

A.J. sentì il tono di approvazione nella sua voce e si animò. «Be', una cosa la sappiamo. È forte e veloce.»

«E ha un ottimo tempismo.»

Sabbath si agitava sotto di lei, impaziente. A.J. gli tenne la testa ferma con le redini.

«Avrei dovuto essere più preparata.»

«Sei stata brava. Era inevitabile che provasse a fare qualcosa.»

Il sorriso di Devlin le trasmise ottimismo. Il cavallo era atletico quanto aveva sperato e il suo istruttore si stava dimostrando un vero alleato. Perciò che problema c'era se il primo aveva appena cercato di lanciarla come un pallone da rugby e lei era completamente attratta dal secondo? Anche se la sua decisione affrettata le era costata molti soldi e un litigio con la sua famiglia, pensò che forse le cose si sarebbero comunque sistemate.

Sabbath nitrì e sollevò la testa, scalciando l'aria con le zampe.

O forse no, pensò, riprendendo il controllo.

«Adesso che ci ha dimostrato di essere un ribelle,» disse Devlin, guardando lo stallone negli occhi «vediamo cosa succede quando gli chiediamo di comportarsi bene.»

A.J. annuì e indirizzò Sabbath verso il bordo del campo, tenendolo al trotto. Ma a ogni battuta lui cercava di alzare la testa, e A.J. iniziava ad avere la sensazione di essere in una gara di tiro alla fune. Lo stallone stava testando la sua forza, valutando la sua determinazione. Poteva solo sperare che si stancasse prima che le si allungassero le braccia fino a toccare terra con le nocche.

Devlin la osservò mentre lasciava che lo stallone sfogasse l'entusiasmo di trovarsi in campo. Le sue mani erano salde ma delicate, ed era seduta sulla sella con una naturalezza e un portamento innati. Anche se era la loro prima volta insieme, e Sabbath continuava a prendere il morso tra i denti come se le redini fossero di zucchero filato, formavano una bella coppia. Grazie alla sua altezza e alla sua palese forza, lo stallone sosteneva il corpo lungo di A.J. con facilità, e l'atteggiamento calmo e sicuro di quest'ultima si sposava perfettamente con la falcata alta e irrequieta del cavallo.

Sembravano fatti l'uno per l'altra.

Devlin pensò a Mercy e, per scacciare l'amarezza, cominciò a chiamare cambi di andature e di direzione. A.J. e lo stallone trascorsero l'ora successiva ad allenarsi, compiendo esercizi sempre più impegnativi. Quando fu soddisfatto dei loro sforzi, li chiamò al centro del campo.

Il sorriso di A.J. era accecante quanto il sole del pomeriggio. «Non è fantastico?»

«Ha i suoi pregi, ma c'è molto lavoro da fare. Questo cavallo ha le sue idee su come dovrebbero andare le cose e deve imparare a essere più disciplinato.»

«Di positivo c'è che per più di un'ora non ha cercato di scaraventarmi a terra.»

«È un ribelle, vero?»

A.J. annuì.

«Come ti sei trovata?»

«Tutto liscio come l'olio» disse A.J. togliendosi il cap e spingendo indietro i capelli che aveva sul viso. «È come nuotare nel mare calmo. Finché non cerca di prendermi la mano.»

Guardandola, Devlin si rese conto che adorava osservarla muoversi. C'era un'armonia innata nella sua forza, era aggraziata e molto attraente. Era magra, certo, ma energica e combattiva, eppure molto femminile.

Sorrise. «Quando raggiunge un'andatura regolare, da bordo campo è uno spettacolo.»

E non solo lui, pensò.

A.J. gli sorrise rimettendosi il cap in velluto. «Forse si annoia facilmente, tutto qui.»

«Allora diamogli qualcosa a cui pensare.»

Devlin le mostrò la cartelletta e descrisse un percorso a ostacoli. La sequenza cominciava con alcuni verticali di altezza ridotta e poi proseguiva aumentando la difficoltà. La parte più impegnativa era una combinazione di oxer. Ogni singolo oxer era composto da tre verticali a scalare, e testava la capacità di saltare sia in altezza che in larghezza. Una combinazione significava che c'erano due o più elementi separati da una falcata singola.

«Ti farei provare la riviera ma non ho avuto tempo di riempirla d'acqua» disse. «Se viene Chester ci penserà lui.»

«Chester?»

«È un vecchio amico» rispose, e cambiò discorso.

A.J. fece finta di niente e gli chiese chiarimenti sulle distanze e sulle falcate. Devlin rispose alle sue domande e le disse che cosa voleva. Ogni ostacolo metteva alla prova un'abilità particolare, o sua o del cavallo, e lei rimase impressionata dal suo modo di pensare.

A parte i ragionamenti maniacali, c'era una cosa chiaramente a suo favore, pensò, facendo girare il cavallo. Il suo istruttore sapeva benissimo quello che stava facendo.

A.J. mise Sabbath a un canter leggero a bordo campo e si avvicinarono al primo ostacolo tutti e due tesi, cercando entrambi di controllare le redini. Sabbath vinse la battaglia e le prese la mano, galoppando verso il verticale facile e superandolo con un salto enorme, più lungo del necessario. Atterrarono come un sacco di patate che cade per terra. Il cavallo si mise a correre intorno al campo, e la situazione non fece altro che peggiorare. Quando superarono l'ultimo oxer, ad A.J. sembrava di essere appena uscita da una centrifuga.

Mentre dirigeva il cavallo verso Devlin, si sentiva sconfitta, pronta a ricevere le sue critiche. «Altro che liscio come l'olio. Credo che mi stiano per cadere i molari. Quella di prima era una farsa.»

Notando l'espressione di Devlin, aggrottò le sopracciglia. «Si può sapere perché stai sorridendo?»

«È un gigante volubile. E deve imparare le buone maniere, ma ha una falcata eccezionale ed è veloce come una macchina da corsa. Potrebbe diventare uno dei grandi.»

«Sei impazzito?» gli chiese, con le braccia molli come il budino dopo aver passato tutto quel tempo a lottare per mantenere il contatto con la bocca dello stallone. «Tanto valeva che rimanessi giù a dargli ordini con le bandierine, per quanto mi ha dato retta.»

«Possiamo insegnargli a prestarti attenzione.» Gli occhi nocciola di Devlin erano pieni di entusiasmo. «Ma quello che non possiamo fare è motivarlo. Questo cavallo non vede l'ora di sentire l'aria sotto gli zoccoli e salta questi ostacoli come se fossero delle pozzanghere.»

«Secondo me non capisce» mormorò. «Prende la mano in continuazione. Io sono solo un peso sulla sua schiena.»

«È a questo che serve l'allenamento.» Devlin fece un cenno verso gli ostacoli. «Adesso falli di nuovo.»

***

Si stava facendo buio quando A.J. riportò la sella nella selleria e si fermò a osservare Sabbath che ruminava un po' di fieno nel box. Non si sentiva più le braccia, le pulsavano le mani e le stava venendo il mal di testa. Era come se avesse trascorso l'intero pomeriggio su un treno ad alta velocità, e anche se adesso aveva i piedi ben piantati a terra, le sembrava di essere ancora in movimento.

Gran bell'inizio, pensò, inarcando la schiena e sentendola tutta indolenzita.

I giri successivi non erano andati molto meglio del primo, e il pomeriggio era stato un susseguirsi confuso di salti violenti e ricezioni brusche. Scoraggiata, pensò che non c'era niente di più efficace che scontrarsi con la realtà per far crollare una fantasia. Stando così le cose, avrebbe dovuto aspirare a fare un percorso completo in allenamento, altro che vincere un concorso.

Si accorse che Devlin si stava avvicinando.

«Hai fatto un buon lavoro oggi» disse, dalla porta della scuderia.

A.J. si voltò, senza preoccuparsi di nascondere la delusione, e provò un po' di sollievo. Dietro a quelle spalle larghe, il sole si stava posando sulle verdi colline ondeggianti. La luce dorata scendeva sull'erba e scivolava nella scuderia come miele. Sentì il profumo dolce del fieno e il rumore rassicurante dei denti di Sabbath che masticavano. Ma più di tutto il resto, c'era una tenerezza negli occhi di Devlin che le risollevò il morale come niente che le avesse detto avrebbe potuto fare.

Appena si voltò verso di lui, Devlin capì che aveva davanti una persona esausta. C'era un velo di fragilità su di lei, come se fosse sul punto di crollare. Certo, non poteva biasimarla. Sapeva che pochi cavalieri sarebbero stati all'altezza di gestire i modi ostinati di quel bestione nero per tutto un pomeriggio.

Era molto colpito. A.J. aveva speso tutte le sue energie per controllare Sabbath in campo, trattenendolo davanti a ogni ostacolo, tirandolo per uscire dagli angoli, lottando per assicurarsi che tenesse la giusta andatura. Solo osservarla era stato estenuante, ma lei aveva resistito. Ogni volta che gli aveva ordinato di ricominciare il giro, lei lo aveva fatto, più e più volte, senza mai lamentarsi. Dire che era rimasto sorpreso dalla sua determinazione era poco. Le ragazzine ricche e viziate non si comportavano così. Al diavolo, molti cavalieri professionisti non avrebbero sopportato le sue richieste o il brutto comportamento di quello stallone.

Ma quello che l'aveva davvero stupito era stato il dopo. Senza chiedere aiuto, anche se sembrava sul punto di svenire per la stanchezza, si era occupata dei bisogni dello stallone con estrema meticolosità, come se avesse trascorso il pomeriggio a passeggiare in giro per la scuderia. In campo aveva dimostrato di essere determinata, ma il suo comportamento fuori dal campo era una questione di carattere.

«Credo che per oggi possa bastare» disse, appendendo la cartelletta al chiodo.

«Voglio solo controllare i finimenti.»

«Ci penso io» disse. «Tu hai bisogno di andare a casa.»

«Ci vorrà solo un...»

«Vai a casa e riposati.» Notò che cercava di nascondere uno sbadiglio con il dorso della mano. «A che ora puoi venire domani?»

A.J. fece una smorfia.

«Cosa c'è?» disse. «Non dirmi che vuoi dormire qui con lui. Non ne hai avuto abbastanza per un giorno?»

«In realtà...»

«Ti posso assicurare che qui starà benissimo. Vuoi uno di quegli interfoni per sentire se il bambino piange?»

«Voglio il tuo divano.» Le parole le uscirono di colpo. «Ti dispiace se dormo nel tuo salotto anche stanotte?»

Devlin sembrò sorpreso. «Sei così stanca?»

«No.»

Aggrottò le sopracciglia. «La villa di tuo padre è grande a sufficienza per ospitare un'intera scuola. Ha deciso improvvisamente di trasformare la casa in un dormitorio per studenti o è un'altra conseguenza della separazione dalla tua famiglia?»

«Lo spazio non è un problema.»

«Non è solo per una notte, vero?»

«No.»

Il suo sguardo si fece distante, e A.J. capì che stava riflettendo.

«Posso pagarti» si offrì.

Alzò gli occhi al cielo. «Ricominciamo con questa storia. Come ti ho già detto, i soldi non hanno un grosso effetto su di me.»

«Non vorrei approfittare della tua ospitalità. So che è un'imposizione.»

«Non è quello che mi preoccupa» disse a bassa voce. Non era sicuro di poter dividere il bagno con qualcuno che aveva quell'effetto su di lui.

Questa donna viene a stare qui, pensò, e sarò fortunato se non mi sgretolerò i denti per placare la frustrazione sessuale. Nel giro di una settimana comincerò a cibarmi con una cannuccia e a farfugliare cose senza senso.

Di colpo, immaginò di vederla uscire dalla vasca da bagno, con la pelle arrossata dall'acqua calda, vortici di vapore intorno a lei come in un incantesimo irresistibile. Cercò di allontanare quella fantasia ma non ci riuscì. Con un movimento brusco, si mise le mani in tasca per non cadere nella tentazione di toccarla.

Se rimanesse qui, sarebbe più comodo per l'allenamento, gli disse una vocina. Meno tempo per gli spostamenti, più tempo con il cavallo.

Nella sua testa scoppiò una disputa tra le sue responsabilità professionali e i suoi istinti di uomo, un duello mentale dal quale uscì stremato.

Alla fine prese una decisione. «Se vuoi barattare il tuo letto di piume per un vecchio divano, a me va bene.»

A.J. si sentì sollevata. «Grazie. So che non sei obbligato.»

«In questo momento, lo considero più un servizio reso alla comunità. Non hai l'aspetto di chi dovrebbe usare macchinari pesanti, e questo include cabriolet rosse fiammanti.»

Camminarono insieme fino all'automobile di A.J. per prendere i suoi bagagli, entrambi pienamente consapevoli della posizione in cui si trovavano adesso. Erano due persone legate da una forte attrazione a cui non avevano alcuna intenzione di cedere. E che avrebbero vissuto sotto lo stesso tetto per due mesi. Prima che una delle due prendesse parte all'evento più impegnativo del mondo dell'equitazione.

Non posso credere che stia succedendo, pensò A.J., sul punto di esplodere in una risatina isterica. Avrebbe vissuto insieme a Devlin McCloud.

«Meno male che sei venuta preparata» le disse, prendendo uno dei borsoni.

«Avevo due alternative: casa tua, o l'esotico motel a una stella, Il Palazzo di Nerone.» Prese l'altro borsone e poi sollevò la capote della macchina.

Quando arrivarono alla fattoria, Devlin le tenne la porta aperta e A.J. passando lo sfiorò. Il contatto fu come una scossa.

«Mi occupo io della cena» disse, appoggiando la sua valigia di fianco al divano. «Sai già dov'è la doccia.»

A.J. ebbe l'impressione che avesse fretta di lasciare la stanza. Dopo che se ne fu andato, posò il borsone, appese la giacca e si chiese se dovesse seguirlo in cucina per aiutarlo. Guardandosi le mani notò che erano sporche, e le prudeva la testa per aver indossato il cap tutto il pomeriggio, perciò decise di accantonare quel pensiero gentile e salì di sopra.

Il bagno non era grande ma dotato di tutti i comfort, compresa una vasca idromassaggio che guardò fortemente tentata. Aprì i rubinetti e osservò con avidità l'acqua che saliva e i getti che cominciavano a fare le loro magie. Rovistò nella borsa e trovò i suoi sali da bagno, li disperse nell'acqua schiumosa e aspettò che rilasciassero un delicato profumo di lavanda.

Quando era stata l'ultima volta che aveva fatto un bagno? Le tornarono alla mente dei vaghi ricordi che risalivano all'inverno precedente. Se non si sbagliava era malata, e aveva un naso rosso come quello di un pagliaccio e una tosse con un sibilo che sembrava avesse ingoiato un fischietto. In quel caso, era stato terapeutico.

In questo, sarebbe stato un puro piacere.

Nonostante fosse esausta, si tolse i vestiti con entusiasmo ed entrò nell'acqua increspata, profumata. La vasca era grande, perciò si immerse sdraiandosi completamente tra i getti di acqua calda che le massaggiavano i muscoli doloranti. Quando uscì, molto più tardi, con la pelle arrossata e radiosa, le sembrò di essere rinata. Dopo essersi asciugata, si infilò un paio di pantaloni comodi e un maglione color crema. Lasciò i capelli sciolti sulle spalle per farli asciugare e mentre scendeva le scale si sentiva un'altra.

Arrivata al piano di sotto, le cose non fecero che migliorare. Dalla cucina arrivava un profumo delizioso ed entrò nella stanza con lo stomaco che brontolava in segno di approvazione. Devlin era ai fornelli, stava girando il contenuto di una pentola. Sul tavolo c'erano due scodelle profonde e di fianco dei cucchiai enormi appoggiati su tovaglioli piegati alla perfezione. Le uniche altre cose sulla superficie ruvida erano due spargitori di legno per il sale e il pepe e il cestino del pane.

«Se ti siedi ti servo» disse Devlin.

«C'è un profumino meraviglioso.»

Oltre a essere obiettivamente attraente e talentuoso, sa *anche* cucinare, pensò, mentre si sedeva e si metteva il tovagliolo sulle gambe.

Quando Devlin si allungò per prendere la sua scodella e gliela restituì con una porzione abbondante di stufato di manzo e verdure, A.J. sorrise. Era una cena molto diversa dai cibi ricercati e inconsistenti nei piatti di porcellana delicati che venivano serviti alla villa. Il menu che usciva dalla cucina di Regina si riduceva a pezzi striminziti di carne o pesce accompagnati da verdure appariscenti ma poco sostanziose. Per qualcuno il cui unico esercizio era ammirare sé stessa, poteva andare, aveva sempre pensato A.J. Ma era una dieta del tutto insufficiente per un'atleta, e così, ben presto, aveva imparato a infilarsi un panino sotto il braccio mentre andava in camera.

Ma questa sì che è una cena, pensò meravigliata, guardando il suo piatto.

«Puoi smetterla di fissarlo» disse Devlin, sedendosi con la sua porzione generosa. «So che non è astice alla Newburg ma ti assicuro che non morirai avvelenata.»

«Stavo solo pensando quanto ti sono riconoscente. Sono stanca di cene che richiedono ore di preparazione e pochi minuti per essere consumate. Se non vedrò mai più un'altra maledetta crêpe o qualcosa con una guarnizione di indivia, sarò solo felice.»

«Be', qui sei al sicuro.» Rise. «Io sono un tipo da bistecca e patate.»

Devlin la osservò assaggiare lo stufato, pensando che A.J. fosse un vero groviglio di contraddizioni. Una ricca dilettante che si puliva i finimenti da sola e voleva dormire sul suo divano invece che in un castello. Un'atleta determinata, dall'aspetto troppo fragile per aver lottato con quello stallone tutto il pomeriggio. Una seduttrice che gli faceva ribollire il sangue ma che sembrava del tutto inconsapevole di essere bellissima. Una donna che era stata cresciuta con pietanze ricercate che adesso stava mangiando il suo stufato come se fosse la cosa più buona che avesse mai assaggiato.

Forse non sono attratto da lei, pensò. Sono solo confuso.

A.J. si riempì la bocca con un'altra cucchiaiata e sospirò soddisfatta, poi alzò lo sguardo verso di lui. «E pensare che ho sempre creduto che il bucato appena uscito dall'asciugatrice fosse l'apice della goduria.»

«Sono sicuro che hai mangiato di meglio» disse, cercando di non affogare nel blu di quegli occhi così affascinanti.

«Be', di sicuro ho mangiato di meno. Quello che mi portano di solito potrebbe stare nel capo di uno spillo ed è più artistico che commestibile.»

Devlin sollevò un sopracciglio.

«Al cuoco di Regina piace esprimersi in tre dimensioni. È bravissimo con i colori, la forma e la presentazione. È meno portato per le calorie.»

«Regina è la matrigna cattiva?»

«Direi più onnipresente» replicò A.J. tra un boccone e l'altro. «Per essere una donna bassa, riesce a occupare un sacco di spazio.»

«La personalità può far guadagnare centimetri quando i tacchi falliscono.»

«Ci hai preso in pieno. Mio padre la ama molto, però, e sembra felice, perciò chi sono io per giudicare? Prendo un paio di panini di nascosto mentre vado al piano di sopra e finisce lì. Come fa lui.»

«E tua madre dov'è?»

A.J. esitò un momento prima di rispondere. «Non c'è più da molto tempo ormai. È morta quando ero piccola.»

Le sue parole erano misurate, non lasciavano trasparire niente se non i fatti. Le pronunciava da tempo immemore, una parte di sé che rivelava agli altri come avrebbe fatto con il suo indirizzo o il numero di telefono. Qualunque sentimento di dolore lo teneva per sé.

«Mi dispiace.»

A.J. reagì a quell'affermazione scrollando le spalle, come faceva sempre. «Ero molto piccola e non la conoscevo un granché.»

«È comunque una perdita terribile.»

«Cerco di non guardare indietro.»

«Non ti manca?»

«Certo che mi manca, ma non è in cima ai miei pensieri.»

«Non immagini mai come sarebbe se ci fosse ancora?»

«Ma io non so come potrebbe essere. Le cose che le persone fanno normalmente con la loro madre sono tutte ipotetiche per me. È difficile sentire la mancanza di qualcosa che non hai mai avuto.»

«Sei una donna molto forte.»

A.J. alzò gli occhi verso di lui, sentendo arrivare un rispetto dall'altra parte del tavolo che le fece un enorme piacere. Quello sguardo la toccava nel profondo.

«Non so se si tratti di forza. È solo che non mi piace perdermi in un periodo della mia vita che non potrà mai tornare e che probabilmente nemmeno ricordo con chiarezza. Cucire insieme fantasie dell'infanzia può creare una coperta calda con cui ripararsi ma non è un sostituto della vita reale.»

«Come fai ad andare avanti con tanta facilità?» C'era una punta di amarezza nelle sue parole.

«Non ho scelta, non ti pare?» disse con dolcezza. «Suppongo di aver accettato che lei non ci sia più. L'idea che tutti vivano per sempre e che niente cambierà mai è solo un'illusione.»

La guardò intensamente. «Io sto ancora cercando di lavorare sull'accettazione. Mi sembra che seppellire quell'illusione sia difficile quanto seppellire chi non c'è più.»

Distolse lo sguardo, desiderando tornare indietro ai giorni in cui credeva che niente potesse toccarlo, che avrebbe vinto per sempre. Al periodo in cui la sua unica preoccupazione era affrontare la prossima sfida.

«Passerà, sai» gli disse. «Davvero. Io ho avuto molto più tempo di te per abituarmi. Mia madre se n'è andata molto prima di Mercy.»

Osservò Devlin adombrarsi e non fu sorpresa quando cambiò discorso. Durante il resto della cena, parlarono tranquillamente dell'addestramento di Sabbath, ma dopo aver pulito i piatti, la sua espressione si fece di nuovo seria. Era in piedi sulla porta della cucina, con le dita sull'interruttore della luce, e A.J. gli passò accanto. Le posò una mano sul braccio per fermarla.

«Sono contento che tu sia qui» le disse piano. «Mi piace stare con te.»

Sorpresa ed eccitata dalla sua confessione, osservò il suo viso. «Suppongo che ti sia sentito solo qui senza nessuno. A me aiuta avere accanto delle persone quando soffro.»

«Non si tratta di persone qualunque. Mi fa stare bene avere *te* qui.»

Con un movimento repentino, si abbassò e appoggiò le labbra sulle sue. Colta di sorpresa, A.J. ansimò e lui ingoiò il suo respiro, facendola entrare dentro di sé. Mentre la bocca di Devlin si spostava sopra la sua, lei gli posò le mani sul petto, indugiando sul bavero della camicia. Desiderò subito che si avvicinasse ancora di più. Il tempo rallentò fino a fermarsi del tutto.

Poi, con un sospiro di frustrazione, Devlin si tirò indietro, rendendosi conto di quello che aveva fatto. La guardò negli occhi. Voleva darle una spiegazione, ma sapeva di doversene andare in fretta per non baciarla di nuovo.

Mentre girava l'angolo e saliva le scale, intravide il divano. Sei cuscini, due braccioli, e quindici metri di tessuto azzurro, ma era molto di più di un posto per sedersi, perché era lì che lei avrebbe dormito.

Cosa aveva fatto entrare in casa?, si chiese, con il cuore che gli scoppiava nel petto. Capì che qualcosa di pericoloso era arrivato insieme a quella donna, qualcosa che la seguiva da vicino, per questo all'inizio non si era accorto di quella presenza. Adesso vedeva una minaccia ovunque si voltasse. Dal giaccone appeso di fianco al suo, agli stivali da scuderia sistemati vicino alla porta, la sua ombra sembrava coprire ogni oggetto che un tempo gli era familiare, e adesso estraneo.

Cos'ho fatto?, pensava mentre saliva le scale ed entrava in bagno come uno zombi. Sentì all'istante l'odore di lavanda che aleggiava nell'aria e imprecò a bassa voce. Come gli avanzi di un banchetto, quel profumo si prendeva gioco di lui e accresceva il suo appetito. Immaginò il corpo di A.J. rivelarsi a lui nell'acqua profumata, senza che niente la proteggesse dai suoi occhi. Quel pensiero gli provocò un'ondata di calore mentre il sangue gli pompava nelle vene, e lo costrinse a rivalutare ciò che considerava insopportabile.

Passandosi con forza una mano tra i capelli, raggiunse il lavandino e fissò il suo viso nel riflesso. Sembrava un uomo a corto di ossigeno, ed era così che si sentiva. Aveva un peso sul petto e gli girava la testa. Le uniche cose su cui non aveva dubbi erano la passione che aveva in corpo e il dolore al cuore.

Invece di abbandonarsi a una delle due, si buttò dell'acqua in faccia e strinse i denti.

Datti una calmata.

Dopo essersi spazzolato i denti con vigore, andò in camera, dove si spogliò e si mise a letto. Fissando il soffitto nella luce fioca, vide solo quel corpo come la sua mente l'immaginava, steso davanti ai suoi occhi e alla sua bocca, la superficie e i contorni a sua disposizione perché lui li scoprisse.

Rigirandosi senza pace, diede un pugno al cuscino e guardò il comodino.

Il libro sulle leggende del baseball stanotte non mi aiuterà, pensò. Per perdere conoscenza ci vorrebbe qualcosa di più simile a un martello a testa tonda. Ed è un vero peccato che quell'affare sia nella scuderia.

5

Nell'attesa di sentire la porta di Devlin chiudersi, A.J. occupò il tempo preparando il divano e indossando una maglietta pulita. L'indolenzimento alle braccia rese quelle semplici azioni un compito faticoso, ma la sua testa era da un'altra parte. Si muoveva come un robot, spostandosi da una stanza all'altra in uno stato di stordimento, e fu solo dopo aver sbattuto lo stinco contro il tavolino che si mise a sedere per massaggiarsi.

Mantenere la loro relazione su un piano lavorativo era senza dubbio la cosa giusta da fare. Era stato difficile concentrarsi sull'allenamento dopo essere stata tra le sue braccia e aver sentito le loro lingue una contro l'altra. Ma adesso che le aveva dato il bacio della buonanotte era peggio, perché le aveva ricordato che quello che c'era tra di loro andava oltre la passione, oltre l'ardore, o il sangue che pompava nelle vene, o la sensazione elettrizzante di desiderio...

A.J. scosse la testa.

Adesso era peggio perché quel bacio era frutto anche dei loro sentimenti. Del fatto che le avesse detto che gli piaceva averla lì con lui, e della sensazione che Devlin si stesse aprendo con lei, poco a poco.

Devo tenere a mente che sono qui con lui per prepararmi alle qualificazioni, si disse con severità. Non per innamorarmi.

Rabbrividì pensando alle implicazioni della parola 'amore' con la A maiuscola.

Le batteva il cuore forte per la paura, e l'idea che stesse dando troppa importanza alla conversazione avvenuta a cena la inquietò. Malgrado avesse detto il contrario, forse si era confidato con lei solo perché aveva voglia di sfogarsi.

Può essere che non lo sappia neanche lui?, si chiese.

E ripensare ai baci che si erano scambiati la rattristò ancora di più. Devlin McCloud era un uomo molto passionale. Era evidente. Le venne di nuovo il dubbio che quel forte desiderio tra loro non fosse insolito per lui, anche se per lei era una rivelazione.

Viste le sue esperienze, lei non era esattamente il genere di donna per cui gli uomini buttavano giù le porte. Be', forse se si fosse trovata in una casa in fiamme e l'uomo in questione fosse stato un buon samaritano con un'ascia a portata di mano... Ma non aveva mai pensato che qualcuno lo avrebbe fatto per amore.

Non che le mancassero colleghi uomini. Al maneggio dei Sutherland le veniva sempre chiesto di partecipare alle riunioni per studiare le strategie di gara, ai consulti veterinari e alle scelte di squadra. Ma non era il tipo da invitare al bar per prendere una birra e giocare a biliardo.

Per non parlare di una serata romantica. Se le sembrava che fosse trascorso molto tempo da quando aveva fatto un bagno in una vasca, l'ultima volta che era uscita con un uomo risaliva ai tempi della pietra. Sentire il calore del corpo di qualcuno, scambiarsi baci furtivi, provare un reciproco desiderio che facesse dimenticare il resto del mondo, niente di tutto quello le capitava da una vita.

Per meglio dire, mai.

Era come se le mancasse qualcosa e gli uomini lo sapessero. Il problema era che, prima di incontrare Devlin, non ne aveva mai sentito il bisogno. I cavalli e le gare erano sempre stati sufficienti. I suoi giorni erano pieni, e le notti... Le notti erano fatte per riposare, non per l'amore, ma a lei andava bene così.

Allora cosa c'era in lui che le rendeva tanto difficile comportarsi da ragazza perbene? Con due soli baci, era riuscito a farle pensare che il sesso avesse un vero potenziale.

Snervata, allontanò dalla mente ulteriori riflessioni sulla loro attrazione, per analizzare cosa l'aveva spinta a raccontargli del suo passato. Non ricordava l'ultima volta che aveva parlato di sua madre. Era un argomento che teneva per sé, e aver permesso a Devlin di vedere la sua parte più intima la turbava. Seduta a quel tavolo con lui, mentre condividevano le loro sofferenze, le era sembrato del tutto normale fare quelle ammissioni, ma adesso, seduta lì da sola, non ne era più così sicura. Tra i baci e le confessioni, si era concessa di essere fisicamente ed emotivamente vulnerabile in un momento in cui aveva bisogno più che mai di essere forte. Se non avesse mantenuto il controllo, non sarebbe riuscita ad affrontare le qualificazioni.

Guardando il soffitto, si chiese come avrebbe fatto ad arrivare alla fine di quella gara tutta intera. E aspettò in silenzio una risposta che non arrivò.

Quando sentì la porta della camera di Devlin che si chiudeva, salì le scale senza fare rumore, si infilò in bagno, e portò a termine la sua solita routine nella metà del tempo che impiegava normalmente. Uscendo, passò davanti alla sua porta chiusa e per un attimo indugiò, rendendosi conto che non era affatto finita tra loro, nonostante le promesse di mantenere tutto su un piano professionale. Quella premonizione le provocò una scossa lungo la spina dorsale, e cercò di convincersi che quella strana sensazione fosse frutto della stanchezza e del turbamento, non del fatto che potesse prevedere il futuro.

Se fossi una sensitiva, a quest'ora lo saprei, pensò mentre scendeva le scale. E negli anni avrei comprato molti più biglietti della lotteria.

Qualche ora dopo, A.J. si svegliò confusa. Si girò verso la finestra e guardò fuori. Una coperta di nuvole si era impadronita del cielo, soffocando la luce delle stelle e della luna. Si guardò in giro, ignara di cosa l'avesse svegliata. Sbatté le palpebre nel buio e trattenne il respiro, per capire di che rumore si trattasse.

Stava sognando o era reale?

Si mise in ascolto, aspettando di sentirlo di nuovo, mentre cercava di convincersi che era solo il suo subconscio. Nella quiete della notte, il vento autunnale soffiava sulla casa e i cardini delle vecchie persiane scricchiolavano, ma quelli erano rumori ordinari.

Dopo essere rimasta all'erta ancora un po', era pronta per rimettersi a dormire quando sentì un gemito soffocato, come qualcuno sofferente. Gettò via le coperte e saltò giù dal divano. Poi successe di nuovo, e capì che arrivava dal piano di sopra. Corse su per le scale.

Mentre le immagini delle manovre di primo soccorso le passavano davanti agli occhi, spalancò la porta della camera di Devlin. Si dimenava nel letto d'epoca in preda all'angoscia, lamentandosi come se lo stessero torturando. Le coperte erano attorcigliate come un serpente intorno al suo corpo nudo, bloccandogli le gambe e le braccia, aumentando la pressione dell'incubo. Corse al suo fianco.

Perso nel suo tormento, Devlin farfugliava cose senza senso. A.J. si avvicinò e gridò il suo nome. Non appena le sue mani gli toccarono il braccio, i suoi occhi si spalancarono come se fosse stato colpito da un fulmine. Disorientato, cercò di tirarsi su ma le coperte erano incollate alla pelle madida di sudore. A.J. si chinò in avanti per aiutarlo a liberarsi, cercando di ignorare il suo corpo nudo.

Con un movimento rapido, Devlin le afferrò le braccia, fissandola con insistenza, ma senza guardarla davvero.

«Sapevo che aveva qualcosa alla zampa» disse concitato.

Nella sua voce c'era il peso angosciante del rimorso, e quel sentimento sembrava vivo in lui nonostante fosse legato a fatti accaduti quasi un anno prima.

«È stata colpa mia. Non avrei dovuto farle saltare quegli ostacoli.»

Titubante, A.J. gli accarezzò i capelli, anche se temeva che non sarebbe servito a calmarlo. Era intrappolato nei ricordi, prigioniero della sua mente.

Gli occhi nocciola, solitamente vispi, erano come due pietre opache mentre scuoteva la testa senza darsi pace. «Se solo non avessi forzato la mano...»

«*Sssh*» disse A.J. con tono gentile. «Fai un bel respiro.»

Quando la luce di colpo squarciò il buio, Devlin si concentrò su di lei. Sotto il suo sguardo improvviso, A.J. si sentì come se fosse stata sorpresa a spiare nel suo dolore e cominciò a ritrarsi, cosciente della sua nudità tra le lenzuola intrecciate.

Devlin non la lasciò andare.

Si mosse con velocità e decisione, tirandola a sé e reclamando la sua bocca con veemenza. La sensazione di quel corpo contro il suo le provocò un fremito, e reagì aprendo la bocca. Ma mentre la sua lingua entrava con prepotenza dentro di lei, la voce della ragione le fece scattare dei campanelli d'allarme. Devlin era ancora disorientato e completamente nudo, e lei sapeva che trovarsi insieme al buio, nel suo letto, era come buttare benzina sul fuoco. Per quanto fosse tentata, cominciò ad allontanarsi, cercando di fare la cosa giusta.

Non riuscì a spostarsi di molto. Le sue braccia la strinsero contro di lui in protesta, e A.J. fece un ultimo tentativo prima di rinunciare a combattere quella battaglia iniziata con poca convinzione, e di farsi travolgere dalla passione.

Ma poi si lasciò andare e ricambiò il bacio con ardore, dando libero sfogo al desiderio e affondando le unghie nelle sue spalle nude.

Mentre le loro lingue si intrecciavano, il cuore prese a batterle forte e la temperatura del suo corpo si alzò tanto da farle girare la testa. Sentì le gambe muoversi da sole. Si divaricarono e si mise a cavalcioni sulla sua erezione, le lenzuola e i suoi slip erano fragili barriere tra il membro pulsante e il suo sesso caldo. Quando il suo corpo prese il sopravvento, la ragione venne spinta in un angolo buio, ridotta in piccoli frammenti.

Non aveva alcuna voglia di essere responsabile.

Devlin le infilò le mani sotto la maglietta, e A.J. ne sentì il tocco sulla pelle. Prima indugiarono sulle costole, poi scivolarono su, fermandosi sotto i seni ad accarezzare la pelle morbida con la punta delle dita, finché lei non gemette contro la sua bocca. Quando salirono con foga e la strinsero, stuzzicando i capezzoli appuntiti con i pollici, le sembrò di impazzire dal desiderio.

In un istante, il mondo si inclinò e cominciò a girare mentre Devlin la faceva rotolare sotto di lui, poi sentì le sue labbra attraverso il cotone sottile della maglietta. Guardò in basso e lo osservò leccarle il seno, stimolandole il capezzolo. Mentre la baciava, la maglietta si bagnò, incollandosi alla pelle, amplificando il piacere. A.J. inarcò il corpo contro il suo e buttò indietro la testa con un gemito. Approfittando di quel movimento, lui le alzò la maglietta fino al collo. Quando il suo respiro le sfiorò la pelle nuda gridò, sollevando le ginocchia. Devlin spinse il bacino contro di lei per cercare il suo calore. Poi le prese il capezzolo in bocca e tirò, e quella sensazione calda e umida le fece perdere il controllo.

«Devlin!» urlò.

Il suono del suo nome lo fece fermare.

Sollevò la testa, pietrificato, e A.J. si accorse dei loro respiri pesanti che riempivano la stanza. Aspettò, pregando che lui continuasse.

Invece, con lo stesso movimento inaspettato con cui l'aveva abbracciata all'improvviso, si separò da lei, e il suo distacco la lasciò nel gelo dell'imbarazzo. Era come vedersi chiudere in faccia i cancelli del paradiso, quando quasi tutto il corpo era ormai dall'altra parte. Mentre scendeva dal letto la vergogna le inondò il viso, e quando Devlin cominciò a scusarsi, le cose non fecero che peggiorare. Il tono pentito della sua voce bruciava quasi quanto l'umiliazione.

«Mi dispiace» disse, tirando le lenzuola per coprirsi. «Non volevo...»

«Non preoccuparti. Non pensiamoci più.»

Devlin disse una parolaccia a bassa voce. «Ma...»
«Ti prego, non dire niente.»
A.J. se ne andò senza aggiungere altro, con il viso in fiamme.
Correndo giù per le scale, sentì nel silenzio della notte il suono soffocato delle sue imprecazioni.

Quando la luce dell'alba trafisse il velo sottile della nebbia del mattino, Devlin si alzò. Non che avesse dormito. O che avesse qualcosa da fare a quell'ora assurda. Tutto quello che si augurava era che mettendosi in posizione verticale, la forza di gravità l'avrebbe aiutato a sgombrare la mente. Mentre era sdraiato sulla schiena, tutti i tentativi che aveva fatto erano falliti, e dio ne era testimone.

Dopo essersi vestito in fretta, scese lentamente le scale e rimase fermo sulla porta del salotto. A.J. stava dormendo, con un braccio sugli occhi per ripararsi dalla luce. Il letto improvvisato era un guazzabuglio di lenzuola e coperte, segno che anche lei si era rigirata più volte.

Almeno adesso dorme, pensò Devlin, ricordandosi di aver trascorso la notte appoggiato alla testiera, a fissare il vuoto. A pensare a loro due.

Era ancora confuso dagli oscuri motivi che l'avevano spinto ad afferrarla e non riusciva a trovare una spiegazione. Be', in un certo senso sapeva il perché, e ripensando a com'era stato averla contro di sé, il motivo era chiaro. Quello che non capiva, e non riusciva davvero a perdonarsi, era perché si fosse arreso al desiderio dopo che avevano entrambi concordato che la loro relazione avrebbe dovuto mantenersi su un piano professionale. Imputare il suo cedimento al fatto che si era appena risvegliato da un incubo non reggeva. Non stava pensando al passato quando l'aveva tirata a sé. Anzi, era molto concentrato sul presente.

Ed ecco dove lo aveva portato il suo impulso. Un altro rimorso, qualcos'altro che avrebbe voluto cancellare. Non che rinnegasse per un momento la sensazione di averla avuta sotto di lui. Cavolo, avrebbe tenuto con sé quel ricordo fino alla fine dei suoi giorni.

Quello che lo turbava era l'espressione sul viso di A.J. quando si era voltata per andarsene. Era troppo carica di imbarazzo e vergogna perché potesse sopportarla. Avrebbe dovuto essere lui a portare quel peso, non lei. Era stato lui a mettere il loro rapporto di lavoro su un piano diverso. Era stato lui a baciarla per primo. Era stato lui a spingersi oltre. Più volte.

A.J. si mosse e Devlin si rifugiò in cucina, andando dritto verso il telefono. Sentiva il bisogno di fare qualcosa di sensato, per cambiare la situazione in meglio. Anche se erano appena passate le cinque, compose quel numero familiare.

«Sì?» rispose la voce dall'altra parte del filo.

«Chester, sono io.»

«Sì.»

«Vuoi tornare?»

«Sì.»

«Tra mezz'ora?»

«Sì.»

Devlin riagganciò.

Ecco, quello sì che era un buon rapporto di lavoro. Comunicazione chiara, concisa. Nessuna complicazione.

Aggrottò le sopracciglia.

Ma d'altra parte, forse era stato facile perché non aveva alcun desiderio di vedere Chester Raymond uscire dalla sua vasca da bagno.

Muovendosi per la cucina in modo impacciato per via della gamba ancora addormentata, preparò il caffè, prese tre tazze e mentre tagliava delle grosse fette di pane integrale per tostarle, sentì Chester entrare dalla porta. Non c'era bisogno che bussasse. Da anni era una formalità superflua.

Devlin osservò il suo amico fermarsi e guardare il corpo addormentato sul divano.

Chester Raymond aveva quasi settant'anni, era nodoso e magro come una vecchia betulla, e forte come il vento delle terre del Nord. Era anche un uomo che accettava le sorprese con filosofia.

«'Giorno» disse, dopo essere entrato in cucina. Si tolse il cappellino da baseball malconcio, scoprendo ciuffi di capelli bianchi e un viso che portava i segni di anni di duro lavoro. Quando abbozzava un sorriso, cosa che succedeva spesso, sembrava che la pelle fosse troppa per la testa.

«'Giorno» rispose Devlin mentre riempiva una tazza e la metteva davanti alla sedia su cui sedeva sempre Chester. «Grazie per essere venuto.»

«Il piacere è mio. Cosa c'è sul divano?»

«Lei te la presento quando si sveglia.»

«'Lei?'»

Devlin annuì.

«E questa lei ha qualcosa a che vedere con quello che c'è nella tua scuderia? Ho sentito qualche nitrito quando ho parcheggiato, perciò sono andato a dare un'occhiata.»

«Ah-ah. Vuoi fare colazione?»

«Certo che sì.» Chester capì che non era il caso di insistere. Prima o poi il mistero si sarebbe svelato, e lui era uno di quegli uomini che sanno aspettare.

Ripiombarono immediatamente nella loro vecchia routine. Il groom sedette al tavolo e mise tre cucchiaini di zucchero nel caffè, mentre Devlin tirava fuori una scodella e la riempiva con due tazzine precise di cereali, un cucchiaio di burro d'arachidi e latte a sufficienza per coprire il tutto. Chester a colazione prendeva le stesse cose da cinquant'anni. Quell'abitudine gli dava un colorito giovanile.

Appoggiò la ciotola davanti all'uomo e si sedette con la sua tazza. «Perché ho la sensazione di essere l'unico sorpreso del fatto che stiamo di nuovo facendo colazione insieme?»

Chester scrollò le spalle, stuzzicandolo. «Perché sei l'unico.»

Sul viso di Devlin spuntò un sorriso. «Sei sempre impassibile.»

«No, sono solo più rilassato di te. Da che ti conosco, sei sempre stato agitato. Sempre combattivo, anche quando le cose ti vanno bene.»

«È passato un po' da quando le cose mi andavano bene.»

«Non è vero. È solo che adesso non riesci a vedere che direzione prendere.»

Rimasero in silenzio, mentre i fantasmi dell'anno precedente aleggiavano nell'aria.

«Allora, è passato un po' di tempo» disse Chester tra una cucchiaiata e l'altra. «Come stai?»

«Tiro avanti.»

«Ho visto gli ostacoli in campo.»

«Non sono per me.»

«Immaginavo.»

«Non gareggerò più, e anche se potessi montare, non lo so... Perdere Mercy è stato orribile.»

«Come se non lo sapessi. Manca anche a me. Ma le cose nella vita vanno e vengono, è così che funziona. Non puoi chiuderti in te stesso perché soffri. Quello che devi fare adesso è cercare qualcosa che prenda il suo posto.»

In quel momento, A.J. entrò in cucina. E Devlin pensò che si sarebbe strozzato.

«Buongiorno» disse, guardando Devlin con la coda dell'occhio prima di voltarsi verso Chester. Dal rossore sul suo viso, Devlin capì che si stava ricordando di quello che era successo nella sua camera da letto e gli sembrò che il colorito sulle guance le desse un aspetto radioso. A.J. indossava un paio di jeans e una maglietta comoda e non si era ancora legata i capelli, perciò quella chioma ambrata sembrava una stola gloriosa sulle sue spalle. Rivolgendo un sorriso di benvenuto all'uomo anziano, illuminò la stanza come un falò.

Chester sbatté due volte le palpebre, come se avesse visto un angelo.

«Io sono A.J.» disse, porgendogli la mano.

«E io sono contento di avere qualcosa di meglio da guardare a colazione della faccia di McCloud» rispose l'uomo, stringendole la mano con imbarazzo. «Chester Raymond.»

A.J. rise. Per un attimo Chester distolse lo sguardo.

Devlin aggrottò le sopracciglia e andò a prendere del caffè per A.J. «Ti conviene stare attenta. Sarà pure uno scapolo incallito, ma è un vero dongiovanni» mormorò.

«È tuo lo stallone nel box?» chiese Chester.

«È la mia croce, sì.»

«Bella struttura, occhi vispi, molti guai. Quello che ti salverà è il suo cuore. Si comporterà bene per la persona giusta.»

A.J. prese la tazza da Devlin. «Lo conosci?»

«Non ne ho bisogno. Ho dato un'occhiata nel box quando sono arrivato.» Chester raccolse gli ultimi cereali nella tazza. «Uno sguardo a un animale e so cosa c'è dentro. Proprio come i titoli dei giornali.»

«È sorprendente.» A.J. si mise a sedere.

«Chester legge velocemente» intervenne Devlin.

«Be', quando uno ha visto tanti cavalli come me, si affida all'istinto.»

A.J. si appoggiò al tavolo. «Sai, sono davvero sollevata di sentirtelo dire. È quello che ho pensato dal momento in cui ho posato il mio sguardo su Sabbath, ma dopo la nostra prima volta in campo ieri, sto avendo dei dubbi. Saltare gli ostacoli non è stata una bella esperienza per nessuno dei due.»

«Non dubitare del tuo istinto. È più probabile sbagliare ignorandolo che ascoltandolo.»

«Hai proprio ragione» disse.

Devlin cominciò a sentirsi messo da parte.

«Avete intenzione di continuare a parlare di come diventare padroni della vostra vita o ci mettiamo al lavoro?» chiese, incrociando le braccia sul petto.

Lo guardarono come se fosse un rompiscatole, e si sentì ridicolo. Da non crederci, era geloso di un settantenne. Che somigliava a un basset hound.

Chiaramente l'insonnia può far perdere il lume della ragione, pensò.

A.J. si alzò.

«Ci vediamo alla scuderia» disse, prendendo un pezzo di pane e buttando giù il resto del caffè. Lanciò all'uomo anziano un'occhiata radiosa e uscì senza degnare Devlin di uno sguardo.

Lui la osservò andare all'ingresso, infilarsi il giaccone con il pane in bocca e raggiungere in fretta la porta.

«Allora, quando pensi di sposarla?»

La domanda tranquilla di Chester gli cadde in testa come un secchio pieno di esche per la pesca.

Sputacchiò sul bordo della tazza. «Scusa?»

«Se devo dire la mia, mi sono sempre piaciuti i matrimoni in primavera.»

«Sei posseduto da una wedding planner o roba del genere?»

«Fai pure, respingi questa cosa come fai sempre con tutto quello che non puoi controllare. Non capisco perché ti dia tutto questo da fare, comunque. È chiaro che c'è qualcosa di irrisolto tra di voi.»

«No, un momento... deve essere lo spirito di uno di quei giornalisti delle rubriche per cuori solitari.»

L'anziano portò la ciotola nel lavandino scuotendo la testa.

«Dì pure quello che vuoi, ma non hai scampo.»

«Mi dispiace deluderti, ma ti stai sbagliando di grosso. Lei dorme sul divano, non nel mio letto, e sarà solo fino alle qualificazioni.» Devlin si alzò in piedi di scatto. Prese la tazza e il piatto e si avvicinò.

«Come vuoi tu.»

«Io non voglio *niente*. Questo è quello che sta succedendo.»

«Lo ripeto, come vuoi tu.»

Andarono verso la porta battibeccando, come ai vecchi tempi.

«Non c'è niente tra di noi.»

«Sì.»

«Sono serio.»

«Così come quello che *non* c'è tra di voi.»

Devlin si lasciò scappare una parolaccia, fermandosi davanti ai cappotti. «Da quando sei diventato un tipo romantico?»

«Almeno io con l'età miglioro.»

«Le allucinazioni non sono un miglioramento. Sono gli effetti di sostanze illegali.»

«Sempre meglio che diventare cieco per la cocciutaggine.»

«Senti, vecchio mio,» disse Devlin con un sorriso «vuoi aiutarmi a preparare il campo, o cosa?»

«Io sono pronto. Sei tu quello che perde tempo.»

Devlin si mise il giaccone. «Per l'amor del cielo, la vuoi smettere?»

«Non sono io ad avere un problema.»

«Be', non ce l'ho neanche io!»

«Lo vedo.»

Devlin aveva appena spalancato la porta quando Chester gli mise una mano sulla spalla. Il suo sguardo era serio.

«Lo so che non è facile per te, ragazzo. Sono contento che tu sia tornato.»

«Non sono tornato» disse, in modo burbero. «Non ci sono io in groppa a quello stallone.»

«Non c'è bisogno di essere in sella a un cavallo per rimettersi in gioco.»

Devlin si rese conto di non avere niente da obiettare.

Prima di uscire, guardò il suo bastone di legno appoggiato allo stipite. Il manico era consumato dalla stretta della sua mano e il fusto era scheggiato e graffiato per via di tutte le volte che lo aveva sbattuto contro qualcosa. Ce lo aveva da quando era uscito dall'ospedale.

Quel giorno lo lasciò a casa, e andò insieme a Chester nella scuderia.

Quando i due uomini aprirono la porta scorrevole, Sabbath era legato ai due venti e A.J. lo stava strigliando.

«Da oggi lo governo io per te» disse Chester, avanzando.

A.J. sorrise. «Grazie, ma preferisco continuare a farlo. È un modo per questo zuccone e per me di conoscerci. Ma accetto volentieri un po' di aiuto. C'è abbastanza superficie per due.»

«Decisamente.» L'uomo prese una striglia e si avvicinò allo stallone, che abbassò le orecchie.

«Oh, datti meno arie, bamboccio» disse Chester, con tono deciso.

Disorientato, Sabbath alzò le orecchie e sembrò ferito per essere stato congedato con tanta facilità. Si mise buono, assumendo un'espressione imbarazzata mentre il groom cominciava a strigliarlo.

Scacciando la nostalgia, Devlin prese la cartelletta e revisionò gli appunti del giorno prima. Invece di inserire dei cambiamenti negli ostacoli, decise di far allenare di nuovo lo stallone sullo stesso percorso. Sperava che la familiarità lo aiutasse a concentrarsi.

Dopo che Sabbath fu sellato, Chester uscì a controllare gli ostacoli.

«Vuoi che porti fuori la canna dell'acqua e che cominci a riempire la vasca?» chiese a Devlin.

«No, oggi no, Chester, grazie. Credo che ripeteremo quello che abbiamo fatto ieri.»

Sappiamo bene com'è andata a finire ieri, pensò. Perché aggiungere anche l'acqua a complicare le cose?

Mordicchiando la matita, osservò il groom camminare verso il campo, e riscoprì la familiarità in quella vecchia abitudine. Si chiese come si sarebbe comportato lo stallone con la riviera. Non era insolito che un cavallo nevrile avesse difficoltà ad affrontarla. La superficie luccicante poteva sembrare pericolosa e alcuni saltatori avevano problemi con gli stimoli visivi. Aveva visto creature impetuose come Sabbath scaraventare a terra il loro cavaliere solo per evitare delle pozzanghere. La chiave stava nel sapere se il proprio cavallo era un 'fifone' oppure no. Era un'informazione importante, e mentre rifletteva sul lavoro da fare quel giorno, decise che c'era già abbastanza di cui preoccuparsi. La riviera poteva aspettare.

Dopo aver dato un'ultima controllata al suo equipaggiamento, A.J. portò lo stallone in campo. C'era un bel sole e il cielo limpido d'autunno sopra di loro era un'immensa coperta azzurra. Mentre lei e Sabbath si avvicinavano a Chester, che stava aspettando di chiudere il cancello, A.J. pensò di evitare problemi e chiese all'uomo di darle una spinta per salire. Farsi aiutare da Devlin era fuori discussione. Il ricordo di quel corpo sopra il suo era ancora fresco nella sua memoria e non lo voleva troppo vicino. Solo ripensare alla notte precedente le dava le vertigini e non aveva nessuna intenzione di distrarsi ulteriormente.

Una volta in sella, A.J. rivolse un sorriso a Chester mentre stringeva la cinghia del cap. Condusse Sabbath al mezzo trotto vicino alla staccionata, e lo sentì rimbalzare sotto di lei, le sue zampe leggere sulla terra, le orecchie che si alzavano e abbassavano. Devlin prese posizione al centro del campo e cominciò a chiamare le andature. Con sua sorpresa, il lavoro in piano andò bene, e A.J. cercò di non illudersi troppo, ma era difficile non gioire. Anche se si sforzava di tenere a freno l'entusiasmo, era felice di imparare a conoscere i ritmi dello stallone, di capire come si sentiva durante le transizioni e i cambi di direzione. Si rese conto che, quando non si scatenava, Sabbath era reattivo e un vero spasso da montare.

Poco dopo, Devlin li chiamò per ripassare il percorso.

«Sei pronta?» le chiese, notando che si stirava le braccia. Aveva un'aria agitata.

«Certo.»

«Sembra che ti facciano male le braccia.»

«Sto bene.»

Devlin si avvicinò allo stallone e mise una mano sulla gamba di A.J. Immaginò di sentire il calore della sua pelle anche attraverso i chaps, e quando lei la spostò, il suo sguardo si incupì.

«A.J., parlami. Non fare la dura. Hai abbastanza forza per andare avanti?»

«Certo. Non mi fermerò solo perché sento dolore.»

«Essere perseveranti è un pregio. È lo è anche sapere quando fermarsi.»

La osservò guardare gli ostacoli, piegare le braccia e appoggiarsi alla sella. Sabbath pestò uno zoccolo e sollevò la testa, impaziente.

«Non abbiamo tempo...» disse.

«C'è sempre tempo. Fidati. È meglio essere chiari su ogni tua debolezza che fare finta di non averne.»

«Sto bene. Perché non mi credi?»

A.J. fece girare lo stallone e lui la guardò mentre si allontanava, colpito dalla padronanza che aveva del cavallo. E di sé. Per lei cedere alla stanchezza era come tirarsi indietro davanti a una sfida, e non lo avrebbe fatto. Devlin si rese conto che era molto simile a lui.

Il che significava che avrebbe dovuto tenerla d'occhio. Quando un atleta era ingordo come lei, il buonsenso poteva facilmente farne le spese. Era una lezione che lui aveva imparato a sue spese. Sperava di poterle risparmiare il dolore di condividere con lei cosa si perde quando ci si concentra su un obiettivo perdendo di vista tutto il resto.

A bordo campo, A.J. fissò il percorso, preparandosi con aria di sfida alla battaglia che stava per affrontare. Era così indolenzita dal giorno prima che persino lavarsi i denti era stata un'impresa.

Il riscaldamento non era andato troppo male ma sapeva cosa l'aspettava. Sarebbe riuscita a resistere?

Il malessere fisico non era l'unica cosa che la turbava. Il fatto che Devlin si preoccupasse per lei era toccante e al tempo stesso frustrante. Non capiva la pressione a cui tutti erano sottoposti? Avrebbero avuto bisogno di sfruttare ogni singolo giorno a loro disposizione per addestrare lo stallone. Riposarsi solo per via di qualche muscolo dolorante non li avrebbe fatti arrivare da nessuna parte.

Con determinazione, strinse la presa sulle redini e diede gambe. Lo stallone scattò in avanti, avvicinandosi al primo ostacolo più velocemente di quanto lei avrebbe voluto. Il salto andò sorprendentemente bene. In modo del tutto inaspettato, emerse parte di quella fluidità che A.J. aveva associato al lavoro in piano, ma poi, come se si fosse ricordato di essere un bastardo, Sabbath si rifiutò di girare, sollevando la testa e spostandosi di lato. A.J. dovette buttare il peso nella direzione opposta per cercare di controllarlo.

Riuscì a imporsi con la forza, e Sabbath superò l'ostacolo successivo, un muro basso, come se fosse grande quanto una scuderia. Ma in fase di girata lo stallone si oppose di nuovo, e quando si trovò davanti una gabbia di oxer, prese il morso e si scaraventò sugli ostacoli come una palla demolitrice.

«Alt» gridò Devlin. Di norma non avrebbe mai interrotto la concentrazione di un cavaliere nel bel mezzo di un percorso, ma non voleva che andassero oltre. Il cavallo era fuori controllo e avrebbero solo ottenuto che consolidasse un comportamento sbagliato se avessero proseguito il giro.

Mentre Devlin si avvicinava, A.J. fermò Sabbath con una leggera pressione sulle redini. Ansimava come se avesse corso per un chilometro.

«Vuoi riposarti?» le chiese.

«No.»

«Va bene, se cambi idea fammelo sapere» le disse, dopo un momento di esitazione.

A.J. annuì, ma Devlin sapeva che non stava nemmeno prendendo in considerazione quell'ipotesi.

«Credo che dovremmo farlo lavorare a dei salti singoli. In questo momento il percorso è troppo per lui. Continuerà solo a rifiutare i tuoi comandi, primo perché ti sta testando, e secondo perché è abituato a farlo.»

Devlin indicò a sinistra.

«Cominciamo con quel verticale. Faglielo superare e poi fermalo. Lo annoieremo così tanto che sarà troppo stordito per ribellarsi.»

Il resto della sessione fu un susseguirsi di salti e arresti, finché A.J. non ebbe la sensazione di impazzire. Ma funzionò. A fine mattinata, lo stallone saltava gli ostacoli e si fermava senza più opporsi.

«Penso che per oggi possa bastare» le gridò Devlin.

A.J. non nascose di essere sollevata. Era sempre pronta a lavorare sodo, ma la monotonia della meccanicità e il costante stato di allerta iniziavano ad avere la meglio su di lei. Lo stallone sembrava altrettanto esausto.

«Dove non si arriva combattendo, si arriva con l'ipnosi» disse Devlin con soddisfazione mentre si avvicinavano. Avevano entrambi gli occhi vitrei.

«Me lo sto immaginando o c'è stato qualche miglioramento?» chiese A.J.

«Verso la fine, sembrava che si stesse convincendo.»

«Grazie a dio.»

Devlin voleva chiederle come si sentiva, ma non lo fece. E poi, visto il suo aspetto, non ce n'era bisogno. Aveva la faccia tirata e gli angoli degli occhi all'ingiù. Nessuna delle due cose era un buon segno.

«Facciamolo raffreddare un po' e a pranzo discuteremo una strategia» disse.

«Buona idea.»

Mentre A.J. portava Sabbath al passo vicino alla recinzione, Devlin raggiunse Chester. «Cosa ne pensi?»

«Lo stallone ha il salto nel sangue, ma è un osso duro.» L'uomo si grattò il mento. «La ragazza è una vera perla. Monta come una signora ma è forte come una quercia. Alla fine la spunterà lei ma dovranno ammazzarsi di fatica.»

«Quello che pensavo.»

Sabbath e A.J. gli passarono accanto lentamente, come una coppia di pugili esausti.

«Puntate alle qualificazioni, vero?»

Devlin annuì.

«Mancano due mesi.»

«Lo so bene.»

«Pensi di testarli in qualche gara prima?»

«Per forza. Ce n'è una tra due settimane. Ci saranno dei validi avversari con cui misurarsi, ma non una grossa presenza della stampa perché il montepremi è basso. È una buona occasione per farsi le ossa senza troppa pressione. Spero solo che ci sia abbastanza tempo per risolvere un po' di cose. Non voglio che A.J. si scoraggi per una brutta prestazione, siamo solo agli inizi.»

«Ce la faranno» disse Chester.

Devlin abbozzò un sorriso. «Quanto mi piace quando sei d'accordo con me.»

«Due settimane!» Il panino al tacchino di A.J. colpì il piatto e rimbalzò aprendosi in due. «Sei diventato pazzo?»

«È importante che partecipiate a una gara il prima possibile.» La guardava dritto negli occhi.

«Sono d'accordo, ma nel caso non te ne sia accorto, quel cavallo e io riusciamo a malapena a saltare un verticale senza che la cosa si trasformi in un combattimento armato. Come pensi che potremmo essere pronti per un intero percorso tra due settimane? E per giunta partecipare a una gara!»

«Non sto dicendo che sarete impeccabili o che mi aspetto che vinciate.»

«Questo sì che è un sollievo. Perché non sopporterei di deluderti quando mi scaraventerà a terra e cercherà di nuovo di far pascolare la folla come se fosse un gregge di pecore.»

«Dubito che succederà» esclamò Chester mentre entrava in cucina. Andò dritto verso l'affettato sul bancone. «Quel cavallo ti vuole troppo bene. E comunque tu non glielo permetteresti, sei un'amazzone troppo brava.»

A.J. rivolse all'uomo un sorriso di gratitudine e Devlin ebbe la sensazione di essere stato punto da un ago. C'era qualcosa che lo infastidiva quando la vedeva rivolgere a Chester quegli sguardi pieni di affetto.

«Sfrutteremo queste due settimane per metterti a lucido il più possibile» disse.

A.J. grugnì e Devlin rimase incantato a fissarla. Seduta di spalle al sole, c'era un'aura intorno a lei che le faceva risplendere i capelli di un rosso intenso come la brace. Quella luce calda donava alla sua pelle liscia il bagliore delle perle, e quando lei spostò di nuovo lo sguardo su di lui, rimase senza fiato.

«C'è qualcosa che possiamo fare per velocizzare l'allenamento? Perché suppongo che tu non abbia una macchina del tempo nascosta da qualche parte, giusto?»

Ci fu una lunga pausa mentre A.J. aspettava che Devlin le rispondesse, e Chester sorrise. Mentre si era preparato il panino, li aveva osservati ridacchiando tra sé e sé. Lavorava con Devlin McCloud da molti anni ed erano poche le cose che non sapeva di lui. La gente sotto pressione tirava fuori il meglio e il peggio di sé, e Chester aveva visto molte sfaccettature del carattere del suo amico. Niente era paragonabile all'effetto che quella donna aveva su di lui. Aveva l'espressione di chi si vede spuntare alle spalle qualcuno con una grossa asse di legno.

Dal giorno dell'incidente, Chester non aveva potuto far altro che guardare Devlin chiudersi in sé stesso e isolarsi dal resto del mondo. Adesso però, era arrivato quell'angelo con i capelli rossi e nei suoi occhi era ricomparsa la luce. Certo, lui era troppo ostinato per ammettere che il giorno della sua salvezza era arrivato e avrebbe lottato con le unghie e con i denti contro la redenzione fino alla fine. Ma quella era la sua natura. Dopotutto, non ci si può sorprendere se da un castagno germoglia un'angiosperma.

Chester buttò un cetriolo nel piatto e si versò un bicchiere di tè freddo prima di sedersi di fianco ad A.J. La ragazza stava ancora aspettando una risposta e pensò che avrebbe fatto meglio a dargliela lui, perché l'uomo dall'altra parte del tavolo era troppo frastornato per farlo. Anche se non era la prima volta che correva in suo soccorso, che fosse una donna a far perdere la ragione a Devlin McCloud era una cosa del tutto nuova.

«Non puoi affrettare l'allenamento» le disse Chester. «Ma non ne avrai bisogno.»

A.J. lo guardò con espressione dubbiosa.

«Puoi farcela. Devi solo lavorare con lui. Quello stallone si convincerà» disse, prima di affondare i denti nel panino e masticare.

«Ma tutto quello che abbiamo fatto oggi è stato...»

«Devi liberarti dello scetticismo che c'è nella tua testa.»

«Non ci riesco.»

«Allora ti stai focalizzando sulle cose sbagliate. La forza è nel tuo cuore, non nella tua testa.»

«In questo momento, vedo solo fallimenti.» A.J. spinse via il piatto.

«Quei pensieri sono convincenti solo se tu gli permetti di esserlo.»

Devlin si risvegliò dalla trance e vide A.J. guardare Chester come se fosse la fonte della conoscenza.

«Basta così, guru,» disse seccato «o vuoi saltare sul tavolo e fare qualche posizione yoga?»

«Sto solo dicendo quello che penso. Ho fiducia in lei.»

Quando A.J. sorrise al suo amico, Devlin sbuffò. Sentendosi messo da parte, si alzò in piedi. «Detesto dovermi perdere altri scambi di ammirazione tra voi due ma ho del lavoro da sbrigare.»

Chester lo guardò con aria esasperata e un sorriso bonario. «Forse questo tavolo non è abbastanza grande per tutti e due, pellegrino.»

Ricevette un grugnito in risposta.

Devlin sapeva che si stava comportando come un bambino di cinque anni, ma non poteva fare diversamente. Mise i piatti nel lavandino e uscì di casa, solo che si rese subito conto di non avere idea di cosa avrebbe fatto. Nel suo studio c'era sempre qualcosa che necessitava la sua attenzione, ma neanche morto sarebbe ripassato davanti a quei due. Non dopo essersene andato così infuriato.

Sperando di trovare un modo per occupare il tempo, si diresse verso la scuderia, dove trovò Sabbath che sonnecchiava. Uno degli zoccoli neri era appoggiato sulla punta e le orecchie penzolavano rilassate. Le tirò su non appena Devlin si appoggiò al box.

Lo stallone si avvicinò a passo lento, per una volta senza assumere un atteggiamento di sfida. Posò subito il suo sguardo sull'uomo scontento alla sua porta, e sembrò offrirgli la sua compassione.

«Guardo quella donna e tutti i miei neuroni vanno in corto circuito» disse Devlin. «Mi si offusca il cervello e questa non è nemmeno la cosa peggiore.»

Ma non avrebbe descritto l'effetto che aveva sul suo corpo, benché lo stallone lo stesse guardando in modo particolarmente comprensivo. Il ricordo di A.J. tra le sue braccia era abbastanza forte senza che aggiungesse il potere delle parole.

«Cosa diavolo posso fare?»

Se Sabbath aveva una risposta, se la stava tenendo per sé, e Devlin si allontanò dal box con un lamento di frustrazione.

«Come se non bastasse, per colpa sua vado a chiedere consigli a un cavallo.»

6

Le due settimane che precedettero la sua prima gara su Sabbath trascorsero velocemente: sveglia presto, duro lavoro, e allenamento incessante. Mentre si lavava i denti la notte prima del concorso, A.J. provò sensazioni contrastanti. Avevano fatto dei progressi con lo stallone, ma non sembravano sufficienti. Anche se lei e Sabbath erano passati dalla snervante ripetizione dei salti singoli ad affrontare percorsi interi, il braccio di ferro in campo era continuato.

Sospirò e prese la spazzola.

Almeno non c'era solo ostilità tra loro. Miracolosamente, il saltatore disobbediente si era dimostrato un vero affabulatore quando non doveva superare un ostacolo. Ogni volta che A.J. arrivava nella scuderia, tirava fuori la testa dal box e la accoglieva con un mezzo nitrito. Era sempre pronto per una grattatina dietro le orecchie e la ripagava del suo sforzo dandole un colpetto con il muso sotto il braccio o un'annusata sulle spalle.

Poco a poco, aveva imparato a tollerare Chester e Devlin, ma era il cavallo di A.J. O, per meglio dire, lui aveva deciso che A.J. era la sua padrona. Questo significava che quando tirava fuori una delle sue numerose idiosincrasie, doveva essere A.J. a occuparsene, o le cose si mettevano subito male. Lo stallone era particolarmente sensibile alle zampe e solo a lei era concesso di pulirgli gli zoccoli. Chester ci aveva provato una volta, e Sabbath si era rivoltato in modo così violento che aveva strappato dal muro una delle corde che lo tenevano legato. E quando bisognava ferrarlo, se A.J. non stava vicino alla testa dello stallone, il maniscalco si rifiutava di stare a meno di due metri da lui. Nessuno poteva biasimarlo dal momento che, lasciato senza supervisione, Sabbath aveva cercato di mangiarsi i pantaloni dell'uomo, cominciando dalle tasche posteriori.

Quando si trattava di mangime vero, quello che doveva rosicchiare, aveva una strana fissazione. Odiava essere lasciato da solo per mangiare. Se A.J. non era nei paraggi, l'avena o il fieno venivano lasciati intatti. Solo se lei stava appoggiata alla porta del box, a guardarlo e a parlargli con calma, Sabbath abbassava il muso e cominciava a ruminare.

Tra le fobie, le abitudini bizzarre e il modo in cui si comportava in campo, era facile capire perché fosse passato da un proprietario a un altro. A.J. pensava che se non fosse stato per l'evidente e immenso affetto che lo stallone provava per lei, avrebbero tutti perso la pazienza con lui già dopo la prima settimana.

Finì di districarsi i capelli e rimise la spazzola nel beauty-case. Poi si infilò un paio di calzettoni per tenere i piedi al caldo e prese la borsa. Stava per scendere al piano di sotto, passando in rassegna l'elenco di cose da fare la mattina successiva prima di partire per la gara, quando sentì qualcuno imprecare. Incuriosita, seguì la voce fino allo studio. Devlin era accovacciato in un angolo, frustrato.

Accorgendosi della sua presenza, alzò lo sguardo. I loro occhi si incontrarono nella luce fioca, e la scintilla dell'attrazione, che si accendeva sempre quando erano insieme, diede a A.J. una sensazione di calore.

«Scusa il linguaggio colorito.» La sua voce era bassa e profonda.

«Molto esplicito e altrettanto educativo.» A.J. cercò di sorridere con indifferenza. «Non sapevo che si potessero fare certe cose a uno schedario.»

Si appoggiò allo stipite della porta, mantenendo la distanza. Non erano più rimasti soli dalla notte del bacio in camera di Devlin, per un tacito accordo. Lui aveva cominciato a scomparire al momento giusto ogni volta che lei usava il bagno, e tutte le mattine, quando lui scendeva le scale per preparare la colazione, A.J. fingeva di dormire. Per il resto del tempo, c'era Chester con loro.

Ma quella distanza forzata a lei non era stata d'aiuto. Visto che la realtà non offriva alcuno sfogo alla sua tensione sessuale, ci pensavano le sue fantasie. Invece di farsi sempre più vago, il ricordo dei loro baci la tormentava, assumendo proporzioni mitiche.

Cosa che succede, pensò, quando passi tanto tempo a fissare il muro di notte. La prospettiva è la prima cosa ad andarsene. Seguita a breve distanza dal buonumore.

«Posso aiutarti in qualcosa?» gli chiese.

«Il mio sistema di archiviazione mi ha tradito.»

A.J. guardò in giro per la stanza. C'erano fogli ovunque. Sul pavimento, sopra gli schedari, ammucchiati in grosse pile. Era una giungla.

«Non so se lo definirei sistema di archiviazione. Direi più architettura di cancelleria.»

«Mi trovo meglio quando è tutto in vista» disse, piegandosi su un altro mucchio di fogli. «Di solito.»

«Cosa stai cercando?»

«Le ricevute di un'azienda di mangimi. Sei pronta per domani?»

«Non userei la parola 'pronta'. Più che altro rassegnata. Mi ricorda di quando mi hanno tolto il dente del giudizio. In un modo o nell'altro, domani sera sarà tutto finito.»

Agitata, sia per l'evento del mattino successivo che per il fatto di essere finalmente sola con lui, prese il lembo della maglietta e tirò i fili dell'orlo che penzolavano, creando un buco. Quella maglietta aveva almeno dieci anni e la indossava per scaramanzia. Sul davanti c'era il nome della squadra di football americano della scuola locale e una grossa testa di leone. Dietro c'era scritto: 'Non scherzate con i gatti.'

Dopo un'altra ricerca inutile, Devlin si alzò in piedi, tentando di risvegliare la gamba addormentata. «Tu e Sabbath avete fatto molta strada dal primo giorno. Ve ne resta ancora molta, ma continuate a fare progressi.»

«Cosa facciamo domani se c'è uno specchio d'acqua in campo?»

Erano stati così impegnati a lavorare sulle cose basiche, che la riviera era rimasta vuota. Era un motivo in più di preoccupazione. Nessuno di loro voleva che A.J. ne affrontasse una per la prima volta con Sabbath durante una gara.

«Se c'è l'acqua, fai del tuo meglio e spera che lui regga, ma scommetto che non dovrai preoccuparti di questo. È una gara regionale. Ci saranno dei buoni cavalieri, ma non è un grosso evento. Non si metteranno a fare i sofisticati.»

«So che hai ragione ma mi continuano a frullare mille pensieri per la testa.» Le sue mani accelerarono il lavoro.

«Smettila di torturare quella maglietta prima di romperla del tutto» disse in tono serio. Non che fare a brandelli quella cosa non sia assolutamente invitante, aggiunse tra sé e sé.

A.J. fermò le mani. «Sono un po' agitata.»

Guardando il buco che aveva creato, Devlin avvertì la potenza del desiderio che provava per lei. Starle lontano per due settimane era stato un inferno e le virtù dell'autocontrollo stavano perdendo la presa sulla sua forza di volontà. L'ultima cosa di cui aveva bisogno era parlare con lei mentre la immaginava con il seno nudo davanti ai suoi occhi.

Il solo pensiero era sufficiente a provocargli un'erezione. Ogni notte, nei suoi sogni, A.J. andava da lui, saliva le scale, entrava in camera, si metteva nel suo letto. Sentiva la sua pelle contro di lui, si perdeva nella sua bocca, nel profumo di lavanda tra i suoi capelli. E poi si svegliava e si chiedeva perché diavolo lei stesse dormendo da un'altra parte e non accanto a lui.

Serrò la mascella.

«Che faccia scura» disse piano.

«Scusa. Credo di essere agitato anch'io.»

Bugiardo, pensò. Non era preoccupato per la gara. Non ci stava nemmeno pensando. Nella sua testa c'erano A.J. e l'idea che fossero soli in casa. Quello e il fatto che con due passi sarebbe stata abbastanza vicina per poterla baciare. Sulle labbra. Sul collo. Sul...

«Voglio che tu sappia che non vi deluderò. Farò del mio meglio domani.»

«Non ho dubbi» disse, cercando di concentrarsi. «Stai facendo del tuo meglio ogni giorno in campo. È stato incredibile osservarti. Sei molto più in gamba di quanto mi aspettassi.»

«Non sai quanto significhi per me sentirtelo dire.» I suoi occhi azzurri erano rivolti verso il basso e arrossì, come se i suoi complimenti la imbarazzassero e allo stesso tempo le facessero piacere.

Devlin si schiarì la voce, pensando di doverle offrire più sostegno. «Il tuo futuro non dipende da domani. E nemmeno la tua carriera di amazzone, o la possibilità di fare di Sabbath un campione. È solo una gara in quella che speriamo sarà una lunga lista di concorsi. Stai appena cominciando questo percorso, e se inciampi facendo i primi passi, non significa che non potrai andare lontano.»

A.J. gli sorrise e lui si sentì come se gli avesse rubato l'aria dai polmoni. In piedi sulla porta, con un paio di boxer di flanella e quella maglietta vecchia, era la donna più attraente che avesse mai visto.

Aveva i capelli sciolti sulle spalle che formavano delle onde spesse, e la sua pelle brillava nella luce fioca. Mentre il suo corpo pulsava, si rese conto che non aveva nessuna importanza cosa indossasse; sarebbe sempre stato attratto da lei. Secondo lui, avrebbe potuto trasformare un sacco di iuta in un négligé.

Si schiarì di nuovo la voce. «Senti, so che Chester è più bravo di me nei discorsi di incoraggiamento, ma se hai bisogno di una conferma stasera, credo di potermi inventare qualcosa.»

A.J. rise di gusto facendogli venire una voglia pazza di toccarla.

«Cosa suggeriresti?» gli chiese. «Qualcosa del tipo 'Credi in te stessa e tutto sarà possibile'?»

«Credo che la mia includerebbe più scotch.»

«Non sono un'appassionata di superalcolici. Mi danno alla testa.»

«Allora, visto che sei tu il guru per stasera, ti consiglierei di credere in te stessa.»

«Ottimo consiglio» disse mentre si voltava per andarsene. «Ci vediamo all'alba?»

Devlin annuì.

E nei miei sogni, pensò.

Mentre la guardava andare via, si passò una mano tra i capelli e fece un respiro per tranquillizzarsi. Si disse che era una buona cosa che scendesse di sotto. Si era accorto che la sera diventava più difficile controllarsi, perciò sarebbe stato meglio per entrambi essere su piani diversi. Cavolo, seguendo quella logica avrebbe dovuto dormire nella scuderia con Sabbath.

Si guardò intorno, cercando di ricordarsi cos'era che stava cercando. Ma tutto quello che gli veniva in mente erano immagini di A.J., e così sospese la ricerca. Mentre spegneva la luce, pensò che fosse un peccato doverle passare accanto per andare a prendere lo scotch.

Erano da poco passate le sette quando il van delle Scuderie McCloud arrivò al parco dove si teneva la gara. L'autocarro non era grosso quanto quello a cui era abituata A.J., ma d'altra parte aveva già visto case mobili più piccole del bestione dei Sutherland. La cosa strana era che tra i due preferiva quello di Devlin. Era più facile da manovrare e molto meno appariscente.

Il viaggio attraverso le campagne della Virginia era durato un'ora. Devlin era stato alla guida, mentre A.J. e Chester erano rimasti comodamente seduti nella cabina accanto a lui. Si erano alzati tutti e tre alle prime luci dell'alba e si erano immersi nella routine pre-gara, controllando di avere tutto l'equipaggiamento necessario per non lasciare niente al caso.

Mentre Devlin si dirigeva verso la zona riservata ai concorrenti, che era in fondo a una strada sterrata dopo la fila di auto parcheggiate sull'erba, A.J. si guardò attorno. Ragazzini con aria annoiata e imbarazzata, con le pettorine arancioni e cappellini da baseball dello stesso colore, dirigevano il traffico da entrambi i lati della strada. Dietro di loro, il parco era una grossa area aperta, con alcune staccionate bianche e pochi edifici modesti. In passato il campo era stato usato per la coltivazione di mais e grano per generazioni, finché il business delle grosse aziende agricole non ci aveva messo sopra le mani. Adesso era di proprietà della contea, lo spazio ideale per rodeo, gare di salto ostacoli, e qualche circo di passaggio.

E quella rassegna cinematografica su Godzilla quando avevano allestito il drive-in non era stata niente male, rifletté A.J. Vedere Mothra sul grande schermo era stato imbattibile.

Mentre Devlin cercava un posto libero per parcheggiare, A.J. si preparò mentalmente a vedere il logo dei Sutherland sul fianco di un van o dietro a una maglietta indossata da uno dei groom. Una squadra delle Scuderie Sutherland avrebbe partecipato alla gara; ne era sicura. Il pensiero di dover competere contro le persone che prima vedeva ogni giorno, ma che adesso erano avversari, le fece sentire il peso della sua situazione. Finché era rintanata da Devlin, era come se il maneggio non esistesse. I suoi giorni erano così pieni, e la sua mente così concentrata sull'allenamento, che non aveva avuto tempo di pensare a molto altro.

Adesso, l'energia crescente dell'evento le fece ricordare tutto quello da cui si era separata, compreso suo padre. Il solo contatto che aveva avuto con lui si limitava a un messaggio che gli aveva lasciato in segreteria, informandolo di dove si poteva trovarla in caso di emergenza. Era un modo freddo di liquidare la situazione, e la distanza tra loro le provocava dispiacere ma anche sollievo. Non voleva allontanarsi da lui in modo definitivo, ma aveva bisogno di superare il dolore, e la sua decisione di mettere Peter a capo del maneggio senza consultarla bruciava ancora.

Devlin indicò un punto in fondo allo sterrato, e visto che tutti erano d'accordo sulla scelta, proseguì per parcheggiare nell'angolo tranquillo. Riparato dagli alberi e lontano dalla confusione, era perfetto per loro.

Scesa dalla cabina, A.J. si stiracchiò e diede un'occhiata in giro. Alle spalle del punto appartato, c'era un campo prova con degli ostacoli per il riscaldamento, e una fila di chioschi e bancarelle traboccanti di attrezzature e abbigliamento per l'equitazione. Separato dall'area commerciale, c'era il campo gara. Con le tribune e molto spazio intorno per permettere agli spettatori di sedersi sull'erba, l'arena era grande il doppio di quella in cui si era allenata da Devlin.

In tutto il parco c'era gente in giro. Gli spettatori passeggiavano tranquillamente con bicchieroni di caffè fumante e programmi infilati sotto il braccio, mentre chi faceva parte dell'organizzazione dell'evento o partecipava alla gara si muoveva in tutta fretta. C'erano groom e istruttori, giudici con i loro tesserini, giovani volontari che sarebbero diventati i futuri campioni. Per un momento, A.J. si dimenticò delle preoccupazioni e si perse nella meraviglia assoluta del corteo di gente. E in mezzo a tutto quello, provò una scossa di eccitazione. Non c'era nessun altro posto in cui avrebbe voluto essere.

«Vado a controllare l'ordine di partenza e ad assicurarmi che sia tutto a posto» le disse Devlin. Chester era già andato a occuparsi di Sabbath.

«La prima manche non comincia prima delle nove, giusto?» chiese.

«C'è un sacco di tempo.»

Era una bugia. Sapevano entrambi che quelle due ore sarebbero volate.

La prima gara era quella del salto ostacoli, seguita dal dressage e dal concorso dei principianti nel pomeriggio. A.J. non pensava che sarebbero rimasti tutto il giorno, non con Sabbath al seguito. Arrivare alla fine della mattinata sarebbe stato estenuante, e prima lo avessero allontanato dalla folla, meglio sarebbe stato.

Si diresse verso il retro del van proprio mentre Chester lo tirava fuori. Il cavallo si innervosì non appena toccò terra, agitando il collo con lo sguardo selvaggio. Non era un buon segno.

«Siamo a una gara» lo rimproverò Chester. «Non è questo il momento di pensare alle donne.»

A.J. fece una risata nervosa e si avvicinò alla testa di Sabbath per cercare di calmarlo. «Non sono pronta a dividerlo con un'altra.»

«Nemmeno lui.»

Lo stallone continuava a caracollare avanti e indietro; il mantello nero brillava come ossidiana sotto il sole acceso del mattino. Chester, al contrario, non si spostava di un centimetro, tenendo saldamente la lunghina.

A.J. sentiva gli sguardi della gente che passava, i loro occhi che studiavano il cavallo, e poi si posavano su di lei con la stessa curiosità. Voleva credere che fossero colpiti dalla vista dello stallone e che le augurassero il meglio, ma sapeva che non era così, e fece il possibile per ricambiare i loro sguardi mantenendo la calma. Poteva anche essere agitata per quello che sarebbe successo in gara, ma avrebbe fatto di tutto per non mostrarlo.

Quando ritenne che Sabbath fosse sotto controllo, decise che era il momento di dare un'occhiata al campo. «Vado a fare una ricognizione del percorso. Vuoi qualcosa?»

«Non credo che vendano quello che mi serve» disse Chester, mentre lo stallone sollevava di nuovo la testa. «Un'àncora da appendergli alla fronte sarebbe perfetta. Di sicuro durerebbe di più del mio braccio.»

«Credo che non sarà facile trovare articoli nautici, ma forse posso rimediare qualche peso morto.»

Almeno saprei cosa fare di Peter se lo incontrassi, pensò divertita.

Si diresse verso il campo gara per cercare Devlin, controllare l'ordine di partenza e studiare il percorso. I concorrenti e gli istruttori erano già accalcati intorno al tabellone, perciò dovette mettersi sulle punte dei piedi per vedere sopra tutte quelle testa. Si stava piegando in avanti quando sentì il braccio di qualcuno avvolgerle la vita.

«Quindi sei ancora con quel cavallo selvaggio.»

L'accento francese le tagliò i nervi come una motosega. Si voltò verso Philippe Marceau e fece un passo indietro.

«Ah, ma la luce del mattino fa risaltare la tua bellezza.» Il sorriso ampio, di riconciliazione mostrava molti interventi odontoiatrici.

Lo salutò con un cenno della testa poco espansivo e pensò a quanto fosse sorprendente che qualcosa di tanto melodioso come quell'accento potesse essere così irritante pronunciato dalle sue labbra. Sarà stato per via di tutte quelle capsule dentarie?

«Vedo che gareggi dopo di me» stava dicendo mettendosi in posa. Il suo abbigliamento da equitazione era tradizionale, ma indossava un paio di quegli occhiali da sole a mascherina eccessivi.

«Sei una donna di grande coraggio a portare quella bestia in campo. Ma d'altra parte, ho sentito che ti stai facendo aiutare, *non*?»

«Ho un istruttore» confermò, mentre cercava una via di fuga.

Stare vicino a quest'uomo è come essere bloccata in ascensore, pensò. Scenderesti a patti con il diavolo pur di andartene.

«Ma non un istruttore qualunque. Questa donna non solo sottomette uno stallone che nessun altro sembra riuscire a domare, ma resuscita anche i morti, *n'est-ce pas*? Hai fatto miracoli per risvegliargli la passione, o così ho sentito dire.»

A.J. rimase a bocca aperta a quell'insinuazione. «Di cosa stai parlando?»

«Mi prendi in giro? Lo sanno tutti.» Gesticolò con il polso a penzoloni. «Anche se, devo dirtelo, sei stata sleale ad abbandonare la tua famiglia per un uomo che non è tuo marito. Per quanto possano piacerti i suoi *servizi*.»

Lo sguardo di A.J. si fissò sulla giugulare dell'uomo. «Stammi a sentire, piccolo...»

Devlin comparve al suo fianco. «A.J.! È ora di fare il giro di ricognizione.»

«Ah» disse Philippe con superbia. «Ed ecco il tuo bravo maestro, l'uomo per cui hai rinunciato a tanto. Io non potrei immaginare di lasciare la mia famiglia per il maneggio di qualcun altro, ma io sono francese e noi siamo famosi per la nostra lealtà. È altrettanto vero che io non ho bisogno delle *lezioni* particolari che offre McCloud.»

Il viso di A.J. stava diventando rosso fuoco e si sentiva come un pugile che si carica per colpire.

«Vieni» disse Devlin.

«Sì, andate. Immagino abbiate molte cose da fare l'uno all'altra.»

Quella fu la goccia che fece traboccare il vaso. A.J. scoppiò.

«Come ti permetti, pettegolo pieno di carie...»

Moriva dalla voglia di continuare, ma Devlin le mise una mano decisa sul braccio e la portò via.

«A proposito di pettegolezzi,» gridò il francese mentre si allontanavano «faresti meglio a mettere le orecchie aperte anche tu. Farò un annuncio molto presto.»

«Si dice 'tenere le orecchie aperte', brutto...»

«Basta così» sibilò Devlin, trascinandola via.

Quando furono soli, A.J. si voltò di scatto verso di lui, i suoi occhi turchesi che brillavano.

«Come hai potuto lasciargli dire quelle cose? Non mi hai dato la possibilità di difenderci!»

Devlin rimase in silenzio, il che la fece infuriare ancora di più. Rimase fermo, a fissarla con calma. Non aveva un po' di orgoglio?

«Insomma, per la miseria! Marceau ha fatto delle insinuazioni folli e tu mi hai portata via di peso prima che potessi rispondergli.»

Quando non ricevette nessuna reazione, lo guardò accigliata.

«Pronto?»

«Hai finito?» le chiese. «O vuoi continuare a fare il suo gioco?»

A.J. sembrava confusa.

«Dimmi a cosa stai pensando in questo momento.»

«Che vorrei fargli una corona con una balla di fieno.»

«Qualcos'altro?»

«Che si sbaglia su di noi. Che è ridicolo che si metta a parlare di lealtà dopo aver frequentato così tante donne contemporaneamente, che davanti alla camera da letto ci sarebbe bisogno di una sala d'attesa.»

«Bene. Adesso dimmi perché siamo qui.»

Lo guardò come se fosse diventato scemo. «Per gareggiare.»

«Giusto. E tu stai sprecando le tue energie e la concentrazione su Philippe Marceau circa trenta minuti prima di scendere in campo.»

«Ma quello che ha detto...»

«È esattamente ciò che sapeva ti avrebbe fatto innervosire.»

A.J. scosse la testa. «Ma perché avrebbe dovuto?»

«Perché sente che stai diventando una minaccia.»

«Ne dubito. Sabbath è l'ultimo degli sconosciuti e io non sono il concorrente esperto che è Marceau. Non ha niente da temere.»

«Ma tu ti stai avvicinando più velocemente di quanto pensi. Nonostante sia un ribelle, Sabbath potrebbe far mangiare la polvere a qualunque cavallo, e tu hai più talento di quanto Marceau potrebbe mai sperare di avere, anche se si allenasse tutta la vita.»

«Non posso credere che si senta minacciato da me. Quello spettacolo è frutto della sua personalità, non di una strategia.»

«Non esserne tanto sicura. Lui ha un grosso istinto quando si tratta della natura umana e lo usa a suo vantaggio. Sempre.»

A.J. aprì la bocca per dire qualcosa, ma lui la bloccò.

«Hai partecipato a delle gare, ma è evidente che non hai abbastanza esperienza con il genere di giochetti psicologici che fanno le persone come lui. Se salirai di livello, ti conviene tenerti pronta. La competizione rende le persone più acide, e nel caso di Marceau, era quasi marcio ancora prima di cominciare.»

A.J. ci pensò su e cominciò a vedere le cose dal punto di vista di Devlin. Si rese conto di essersi fatta manipolare dal francese e cominciò a sentirsi una stupida.

Quando vide la sua espressione avvilita, Devlin non poté evitare di allungare una mano e sistemarle una ciocca di capelli dietro l'orecchio. Era la prima volta che la toccava dalla notte in cui si erano baciati. Poi le accarezzò la guancia.

«Non sempre il cavaliere con la tecnica migliore vince» disse con dolcezza. «Marceau lo sa e lo sfrutta a suo favore. È bravissimo a turbare gli avversari. L'ho già visto farlo.»

A.J. sospirò. «Come ho potuto essere così ingenua?»

«Ascolta, dovresti prenderlo come un complimento. Quell'uomo non perde mai il suo tempo con cavalieri che è sicuro di poter battere.»

A.J. rimase in silenzio per un attimo, poi Devlin la osservò riprendere il controllo di sé, la luce della determinazione riaccendersi nei suoi occhi magnetici.

«Bene,» disse di colpo «quell'uomo ha finito di giocare con me. Andiamo a fare il giro di ricognizione.»

«Ehi» disse.

A.J. lo guardò.

«Sono orgoglioso di te.»

Lei arrossì e a poco a poco le spuntò un sorriso. È come guardare dalle finestre di casa il sole che spunta dietro le montagne, pensò Devlin. Bellissimo, luminoso, magico.

«Grazie» gli rispose, e poi si incamminò verso la folla intorno al tabellone.

«Non c'è bisogno che tu vada in mezzo a quella bolgia» disse, fermandola. «Ho già fatto un grafico del percorso e tu sei la penultima di quindici partecipanti.»

«Fantastico.»

Si misero a guardare la cartelletta di Devlin e analizzarono insieme l'ordine dei salti. C'erano undici ostacoli, con due gabbie. Per fortuna, le previsioni di Devlin erano corrette, e la riviera non c'era. Quando A.J. sentì di aver preso familiarità con il tracciato, andarono nel campo gara e misurarono le distanze tra un salto e l'altro, contando per ogni quattro passi allungati una singola falcata di Sabbath.

Gli altri concorrenti e istruttori stavano facendo lo stesso, e a vederli sembravano un plotone di soldati confusi, che camminavano in direzioni diverse sollevando i piedi in modo innaturale.

Dopo aver completato il giro del campo, Devlin le diede istruzioni su come gestire le girate.

«Sui primi tre ostacoli non c'è niente da dire. Quando imposti la girata che segue, appena puoi cambia il galoppo prima di dirigerti verso la combinazione di verticali. Il sei sarà il primo vero test. È una curva stretta, e Sabbath cercherà di opporsi alla mano. Il sette e l'otto sono abbastanza semplici ma poi c'è il tasto dolente. Su questo tratto di rettilineo prima della curva per il nove e il dieci Sabbath partirà in una corsa sfrenata. Dovrai contenerlo meglio che puoi per evitare di entrare storta nell'angolo e mancare l'ultima combinazione di oxer. Passati questi sarai al sicuro e ti resterà il muro all'undici.»

A.J. annuì e gli fece domande specifiche su quali ostacoli affrontare con un'angolazione tale da mettere lo stallone nella posizione migliore in fase di girata. Sapeva che il fatto di partire tra gli ultimi era un vantaggio. Avrebbe potuto osservare i primi e vedere dove incontravano le difficoltà. Generalmente, nei percorsi c'erano un paio di salti sui quali i cavalieri tendevano a commettere errori, e scoprirli era un'informazione importante. A volte, era sorprendente dove nascessero i problemi.

L'obiettivo in una gara era compiere un percorso netto, il che significava che cavallo e cavaliere dovevano riuscire a superare tutti gli ostacoli senza abbattere nessuna barriera. Un sistema a punti, fatto di 'penalità', misurava qualunque deviazione da un percorso netto. Se una barriera veniva abbattuta, al cavaliere venivano assegnati quattro punti di penalità, e c'erano altre trasgressioni come il rifiuto da parte di un cavallo di saltare un ostacolo o il mancato attraversamento della linea di partenza e di arrivo. Esisteva anche un limite di tempo per effettuare il percorso, superato il quale il cavaliere veniva eliminato.

Al termine della prima manche, qualora ci fosse stato un solo percorso netto o un cavaliere con un numero inferiore di penalità, quel concorrente avrebbe vinto e gli altri si sarebbero piazzati di conseguenza. Nel caso di più percorsi netti o con lo stesso numero di penalità, ci sarebbe stato un barrage, una manche a tempo su un percorso con sei ostacoli. La vittoria sarebbe andata al cavaliere che fosse riuscito a eseguire un percorso netto nel minor tempo, e nel caso non vi fosse stato nessun percorso netto, il primo posto sarebbe stato assegnato al cavaliere con il minor numero di penalità.

A.J. e gli altri concorrenti conoscevano le regole a memoria. Sapevano anche che i criteri di valutazione erano l'unica cosa prevedibile in una gara. Non c'era modo di sapere cosa sarebbe successo una volta entrati in campo. Nei pochi minuti che il concorrente impiegava a compiere un percorso, poteva accadere di tutto. Era per questo costante essere in bilico tra il trionfo e la tragedia che tutti, concorrenti e spettatori, continuavano a prendere parte alle gare senza mai stancarsi.

Mentre visualizzava nella sua testa il percorso ancora una volta, A.J. pensò che non aveva idea di come si sarebbe comportato Sabbath. Be', sapeva quale poteva essere l'aspetto negativo di quella situazione. Mettere lo stallone in un campo che non conosceva e circondarlo di persone, alcune delle quali si sarebbero mosse all'interno del rettangolo di gara mentre lui saltava, era chiedere molto. Per lui sarebbe stato uno spettacolo mozzafiato, una gioia per gli occhi, e A.J. sapeva quanto facilmente perdesse la concentrazione.

Dopo un ultimo giro di ricognizione, lei e Devlin si incamminarono verso il paddock dei concorrenti. Quando arrivarono al van, Chester aveva già fasciato le zampe dello stallone per evitare che si ferisse nel caso abbattesse qualche barriera, e gli aveva già sistemato la sella di A.J. sul dorso.

«Abbiamo una buona posizione» disse Devlin mentre si avvicinavano. «Come si sta comportando?»

«Credo che si sia fidanzato con quella giumenta, ma non ne sono sicuro.»

Devlin rise. «Allora quel matrimonio in primavera che volevi forse ci sarà.»

«È quello che mi auguro.»

A.J. li guardò entrambi incuriosita, ma il discorso finì lì.

Andò nel van a prendere il borsone con la divisa da gara. Lanciò da una parte gli stivali e si spogliò in uno dei box vuoti, infreddolita dall'aria del mattino. Cercando di sbrigarsi per non prendere freddo, si mise velocemente una camicia bianca immacolata con il collo alla coreana e la infilò in un paio di pantaloni alla cavallerizza beige. Rovistando nel borsone, trovò le sue calze portafortuna. Rosa acceso, su cui erano disegnati dei maialini con le ali da angelo, e le coprì con un paio di stivali neri lucidissimi che arrivavano alle ginocchia.

Dalla borsa tirò fuori una spilla d'oro, che fissò sul colletto, e poi legò i capelli in una lunga treccia che raccolse formando uno chignon sulla nuca. Cercò uno specchio, ma non trovandolo provò a guardarsi nello specchietto di un portacipria.

Frustrata perché non riusciva a vedersi, e arrabbiata con sé stessa perché invece di concentrarsi sulla gara si stava chiedendo cosa avrebbe pensato Devlin del suo abbigliamento, prese la giacca dalla gruccia e con un movimento fluido la indossò. Era nera, confezionata su misura, con un bordo di seta rosso e due bottoni in ottone sul davanti con inciso il logo dei Sutherland. Cercò di non fissarsi sullo stemma mentre le dita allacciavano i bottoni. Una tiratina alle due code della giacca, ed era corazzata con il suo raffinato abbigliamento da battaglia. Uscì con il cap in velluto che penzolava da una mano, pronta a scendere in campo.

Quando Devlin alzò lo sguardo dalla martingala che stava sistemando su Sabbath, i suoi occhi si incupirono. Tra la preparazione e il caos di quel giorno, non aveva pensato a quello che aveva perso, e con A.J. in piedi nella luce del sole, in tenuta da gara, gli tornò in mente all'istante. Sapeva come si sentiva, a indossare quella giacca. L'agitazione allo stomaco, il percorso che stava memorizzando come una mappa del tesoro, la deliziosa agonia di aspettare il proprio momento per scendere in campo. Quelle erano cose che un cavaliere professionista non dimenticava mai. E malgrado fosse felice per lei, soffriva per quello che non poteva più provare.

«Sei pronta?» le chiese mentre si avvicinava.

A.J. allungò una mano e la poggiò sul braccio di Devlin. «Ehi, tutto bene?»

La sua preoccupazione lo stupì, convinto di aver tenuto le proprie emozioni per sé.

«Certo. Perché me lo chiedi?»

«Sembri triste.»

Non sapeva se tranquillizzarla oppure no. L'ultima cosa di cui aveva bisogno prima di gareggiare era essere caricata dei suoi problemi, ma faceva fatica a nasconderle le cose. Davanti a quegli occhi azzurri penetranti che lo fissavano, che scrutavano dentro di lui, dentro il suo dolore, non poté evitare di risponderle con sincerità.

Il suo sguardo si posò sul campo gara. «Mi manca. Mi manca tanto... tutto questo. Non partecipavo a un concorso da...»

«Non devi restare» gli disse. «Se è troppo difficile...»

«Non me ne andrei mai. Sono qui per te.»

I loro occhi si incrociarono e rimasero a fissarsi. Di colpo, la folla svanì; la confusione intorno a loro si fermò; la gara cessò di esistere. Per la frazione di un battito di cuore, erano le uniche due persone al mondo.

E poi Sabbath picchiò lo zoccolo a terra, Chester gridò qualcosa riguardo alla bardatura e un tizio dietro di loro si mise a imprecare quando si rovesciò un secchio d'acqua.

Combattendo la tentazione di stringerla tra le braccia, Devlin fece un cenno verso lo stallone. «Cosa dici, vogliamo scoprire se possiamo lavorare e giocare insieme agli altri?»

Entrambi guardarono prima Sabbath, i cui occhi guizzavano da una parte all'altra come palline da ping-pong, e poi il campo prova. C'erano già dei cavalieri che saltavano gli ostacoli e procedevano al trotto lungo la staccionata. Tutti i concorrenti avevano a disposizione un solo campo e gli stessi tre o quattro ostacoli per il riscaldamento. Contemporaneamente.

«Pensi sia possibile mettergli un sacchetto in testa?» scherzò A.J. mentre si avvicinavano al cavallo. Prese le redini, e Devlin le diede una spinta per aiutarla a salire.

«Facciamo così» le disse. «Se fa il cattivo, lo mettiamo in punizione. Niente telefono, niente tv. Pugno duro.»

Lei rise.

«A.J.» disse piano.

Stava ancora sorridendo quando abbassò lo sguardo verso di lui. «Che c'è?»

«Grazie di conoscermi così bene. Di capirmi.»

La sua mano le strinse la gamba.

«Io... ci tengo a te» gli disse con tono dolce.

«Questo fa di me un uomo molto fortunato.»

Si avviarono verso il campo prova, e il cuore di A.J. batteva di gioia.

Anche se era difficile concentrarsi su qualunque cosa che non fosse Devlin, Sabbath reclamò, e ottenne, tutta la sua attenzione appena entrarono in campo. Con un'impennata e un vero e proprio grido, annunciò il suo arrivo agli altri cavalli che si stavano riscaldando. Mentre si sforzava di tenere Sabbath sotto controllo, A.J. pensò di nuovo che un coinvolgimento sentimentale con il suo istruttore fosse pericoloso.

«Prima facciamolo scaldare alla staccionata» le disse Devlin.

Non senza difficoltà, A.J. mise lo stallone al trotto. Con la testa piegata come il grilletto alzato di una pistola, era pronto a cercare guai, e tutti gli altri in campo sapevano riconoscere un problema quando ne vedevano uno. Nessuno osò avvicinarsi.

La prima concorrente era pronta per scendere in campo, perciò, mentre si sforzava di calmare Sabbath, A.J. con un occhio guardava davanti a sé, e con l'altro il rettangolo di gara, ansiosa di vedere cosa sarebbe successo. Quando la campana diede il segnale, l'amazzone partì, e il cavallo divorò le distanze tra i salti e superò gli ostacoli con grosse esplosioni di energia. Eseguì un bel percorso, ma non netto. Il cavallo aveva commesso un errore sulla seconda combinazione, il punto ostico previsto da Devlin.

Anche se avrebbe continuato volentieri a guardare la gara, A.J. sapeva di doversi concentrare su Sabbath, e così mentre i primi otto concorrenti completavano il percorso, riuscì a imporsi su Sabbath e a fargli fare qualche salto di prova. Il risultato non era promettente. Lo stallone si sottraeva ai suoi comandi, ribellandosi a ogni girata, prendendo il morso tra i denti. Sembravano due dilettanti, come se lei non sapesse quello che faceva e lo stallone altrettanto.

Fermandolo su ordine di Devlin, A.J. allargò le braccia e cercò trattenere la sfilza di parolacce che le giravano in testa. Aveva la sensazione di aver commesso l'errore più grande della sua vita e di essere sul punto di sbandierarlo a un gruppo di gente incompetente che aveva la tendenza a non essere comprensiva nemmeno quando era di buonumore.

«Andiamocene di qua» disse Devlin.

«Ma tra poco tocca a me.»

«Lo so, ma fidati di quello che ti dico. Hai gli occhi vitrei e sembra che tu abbia già perso. Devi concentrarti.»

A.J. gli lasciò prendere le redini e portare lo stallone fuori dal campo verso un'area riparata. Nascosti dal muro di una scuderia, trovarono un po' di privacy.

«Guardami» le disse.

A.J. si voltò lentamente, come se si stesse risvegliando da un sogno.

«A questo punto, hai già perso, e non per via del cavallo. Se non ti tiri fuori da questo stato di panico, avrai molto più di cui pentirti del semplice fatto che hai puntato su un cavallo e adesso non sei più tanto convinta.»

«Sono così imbaraz...»

«Smettila. Se entri in campo in questo stato, Sabbath ti pianterà a terra come una calendula. Andrà addosso a quegli ostacoli e farà di tutto per ficcarsi nei guai, e tu penserai solo che vorresti tornare indietro, a questo preciso momento, per scegliere di calmarti invece di piangerti addosso.»

A.J. scosse la testa, mentre le immagini del suo fallimento le passavano davanti agli occhi.

«Che cos'ho fatto?»

«È troppo tardi per ridiscutere una decisione presa settimane fa. Mollalo dopo questa gara se vuoi, ma non gettare la spugna dieci minuti prima di entrare in campo. È da codardi e lo sai.»

Le ci volle un momento per assimilare il suo consiglio. Aveva ragione. Abbandonare non era la soluzione, perché si sarebbe solo ritrovata con più rimpianti. Si immaginò mentre tornava al maneggio senza essere entrata in campo, sapendo di essersi tirata indietro.

Decise che qualunque cosa fosse successa, non poteva essere peggio di come si sarebbe sentita se si fosse ritirata.

Con un cenno del capo, cominciò a far fare dietrofront a Sabbath.

«Andrà tutto bene» le disse.

Quando lo guardò, Devlin aveva un'espressione così convinta che si sentì incoraggiata dalla fiducia che aveva in lei. Si chiese come avrebbe fatto a entrare in campo senza il suo supporto. Con tutta quella confusione e le incertezze, lui era saldo come una roccia. Non dubitò nemmeno per un momento che sarebbe stato lì a incoraggiarla, allenarla, tirarla su se fosse caduta.

«Con te qui,» gli disse «ci credo.»

Mentre si avvicinavano al campo gara, la sua mente vagò. Provava una strana sensazione al petto, difficile da spiegare. Si chiese se il vero amore non fosse una combinazione tra il tepore calmo della sicurezza e il calore intenso della passione. È un mix allucinante, pensò.

Sostarono insieme davanti al cancello principale del campo gara, e si aggiornarono sulla competizione. Non c'era ancora stato un percorso netto e mancavano due cavalieri prima di lei, di cui uno stava per partire. Quando sentì il nome di Philippe Marceau, A.J. non si sforzò di nascondere il suo disgusto.

Il francese era in sella a un'alta giumenta roana, una delle cavalle che montava con regolarità. Una buona saltatrice, nel pieno della forma, e dal momento che suonò la campana, affrontò i salti con facilità e potenza. Sulla sua schiena, Marceau aveva il controllo totale, indirizzandola bene e guidandola verso ogni ostacolo senza incertezze. Mentre si dirigevano verso l'ultima girata stretta, e acquistavano velocità per affrontare la combinazione di oxer, A.J. trattenne il respiro insieme al resto degli spettatori. Se ce l'avessero fatta, sarebbe stato un percorso netto; ne era sicura.

La giumenta superò la combinazione e gli ultimi ostacoli perfettamente, e mentre i due galoppavano oltre la linea di arrivo tra gli applausi scroscianti del pubblico, A.J. guardò Devlin. «Per essere un miserabile, sa davvero cavalcare.»

«No, quello è un buon cavallo. Avresti potuto metterle un pacco di biscotti in groppa e avrebbe fatto altrettanto bene.»

A.J. sorrise.

C'era ancora un concorrente prima di lei, e aspettò impaziente il suo turno. Sabbath stava cominciando a percepire la sua tensione, quindi cercò di restare il più ferma possibile, regolarizzando il respiro. L'ultima cosa di cui avevano bisogno era aggiungere benzina al fuoco che gli scorreva nelle vene.

Quando chiamarono il loro numero, A.J. ingoiò la paura ed entrò in campo al mezzo trotto, fermandosi bruscamente davanti ai giudici. Mentre si guardava in giro, si accorse che tutto intorno a loro si era arrestato. Sembrava che gli occhi di ogni spettatore fossero puntati su di lei e sull'imponente stallone morello.

Dunque è a questo che ci si riferisce quando si dice quindici minuti di disonore, pensò, togliendosi il cap e chinando la testa verso i giudici.

Quello che A.J. non sapeva era che, anche se gli spettatori avevano sollevato lo sguardo incuriositi da tutti i pettegolezzi, adesso li stavano fissando perché lei e lo stallone insieme erano una visione spettacolare. La potenza e l'altezza di Sabbath, come il suo mantello nerissimo e gli occhi accesi sarebbero stati notati a prescindere. Ma in coppia con l'elegante fisico slanciato e la bellezza classica di A.J., i due erano da mozzare il fiato.

Rimettendosi il cap, condusse lo stallone verso la staccionata. Quando sentì la campana, mise lo stallone al canter e si avvicinò al primo ostacolo. Sabbath cercò con forza di opporsi alla mano, ma lei lo controllò e superarono il primo salto molto bene. Andando verso il secondo, il cavallo cercò di deviare la traiettoria, ma lei lo trattenne con fermezza e affrontarono gli ostacoli successivi senza penalità.

Sotto la sella, A.J. lo sentiva sollevarsi da terra, il petto ampio che ingurgitava fiumi d'aria per nutrire i muscoli enormi dei posteriori. Colpendo il terreno e poi sollevandosi per qualche secondo che durava un'eternità, A.J. sentiva il ritmo crescere tra di loro. La potenza di Sabbath diventò la sua mentre saltavano liberi dalla forza di gravità per poi atterrare di nuovo. Era un'esperienza eccitante, esplosiva, travolgente.

E per un momento, fu grata di poterla vivere.

Sfortunatamente, però, la sua gioia durò poco. Dirigendosi verso il tratto di rettilineo prima dell'ultima girata, A.J. cercò di rallentare per evitare pericoli, ma lo stallone non aveva intenzione di cedere. Per quanto portasse indietro il peso, lui continuava a correre come se si stesse preparando a saltare fuori dal campo. Arrivarono alla curva fuori controllo e, nonostante gli sforzi, Sabbath si oppose ai suoi comandi, sollevando la testa e scivolando via con i posteriori.

Non riusciremo mai a saltare gli oxer, pensò disperata mentre cercava di fargli sentire il peso in bocca. L'angolazione era completamente sbagliata.

Provò ancora una volta a spostare il peso indietro e di lato. Il respiro di Sabbath usciva con grosse esplosioni di vapore e A.J. sentì il suo corpo affannato sotto i tremendi pistoni delle zampe. Sapeva che se non avessero rallentato, si sarebbero fatti male. Mancare la girata a quella velocità significava che avrebbero dovuto saltare la staccionata del campo o si sarebbero ritrovati nell'angolo accartocciati uno sopra l'altra.

Evidentemente quel pensiero doveva aver colpito la mente dello stallone perché, in un attimo, cambiò direzione come un vento di bufera. Ma era troppo, troppo tardi. Presero il primo oxer largo e saltarono sull'ostacolo mastodontico con un'angolazione eccessiva. Questo significava che dovevano effettuare una parabola più lunga che se fossero arrivati al salto dritti.

A.J. sentì lo zoccolo posteriore colpire forte una barriera ma non ebbe il tempo di soffermarsi a pensare se fosse caduta o meno. Erano così fuori traiettoria, che doveva fare il possibile per raddrizzarli o il secondo salto sarebbe stato più complicato di quanto in realtà non fosse, o peggio, lo avrebbero mancato del tutto. E cosa ancor più preoccupante, aveva solo una falcata per correggere la loro direzione. Sapeva che se fosse rimasta troppo indietro con il corpo o avesse fatto troppa pressione in bocca, avrebbero saltato sbilanciati, e non sarebbe stato semplicemente brutto da vedere, ma pericoloso. Avrebbero potuto sbattere entrambi contro l'ostacolo altissimo e, tra la loro velocità e l'altezza, le conseguenze rischiavano di essere pesanti.

In una frazione di secondo, le venne in mente che l'unico modo di superare l'oxer senza farsi male era di non opporsi e lasciargli prendere la mano. Se Sabbath voleva saltare, l'avrebbe fatto. Se si fosse spostato di lato per evitare l'oxer, era comunque meglio di ritrovarsi con la faccia nella terra, rimbalzare sull'oxer o rischiare che lui si facesse male.

Non appena rilasciò la pressione sulle redini, lo stallone rispose spostandosi velocemente verso destra. Saltarono l'ostacolo, ma avendo sbagliato l'avvicinamento, non riuscirono a superarlo senza penalità. Mentre ricadevano, A.J. sentì l'inconfondibile rumore di una barriera che sbatteva a terra.

Attraversando la linea di arrivo, A.J. si sentì in parte sollevata. Non era stato un bel percorso, ma nemmeno un totale disastro. Considerato che Sabbath non era semplicemente disobbediente, ma incline a creare guai, pensò di essersela cavata abbastanza bene.

Ma non avevano vinto. Non ci erano andati nemmeno vicini.

Sentì che annunciavano il loro tempo e gli otto punti di penalità. Con il percorso netto di Philippe e i quattro punti di penalità degli altri cavalieri, sapeva che non si sarebbero piazzati.

Devlin fu l'unica persona che intravide nella folla.

«Come ti senti?» le chiese, camminando verso di loro. Prese le redini per farla riposare.

«Bene, credo.»

Gli sembrò scoraggiata e la capì. Guardarli per lui era stato estenuante. Aveva osservato ogni movimento, sperando che superassero tutti gli ostacoli senza errori, stringendo e rilassando le mani ogni volta che loro due si staccavano da terra e tornavano al suolo. Era stato inghiottito dalla gara come il resto degli spettatori, ma l'agitazione era aggravata da una preoccupazione molto speciale per A.J.

«Hai fatto un buon lavoro.»

A.J. si tolse il cap. «Considerando che poteva essere un totale disastro, suppongo di sì.»

Devlin sapeva esattamente cosa stava provando. Era nata con il bisogno di vincere di chi è competitivo e, come il colore dei suoi occhi, era una cosa immutabile. Anche se lei e lo stallone non erano ancora pronti per portare a casa un trofeo, viveva la delusione di A.J. per non aver vinto come se fosse sua.

A.J. scese da cavallo e quando l'ultimo concorrente concluse il percorso e i suoi risultati furono annunciati all'altoparlante, lei e Devlin si stavano allontanando dal campo con Sabbath. Mentre tornavano al campo prova per far raffreddare lo stallone, il silenzio tra loro si riempì con il rumore della folla, e poco dopo, con la proclamazione della vittoria di Philippe Marceau.

Non appena Sabbath si rilassò, Chester cominciò a pulirlo, e A.J. si prese una pausa per fare un giro tra le bancarelle che vendevano finimenti e abbigliamento da equitazione. Mentre vagava tra cap di velluto e stivali di pelle, inspirando l'odore del cuoio insaporito dal profumo del barbecue che segnava l'ora di pranzo, ricostruì il giro nella sua testa più volte. Le azioni dello stallone e le sue reazioni. Il modo in cui lo aveva sentito su un salto e su un altro. La battaglia in quell'ultima girata. La decisione improvvisa di Sabbath di affrontare quell'oxer dopo che lei gli aveva lasciato prendere la mano.

A.J. sapeva che lui voleva saltare. Era questo che aveva capito quando aveva rilasciato le redini e gli aveva dato la possibilità di scegliere. Il cambio repentino di direzione, che lei non avrebbe potuto imporgli in quello spazio così ridotto, le diceva che il cavallo voleva sentire l'aria pulita sopra quegli ostacoli tanto quanto lei.

Quella rivelazione la inquietò. Significava che si opponeva a lei solo per il gusto di farlo ed era un brutto segno. In una battaglia per il controllo, sembrava preferire il combattimento al suo istinto di volare. Ed era tanto sicura che quello avrebbe messo fine alle sue ambizioni per loro due, quanto lo era del fatto che altre barriere sarebbero state abbattute.

Stava per tornare al van quando sentì per caso la conversazione tra due concorrenti.

«Adesso capisco perché lo chiamano Sabbath il Terribile» stava dicendo uno. «Quel cavallo farebbe venire i brividi a chiunque.»

«Si è opposto ai suoi comandi con le unghie e con i denti» concordò il compagno. «Su ogni singolo salto. Quella donna deve avere le braccia d'acciaio.»

«Almeno non è volato sulla gente. Hai sentito cosa è successo all'Oak Bluffs?» I due uomini si misero a ridere.

«Come no» disse uno. «Ho persino fatto qualche passo indietro quando sono arrivati all'ultimo angolo. Pensavo che fossero diretti verso il parcheggio.»

«Ti rendi conto che ha lasciato le Scuderie Sutherland per quell'affare?»

«Non credo che quel cavallo sia l'unica ragione.» La voce si abbassò a un sussurro. «McCloud non è uno stupido. Sarà anche fuori dal mondo dei cavalli ma sa riconoscere una bella puledrina vivace quando ne vede una. Se la gamba è arrugginita, scommetto che tutto il resto gli funziona benissimo, capisci cosa intendo?»

A.J. impallidì.

«Be', almeno lei è fuori dai giochi. Finché è in sella a quell'esibizionista irascibile, non rappresenta una minaccia per nessuno.»

«Peggio per lei. Sembrava promettente.»

Mentre i due si allontanavano dalla bancarella, A.J. rimase lì incredula, come se le avessero rovesciato un secchio d'acqua fredda addosso. Credeva di riuscire a sostenere gli sguardi curiosi e di sopportare l'idea che le persone parlassero di lei. Aveva persino deciso di ignorare i commenti maligni di Marceau imputandoli alla sua indole sgradevole. Ma sentire con le proprie orecchie quelle insinuazioni, da degli avversari mediocri, era diverso.

Mentre passava tra la folla per tornare al van, le sembrava di non essersi mai sentita peggio. Si era prefissata un obiettivo impossibile, con una scadenza assurda, e i progressi fatti avrebbero potuto essere misurati in centimetri, non metri. Il suo nome era al centro di tutti i pettegolezzi, e il suo cavallo in campo la trattava come un nemico.

E come se non bastasse, probabilmente si stava innamorando del suo istruttore.

Cosa può esserci di peggio?

Poi vide Peter e suo padre in un faccia a faccia con Devlin. Alzò gli occhi al cielo per l'esasperazione.

«Quella era una domanda retorica» disse ad alta voce. «Non stavo di certo cercando una dimostrazione.»

7

I tre uomini erano tesi come corde di violino. Devlin, che sovrastava gli altri due, era scuro in volto. Garrett aveva l'espressione di chi ha un attacco di gastrite in corso. Peter sembrava offeso e arrabbiato.

Altro che un covo di streghe a segnalare guai in vista, pensò A.J.

Mentre passava vicino a Chester e lo stallone, che erano dietro il van, alzò un sopracciglio con fare inquisitorio.

«Non guardare noi» disse Chester. «Per una volta Sabbath si sta comportando bene in pubblico e io sono educato come uno svizzero.»

Gli lanciò un'occhiata esasperata.

«Ti stai chiaramente approfittando di lei» disse Peter ad alta voce.

«Ma che diavolo stai dicendo» ribatté Devlin. «Io sono il suo istruttore, non il suo amante.»

«Mi credi così stupido?»

«Se sprechi il tuo tempo a pensare a queste cose, non devi essere poi così intelligente» intervenne A.J.

Il suo fratellastro si voltò e A.J. ebbe una visione completa del suo abbigliamento. Indossava un abito nero confezionato su misura con una camicia e una cravatta gialle. Sembrava un personaggio dei cartoni animai, disegnato con colori troppo accesi per il mondo reale.

«Tu e McCloud state rovinando la nostra reputazione» dichiarò. «Non ve lo permetterò.»

«E come lo staremmo facendo esattamente?»

«Un giornalista è appena venuto da tuo padre e da me con la pretesa di sapere da quanto tempo state insieme.»

«E allora? Devlin è il mio istruttore da quasi tre settimane.»

«Non stiamo parlando di montare cavalli, A.J. Dice di avere una fotografia di voi due in atteggiamenti intimi.»

«Che cosa?!»

«Mi hai sentito.»

«Aspetta un momento.» A.J. scosse la testa. «Non capisco...»

«Stai davvero vivendo con lui?» le chiese Garrett.

A.J. si voltò e vide lo sguardo turbato di suo padre. «Sì, e dormo sul divano. Per me è più comodo visto che mi alleno nel suo maneggio, e Devlin è stato più che disponibile.»

«Non ne dubito» disse Peter.

«Non essere offensivo» lo ammonì.

«Credo che dovresti venire subito a casa» disse suo padre. «È meglio per tutti.»

«Chissà perché non ne sono convinta.»

Peter grugnì. «E tu pensi che stare con questo tizio sia un'opzione migliore? Non sta affatto bene avere una *relazione* con il proprio istruttore.»

«Noi non abbiamo una relazione! E non so niente di questa fotografia.»

«Be', allora non ci resta che aspettare di aprire il giornale domani mattina per scoprirlo.»

Suo padre si inserì nel loro scambio acceso. «Per favore, abbassate la voce.»

«Ma lui non sa quello che dice!»

«E tu non sai quello che fai» ribatté Peter.

Garrett la implorò con lo sguardo. «Tesoro, voglio che tu venga a casa.»

«E come faccio con il mio stallone?»

«Se torni, Sabbath sarà il benvenuto al maneggio.»

«No che non lo sarà» si intromise Peter. «Quando ho detto che non permetterò mai a quella bestia di mettere piede al Centro Sutherland, parlavo sul serio. Se lei insiste a tenere quell'animale, il minimo che può fare è comportarsi in modo rispettoso e interrompere la convivenza libertina con questo zoppo la cui carriera è finita.»

A.J. rimase a bocca aperta e osservò Devlin, che era rimasto in silenzio per tutto il tempo, avvicinarsi a Peter. La reazione del suo fratellastro fu impagabile. Sembrava che avesse appena visto una valanga venire verso di lui.

«Ti farò un favore,» disse Devlin con un grugnito «e farò finta di non aver sentito.» Poi si voltò verso A.J. e suo padre, e con una dolcezza disarmante disse: «Credo sia meglio che questa conversazione rimanga tra di voi. Per quanto sia illuminante assistere alla saggezza di famiglia dei Sutherland, preferisco fare qualcosa di più costruttivo. Come guardare il tempo che passa.»

Si voltò e si incamminò.

A.J. gli corse subito dietro, afferrandolo per un braccio. «Mi dispiace, Peter è un vero...»

Devlin le tolse delicatamente la mano. «Adesso dovresti risolvere la questione con la tua famiglia. Parleremo dopo di quello che sta succedendo tra di noi.»

Poi si disperse tra la folla, e A.J. si voltò verso il suo fratellastro.

«Se non pensassi che ti farebbe un occhio nero che stonerebbe con la tua cravatta fosforescente, pretenderei che andassi a scusarti.»

«Con tutti i guai che ha creato, non sprecherei il fiato.»

«Guai? Quell'uomo ha fatto di tutto per aiutarmi dopo che la mia stessa famiglia mi ha messo alla porta, e tu hai appena avuto la delicatezza di insultare non solo la sua persona ma anche la sua condizione fisica.»

Peter buttò in aria le mani con un gesto di rabbia. «Risparmiami queste idiozie sulla 'gentilezza degli estranei'. Chi pensi di essere, Rossella O'Hara? Grazie alle tue pagliacciate, il nome dei Sutherland è sulla bocca di tutti. Sei un imbarazzo per la tua famiglia, e se non fosse che la tua follia fa di me un eroe per averti cacciato, sarei davvero arrabbiato.»

«Prima di tutto, quella era Blanche DuBois. E poi sentiamo, che genere di problema stiamo causando al maneggio?»

Il padre di A.J. si intromise. «Peter è solo preoccupato che tutte queste voci possano danneggiare gli affari. La gente non vuole essere associata a un'azienda con una reputazione considerata controversa.»

«Io non faccio *più* parte delle Scuderie Sutherland.»

«Ma prima o poi vorrai tornare» intervenne Peter, guardando Chester e Sabbath, che erano ancora vicino al van di McCloud. «Per quanto tempo ti accontenterai di stare in un piccolo maneggio? Quanto ci vorrà prima che tu abbia voglia di comprare un nuovo equipaggiamento che costa più di quanto la gente normalmente spende per una casa? Cosa succederà quando quel tuo istruttore non potrà staccare gli assegni per farti contenta?»

«Sei un bastardo.»

Garrett si mise tra loro. «Peter, perché non cominci ad andare in macchina? Arrivo tra un minuto.»

«Bene» esclamò. «Ma non sperare di farla ragionare. Non ho la pazienza di aspettare così a lungo.»

Dopo che Peter si allontanò, Garrett le prese le mani. «Arlington, so che è una situazione difficile per te e mi dispiace. Ma quello che Peter dice non è sbagliato.»

«Ultimamente Peter non sbaglia mai, vero?»

«So che esagera, ma a volte lo fai anche tu. Voglio solo che la nostra famiglia stia insieme. Voglio che tu venga a casa.»

«Non posso farlo. Non adesso. Forse mai più.» Sembrava che gli si stesse spezzando il cuore, perciò A.J. gli strinse le mani cercando di rassicurarlo il più possibile. «Non posso vivere con il mio papà per sempre. Questa rottura con il maneggio... credo che sia successa per una buona ragione e al momento giusto.»

«Io mi preoccupo per te.»

«Lo so. Ma sono felice adesso. Davvero. Amo quel cavallo e penso di poter fare la differenza con lui. Sono ansiosa, spaventata ed eccitata allo stesso tempo. Mi sento viva. Anche se mi manchi, mi piace cavarmela da sola.»

«Credimi, sono contento che ti senta appagata» disse con cautela. «Ma devo chiedertelo... Quelle voci sono vere? Su di te e...»

A.J. scosse la testa, guardandolo dritto negli occhi.

Suo padre rilasciò il respiro. «Infatti io non ci credevo.»

Ma stava mentendo. A.J. lo capì dal tono sollevato della sua voce.

«Anche se lo fossero, perché sarebbe così sbagliato?» gli chiese.

«È il tuo istruttore.»

«E allora?»

«Be', lui non è...»

«Uno di noi? Sono queste le parole che stavi cercando?»

«No, niente affatto. È solo che il suo ambiente è molto diverso dal tuo.»

Per quanto lo amasse, A.J. perse la pazienza.

«Senti, devo riportare lo stallone al maneggio. Devo prepararlo per il viaggio.»

«Arlington, per favore non voltare le spalle alla tua famiglia.»

«Non credo di essere stata io a farlo.»

Mentre stava per andarsene, Garrett la fermò facendole una richiesta.

«Voglio che tu venga alla mia festa di compleanno. È tra due settimane. Non sarebbe la stessa cosa senza di te» insisté.

A.J. trattenne la frustrazione. Era l'ultima cosa che desiderava, ma come poteva dirgli di no?

«D'accordo.»

«Grazie.»

Si riavvicinò a lui e si scambiarono un abbraccio impacciato.

«Ti voglio bene» le disse. «Ti prego, non dimenticartelo.»

«A volte è difficile. Mi sembra che tu non mi capisca.»

«Ma ci provo sempre. Questo lo sai, vero?»

Lo guardò intensamente negli occhi. «Sì, credo di sì.»

Con un gesto imbarazzato lo salutò e andò da Chester.

«Dov'è?»

L'uomo scrollò le spalle. «È scomparso tra la folla.»

Preoccupata, A.J. si rimise i vestiti da lavoro e aiutò Chester a caricare tutto. I due rimasero in silenzio finché non ci fu più niente da appendere, piegare o legare. A quel punto, si ritrovò ad aspettare il ritorno di Devlin senza niente che la tenesse impegnata. Occupò il tempo a mettere insieme una spiegazione e delle scuse per le dinamiche familiari a cui aveva assistito, ma era una distrazione tutt'altro che rilassante. Avrebbe preferito di gran lunga pulire qualcosa, ma aveva la sensazione che se avesse cambiato la disposizione delle brusche nel kit ancora una volta, Chester si sarebbe messo a urlare.

Poco dopo, lo stomaco del groom cominciò a brontolare, e A.J. si offrì di restare lì mentre lui andava a cercare qualcosa da mangiare. Rimasta sola, si mise a sedere sul paraurti del van, con il freddo del metallo che le trapassava i jeans. Sabbath, che era ancora legato di fianco alla rampa, le si avvicinò, sfregando il muso soffice sulla sua pelle mentre le respirava sul collo.

«Sei un alleato inaffidabile ma apprezzo il gesto.» Infilando il braccio sotto il collo dello stallone, gli diede una pacca decisa. «E sei sorprendentemente comprensivo.»

Rimasero vicini, mentre la luce del sole autunnale usciva vittoriosa da una battaglia con una raffica di precoce vento invernale. Sopra di loro, il cielo limpido proseguiva all'infinito, una distesa senza interruzioni tinta di un azzurro calmo, rassicurante.

A.J. era preoccupata per quello che stava pensando Devlin. Sulla sua famiglia. Su di lei. E più di tutto, su loro due.

E poi c'era quell'assurdità del giornalista. Le veniva da piangere a immaginare il genere di bugie che la storia poteva contenere. L'ultima cosa che voleva era attirare più attenzione sul suo lavoro con lo stallone, e sapeva che Devlin odiava la pubblicità, specialmente su questioni personali. E adesso che per la prima volta ci si scontrava anche lei, non poteva dire di pensarla diversamente.

Perché stava succedendo tutto insieme? Sembrava che il destino si ostinasse a tenere lei e Devlin separati, quando tutto quello che lei voleva era stargli vicino. Anzi, se ne rese conto chiaramente, voleva che stessero insieme. E che tutto e tutti andassero al diavolo.

Quando sentì un fruscio delle foglie creato da dei passi e non dal vento, alzò lo sguardo e vide Devlin in piedi davanti a lei.

«Ciao» le disse.

«Ciao» rispose, passando una mano sul collo di Sabbath.

Sembrava confuso.

«Sai, a proposito del tempo che passa...» Stava puntando a un approccio leggero, ma non le riuscì.

«Mi dispiace di aver perso la pazienza.»

«Be', Peter è stato decisamente fuori luogo, perciò non posso biasimarti.»

Fece un commento evasivo.

«Devlin, non so niente riguardo a questa fotografia. E tu?»

Scosse la testa. «Forse quel giornalista stava solo curiosando.»

«Forse.»

Ci fu un momento di silenzio.

«Dobbiamo parlare.» La sua voce era bassa, seria.

Sentendo il suo tono, A.J. provò una sensazione di freddo e di paura tra le scapole. «Riguardo a cosa?»

«Noi. La nostra relazione.»

«Noi cosa?»

«Non sono sicuro che sia una buona idea che tu rimanga alla fattoria.»

«Ma perché?»

«Il tuo fratellastro ha ragione. Non è professionale.»

«Non dirmi che lo prendi seriamente?»

«Si può essere degli idioti e dire comunque qualcosa di sensato.»

Chester girò l'angolo, masticando con gusto un hot dog guarnito di chili con carne grande quanto la sua testa.

«Ehi, volete qualcosa da mangiare? Di là c'è un posto che fa degli ottimi hot dog.»

«Davvero?» rispose tranquillamente Devlin mentre si frugava nelle tasche.

Per quanta tensione dimostra, pensò A.J., sembra che stiamo davvero parlando del tempo. Ma lo sguardo che le rivolse diceva che avrebbero terminato la conversazione più tardi.

«Garantisco io.» Spalancando le mascelle, Chester finì il resto del suo pranzo. «Ma se vuoi davvero riempirti lo stomaco te ne servono due.»

«Io starei attento» disse Devlin, tirando fuori le chiavi. «Se continui a mangiare così dovremo farti trasportare in ospedale con l'elisoccorso. A furia di passare da un eccesso all'altro, prima o poi esploderai. Tutta quella disciplina al mattino, e dopo pranzo sei senza freni.»

«Ho uno stomaco di ferro e una forza di volontà d'acciaio» disse l'uomo, accarezzandosi la pancia. «Potrei vivere di chiodi ed elastici se fossi costretto.»

«Forse lo stai già facendo» mormorò Devlin. «Dio solo sa cosa ci mettono dentro a quegli affari.»

Dopo un viaggio di ritorno tremendo, durante il quale Devlin e A.J. rimasero in silenzio e Chester russava, i tre fecero scendere lo stallone e rimisero a posto i finimenti e l'attrezzatura. Era metà pomeriggio quando Chester se ne andò dal maneggio. A.J. guardava al resto del giorno con apprensione, era ansiosa di parlare con Devlin e di concludere la loro conversazione, ma temeva che le avrebbe chiesto di andarsene.

Devlin era già rientrato alla fattoria quando A.J. cominciò a pulire le bardature, e una volta finito, andò a cercarlo. Era terrorizzata al pensiero di dover stare da un'altra parte. Si sentiva male all'idea di non avere una scusa per sedersi a tavola con lui a cena, o per vederlo al mattino davanti a un caffè. Anche se non poteva stare con lui, aveva bisogno di averlo accanto.

Non appena mise la mano sulla maniglia della porta d'ingresso, Devlin la aprì. Aveva i capelli ancora bagnati dalla doccia, e si era messo un paio di pantaloni e una maglietta nera. Era di una bellezza mozzafiato mentre si infilava un giubbotto di pelle.

«Io esco» le disse.

«Torni per cena?»

«Credo di no.»

«Volevo finire la nostra conversazione.»

Lo osservò irrigidirsi e sapeva che era combattuto quanto lei. Si capiva dalla sua espressione preoccupata e dal modo in cui evitava il suo sguardo.

«A.J., ho bisogno di tempo per pensare. Voglio fare la cosa giusta con te. Davvero.»

«E quale sarebbe la cosa giusta?»

«Starti lontano. Essere il tuo maestro e il tuo istruttore e un amico. Appoggiarti in modo incondizionato affinché raggiunga il tuo obiettivo.»

«Ma vuoi che me ne vada.»

Il suo sguardo diventò feroce. «Farti andare via è l'ultima cosa che voglio. Tutto quello che voglio sei tu.»

Si avvicinò a lei e la strinse a sé. A.J. sentì il suo corpo caldo che pulsava, e i suoi occhi si posarono su di lei con un desiderio che la eccitò.

«Non riesco a smettere di pensare a te» le disse. «Sono consumato dal bisogno di stare con te. Ti *sento* nei miei sogni e mi sveglio soffrendo perché tu non sei lì con me. Non voglio che te ne vada. Ti voglio nel mio letto. Voglio entrare dentro di te.»

«Allora prendimi.»

Le loro labbra si incontrarono in un turbine di passione e lei accolse la sua lingua, ricambiando con lo stesso trasporto. La bocca di Devlin si mosse con avidità, reclamando qualcosa che lei era fin troppo pronta a concedergli, e di riflesso, A.J. si spinse contro di lui, i seni che chiedevano di essere toccati, i fianchi che cercavano il suo pene in erezione. Il petto di Devlin sotto le sue mani era un muro solido che ospitava un cuore agitato, e si emozionò all'idea di essere l'oggetto della sua passione. Mentre continuavano a baciarsi, fu travolta da un bisogno irrefrenabile di unirsi completamente a lui. Devlin era come una scossa nel sangue, l'unica causa e il solo rimedio per quella bramosia.

«Ti desidero più di quanto abbia mai desiderato qualunque altra donna» le disse, gemendo contro la sua bocca. «Più di qualunque altra cosa.»

Quando i suoi baci scivolarono sul collo, A.J. si aggrappò alle sue spalle, infilando le unghie nella pelle del giubbotto. Voleva che andasse oltre, che le strappasse i vestiti e la buttasse sul divano. Voleva sentire il corpo nudo di Devlin contro il suo, che la penetrasse e le facesse sentire il piacere ardente finché lei non avesse gridato il suo nome.

Ma poi Devlin rallentò e alla fine si separò da lei. Con un movimento delicato, le accarezzò la guancia. Gli tremava la mano.

«Questo è pericoloso» disse con dolcezza. «Questo fuoco tra di noi... Non riesco a essere razionale se sono così attratto da te.»

«Io non voglio che tu sia razionale.»

«Ma avrai bisogno che lo sia. A volte, nel percorso che ci separa dalle qualificazioni, o durante lo svolgimento del concorso, avrai bisogno che io sia lì per te in modo strettamente professionale. Il problema è che non riesco a essere lucido perché sono consumato dal bisogno di possederti.»

«Possiamo far funzionare le cose.»

«No che non possiamo.»

«Stai dicendo che devo scegliere tra te e le qualificazioni? Tra il vivere insieme o averti come istruttore?»

Gli occhi di A.J. erano per lui un richiamo irresistibile, e il suo corpo un tormento insopportabile, tutto ciò che voleva ma che era deciso a negarsi. Sentiva il suo seno stretto contro il petto, i loro fianchi che si incastravano perfettamente, la passione che aleggiava nell'aria. La sua mente si stava offuscando di nuovo, ordinandogli di posare le labbra su quelle di A.J. Voleva assaporare ancora la sua dolcezza, intossicante più di qualunque veleno.

Con determinazione e sofferenza, fece un passo indietro.

«Non credo di riuscire a resistere ancora. Non posso averti in casa, entrare in bagno dopo che ci sei stata tu e sentire quel profumo di lavanda. Non posso più trascorrere le notti a rigirarmi nel letto da solo, a desiderarti. Non posso andare avanti così e odiarmi per questo.» Tirò su la cerniera del giubbotto con un movimento brusco, frustrato. «Quello che sto dicendo è che posso essere il tuo uomo o il tuo istruttore. E ho bisogno che tu prenda una decisione.»

Rimase a fissarla per un attimo, seguendo le linee del suo viso con occhi pieni di conflitto e tristezza. Poi uscì e si incamminò verso il pick-up. A.J. lo osservò mentre saliva in macchina e percorreva lo sterrato finché non scomparve dietro la curva tra gli alberi.

Passò molto tempo prima che A.J. riuscisse a chiudere la porta.

Voleva che tornasse indietro, che la prendesse tra le braccia e le dicesse che non doveva scegliere tra la passione per lui e il desiderio di gareggiare. Ma sapeva che non lo avrebbe fatto.

Con un peso sul cuore, appese la giacca a un gancio solitario e si impose di non guardare lo spazio vuoto dove di solito c'era il giubbotto di Devlin. Vagando per la casa in uno stato di stordimento, incapace di fare una scelta che le era stata imposta, alla fine andò in cucina per distrarsi tra i fornelli. Era l'unica cosa che le veniva in mente in una casa senza tv né riviste, e in cui gli unici libri erano sul baseball o il fai da te.

Decise di preparare delle lasagne, pensando che sarebbe stato semplice. Senza ricettari da consultare, sapeva che era meglio non complicarsi la vita. Dopotutto, quanto poteva essere difficile fare degli strati di pasta e di sugo in una teglia e buttarli in forno?

Fu un pensiero profetico. Tra la sua incompetenza e i pensieri che la affliggevano, ridusse la cucina a un campo di battaglia in meno di un'ora. Bruciò il sugo in scatola mentre gli dava una scaldata, e la pasta si trasformò in una palla collosa quando si dimenticò di toglierla dal fuoco. Dopo aver cominciato ad ammucchiare tutta quella roba in una teglia, scoprì che non c'era mozzarella. Illuminata da un colpo di genio tutt'altro che convincente, la sostituì con la panna acida, versandone grosse quantità in cima al resto.

Guardando il prodotto finito, fu sul punto di buttare via tutto, ma si era spinta troppo oltre per gettare la spugna, e sperava che qualcosa di magico accadesse nel forno. Il calore non migliorò la situazione. Quando cominciò a uscire del fumo, e si rese conto di aver girato la manopola sul grill invece che sulla cottura, tirò fuori quel mostro e si arrese all'idea che fosse un disastro.

Sono la dottoressa Frankenstein, creatrice di orrori, pensò, guardando la teglia. Ma almeno era passata un'ora.

Dopo aver seppellito le lasagne nel compost sul retro, tornò in cucina e osservò i danni provocati dal tornado dei suoi sforzi. Rimettere in ordine sarebbe stata un'impresa ardua. Mentre toglieva le macchie di sugo dal frigorifero con una spugna, chiedendosi come avesse fatto a schizzare fin lì, si rese conto di quanto era abituata ad avere Devlin in giro. La casa sembrava davvero vuota senza di lui.

Come poteva essere così attratta dall'unica persona che non poteva avere?

Fisicamente la faceva impazzire, ma c'era dell'altro. Nelle ultime due settimane, si era sentita sostenuta come non le era mai capitato prima. Era sempre stata estremamente indipendente, non era abituata a condividere le sue paure più intime con facilità, eppure, davanti alla forza di Devlin, aveva scoperto di essere vulnerabile. E lui le offriva molto sostegno. Sembrava non esserci fine a quello che avrebbe fatto per lei.

Con l'obiettivo in comune di farla arrivare alle qualificazioni in sella a Sabbath, e la passione che sentivano l'uno per l'altra, il loro feeling era a trecentosessanta gradi: professionale, fisico, emotivo. Aveva un senso.

Al contrario dei suoi sforzi culinari.

Si inginocchiò e cominciò a raccogliere il basilico che le era caduto sotto il tavolo con della carta assorbente.

Solo che adesso doveva fare una scelta.

Come istruttore, Devlin era magnifico. Paziente, rigoroso quando doveva esserlo, sempre incoraggiante, un esperto. Come amante? Be', non lo sapeva ancora, ma immaginava che sarebbe stato diverso da qualunque altro uomo sul pianeta. Il tocco delle sue mani sulla pelle, il modo in cui si muoveva contro di lei, quelle braccia forti... Tutto faceva pensare che sarebbe stata estasi allo stato puro.

Alzandosi dal pavimento, picchiò la testa contro il tavolo.

Si tirò su con cautela, mentre si sfregava il punto in cui aveva sbattuto, e scoprì con ironia di essere riconoscente al dolore. Per un attimo le aveva fatto pensare ad altro.

Quando terminò di pulire, la cucina brillava e l'odore di pomodori e panna acida bruciati era svanito. Soddisfatta, si mise a sedere al tavolo e appoggiò il mento sulle mani. Anche se era ancora nel caos più totale, almeno aveva messo in ordine qualcosa.

Dopo qualche minuto, si rese conto di essere affamata ma a corto di idee, e così optò per una zuppa pronta. Ricordandosi di quello che aveva combinato con la salsa di pomodoro, impostò il timer per non dimenticarsela sul fuoco. Aveva già vissuto un incubo olfattivo, e non voleva sapere come fosse l'odore del pollo e del riso bruciati.

Mentre mangiava, a ogni suono, a ogni mormorio della casa, rivolgeva lo sguardo alla porta, chiedendosi quando sarebbe tornato Devlin. La speranza e l'angoscia si impennavano di colpo e poi riscendevano in picchiata, solo per risalire alle stelle quando sentiva un altro rumore. Era un saliscendi estenuante, perché la casa, come un vecchio con l'artrosi, scricchiolava continuamente, e ben presto A.J. pensò di capire perché i cani dormivano sempre. Stare di guardia era molto più faticoso di quanto non sembrasse.

Mentre fuori diventava buio, si mise sul divano, piegando le gambe sotto di sé, e si buttò una coperta sulle ginocchia. Stava guardando il paesaggio inondato dal chiaro di luna, seguendo con occhi instancabili le staccionate dei paddock e del campo, quando giunse a una conclusione.

Non poteva scegliere. Per essere più precisi, decise che non avrebbe scelto tra l'uomo che desiderava e l'istruttore di cui aveva bisogno. Avrebbero fatto funzionare le cose e basta. E quanto alle perplessità di Devlin, gli avrebbe semplicemente spiegato quanto lui fosse importante nella sua vita sotto tutti i punti di vista. Glielo avrebbe fatto capire. Doveva per forza. E di sicuro lui avrebbe condiviso il suo ragionamento. Dopotutto, se proprio doveva scegliere avrebbe scelto lui. Lui nella sua totalità.

Sollevata, si addormentò, e quando riaprì gli occhi, Devlin era in piedi davanti a lei.

«Che ore sono?» gli chiese, contenta che fosse tornato.

«È tardi.»

A.J. si mise a sedere, togliendosi i capelli dal viso.

Nonostante i suoi migliori propositi, Devlin si sedette accanto a lei. Voleva sapere cosa avesse deciso prima di avvicinarsi troppo. Se lo voleva come istruttore, avrebbe dovuto lasciare la stanza in fretta prima di commettere un errore di cui si sarebbero pentiti entrambi.

Ma lei non gli diede il tempo di chiederle quale fosse la sua risposta. «Ho preso una decisione. Io voglio te. Ho bisogno di te. Questo è tutto quello che so» gli disse con voce assonnata.

Gli occhi di Devlin si riempirono di ardore.

«Baciami» gli disse.

8

«L'ho desiderato così tanto» le disse, prima di baciarla.

Mentre le loro bocche si univano, Devlin ingoiò il suo gemito. Quando gli mancò il respiro, si separò dalle sue labbra affamate e affondò il viso nel suo collo cercando di riprendersi.

Aveva bisogno di molto, molto di più. Non riuscendo a saziarsi del suo sapore, leccò il profilo della sua bocca mentre indietreggiava per togliersi il giubbotto, che gettò a terra. Cadendo, quell'indumento portò via con sé il muro di autocontrollo che Devlin aveva alzato e cercato di sostenere nelle ultime settimane. Sgretolandosi come sabbia, la sua assenza lo lasciò senza protezione e in balia della passione, e quando sentì le mani di A.J. che lo tiravano verso di sé sul divano, il bisogno di possederla fu così forte che il suo corpo cominciò a tremare e pensò di impazzire.

Anche A.J. fremeva per l'attesa. Fece scorrere le mani sulle spalle e poi sulla camicia, cercando i bottoni che le impedivano di toccare la pelle di Devlin. Sapeva che le cose non sarebbero più state le stesse, e non le importava di niente, ma solo del suo corpo duro che la desiderava e del modo in cui le sue mani le accarezzavano la pelle. Il mondo poco a poco svanì, esisteva solo il suo peso sopra di lei, la meravigliosa sensazione delle sue labbra che scivolavano sulla clavicola, i suoi denti che le mordicchiavano il lobo dell'orecchio. Ansiose di raggiungere la pelle della sua schiena, le mani di A.J. si agitarono con foga sulla camicia di Devlin, strattonando il tessuto.

Lo guardò strapparsi via la camicia e aprire la sua con forza. Lo aiutò a togliergliela mentre l'aria fresca le solleticava la pelle, poi la face cadere sulla pila di vestiti ammucchiati sul pavimento. Era eccitata e disinibita, e si mostrava a lui senza imbarazzo, e tutto quello che voleva era sentire il suo pene che le pulsava contro i fianchi mentre cercava il calore del suo sesso.

Quando i suoi seni furono nudi davanti ai suoi occhi, Devlin rimase senza fiato. Era splendida con i capelli che le cadevano sulla pelle liscia come il raso, le labbra rosse come il sangue per i suoi baci, e i capezzoli rosa salmone eccitati che lo invitavano. Pregustandone il delizioso sapore, avvicinò la bocca e succhiò le punte dure come il marmo finché A.J. non si dimenò sotto di lui. Lentamente, spostò le mani verso il basso, sul suo stomaco teso, e cominciò ad abbassarle la lampo dei jeans. Nonostante fremesse, voleva che aspettasse, ma quando lei sollevò i fianchi per aiutarlo a spogliarla, indurì la mascella. Con le mani tremanti, fece scivolare i jeans sulle sue cosce color crema e poi le accarezzò le caviglie delicate, studiando i suoi polpacci muscolosi e cercando la zona delicata dietro le ginocchia.

A.J. lo reclamò, sollevandogli la bocca per baciarla, mentre sentiva il suo pene duro su di lei. Cercò di sbottonargli i pantaloni senza riuscirci, allora Devlin si tirò indietro, togliendoseli velocemente prima di tornare subito da lei.

«Devlin» disse A.J. con un gemito. «Devlin?»

Lui rispose con un lamento che sottintendeva un punto di domanda. Era il meglio che poteva fare.

«Devlin.» Faticava a parlare. «Devo dirti una cosa...»

La sua voce si interruppe quando le sue mani scivolarono sui suoi slip.

«È da...» A.J. si morse il labbro mentre sentiva le sue carezze sul cotone sottile.

«Va tutto bene?» Vide la passione e il tormento nei suoi occhi. «Vuoi fermarti?»

Pregò che non dicesse di sì.

«Non so come dirtelo» mormorò imbarazzata.

«Cosa c'è?» le chiese con voce roca, il corpo che pulsava ansioso di essere appagato, e la vista accecata dalla passione.

«Non faccio... questo» esitò su quella parola come un disco rotto «da tanto tempo.»

La parte più maschile di lui si eccitò. «Non dobbiamo fare niente che ti metta a disagio.»

«Ti voglio» gli disse, appoggiando le labbra sulle sue. «Lo voglio.»

Mentre Devlin metabolizzava la sua risposta, A.J. sentì dei brividi lungo tutto il corpo. Le diedero un senso di forza, e poi cominciò a esplorare i contorni duri del suo petto e della pancia, usando le mani e la bocca. Lui si dimenò sotto di lei, gridando per l'esasperazione in un modo che la spinse ad andare oltre. Lo tormentò, stuzzicandolo, eccitandolo al massimo per poi fermarsi, finché lui non emise un ringhio e rotolò sopra di lei.

Le strappò gli slip sottili con furia e si appoggiò su di lei. I loro occhi si incontrarono mentre scivolava lentamente dentro di lei. Era il paradiso. In quel primo istante, mentre i loro cuori battevano all'unisono e i loro corpi e i loro respiri si mescolavano, sapevano entrambi che niente sarebbe mai più stato lo stesso.

Cominciando piano, poi con desiderio crescente, si mosse dentro di lei. Si tennero stretti cercando di resistere all'orgasmo ormai vicino, che crebbe e crebbe finché non ne poterono più. Finalmente, tra le grida selvagge, e il respiro ansimante, raggiunsero l'apice del piacere in uno scoppio di estasi.

Molto più tardi, quando si accorse dell'aria fredda e coprì i loro corpi con un plaid per scaldarli, Devlin pensò di vivere un sogno. Adesso che erano stati insieme una volta, non vedeva l'ora di entrare ancora dentro di lei. Era il genere di amante che aveva sempre cercato, senza saperlo. Concedendosi con onestà e senza indugi, aveva appagato il proprio desiderio e lo aveva ricambiato senza stratagemmi. Con lei, aveva scoperto per la prima volta la vera intimità.

A.J. si mosse tra le sue braccia e quando aprì gli occhi rimase senza fiato. Aveva l'espressione di un gatto sdraiato al sole. Soddisfatta, raggiante, felice. Avrebbe fatto qualunque cosa per vederla sempre così.

La baciò delicatamente.

«Come ti senti?» le chiese.

«Splendidamente.» Gli accarezzò il petto mentre lui rideva di gusto, eccitato.

«Devlin?»

«Sì?»

«Non sapevo che potesse essere così.»

«Nemmeno io.»

«E sono contenta di non dover lasciare questa casa. Di non dover lasciare te.»

«Anch'io. Non ho mai voluto che te ne andassi.»

A.J. sospirò, sollevata che tutto andasse bene e che niente sarebbe cambiato. Tranne le notti. E sarebbero solo migliorate.

Devlin la sentì rilassarsi contro di lui ed era altrettanto contento che avessero preso una decisione. Adesso potevano godersi la loro storia e vedere dove li avrebbero portati tutta quella passione e quelle emozioni. La mattina seguente, per prima cosa avrebbe cominciato a cercare un altro istruttore. Qualcuno che si trovasse nelle vicinanze, così A.J. non avrebbe dovuto guidare troppo. Qualcuno che fosse bravo e si occupasse di lei in campo.

Nella culla stretta del divano, si addormentarono l'uno contro l'altra con solo la coperta a riscaldarli. Quando l'alba spuntò dietro la cresta delle montagne, spargendo la sua luce sulle colline e in cielo, Devlin si svegliò e cercò la bocca di A.J. Senza dire una parola, lei rotolò sotto di lui. Devlin la penetrò con una potente erezione. Quando raggiunsero insieme l'orgasmo, pronunciò il nome di A.J. dalla parte più profonda di sé con un gemito.

Tornando lentamente alla realtà, Devlin si rese conto che dovevano alzarsi dal divano e mettersi qualcosa addosso prima che Chester entrasse dalla porta. Voltandosi per guardare il viso di A.J., rimase di nuovo colpito dalla sua bellezza. La luce del mattino non era mai stata così dolce, né la calma dell'alba gli era sembrata così delicata, come in quel momento in cui i suoi occhi la accarezzavano. Quando A.J. ricambiò il suo sguardo, notò nella sua espressione una timida domanda legata ai ricordi dell'estasi vissuta. Gli girava la testa.

«Mi sento così fortunato ad averti incontrata. E che questo sia successo» disse. Lei gli sorrise piena di felicità e Devlin sentì il suo cuore alleggerirsi mentre si diceva che tutto sarebbe andato bene.

«Suppongo che dovrei andare di sopra prima che Chester entri da quella porta.»

«Ti cedo la doccia.»

«Preferirei dividerla con te.»

«Sai come si dice: l'acqua non va sprecata. Fai la doccia con un amico.»

«Tu sei molto più di un'amica» rispose, prima di baciarla. La sua bocca ardeva di desiderio, nonostante avessero appena fatto l'amore. Quando si presero una pausa per respirare, Devlin disse: «Sarà meglio che vada.»

Si alzò velocemente dal divano, per evitare che si perdessero di nuovo l'uno nell'altra. Prima di andarsene, le rimboccò le coperte con delicatezza perché non prendesse freddo.

A.J. lo osservò mentre si muoveva per raccogliere i suoi vestiti, lieta dell'occasione di vedere il suo corpo nella luce. Con tutto quello che avevano condiviso, la bellezza fisica sembrava una cosa di poco conto eppure era rapita dalle sue braccia forti, e dallo stomaco piatto e muscoloso. Ma quando notò la cicatrice sulla gamba, si sentì male. Gli sfregi che la attraversavano, marcando il punto in cui era stata ricostruita, erano ancora freschi e arrossati. Avrebbe voluto allungare una mano e levigare le linee sporgenti con le dita, alleviare almeno in parte la sofferenza di quello che aveva perso.

Dopo averle mandato un bacio, Devlin salì le scale. A.J. rotolò sulla schiena, sorridendo.

Non c'è niente di meglio di un po' d'amore per tirare su il morale di una ragazza, pensò, sentendo una protuberanza sotto la schiena, dove trovò la sua maglietta. Se la buttò addosso e osservò le grinze, una cartina stradale impressa sul cotone dal peso dei loro corpi.

Quando Devlin tornò giù, A.J. si era alzata e stava piegando la coperta. Si appoggiò alla parete.

«Cosa stai guardando?» gli chiese in tono scherzoso.

«Sto cercando di immaginarti con uno di quei grembiulini succinti da cameriera. E lascia che te lo dica, è una gran bella immagine.» Il suo sguardo era dolce e caldo.

«Odio dover deludere le tue fantasie, ma non sono tipo da pizzi e merletti. Le sottovesti mi danno l'orticaria.»

Devlin si avvicinò e la prese tra le braccia. «Poco male. Penso che tu sia più bella così.»

«Con i capelli in disordine, e una maglietta stropicciata?»

«Hai ragione. Ti preferisco completamente nuda.»

Le sue mani le afferrarono i fianchi e la tirarono contro di lui. A.J. lo sentì eccitarsi non appena i loro corpi entrarono in contatto.

I passi sul lastricato in pietra li avvisarono dell'arrivo di Chester, e si separarono proprio mentre entrava dalla porta. Aveva il giornale sotto il braccio e un'espressione particolarmente allegra.

«Ho vinto ventisette dollari e cinquanta al bingo ieri sera!»

«È un bel bottino, vecchio mio» disse Devlin disinteressato.

I suoi occhi erano fissi su A.J., che si era piegata per prendere il beauty-case. Non vedeva l'ora che la giornata finisse per poter stare di nuovo solo con lei. Aveva anche delle buone sensazioni riguardo al suo sostituto. Sotto la doccia, aveva passato in rassegna gli istruttori e i maneggi per cui aveva stima, e c'erano almeno due possibili candidati che voleva invitare per presentarli ad A.J. Era sicuro che avrebbero trovato un altro istruttore molto presto, e che il suo lavoro con lo stallone non sarebbe stato interrotto in modo traumatico.

«Allora, la colazione è pronta?» chiese Chester.

«Lo sarà dopo che l'avremo preparata.»

Mentre si dirigeva in cucina insieme a Chester, Devlin le fece l'occhiolino da sopra la spalla, e lei arrossì. Quando A.J. ridiscese al piano di sotto, li trovò seduti al tavolo. Chester, tra una cucchiaiata di cereali e l'altra, stava sfogliando il quotidiano.

«Ti conviene dare un'occhiata.»

Piegò di colpo il giornale a metà e lo spinse verso Devlin. A.J. allungò lo sguardo.

A occupare quasi l'intera pagina c'era una foto di loro due insieme, scattata subito prima che lei entrasse in campo il giorno precedente. La mano di Devlin era sulla sua guancia e si stavano scambiando uno sguardo intenso. A.J. ricordava molto bene quel momento, e guardando la fotografia, si rese conto che il legame tra di loro era tanto forte quanto evidente.

«Oddio» disse A.J. in ansia.

Il titolo diceva 'Il cuore della bella Sutherland batte per il campione decaduto'. L'articolo che seguiva era una combinazione di speculazioni, pettegolezzi e allusioni ambigue. E per dare ancora più rilievo all'acquisto dello stallone, alla separazione dalla sua famiglia e alla loro relazione, avevano usato le dichiarazioni di altri cavalieri.

«E adesso cosa facciamo?» disse, pensando ad alta voce.

Devlin si alzò in piedi, facendo strisciare la sedia sul pavimento.

«Non mi preoccuperei troppo» disse con tono cupo. «Non appena tu e lo stallone ve ne andrete da qui, questa storia finirà nel dimenticatoio e il giornalista farà una figura ridicola per aver sollevato tutto questo polverone per niente. Dovremo solo resistere fino alla fine della settimana.»

«Alla fine della settimana?»

«Credo di riuscire a far venire un paio di istruttori per domani. Sceglieremo quello che andrà meglio e porteremo Sabbath al suo nuovo maneggio il prima possibile.»

La voce di A.J. fu tagliente come una lama. «Io ho già un istruttore.»

Devlin si accigliò.

«Sarà meglio che io vada nelle scuderie» disse Chester.

Nessuno dei due notò l'uomo che se ne andava e si portava dietro la scodella di cereali.

«A.J., credevo che avessimo trovato un accordo.»

«Te l'ho detto ieri notte. Io voglio te. Ho bisogno di te.»

«E hai accettato di scegliere.»

«L'ho fatto. Ho bisogno di ogni parte di te.»

Devlin cominciò a scuotere la testa. «Aspetta un momento. Io sono stato molto chiaro su quello che volevo.»

«Anche io.»

«Pensavo che ieri notte avessimo fatto l'amore perché tu ti saresti trovata un altro istruttore.»

«E io ti ho detto che non l'avrei fatto.»

«No che non me l'hai detto.»

«Sì invece.»

Si squadrarono da una parte all'altra del tavolo.

«Non mi ricordo di aver sentito queste precise parole uscire dalla tua bocca.»

Lo implorò con lo sguardo. «Senti, possiamo far funzionare le cose. Avere l'una e l'altra.»

Devlin imprecò, mettendosi le mani tra i capelli per la frustrazione. «Non sarei mai venuto a letto con te se avessi saputo che la pensavi così.»

Le sue parole e il pentimento nella sua voce le fecero venire le lacrime agli occhi.

«A.J., per l'amor del cielo, ti prego, non piangere. Mi dispiace di essermi espresso in questo modo.» Si avvicinò a lei per cercare di abbracciarla ma lei lo respinse.

«Dispiace anche a me. Mi dispiace che tu creda così poco in noi.»

«Non si tratta solo di noi.» Prese il quotidiano, per poi buttarlo via con disprezzo. «Leggeranno tutti queste stronzate.»

«Perché ti importa tanto di quello che qualche idiota scrive sul giornale?»

«Non hai idea di cosa voglia dire essere sulla bocca di tutti. Da un anno a questa parte sento la gente intorno a me bisbigliare e lanciarmi occhiate. Ogni volta che entro in una stanza, comincia il mormorio. E la mia notorietà non ha niente a che fare con il sesso. Sono caduto da un maledetto cavallo. Diranno che vai a letto con ogni uomo a cui rivolgi la parola o uno sguardo per il resto della tua carriera.»

«Be', grazie per avermi messo in guardia,» disse, asciugandosi le lacrime di rabbia «ma non modificherò la mia vita solo perché a qualcuno non piace come sembra da fuori.»

«Vuoi essere come Philippe Marceau? Lui è lo zimbello del circuito per via di tutte le storie che ha avuto. E visto che sei una donna, sarà peggio. Ti faranno a brandelli e useranno i pezzi come fertilizzante.»

«Marceau è al centro dei pettegolezzi perché è un pallone gonfiato che si crede chissà chi.»

«E tu hai i tuoi punti deboli.»

«Quali? Devo aver paura che si sappia che non so fare le divisioni a mente? O che sono segretamente drogata di fumetti?»

«Ci saranno anche tanti soldi nel giro dei cavalli, ma non sono in molti ad avere il proprio *paparino* che gli costruisce un maneggio. Il tuo fratellastro sembra uscito dalla copertina di *gq* e il suo atteggiamento fa schifo. Tu te ne vai in giro con una decappottabile che costa più della maggior parte dei mutui che la gente chiede per...»

«Quindi non posso stare con l'uomo che voglio e l'istruttore di cui ho bisogno perché Peter è fissato con la moda e mio padre per il mio compleanno ha esagerato? È ridicolo.»

«Ti sto solo dicendo quali saranno i commenti della gente.»

«E io mi rifiuto di sottostare ai pettegolezzi.»

«Ma è proprio questo che intendo. Dicono già che stai facendo strada perché sei ricca. Vuoi che aggiungano che è perché te la fai con tutti?»

La schiettezza della sua affermazione le fece perdere di colpo la voglia di combattere.

«Ascolta,» disse Devlin con più calma «devo dirti le cose come stanno. Più hai un profilo alto, più sei nell'occhio del mirino. La tua famiglia e comprare quello stallone non sono esattamente cose che ti fanno passare inosservata. Andare a letto con il tuo istruttore peggiorerà solo la situazione.»

Si avvicinò a lei di nuovo, e questa volta A.J. lasciò che le mettesse un braccio sulle spalle.

«A.J., gareggiare ai livelli più alti è dura. Non complicarti la vita.»

«Sei sicuro che sia l'unica ragione per cui vuoi che me ne vada?» gli chiese.

«Non voglio che te ne vada. È proprio per questo che dobbiamo trovarti un altro istruttore. Qualcuno che sia obiettivo.»

«Ma io non voglio nessun altro!» Si allontanò da lui. «E non ho bisogno che tu sia obiettivo. Voglio che tu ci metta passione in quello che stiamo cercando di ottenere con Sabbath e credo che tu lo faccia. Lo vedo nei tuoi occhi quando lavoriamo insieme. Siamo una squadra eccezionale. E tu lo sai.»

«A.J., devi portare lo stallone da un'altra parte.»

«Non posso credere che tu ci stia sbattendo fuori.»

«Non vi sto sbattendo fuori.»

Camminava per la stanza senza sentirlo. «Prima Peter, adesso tu. Da lui me lo aspettavo. Ma da te mi sorprende. Pensavo che ci tenessi di più a me.»

«Ti ricordi quello che abbiamo provato quando ero dentro di te?»

Quelle parole sussurrate la fecero fermare mentre il calore si sprigionava nel suo corpo. Non c'era bisogno che gli rispondesse. Quando si voltò, la sua espressione gli comunicò tutto quello che gli serviva sapere.

«Pensi sinceramente che riusciremmo a trattenerci adesso che sappiamo com'è? Non so tu, ma io dubito di essere così forte.»

A.J. si rifiutò di rispondergli perché sapeva che aveva ragione. Era impossibile tornare indietro.

Ma sentendosi con le spalle al muro, gli lanciò uno sguardo truce. «Adesso come adesso, McCloud, non sono sicura di poter stare con te in nessun modo. Sono a un passo dall'odiarti.»

«L'odio è l'altra faccia dell'amore.»

«Allora io devo aver perso davvero la testa per te, perché l'unica cosa che voglio fare in questo momento è gridarti contro.»

«Devi capire che io lo sto facendo solo perché voglio darci una possibilità. C'è qualcosa di molto speciale tra di noi. Non voglio perderlo.»

Si lasciò andare a un sospiro di frustrazione. «Perché non possiamo almeno provare?»

«A.J., cerca di essere ragionevole...»

«Mi sembri mio padre. *Comportati da persona matura. Comportati bene.* Be', io credo di farlo. Hai passato quasi un mese con me e Sabbath e guarda dove siamo arrivati. Tu sai come monto. Conosci i difetti e i punti di forza di Sabbath. Sei di sicuro il miglior istruttore che abbia mai avuto. Io e quel cavallo abbiamo una chance per arrivare in alto ma non possiamo farcela da soli. E non ce la faremo senza di te.»

Lui distolse lo sguardo.

«Devlin, ammettilo. Tu vuoi allenarci tanto quanto lo voglio io. Sai che stai facendo la differenza e ti piace esserti rimesso in gioco. Dopo un anno passato fuori dal giro, senti di nuovo l'eccitazione. Ti si legge in faccia. Vuoi davvero tirarti indietro? Cosa proverai a guardare dalla staccionata mentre ci sarà qualcun altro in campo con Sabbath e me?»

Osservò il suo viso attentamente. A un occhio superficiale sarebbe sembrato tranquillo, ma lei aveva imparato a conoscerlo.

«Non è una gran bella posizione in cui trovarsi, vero?» incalzò. «Dover scegliere tra noi e il lavoro?»

A.J. rimase in silenzio mentre lui rifletteva sulla situazione.

Devlin era in trappola e lo sapeva. Si era concentrato solo sul fatto di trovare un altro istruttore che lavorasse con lo stallone. Togliere sé stesso dal quadro non gli era sembrato importante ma, in realtà, non aveva mai considerato a fondo come sarebbe stato osservare qualcun altro occuparsi degli allenamenti di A.J. e Sabbath. Si sarebbe accorto di quando avevano bisogno di una pausa? Di quando avevano bisogno di essere spronati? Avrebbe capito che A.J. doveva discutere del percorso anche tre o quattro volte prima di sentirsi completamente a suo agio su come affrontarlo?

Se ne sarebbe preso cura come lui?

E anche dando per scontato che lui non fosse del tutto obiettivo, ci sarebbe stato qualcuno in grado di fare un buon lavoro con loro come lui?

Quando il suo sguardo si posò di nuovo su di lei, si rese conto che non c'era nessuno a cui si sentiva di affidarli.

Lanciò un'imprecazione. Ma poiché non lo fece stare meglio, ci riprovò.

«Direi che questo riassume un po' tutto» commentò A.J., almeno in parte più tranquilla. Vista la sua espressione furiosa e il vocabolario colorito, capì che stava cedendo. Era il momento di insistere.

«Facciamo così» disse dolcemente. «Proveremo per una settimana. Vediamo come va per entrambi. Se pensiamo che non funzioni, faremo come dici tu.»

Gli si avvicinò incerta, ma quando lui le permise di mettergli le braccia intorno alla vita, tirò un sospiro di sollievo.

Devlin grugnì. «Stai cercando di ammaliarmi con le tue doti da seduttrice?»

«Se mi farà ottenere ciò che voglio, puoi scommetterci.»

La circondò in un abbraccio. «Questa non è una buona idea.»

«Come fai a saperlo? Ci sono tantissime persone che hanno mischiato il piacere con gli affari e le cose hanno funzionato.»

«Ah sì? Per esempio?»

«George Burns e Gracie Allen. Captain & Tennille.»

«Che ne dici di qualcuno che appartenga a questo secolo?»

«Bill e Hillary Clinton.»

«Non so se li inserirei nella lista.»

A.J. allungò una mano e gli accarezzò il viso dolcemente. «Funzionerà. Vedrai.»

«Ho solo paura di perderti» le disse.

Nonostante la tensione della litigata, andarono al maneggio facendo fronte comune. Devlin non era completamente a suo agio con la loro decisione ma non si sarebbe tirato indietro. Doveva credere che, se fosse diventato evidente che non poteva allenarli, sarebbe riuscito a lasciarli andare, e che A.J. avrebbe avuto il buonsenso di proseguire con un altro istruttore.

La giornata di lavoro andò come previsto, con piccoli progressi. Sabbath era pieno di energia, perciò la sessione durò più del solito e sia A.J. che Devlin furono abbastanza soddisfatti dei risultati. Poi, lei e Chester procedettero con il solito rituale, che consisteva nel governare lo stallone e dargli da mangiare, mentre Devlin riguardava gli appunti presi e progettava il percorso del giorno dopo. Era un giorno come un altro, se non fosse stato per il trambusto successo a colazione che aleggiava ancora nell'aria.

A.J. era appoggiata alla porta del box di Sabbath e lo stava osservando mentre cercava con il muso il mangime rimasto nel secchio, quando si sentì travolgere dalla stanchezza. Riflettendo, concluse che le ultime ventiquattro ore erano state come quando uno beve da un bicchiere pensando che contenga acqua, e invece scopre che è vodka. Una sorpresa in grado di stenderti.

Malgrado si sentisse più fiduciosa adesso che Devlin aveva accettato di allenarla, aveva sperimentato sulla sua pelle uno dei problemi che lo preoccupavano. In campo, aveva sentito il fuoco tra di loro divampare ogni volta che lui la guardava. Ogni occhiata era un racconto pieno di immagini da pregustare. Una promessa di ciò che li aspettava non appena sarebbero rimasti soli. Scambi di domande e risposte erano stati pronunciati senza parole. E la potenza dell'implicito faceva sembrare tutto sublime, trasformava dei semplici cenni del capo in promesse, elevava una conversazione sul numero dei passi a un livello prima impensabile.

Tutto questo le dava alla testa. E la distraeva in modo pericoloso.

Sentì Devlin arrivare come se lo avesse chiamato.

«Inizio a preparare la cena» disse, avvicinandosi.

«Finisco con le bardature e arrivo.»

Rimasero in silenzio e A.J. pensò che stesse per toccarla, ma invece le rivolse un sorriso da capogiro.

Bello quasi quanto un bacio, si disse, mentre lui se ne andava.

Entrata nello spazio stipato della selleria, prese della pelle di daino che aveva visto tempi migliori e un flacone di sapone per lucidare la sella. Non appena bagnò lo straccio, il profumo familiare di limone si levò per accoglierla come un bravo oste, e lei inspirò a fondo. Mentre sfregava il cuoio con gli stessi movimenti circolari che faceva da quando aveva nove anni, la sua mente vagò verso territori pericolosi.

Cosa le riservava il futuro? Era solo una storiella di poco conto? O l'inizio di qualcosa di molto più importante?

Con la testa china e un'espressione troppo assorta per quel semplice compito, A.J. non si accorse che Chester si era fermato sulla porta finché l'uomo non si schiarì la voce. Alzò lo sguardo e rimase colpita dal suo aspetto. Con un forcone in una mano e la salopette appesa come una tenda sul suo fisico magrissimo, sembrava uscito dal quadro *Gotico americano*. In quel momento, in piedi nella luce del tardo pomeriggio, era come un puntino nella lunga cronologia di agricoltori e braccianti, una tradizione degna di orgoglio.

Era senza tempo, pensò, proprio come l'odore di limone e di cuoio nella stanza.

«Vuoi far venire il maniscalco in settimana?» le chiese.

A.J. si tolse un ciuffo di capelli dagli occhi con il dorso della mano in cui teneva lo straccio. L'acqua e il sapone le scivolarono nella manica e dovette morsicarsi la lingua per non dire una parolaccia.

«È la cosa migliore. Il ferro della zampa anteriore destra non sta su.»

«Quell'affare è sempre allentato, a me non convince. Non so cosa succeda qui quando fa buio, ma credo che quel cavallo si sia messo in testa di diventare il nuovo Fred Astaire. Secondo me di notte balla il tip tap nei corridoi, o qualcosa di peggio.»

«Jazz?» disse A.J. con un gran sorriso.

«Cancan.»

Rise. «Credo sia più probabile che abbia gli zoccoli morbidi.»

«Pensa quello che vuoi, ma un giorno o l'altro, quando meno te lo aspetti, potrebbe mettersi a saltare con un perizoma e le scarpe col tacco.»

Sorridendo a quell'immagine, tolse il sapone rimasto sulla sella e si alzò.

«Sentiamo se quel pover'uomo può venire all'inizio della settimana prossima» disse A.J., riferendosi al maniscalco. «La mia speranza è che dandogli un po' di preavviso gli saremo un po' più simpatici. Magari sfrutterà questi giorni per prepararsi psicologicamente.»

«Buona idea. Immagino che dovrà ordinare l'attrezzatura appropriata.»

«Chiodi migliori?»

«Protezioni da hockey» disse Chester, mentre si voltava per andarsene.

La risata di A.J. risuonò nella stanza. «Ehi, tra quanto si mangia?»

L'uomo controllò l'orologio.

«Una ventina di minuti. A proposito di tempo,» disse «sono contento che tu e Devlin vi siate dati una svegliata. Sembravate quei tizi alle feste che fanno tappezzeria trascinando i piedi in attesa della canzone giusta.»

Lo straccio colpì il pavimento insieme alla bocca di A.J. «Cosa?»

«La vita è troppo breve per non stare dove si dovrebbe. Voi due siete incompleti l'uno senza l'altra.»

O mio dio, pensò, ho una lettera scarlatta sulla fronte.

Senza accorgersene, si sfregò la fronte.

«Non so di cosa...»

«Non c'è niente di male. Devlin è un brav'uomo e tu lo fai stare bene. Allora, riguardo al maniscalco, martedì può andare?»

Rimasta sola, A.J. si lasciò cadere su uno scatolone di fasce per le zampe. Era così evidente? Eppure pensava che fossero stati discreti per tutto il giorno.

Questa gente a furia di stare con i cavalli sviluppa un sesto senso, accidenti a loro. Non ci si può nemmeno divertire un po' senza che se ne accorgano.

Il pensiero che la sua vita le stesse sfuggendo di mano le provocò un nodo allo stomaco. Tra l'acquisto del cavallo, la rottura con la sua famiglia, l'allenamento per le qualificazioni e la sbandata per Devlin, le sembrava di essersi buttata in una centrifuga. E per di più aveva l'impressione di essere osservata, ovunque.

Si alzò, sentendosi intrappolata, e parlò ad alta voce. «Hai finito con me o c'è qualcos'altro di cui devo preoccuparmi?»

Poi fece cadere il flacone di sapone che le si rovesciò sugli stivali.

Ah, bene, pensò. Adesso mi servono un paio di calze asciutte.

«Chiedi e ti sarà dato» mormorò, mentre asciugava per terra.

Camminando verso casa, il rumore della calza inzuppata riecheggiava ogni volta che appoggiava il piede destro. Era come essere seguiti da un cuscino petofono. Appena fu al riparo dal freddo, si tolse il giaccone e si appoggiò alla porta, sfilandosi lo stivale e la calza bagnata. Quando alzò lo sguardo, Devlin era in piedi sulla soglia della cucina.

E la stava guardando come se fosse il suo piatto preferito.

Riscaldata dal bagliore dei suoi occhi, pensò che avrebbe potuto abituarsi a quell'espressione.

Devlin fece un passo in avanti proprio mentre Chester spuntava dalla cucina e cominciava a parlare. «Il gigante dei ferri viene martedì...»

L'uomo continuò a parlare anche se il suo pubblico era tutt'altro che interessato. Con la riluttanza di due persone che si alzano da una tavola imbandita senza aver toccato niente, Devlin e A.J. rimandarono quel fuoco tra loro per dopo.

«Manca poco» le sussurrò lui prima di tornare in cucina.

Con un sorriso accecante in previsione di quel momento, A.J. salì al piano di sopra per cambiarsi.

Mentre si spazzolava i capelli davanti allo specchio del bagno, non poté evitare di notare il cambiamento nella sua immagine riflessa. C'era un luccichio di eccitazione nel suo sguardo, come se avesse un segreto delizioso, e un rossore sulle guance che non era causato solo dal vento. Persino al suo occhio critico appariva radiosa.

Che bisogno c'era di perdere tempo con maschere di bellezza e cosmetici quando bastava gettare un po' di passione e di caos nella propria vita per ottenere lo stesso effetto?

Dopo essersi lavata e aver indossato dei vestiti puliti, scese le scale con molto più entusiasmo di quanto non giustificasse il suo appetito. Seguendo il profumo genuino del polpettone, arrivò in cucina e sorrise davanti all'immagine di Devlin piegato sui fornelli che pompava uno schiacciapatate sopra una pentola come se fosse un martello pneumatico.

Alzò lo sguardo nell'istante in cui lei entrò. «È quasi pronto. Vuoi dare una mano a Chester con l'insalata?»

«Certo» disse, soffocando un'inaspettata timidezza.

Si avvicinò all'uomo che grugniva per la frustrazione mentre cercava, con scarsi risultati, di districarsi tra un mazzo di lattuga e verdure fresche. Impugnando un coltello con la delicatezza di un'escavatrice che cerca di piantare delle violette, aveva combinato un disastro. Dei grossi pezzi di peperoni rossi avevano pagato le conseguenze delle sue falciate, e uno sfortunato cetriolo sembrava essere stato dilaniato da un cane.

«Come va, chef?»

«Maledette verdure» disse, mentre stava per tranciarsi un dito. «Che poi vorrei sapere a chi cavolo servono le fibre? Ti sembro un coniglio, accidenti?»

«No, mi sembri un pazzo. E credo che l'ultima cosa che dovresti avere in mano in questo momento è un coltello» disse, spingendolo da parte.

«Ah, per favore» brontolò Chester con aria scherzosa. «Io sono innocuo.»

«Raccontalo a questo peperone» disse A.J., sollevando la carcassa deforme. «Sembra sopravvissuto a un incidente.»

Poco dopo, i tre erano seduti a tavola. Era tutto buono ma A.J. non toccò quasi niente. Era troppo concentrata su quello che la aspettava alla fine della cena, e le scintille negli occhi di Devlin dall'altra parte del tavolo stuzzicavano la sua impazienza, facendole desiderare di aver terminato di mangiare ancor prima di cominciare.

Apparentemente all'oscuro di quello che avveniva sotto al suo naso, Chester continuava a chiacchierare, mantenendo la conversazione da solo. Quando non parlava, indugiava su ogni boccone, fermandosi ad assaporare il cibo in un modo che i suoi compagni non gli avevano mai visto fare.

Mentre puliva il piatto per la terza volta, pensò che gli altri due sembrassero smaniosi come dei ragazzini a messa. A.J. stava spingendo un pezzo di polpettone nel piatto come se fosse un pallone da calcio, e Devlin si ostinava a impilare gli spargitori del sale e del pepe con un'insistenza che Chester trovò molto divertente.

Il groom fece un grosso sorriso, ma loro non se ne accorsero.

«Che bontà» disse, appoggiandosi allo schienale della sedia e sfregandosi lo stomaco, soddisfatto dell'insofferenza che stava suscitando.

«Sì, è vero» disse di colpo Devlin, alzandosi in piedi come se qualcosa stesse andando a fuoco nel forno. A.J. scattò dalla sedia e raccolse in fretta i piatti.

«Be'? Niente dolce?» chiese Chester.

«Eccolo» disse Devlin, voltandosi per aprire la porta del freezer. Gli lanciò un gelato al biscotto con aria disperata.

«Magari vi aiuto a sistemare» disse, mentre toglieva la carta con attenzione.

«Non se ne parla» disse Devlin.

«Tu sei un ospite» aggiunse A.J., prendendo il piatto di Chester.

«Anche tu» disse in tono scherzoso. Dopo aver finito il gelato cominciò a piegare il tovagliolo con la precisione di un ingegnere. «Ma dovrei darvi una mano...»

«No!» dissero entrambi, pietrificati vicino al lavandino.

Prima che il coro di rifiuti si trasformasse in un ritornello, Chester scoppiò a ridere di gusto. Quando il suo giaccone si materializzò davanti ai suoi occhi e gli venne augurata con tono deciso la buonanotte, ebbe la sensazione di essere stato cacciato dalla porta basculante per cani, ma non se la prese. Si era divertito abbastanza alle loro spalle per quella sera.

Uscendo nell'aria fredda, si fermò per tirare su la lampo del giaccone e si voltò verso la casa. Attraverso la finestra vide Devlin e A.J. stretti in un abbraccio, incuranti del resto del mondo.

Poi si incamminò sorridendo con approvazione. Devlin assomigliava sempre di più all'uomo di un tempo. E quella ragazza, be', era un vero splendore e aveva quello che serviva per tenergli testa. Formavano una bella coppia, concluse.

Scommetto che quei piatti resteranno dove sono fino a domani, pensò.

9

Una settimana più tardi, rotolandosi nel letto di Devlin, A.J. si rese conto di essere innamorata di lui. Risvegliatasi da un sogno bellissimo, nel quale attraversava in sella a Sabbath le più belle campagne della Virginia, sentì due braccia virili che la circondavano e un petto robusto appoggiato contro la sua schiena. Si voltò lentamente, facendo attenzione a non svegliarlo.

Nella luce grigia delle prime ore del mattino, osservò il suo viso tra le ombre nette, dalle guance infossate alle orbite profonde degli occhi, alla curva della mascella di ferro. Era bellissimo, un esemplare sublime di maschio, un sogno diventato realtà.

E nella parte più profonda e femminile di sé, A.J. sapeva di essere sua. Proprio come lui era suo. I loro cuori e le loro menti si erano uniti. Avevano sviluppato un tale legame, che non sapeva più dove finisse lui e dove cominciasse lei, e non le importava di aver perso la sua individualità. Senza di lui era la metà di sé stessa, con lui più che completa.

Gli appoggiò le labbra sul collo, dove la grossa vena pulsava con il battito del cuore. «Ti amo» sussurrò contro il sangue che pompava.

Era la prima volta che diceva quelle parole a un uomo.

Quella riflessione rese la sua affermazione ancora più forte.

Quando si trattava di uomini, non si era mai concessa con facilità. C'era stato qualche ragazzo al college, ma lei a quei tempi era già concentrata sull'equitazione, perciò si era trattato solo di relazioni brevi e di poca importanza. E le cose erano proseguite così anche dopo che era diventata una professionista. Prima di Devlin, gli uomini le erano sempre sembrati una complicazione superflua in una vita con tante sfide e poco tempo. Ma lui era diverso. Era il suo cuore a dirglielo.

Data la sua poca esperienza nelle questioni romantiche, rimase sorpresa dalla facilità con cui riusciva a dire 'Ti amo'. Nelle sue relazioni precedenti, non era mia stata in grado di ricambiare quel sentimento. Non era sicura di cosa fosse l'amore, ma solo del fatto che non lo provava. Adesso era chiaro. Cos'altro c'era di così eccitante, prezioso, terrificante, travolgente, come l'amore?

Una parte di lei voleva svegliare Devlin dolcemente e confessarglielo, ma si trattenne. Stava dando per scontato che anche lui provasse la stessa cosa, ma non ne era sicura. Era pronta a impegnarsi con lui, a creare un futuro insieme come coppia sia in amore che sul lavoro, ma quel sentimento appena nato la faceva sentire vulnerabile. Voleva che fosse lui a dichiararsi per primo.

Si stiracchiò e sentì le sue gambe scivolare contro quelle di Devlin. Lui si lamentò nel sonno e la avvicinò ancora di più a sé, coprendola con il suo corpo. Mentre il suo respiro riprendeva il ritmo calmo e regolare del sonno, A.J. di riflesso sorrise, nonostante la serietà dei suoi pensieri. C'erano così tanti aspetti positivi nello stare con lui. A parte l'appagamento dei sensi quando calava la sera, dormire di nuovo in un vero letto era un altro bonus. Non le sembrava ancora vero di avere spazio per muoversi di notte, anche se Devlin di solito occupava più della metà che gli spettava. Il divano era andato bene per un breve periodo, ma era un vero lusso potersi allungare senza correre il rischio di rotolare sul tappeto e finire sotto il tavolino.

Ma il suo buonumore non durò a lungo. Con una deviazione dolorosa, la mente volò verso suo padre. Il suo compleanno era alla fine della settimana seguente. Odiava l'idea di doverci andare e sperava che Devlin l'avrebbe accompagnata.

Lui cominciò a baciarle il collo. «Cosa c'è che ti preoccupa?»

«Come fai a saperlo?»

«Sono un sensitivo.»

«Davvero?»

«Non dirlo a nessuno, ma come secondo lavoro faccio l'indovino.»

«Allora dov'è la tua palla di cristallo?»

«Non mi serve. Sono state rimpiazzate da un sito web con dei link all'aldilà.»

A.J. rise. «È proprio vero che internet è ovunque.»

«Be', andava tutto bene finché non è arrivato Bill Gates. Adesso c'è un solo server per mettersi in contatto con Elvis e un solo motore di ricerca per trovare le vite precedenti della gente e i parenti defunti.»

Quando la sua risatina si attenuò, le chiese di nuovo cosa la impensierisse.

«E se ti dicessi che mi stavo solo gustando la luce del mattino?»

«Sarebbe una bugia.»

«Cosa mi risponderesti se ti chiedessi di venire alla festa di compleanno di mio padre il prossimo week-end? So che sarà una tortura, ma mi piacerebbe davvero che mi accompagnassi. Ho bisogno del tuo sostegno.»

Devlin inclinò la testa. «Allora come faccio a dire di no?»

Sul suo viso spuntò un sorriso tinteggiato di passione, ma quando provò a baciarla A.J. lo fermò mettendogli una mano sul petto.

«Devlin, ho bisogno di sapere. A te va bene?»

«Certo. Se per te è importante che ci andiamo, allora lo faremo.»

«No, mi riferivo... a noi.»

E meno male che dovevo aspettare, pensò.

Devlin spinse i fianchi contro il suo bacino. «Mi va un po' più che bene. È fantastico. Delirante. Intenso. Questi aggettivi mi sembrano più adatti.»

«Intendevo il fatto di andare avanti con l'allenamento.»

Fece un respiro profondo. «Mi pare che stiamo lavorando bene insieme. Stiamo facendo progressi. Tu cosa pensi?»

«Non ero io ad avere problemi al riguardo.»

Pronunciò le parole lentamente, in modo ponderato. «Se devo essere sincero, continuo a credere che non sia una mossa intelligente. Ma non riesco a lasciarti andare, e non voglio che ti segua nessun altro, quindi siamo destinati a proseguire insieme.»

A.J. sorrise e lo baciò. «Lo sapevo che avresti cambiato idea.»

Mentre la lingua di Devlin scivolava nella sua bocca, si disse che avrebbero potuto continuare a parlare della loro relazione più tardi. Adesso era il momento di fare l'amore. E poi ci sarebbe stata la colazione e l'allenamento e un altro pasto o due. E poi sarebbero potuti tornare a letto insieme.

«Penso che oggi potremmo provare la riviera» disse Devlin mentre Sabbath era legato ai due venti e veniva bardato.

Quando A.J. annuì, Chester andò in campo a riempire la vasca.

Poco più tardi, A.J. portò lo stallone fuori dalle scuderie e si fece dare una spinta per montare in sella. Si accorse subito che Sabbath era particolarmente nervoso e presagì che sarebbe stato un allenamento faticoso. A differenza del cavallo, lei si sentiva fiacca. Dopo che avevano fatto l'amore, si era riaddormentata, aveva saltato la colazione e si era svegliata solo quando aveva sentito che la chiamavano dal piano di sotto. Era ovvio che fosse crollata. Era stato un enorme sollievo scoprire che Devlin si fosse convinto di poter stare con lei e allo stesso tempo occuparsi del loro allenamento. Le sembrava di essersi liberata di alcune delle sue maggiori preoccupazioni e che adesso fossero finalmente liberi di guardare avanti. Sfortunatamente, le conseguenze di quel sonnellino si facevano sentire: aveva i riflessi lenti e non stava montando bene come al solito. Lo stallone se ne accorse. Al contrario delle ultime sessioni, nelle quali era stato più calmo e aveva cominciato a concentrarsi, adesso si rifiutava di obbedirle, infastidito dalla sua mancanza di concentrazione.

Quando finì gli esercizi in piano, A.J. portò Sabbath verso Devlin, che stava considerando l'idea di interrompere l'allenamento per quel giorno. Le cose non erano andate bene nel riscaldamento, ed era probabile che il resto della sessione non sarebbe andato molto meglio. Pensava che non fosse una buona idea provare la riviera, ma A.J. aveva un'espressione molto determinata.

«Sei sempre convinta di saltare la riviera?» le chiese.

«Puoi scommetterci.»

Sollevando la cartelletta, descrisse l'ordine degli ostacoli. «Mi raccomando, vai piano e fai attenzione. Vediamo come reagisce.»

A.J. annuì, facendo girare lo stallone.

Sabbath alzò la testa, impaziente di cominciare. Si animava sempre quando arrivava il momento di saltare, ma quel giorno era particolarmente esuberante. Quando lo spinse al canter, dovette trattenerlo.

Superarono i primi due verticali in modo scomposto, come succedeva nei primi giorni di allenamento, e arrivato all'angolo, lo stallone iniziò a scuotere la testa, opponendosi al cambio di piede. Le gabbie di oxer andarono male e le barriere abbattute caddero a terra in un rollio di fallimento. A.J. strinse le labbra e le redini, e affrontò in preda alla frustrazione la girata che precedeva il salto della riviera, collocata proprio al centro del campo.

Era un semplice verticale basso con barriere sistemato davanti a una vasca quadrata. Lo scopo era di testare la capacità del cavallo di coprire la distanza e la sua reazione agli stimoli visivi. A seconda del tempo, l'acqua poteva risultare relativamente innocua o molto minacciosa, come in quel momento. Nel grigio del mattino, il vento accarezzava la superficie increspando il riflesso del cielo uggioso, freddo.

Non appena Sabbath vide dove erano diretti, A.J. lo sentì irrigidirsi. Durante il lavoro in piano non avevano usato il centro del campo, perciò era la prima volta che si accorgeva di quell'ostacolo. Gli diede un piccolo incoraggiamento con la gamba e si tenne forte, pronta a una sua reazione. Sorprendentemente, lo stallone si calmò e sembrò avanzare concentrato. Per una frazione di secondo, A.J. si cullò nel sollievo, ma poi Sabbath scartò a sinistra in modo così violento, che lei perse la stabilità e fu sbalzata via come un manichino. Accadde tutto nel giro di un attimo.

Questo farà male, pensò mentre era in aria.

Il suolo si affrettò a incontrarla con un entusiasmo di cui avrebbe fatto volentieri a meno. Atterrando a peso morto, sentì il sapore della terra in bocca e un dolore lancinante al busto. Con un gemito, rotolò per liberare il braccio che aveva subìto la maggior parte dell'impatto, portandoselo al petto mentre strizzava gli occhi verso il cielo. Era come se qualcuno le stesse punzecchiando la spalla e il gomito con un attizzatoio rovente.

Devlin corse da lei gridando a Chester di riprendere lo stallone che girava per il campo al galoppo sfrenato.

Quando il viso di Devlin entrò nella sua visuale ristretta, A.J. si accorse che era pallido come un lenzuolo.

«Domani mattina mi farà un male cane» disse a denti stretti.

«Riesci a metterti seduta?»

«Hai una gru a portata di mano?»

Con il suo aiuto, riuscì a sollevare il busto da terra e, dopo aver sbattuto le palpebre più volte, i puntini davanti ai suoi occhi scomparvero.

«Credo che l'acqua non gli piaccia» disse, rimettendosi in piedi a fatica. Sorretta da Devlin, fece qualche passo incerto, cercando di stabilire se avesse qualche altra contusione. Fortunatamente, sembrava essersi fatta male solo al braccio. Quando si sentì un po' più stabile, si scostò da Devlin e camminò da sola verso Sabbath. Chester era riuscito a prenderlo. Gli occhi dello stallone erano spalancati e pieni di paura, il corpo scosso dagli spasmi.

«Zoppica?» gli chiese preoccupata.

Chester scosse la testa. «Direi che a rimetterci sei stata tu.»

«Dammi una spinta.»

Dietro di lei, Devlin sentì lo stomaco contorcersi.

«Credo che per ora dovremmo fermarci» disse, sforzandosi di restare calmo.

Non gli piaceva l'espressione di panico del cavallo, né il dolore scolpito sul viso di A.J.

In effetti, c'erano così tante cose che non gli piacevano di quello che era appena successo, che era difficile scegliere quale fosse la peggiore. Nell'istante in cui si era accorto che A.J. stava cadendo, al pensiero di perderla la sua mente si era fermata. In quel secondo eterno che era passato da quando era volata in aria a quando aveva sbattuto per terra, il suo cuore aveva smesso di battere e si era spezzato in due per il terrore.

E adesso lei voleva risalire su quel maledetto cavallo.

La osservò mentre prendeva le redini da Chester.

«A.J., non essere ridicola» disse in tono brusco. «Quello stallone è una bomba pronta a esplodere, e tu potresti avere un braccio rotto.»

«Fammi salire su questo dannato cavallo» gridò a Chester, sollevando la gamba con impazienza.

Per un uomo che pensava di sapere tutto sulla sofferenza, guardarla rimettersi in sella gli fece scoprire un nuovo inferno.

«Non starai facendo sul serio!» La sua voce era carica di tensione.

Quando A.J. si diresse verso gli ostacoli, sentì la mano di Chester sulla spalla.

«Cadi e risali. Sai come funziona.»

Devlin lo aveva fatto milioni di volte. Tranne l'ultima.

«Be', è l'idea più stupida che abbia mai sentito. Che diavolo ha nella testa?»

«Tu avresti fatto la stessa identica cosa.»

«E guarda dove accidenti sono finito» disse, zoppicando verso la staccionata. Voleva andarsene dal campo ma non poteva.

In groppa a Sabbath, A.J. era accecata dal dolore. Lo stallone saltellava sotto di lei, ma non in modo rilassato. Era nervoso, e per questo più imprevedibile del solito. Il fatto che potesse usare un solo braccio rendeva la situazione ancora più pericolosa.

Ogni volta che un suo zoccolo colpiva a terra, sentiva una scarica incandescente che partiva dal gomito e arrivava alla spalla. Per di più, non aveva la forza di tenere il braccio stretto contro il corpo e la parte infortunata era sballottata a destra e sinistra, portando il dolore a livelli insopportabili. Facendo appello a tutta la sua determinazione, infilò la mano nella vita dei pantaloni per ridurre gli scossoni e nel farlo si accorse che stava perdendo sensibilità nelle dita. Non sapeva quanto avrebbe resistito ancora prima di svenire, ma era decisa a superare quell'ostacolo.

Mentre lottava contro l'agonia, si disse che non sarebbe morta di dolore. Tutto quello che doveva fare era saltare un ostacolo e poi avrebbe potuto prendersi cura di sé. Non ci sarebbe voluto molto.

Il discorso di incoraggiamento non la aiutò granché, perciò strinse i denti, preparò Sabbath meglio che poté e superò due verticali, evitando l'acqua del tutto. A quel punto Sabbath si era calmato, ma lei era un bagno di sudore.

Indirizzò il cavallo verso i due uomini e smontando cadde a terra.

Devlin la aiutò a rialzarsi, sfigurato dalla tensione.

«Io mi occupo di questo fifone» disse Chester a nessuno in particolare, e se ne andò con il cavallo.

«Ti porto da un dottore.» La voce di Devlin era piatta.

«Vado a farmi un bagno.»

«Sali in macchina.»

A.J. lo ignorò mentre usciva dal campo preoccupata per l'infortunio. Aveva tirato fuori la mano dalla vita dei pantaloni con cautela, e stava cercando di tenersi il braccio per evitare di scuoterlo. Aveva lo stomaco sottosopra e le girava la testa, ma si sentiva meglio di quando era in sella. Il suo unico obiettivo era immergersi nell'acqua calda, e l'idea di non muoversi era molto allettante.

Devlin le stava alle costole. «Devi fare una radiografia.»

Quando la vide passare vicino al pick-up senza fermarsi, lanciò una sfilza interminabile di parolacce.

«A.J.!» gridò, costringendola a voltarsi.

Lei era scioccata. E Devlin stava tremando dalla rabbia.

«Non è rotto» gli disse.

«Come diavolo fai a saperlo?»

«Se ti calmassi e mi facessi andare a casa, lo apprezzerei molto» disse con tono pacato, sforzandosi di non perdere il controllo.

«La caduta ti ha fatto uscire di senno? Sii ragionevole per una volta nella vita e sali su quel dannato pick-up.»

«No.»

«Devi farti visitare da un dottore! Non riesci nemmeno a stare in piedi.»

«E questa discussione mi è *davvero* di aiuto.»

«Allora cresci e smettila di comportarti come una bambina.»

Quelle parole riecheggiarono nella sua testa, trapassando la nebbia di dolore. I suoi occhi azzurri si scontrarono con quelli nocciola di Devlin.

«In caso te lo sia dimenticato, sono appena caduta da cavallo in quel campo. Ho bisogno di riposo. Quello di cui non ho bisogno è che tu ti metta su un piedistallo a darmi ordini, d'accordo? E non sto facendo la bambina.»

«Ti fai male, vai da un dottore. È davvero molto semplice per la maggior parte della gente.»

Quando le grida si sollevarono nell'aria, Chester uscì dalla scuderia. Gli bastò un'occhiata al viso pallido di A.J. per preoccuparsi. «Lasciala stare, McCloud. È sotto shock.»

«Restane fuori» replicò con tono brusco.

«McCloud!» La voce di Chester era sferzante come una frusta. «Fermati prima di dire qualcosa di cui ti pentirai.»

Devlin si voltò verso l'uomo, come una furia. «Quale accidenti è il tuo problema?»

«Dacci un taglio!» ordinò Chester, fissandolo dritto negli occhi. «Stai solo scaricando su di lei la tua preoccupazione.»

«Non ho bisogno della tua psicologia da quattro soldi» ruggì.

«E lei non ha bisogno di questo genere di spettacolo.»

«Allora andate all'inferno tutti e due.»

Camminò impettito verso il pick-up, spalancò la portiera e mise in moto, per poi percorrere lo sterrato e sparire dalla loro vista.

A.J. sentì le ginocchia cedere e Chester fu l'unica cosa che le impedì di cadere. Senza che se ne accorgesse, le lacrime cominciarono a scenderle sulle guance e si mise a tremare come una foglia.

«Non farci caso» le disse Chester. «È la paura che lo fa parlare così.»

Cercò di annuire ma l'agitazione crescente alla fine la travolse, facendola esplodere in un pianto a dirotto che le scuoteva le spalle. Come se stesse maneggiando un carico sbilanciato, Chester la accompagnò con cautela alla porta della fattoria.

«Adesso vai dentro e fatti un bagno. Io mi occupo di Sabbath e poi vedremo se è il caso di andare da un dottore.»

Non avendo la forza di ribattere, A.J. fece come le era stato detto e salì le scale con cautela. Arrivata in bagno si spogliò e si mise davanti allo specchio per controllare il braccio, notando che si era già gonfiato e che sul gomito si stava formando un grosso livido viola. Con delicatezza, provò a stenderlo e piegarlo, sollevata di riuscire a muoverlo. Concentrandosi a fatica, raggiunse la vasca e aprì i rubinetti, restando a guardare l'acqua che scendeva mentre veniva assalita da una sensazione di vuoto e solitudine mai provata.

Dopo essere scivolata nell'acqua, con il viso contratto dal dolore, cercò di sistemare il braccio in modo che non le facesse male. Era impossibile. Non trovava conforto, nessuna posizione studiata con meticolosità le dava sollievo. Pensò che probabilmente era perché molta della sofferenza che provava non era fisica.

Guardandosi in giro, le tornarono alla mente i momenti affettuosi e intimi con Devlin, e le immagini la attraversarono con l'imprecisione di un coltello arrugginito, producendo dei tagli profondi e seghettati. Appoggiò la testa contro la porcellana, mentre le lacrime le scendevano sul viso e cadevano nell'acqua.

Adesso che aveva bisogno della sua dolcezza, lui non c'era. Nonostante il bagno caldo, provò una sensazione di gelo dentro di sé.

Quando Chester rientrò in casa mezz'ora più tardi, A.J. stava aspettando sul divano al piano di sotto. Di fianco a lei c'era una valigia.

«Vado dal dottore» disse guardandosi le mani. Non aveva ancora riacquistato sensibilità nelle dita del braccio leso, e provava una sensazione strana a sfregarle contro quelle che riusciva a muovere normalmente.

«Vuoi che ti accompagni e che poi ti riporti qui?» chiese senza troppe speranze, sapendo benissimo quale sarebbe stata la risposta.

A.J. scosse la testa. «Non tornerò qui. Mi prenderò qualche giorno di pausa.»

«Probabilmente è la cosa migliore» disse piano. «Hai bisogno di tempo per rimetterti in sesto.»

È proprio vero, pensò mentre si alzava.

Si piegò per prendere la valigia ma Chester la precedette.

«Vai dalla tua famiglia?» le chiese.

«Credo di sì.» Tutto quello che sapeva era che doveva andare via di lì. La destinazione non sembrava importante.

Prima di salire in macchina, andò nel box di Sabbath. Lui stava sonnecchiando nell'angolo in fondo, ma appena sentì il suo odore, alzò lo sguardo e si avvicinò lentamente.

«L'hai fatto passeggiare abbastanza?» chiese a Chester, che l'aveva seguita. Lo stava accarezzando sul naso con la mano sana.

«Assolutamente sì.»

«Segni di zoppia?»

«Domani sarà indolenzito ma lo farò lavorare alla longia e tra un giorno sarà come nuovo.»

A.J. annuì, sollevata che Sabbath non si fosse fatto male, contenta che fosse sotto l'occhio attento di Chester. Con un bacio delicato sulla fronte dello stallone, lasciò la scuderia.

«Vuoi che dica qualcosa a Devlin? Questa cosa lo farà stare malissimo.»

Esitò per un momento. «Digli che mi farò sentire. Ho bisogno di un po' di tempo per stare da sola.»

«Va bene.»

Chester mise la valigia nel bagagliaio e si allontanò dall'auto rossa fiammante.

«Ciao» disse A.J.

«Torna presto.»

Gli rispose con un cenno della mano e se ne andò.

Arrivata sulla strada principale, faceva fatica a guidare e cambiare le marce con un solo braccio, ma non andò direttamente dal dottore. Percorse le strade tortuose che aveva imparato a conoscere molto tempo prima, seguendo i tornanti tanto familiari. Una leggera pioggerellina cominciò a cadere e ben presto il suo tocco delicato colorò di nero la corteccia delle querce e degli aceri ai lati della carreggiata, facendo risaltare i gialli e gli arancioni dell'autunno come schizzi di vernice.

Quando finalmente parcheggiò davanti allo studio del suo medico, era molto più calma ma non si sentiva meglio. Anche se non aveva un appuntamento, il dottor Ridley la fece passare quasi subito. L'uomo, ormai sulla sessantina, curava i Sutherland da anni e, quando si trattava di un membro della sua famiglia, trovava sempre la maniera di visitarli anche senza appuntamento. Era una cortesia che a lei faceva spesso, considerato che si scagliava contro gli ostacoli da quando era ragazzina.

Il dottore era un uomo esile come un uccellino, con una voce dolce e acuta, e l'allegria di una cincia. Entrando di corsa nella stanza delle visite, non perse tempo a sedersi ma rimase in piedi a esaminare il braccio di A.J. e le fece una radiografia. Dopo aver osservato la pellicola, e averla punzecchiata con il dito attentamente, dichiarò che l'arto presentava una brutta slogatura e una frattura da stress che sarebbe guarita in modo adeguato se avesse fatto la brava. In un turbinio di manovre, la fasciò con una benda elastica che partiva dall'avambraccio, saliva verso il gomito e arrivava fino a metà dei bicipiti.

Mentre A.J. si rinfilava la camicia, le fece una ricetta e gliela porse con un sorriso vispo.

«Mettici del ghiaccio appena arrivi a casa, prendi questo per il dolore e in un paio di settimane dovresti tornare come nuova.»

«Settimane?» disse A.J. con un gemito.

«Mi hai sentito bene.»

«Facciamo così» disse davanti alla sua espressione sconfortata. «Torna tra una settimana circa, e ti darò un'altra occhiata. Magari possiamo ridiscutere la sentenza.» Il dottor Ridley cercò di rivolgerle uno sguardo severo, ma era difficile per lui essere credibile, data la sua natura solare. «Ma ricordati, più resti ferma e lo lasci guarire, prima potrai *rimontare in sella*.»

Rise mentre canticchiava quelle ultime parole che gli ricordarono una vecchia canzone country.

«Non fare quella faccia depressa» le disse. «Sarebbe potuto andarti molto peggio.»

«Avrei potuto sbattere la testa?»

«Avrei potuto cantarti qualcosa di cui conosco più parole.»

A.J. abbozzò un sorriso.

«Così va meglio. Sei troppo grande per i lecca-lecca, ma almeno riesco a farti andare via un po' allegra.»

Il modesto miglioramento di umore durò fino al parcheggio. Non voleva andare alla villa ma si stava facendo buio, e non aveva l'energia per trovare soluzioni creative. Accese gli anabbaglianti e guidò in uno stato di stordimento. Mentre girava intorno alla rotonda davanti alla casa di suo padre, la vide in tutta la sua gloria e pensò che la luce brillante che sgorgava dalle numerose vetrate fosse una falsa profezia di serenità. Per quanto potesse sembrare bucolico dall'esterno, tra l'alienazione di suo padre, la rigida formalità di Regina e l'aggressività di Peter, quel posto per lei non era un rifugio.

Proseguì verso il retro della villa e parcheggiò la cabriolet nel garage. Buttandosi il borsone sulla spalla sana, entrò in casa dalla porta di servizio, attraversando l'enorme cucina. Stavano preparando la cena partendo dagli ingredienti di base, e il cuoco, un europeo che non sopportava le interruzioni, le lanciò un'occhiata minacciosa.

A.J. lo ignorò e si diresse nella sala da pranzo, dove si fermò a osservare il grosso tavolo in mogano. A un'estremità erano stati sistemati tre coperti, con tovaglioli in lino inamidati e posate disposte intorno al servizio di porcellana che portava lo stemma della famiglia Sutherland. Davanti a ogni pila elegante di piatti, c'erano tre bicchieri, uno per l'acqua e due per il vino, e su tutto il tavolo, come uno sciame, erano sparse piccole ciotole d'argento contenti sale, pepe, e cubetti di burro.

Sembrava un negozio di porcellane, pensò A.J., sentendo già la mancanza dell'atmosfera semplice e rilassata della fattoria.

Da Devlin la gente si appoggiava al bancone della cucina per mangiare al volo. Era una casa in cui un asciugamano poteva essere appeso alla maniglia di una porta e un giaccone buttato sullo schienale di una sedia. A.J. aveva camminato scalza e aveva lasciato i capelli asciugare all'aria, aveva persino saltellato per casa nuda solo perché ne aveva voglia.

Quel genere di libertà non era ammesso alla villa. Nemmeno lontanamente. Cavolo, avrebbe rischiato di essere incriminata per il semplice fatto di presentarsi a cena in jeans.

Con una stretta al cuore, controllò l'ora. Per quanti difetti avesse Regina, avrebbero potuto programmare un orologio con la sua tabella di marcia, ed era una delle poche cose in quella donna che A.J. apprezzava. La cena sarebbe stata servita tra un'ora, il che significava che Peter era ancora al bar del suo club a sorseggiare una qualche bevanda alla frutta, e che Regina era in camera sua a indossare un abito elegante per la sera. Le sei significavano anche che suo padre si trovava da solo nel suo studio, con un bicchiere di scotch vicino al gomito, a esaminare dei documenti.

Muovendosi rapidamente, lasciò la sala da pranzo e attraversò l'ampio atrio. Con un passaggio veloce nella biblioteca, si ritrovò davanti allo studio del padre, la cui pesante porta di quercia era socchiusa.

Quando A.J. entrò, Garrett sollevò lo sguardo.

Vedendo la sua espressione e poi la fasciatura, il piacere sul suo viso si mescolò alla preoccupazione.

«Cos'è successo?» Passò dall'altra parte della scrivania.

«Ciao, papà» disse contro la sua spalla mentre si abbracciavano.

Facendo un respiro profondo, gli sorrise con tristezza. Suo padre aveva l'odore di sempre, una dolce combinazione di un'oscura colonia che si faceva arrivare direttamente dall'Inghilterra, e del tabacco da pipa che amava tanto. Quel profumo la riportò alla sua infanzia, quando bastava essere accolta tra le sue braccia per ritrovare sicurezza e conforto.

È un peccato, pensò, che le complicazioni della vita adulta non possano essere curate altrettanto facilmente come quando si sbatte un dito del piede e ci si sbuccia un ginocchio da bambini.

«Allora, vuoi dirmi cos'è successo?»

«Non è niente.»

«Se non è niente, perché hai una fasciatura?»

«Almeno non è un gesso.»

«Vero.»

La condusse verso il vecchio divano Chesterfield.

Lo studio di suo padre era sempre stata una delle stanze che A.J. amava di più nella villa. Era tinteggiata di marrone e oro ed era buia in un modo rassicurante. Con i pannelli di mogano alle pareti e le mensole piene di libri di ingegneria e sulla gestione d'impresa, era una grotta lussuosa, adatta a riflettere e a lavorare.

Era anche il posto che ospitava il ritratto di sua madre, l'unico che Regina non era riuscita a convincere il marito a togliere. Il dipinto, che mostrava una donna identica a A.J. su uno sfondo di raso bordeaux, era magnifico. Dal soffitto le luci inondavano l'opera d'arte, facendola risplendere di vita.

«Ti trattieni per cena?» le chiese.

«E per qualche giorno.»

«Regina ne sarà felice.»

«No che non lo sarà.» A.J. gli rivolse un sorriso d'intesa.

«*Io* ne sono felice.»

«A questo ci credo.»

Il silenzio tra loro si prolungò.

«Qual è il vero motivo per cui sei qui?» le chiese.

«Ho solo bisogno di qualche giorno per guarire.»

«Dall'infortunio?»

«Non posso montare in queste condizioni.»

«L'ultima volta che sei rimasta ferma un giorno è stato per una commozione cerebrale dopo che hai colpito un ostacolo e sei atterrata di testa. E hai accettato di rimanere in camera tua solo perché ti abbiamo minacciato di metterti in un letto di ospedale. Avere un braccio fasciato forse ti impedisce di montare in sella a quel cavallo ma non ti farebbe stare con le mani in mano.»

A.J. distolse lo sguardo.

«Quindi le voci sono vere» disse Garrett. «Hai una storia con lui.»

A.J. fu tentata di mentire. Tutto quello di cui aveva bisogno era una scusa plausibile, ma non ne aveva una pronta che le sembrasse appropriata.

Nel silenzio, avvertì la sua delusione. Suo padre aveva sempre sperato che sposasse un uomo d'affari come lui e che si ritirasse a fare la moglie tra gli eventi della buona società. Sarebbe stata un'esistenza che riusciva a capire, un vocabolario che gli era familiare. Nella sua immaginazione un matrimonio di quel genere sarebbe stato semplice, un fiume senza fine di feste e vestiti guidato da un uomo che si prendesse cura di lei. Che la sorvegliasse.

Sapeva che Garrett non lo avrebbe mai capito, ma per lei, un matrimonio senza passione tappezzato di gioielli non era un lusso, solo un bel mausoleo in cui le donne marcivano con un paio di Manolo Blahnik ai piedi. Quando era diventato palese che A.J. puntava a un futuro diverso da quello che lui aveva in progetto per lei, avevano smesso di parlare della direzione in cui andava la sua vita. Suo padre era tanto fermo nelle sue convinzioni quanto lei, perciò non ne discutevano. Invece, aspettavano entrambi un momento nel futuro in cui uno dei due avrebbe finalmente capitolato.

Adesso aveva un'espressione sofferta, e A.J. sapeva cosa stava pensando. La sua relazione con un campione di equitazione trasformatosi in un recluso angosciato era solo un altro tassello di una vita con cui lui non riusciva a relazionarsi. Nei suoi occhi c'era l'amore per lei ma c'era anche tristezza.

«Mi passerà.»

Stava cercando di rassicurare entrambi.

«C'è qualcosa di cui hai bisogno?» le chiese.

A.J. scosse la testa.

Quello di cui aveva bisogno, lui non poteva darglielo.

10

Una settimana dopo, Devlin era in piedi alla staccionata del campo, con uno stivale appoggiato sul piolo più basso per riposare la gamba. Il viso era cupo. Era stato un pomeriggio lungo e difficile, trascorso a risolvere problemi, preceduto da numerosi giorni passati allo stesso modo.

Gestire il caos non è sinonimo di progresso, pensò. Solo di autoconservazione.

Da quando A.J. aveva lasciato la fattoria, le cose non erano andate bene. Prima c'era stata una rottura delle tubature dell'acqua nella scuderia. Quell'incidente aveva provocato l'allagamento del magazzino in cui tenevano il mangime, riducendo in poltiglia otto sacchi di avena. Poi, durante una tempesta eccezionale, il ramo di un albero si era spezzato ed era atterrato sul suo pick-up, trasformando il cassone in un'interpretazione arborea di una poltrona reclinabile.

Ma il fatto peggiore era stato senza dubbio il 'Disastro Maniscalco'.

Il maniscalco che era già stato da loro una volta aveva cancellato l'appuntamento all'ultimo momento e senza una spiegazione. Per fortuna, ne avevano trovato un altro. Era arrivato con i suoi attrezzi e di buonumore, ma se ne era andato un'ora dopo con un cerotto sulla fronte e la promessa di non tornare mai più. Sabbath era stato intrattabile, qualunque cosa facessero Devlin e Chester. Persino con due uomini fatti e finiti a tenerlo a bada, lo stallone era riuscito a rifilare a quell'uomo un bel calcio con la zampa posteriore.

Una volta finito di fissare il ferro allentato, l'uomo si era rifiutato senza mezzi termini di avvicinarsi allo stallone per gli altri zoccoli, dicendo che, tra le zampe sensibili e la sua buona mira, quel cavallo era uno dei pericoli del mestiere di cui faceva volentieri a meno. Il cerotto con il disegno di Garfield che avevano messo sulla fronte del maniscalco non aveva migliorato la situazione. Era l'unico che avevano trovato, e per lui era stato la beffa oltre al danno.

Devlin era ancora stupito del fatto che quell'uomo, abituato ad avere a che fare con animali nervosi, li avesse rifiutati come clienti. Era come essere cacciati da un ristorante per famiglie perché il proprio figlio aveva stabilito un nuovo record nel lancio del cibo.

Quando spostò il peso della gamba, sentì il rumore del legno che cedeva per protesta e il piede sbattere a terra.

Adesso so cosa si prova a essere perseguitati dalla iella, pensò, guardando il piolo caduto.

Lo rimise a posto e si propose di sistemarlo in un altro momento. Riportando lo sguardo verso il campo, osservò Chester che lavorava lo stallone alla longia. In piedi al centro del recinto, l'uomo teneva un'estremità della lunga corda attaccata al capezzone di Sabbath. In teoria, il cavallo avrebbe dovuto fare degli esercizi muovendosi attraverso le diverse andature mentre girava in circolo.

Ma lui era di un altro avviso e opponeva molta resistenza alle transizioni. La prima volta che avevano provato a lavorare alla longia, aveva trascinato Chester dietro di sé, trasformando la corda in un cavo da rimorchio e l'uomo in un'àncora a penetrazione rapida. Nei giorni che seguirono, Sabbath aveva continuato a non amare l'idea dei cerchi concentrici. Si muoveva al canter in modo irregolare e scomposto, rifiutando la disciplina e sollevando gli zoccoli in protesta.

La causa del suo cattivo comportamento non era un mistero. Era ansioso di ricominciare a saltare, e quelle scene melodrammatiche erano solo uno dei modi in cui esprimeva la sua frustrazione. A parte il disastro con la fronte del maniscalco, c'erano state le due coperte che si era strappato dalla schiena per poi farle a pezzettini, e la parte anteriore del box che aveva rosicchiato al punto che sembrava ci fosse passato un castoro.

Sabbath era arrabbiato e invece di migliorare stava peggiorando, ma non c'era molto che potessero fare. Chester di sicuro non era in grado di saltare gli ostacoli e Devlin, con la gamba offesa, non se la sarebbe cavata molto meglio. Tutti e tre, cavallo compreso, erano in una situazione di stallo, in attesa che A.J. tornasse.

È ora che torni, pensò Devlin per la milionesima volta. E non solo per quel maledetto stallone.

Come la sfortuna, il bisogno di scusarsi con lei lo aveva perseguitato tutta la settimana. Il giorno dell'incidente, non appena si era calmato, era tornato di corsa al maneggio. Voleva dirle di essersi pentito della sua insistenza e di averla lasciata quando aveva bisogno del suo aiuto. Non era sicuro di quali parole avrebbe usato, anche se 'codardo' e 'bastardo' gli erano sembrate senza dubbio appropriate.

Ma quando era tornato, lei non c'era più. E poi Chester gli aveva dato il suo messaggio, lasciandolo in un limbo orribile. Sarebbe voluto andare a cercarla per spiegarle, ma doveva rispettare la distanza che lei aveva messo tra di loro.

Sapeva che A.J. passava a trovare Sabbath tutti i giorni. Si presentava sempre all'ora di pranzo, una conferma, se mai gliene fosse servita una, che lo stava evitando. Dalla cucina, sentiva il ronzio vibrante della cabriolet percorrere il vialetto d'accesso, e interrompeva qualunque cosa stesse facendo per catapultarsi alla finestra e osservarla mentre entrava nella scuderia. Ogni volta sperava che alzasse lo sguardo verso la casa, che entrasse, e così si metteva di guardia, mangiando un panino in piedi alla finestra. Stava aspettando che gli desse un minimo segnale che era pronta per parlare. Ma restava immancabilmente deluso. Terminata la visita allo stallone, A.J. usciva dalla scuderia con la testa bassa, saliva sulla potente auto e se ne andava.

Dal giorno in cui aveva lasciato la fattoria, Devlin aveva pensato molto all'incidente. Guardarla cadere era stato terrificante. Quando aveva valutato l'ipotesi di farle da istruttore, il punto della questione era sempre stato l'obiettivo da raggiungere. L'attenzione era rivolta al lavoro e alla vittoria. Non aveva mai considerato come si sarebbe sentito se l'avesse vista cadere. In quell'istante orrendo, mentre lei era stata sbalzata dalla sella ed era finita a terra, si era sentito travolgere dall'angoscia, e la profondità delle sue emozioni lo aveva spaventato a morte. Aveva dato per scontato che perdere il suo cavallo e la sua carriera fossero state le cose peggiori che la vita poteva riservargli. Ma si era sbagliato. L'idea che potesse accadere qualcosa ad A.J. era molto più terribile, e quella sensazione di vulnerabilità e malessere lo aveva spinto a prendersela con lei.

Di notte, sdraiato nel letto, vedeva il suo viso e si ricordava di quanto l'aveva ferita con le sue parole sconsiderate. Quel pensiero lo divorava. Ogni volta che andava a dormire da solo, sentiva la sua mancanza e pregava che il giorno dopo lei tornasse.

E poi, finalmente, vide un barlume di speranza.

Quel giorno, a mezzogiorno, A.J. era scesa dalla sua auto senza la fasciatura al braccio. Aspettando alla finestra mentre lei era nella scuderia, con il panino al tacchino sospeso a mezz'aria insieme alle sue speranze, non appena l'aveva vista uscire e andare verso la macchina si era agitato. Con la mano sulla portiera, A.J. si era fermata. E alla fine aveva alzato lo sguardo verso di lui.

Per un attimo i loro occhi si erano incontrati e Devlin aveva desiderato con tutto sé stesso che entrasse in casa. Aveva un bisogno disperato di sentire il suo odore, la sua voce, di vederla da vicino. Era pronto a correre fuori al minimo segnale, per cercare di sistemare le cose, per parlare... Ma poi lei aveva distolto lo sguardo ed era salita in macchina. E così il suo umore già nero era diventato ancora più cupo.

Il malumore di Devlin era mal sopportato anche dal suo vecchio amico. Sapeva che Chester ne aveva fin sopra i capelli del suo girare intorno al problema. E chi poteva biasimarlo? Devlin stesso si sopportava a malapena.

È questo il problema, pensò. Ovunque vai, non riesci a separarti da te.

Ritornando con la mente al presente, si concentrò sugli esercizi patetici di Sabbath.

«Direi che possiamo fermarci qui, Ches» gridò.

Chester tirò con forza lo stallone verso di sé e si avvicinò a Devlin con un'espressione infastidita. L'uomo e il cavallo erano entrambi arrabbiati.

«Appena in tempo» disse Chester con tono secco. «Lui è stufo del lavoro a terra con la longia e io sono stufo di lui.»

«Lo so, Ches.»

L'aspettativa nell'espressione del groom non poteva essere ignorata.

«Cosa c'è?» gli chiese.

«Lo sai cosa c'è.»

Devlin guardò oltre il campo, verso le montagne. Poteva considerare quello scambio di sguardi un segnale che era pronta a starlo a sentire?

Doveva provarci.

«Andrò a parlarle.»

«Era ora» bofonchiò Chester, riportando lo stallone nella scuderia e lasciandolo con un dilemma.

Adesso che aveva deciso di fare un tentativo, era troppo impaziente per aspettare che A.J. tornasse il giorno seguente. E quello che aveva da dirle era troppo importante per essere discusso al telefono. Voleva farlo di persona.

All'improvviso gli venne in mente una cosa. Era sabato. Il giorno del compleanno di suo padre.

Ci pensò un attimo. Poi si convinse. A quanto pareva era giunto il momento di liberare lo smoking dalla naftalina.

Più tardi quella sera, con indosso solo la biancheria intima, A.J. mise l'ultima forcina nei capelli e osservò il suo nuovo look nello specchio del bagno. Aveva liberato il collo dalle spesse onde ramate, che erano raccolte in uno chignon realizzato con sorprendente perizia. La sua preoccupazione principale era stata di sistemarsi i capelli in modo che non le dessero fastidio, ma il fatto che quell'acconciatura accentuasse i suoi zigomi alti e il viso a forma di cuore non nuoceva.

Si mise di profilo, fissandosi da sopra la spalla. Con un po' di ombretto e un filo di rossetto, sembrava un'altra persona. Certo, non indossava i jeans e gli stivali in gomma, e bisognava ammettere che la lingerie di pizzo dava quel tocco di fascino in più.

Fece un sospiro, e lasciò che le spalle si incurvassero. Non aveva voglia di sorridere e fingere di essere felice. Non voleva interagire con tutti quegli esponenti dell'alta società che stavano per arrivare. Avrebbe preferito starsene seduta nella sua stanza, fissare il vuoto, e cercare di non impazzire mentre il suo braccio guariva.

Ma il dovere la chiamava.

Rassegnandosi all'idea di partecipare ai festeggiamenti della serata, si avvicinò al vestito appeso alla porta. Era un abito nero trasparente, realizzato con strati di chiffon sottilissimi che cadevano da un corpino stretto senza spalline. Lo aveva comprato per il periodo delle feste natalizie ormai alle porte, l'unica nota positiva di un pomeriggio con la sua matrigna.

Loro due passavano raramente del tempo da sole, e non andavano mai a fare shopping insieme. Tuttavia, Garrett voleva che ci fosse un minimo di rapporto tra le donne della sua vita e riusciva in modo discreto a ottenere ciò che desiderava. Facendo appello al buon cuore di A.J. e convincendo Regina con la promessa di una settimana al Canyon Ranch Resort, figliastra e matrigna avevano stretto i denti per tutta la durata di un pranzo non privo di tensione, seguito da una visita a una famosa boutique.

A.J. si era innamorata di quel vestito appena lo aveva indossato, e adesso, in piedi nel bagno, mentre se lo infilava dalla testa, le onde delicate erano come un sospiro. Quando chiuse la lampo dietro la schiena, sentì il corpino stringerle il seno e la gonna lunga fino a terra sfregarle contro le gambe. Fece un giro davanti allo specchio, dicendosi che forse era valsa la pena di sopportare un pomeriggio di shopping con Regina.

Era diverso da qualunque cosa indossasse normalmente, anche alle feste formali. Se doveva vestirsi bene, di solito optava per un paio di pantaloni di seta e un bolerino o una gonna lunga di sartoria con un top semplice, classico. Immaginò lo stupore della gente nel vederla con i capelli raccolti e il trucco. Guardandosi allo specchio, pensò che quel look fosse romantico e seducente al tempo stesso. Restituiva l'immagine di una donna molto femminile e potente.

Si domandò cosa avrebbe detto Devlin.

A quel pensiero le sembrò di sbattere contro un dosso artificiale a tutta velocità.

Pensava sempre a lui e la sua mancanza era come una fitta al cuore. Ogni giorno, quando andava a trovare lo stallone, sapeva che lui la guardava dalla finestra della cucina, e una parte di lei avrebbe voluto imboccare il vialetto in pietra che portava alla fattoria, bussare alla porta e gettarsi tra le sue braccia.

Ma era ancora arrabbiata con lui per il modo in cui l'aveva aggredita. E poi era spaventata. Spaventata da quanto le avesse fatto male vedere che le voltava le spalle. Angosciata dalla forza del suo amore per lui. Terrorizzata all'idea che avesse ragione riguardo al fatto che non potevano avere tutto.

Se lei fosse stata un'amazzone qualunque, probabilmente dopo averle suggerito di farsi visitare da un dottore l'avrebbe lasciata in pace. Quella litigata devastante non sarebbe mai avvenuta. Invece avevano perso il controllo, lei era scappata via e adesso erano come due estranei. Era esattamente il genere di situazione su cui Devlin l'aveva messa in guardia.

Durante le incessanti introspezioni, A.J. si chiedeva spesso se anche lui soffrisse quanto lei. Il bisogno di sapere cosa provava l'aveva spinta ad alzare lo sguardo quel giorno. Attraverso la distanza che li separava, aveva visto nel suo viso il rimorso e la nostalgia, e si era sentita molto meglio.

Tornando alla villa, aveva deciso che era arrivato il momento di parlare. Dopo quasi una settimana lontana da lui, era pronta. L'indomani, dopo aver fatto visita a Sabbath, sarebbe andata alla fattoria. Gli avrebbe detto che l'aveva ferita molto e avrebbe ascoltato quello che lui aveva da dirle.

E pregava che qualunque cosa fosse sarebbe bastata.

L'idea di trovarselo davanti le fece battere il cuore, suscitandole un groviglio di emozioni difficile da districare. Una grossa parte di lei desiderava disperatamente stare con lui e buttarsi quella litigata alle spalle, ma il resto era un mix di contraddizioni infelici.

Sospirò, riportando la concentrazione sullo specchio a figura intera. La donna che aveva davanti era bella e sicura di sé.

Che menzogna, pensò. Ma almeno l'immagine da copertina merita un bell'applauso.

Voltando le spalle al riflesso, uscì dal bagno e si ritrovò in camera. Era uno spazio elegante che conosceva bene, ma non lo sentiva più come suo. Al suo arrivo, Regina aveva cambiato tutto l'arredamento, perciò i mobili di quando A.J. era bambina, a cui era affezionata, erano stati buttati via. Gli oggetti antichi e barocchi e i tessuti di raso pesante che la donna aveva scelto non incontravano i suoi gusti, ma aveva imparato a conviverci. Quel compromesso grazie al quale aveva potuto tenere i trofei e le coccarde esposti alle pareti.

L'unica cosa che ancora le piaceva della stanza erano le due portefinestre dalle quali entrava luce in abbondanza. Si aprivano su un patio a suo uso esclusivo. Lì seduta, poteva ammirare il magnifico giardino scenografico della villa, quattro acri di aiuole interrotte da meli, ciliegi e peri in fiore, e da aceri, querce e salici maestosi. In lontananza, sopra la linea boschiva degli alberi in fondo al giardino, una catena di montagne si sollevava incorniciando magnificamente la vegetazione rigogliosa.

Mentre osservava la sua camera, A.J. si accorse che per la prima volta stava mettendo in discussione quel lusso. Con i trofei di equitazione appoggiati sul mogano antico e le coccarde appese alle pareti di seta, si rese conto di quante cose aveva dato per scontato.

Qualcuno bussò alla porta interrompendo i suoi pensieri, e A.J.

andò ad aprire scalza. Garrett era lì nel corridoio. Aveva un aspetto elegante con lo smoking, e sembrava felice mentre osservava l'abbigliamento della figlia.

«Sarai la più bella di tutte.»

«Non si può mai dire» rispose A.J., ricevendo un bacio sulla guancia. «Non mi sono ancora messa le scarpe e gli stivali che uso in scuderia sono ancora una possibilità. Molto più funzionali delle scarpe appuntite con il tacco alto che ho comprato per l'abito.»

«Sono così felice che tu sia di nuovo a casa.»

«Papà, ti ho detto che non ti ci devi abituare. Resterò qui solo finché non troverò un posto tutto mio.»

«Lo so, ma continuo a sperare che...» Davanti all'occhiata di avvertimento della figlia, si schiarì la voce. «Ti lascio finire di prepararti, ma prima volevo darti una cosa.»

Le spinse tra le mani una scatolina di pelle mentre interrompeva le sue proteste.

«È il mio compleanno. Non puoi darmi un dispiacere.»

«Non avresti dovuto.»

«Lo so. Allora, a fine serata, quando tutto questo sarà terminato, io e te ce ne staremo un po' insieme, vero? Proprio come facciamo sempre.»

Stringendo il regalo, A.J. si ricordò del loro rituale e le si riempirono gli occhi di lacrime. «Sì, certo.»

Garrett allungò una mano e le fece una carezza sulla guancia. «Tua madre sarebbe stata così orgogliosa di te. Della tua forza e della tua indipendenza. Tutto il fuoco che hai dentro l'hai preso da lei.»

A.J. gli prese la mano. «Ti voglio bene.»

«Grazie per avermelo detto. Ci sono sere in cui ho bisogno di sentirlo più di altre» sussurrò. Poi scomparve lungo il corridoio, lasciandosi dietro la scia di quell'acqua di colonia speziata che le era familiare.

A.J. chiuse la porta e si avvicinò al letto, e mentre si sedeva il vestito ricadde intorno a lei come una cascata. Sollevando il fermaglio dorato, aprì la scatolina e rimase a bocca aperta. Un paio di orecchini di diamanti e rubini era posato su un letto di raso. Erano meravigliosi, persino al suo sguardo ostile. Ne tirò fuori uno e lo avvicinò alla luce, osservando il luccichio e il bagliore delle pietre. Li indossò per accontentare Garrett e per sentirsi un po' più sicura di sé.

Dopo essersi messa le scarpe, sistemò il vestito in vita, diede un'ultima controllata agli orecchini e raddrizzò la schiena. Lasciato il porto sicuro della sua camera, scese la scala a chiocciola con cautela per via dei tacchi, ripetendosi di stare tranquilla. Aveva trascorso serate come quella infinite volte e, malgrado non fossero piacevoli, non sarebbe successo niente che non avesse già visto.

I fatti le diedero torto.

Quando arrivò nel salone di rappresentanza, gremito di persone importanti, non era preparata alla reazione che ricevette. Non appena la notò, la gente smise di parlare, i sorrisi artefatti lasciarono il posto alla sorpresa e allo stupore.

A.J. si sentiva come Elvis, tornata dal mondo dei morti.

Poi cominciarono i bisbigli. Non era sicura se stessero commentando il suo ritorno all'ovile, lo stallone, il suo istruttore o il vestito. Le sembrava di essere su un palcoscenico con un riflettore puntato addosso, e la luce era opprimente.

Davanti a tutti gli sguardi e i mormorii, si impose di non voltarsi e tornare in camera. Facendo appello alla sua risolutezza, si immerse tra la folla e cominciò a muoversi a zig-zag tra la calca di persone, senza una particolare destinazione.

Appena mise piede nella stanza, venne affiancata da un tizio pieno di boria, che esponeva la moglie come un trofeo. Proprietario di un'azienda di stuzzicadenti e famoso donnaiolo, l'uomo squadrò A.J. con il suo sguardo avido come se fosse un'opera d'arte in vendita. La donna al suo fianco, la sua terza moglie se la memoria non la tradiva, aveva un'espressione inferocita.

«Sei un pozzo di sorprese» le disse.

Poi si avvicinò e le sussurrò all'orecchio: «Perché tu abbia tenuto nascosto tutto questo talento sotto gli abiti da equitazione è un mistero.»

Pensò che con uomini come lui la risposta fosse ovvia. Usando tutta l'eleganza possibile, cercò di togliersi di dosso il suo braccio.

Con suo grande sollievo, Garrett si materializzò tra la folla e andò in suo soccorso. Il maiale assunse immediatamente un atteggiamento decoroso, anche se il suo sguardo lo tradiva, e A.J. tirò un sospiro di sollievo quando, dopo una breve chiacchierata di circostanza, lei e suo padre si diressero al bar. Giusto il tempo di avere un bicchiere di chardonnay in mano, e stava già iniziando a capire quello che intendeva Devlin. Ovunque si voltasse, sentiva il suo nome aleggiare nell'aria, una parte delle conversazioni che vorticava nella stanza come fumo acre. Accorgendosi delle rapide occhiate e delle lingue ancora più veloci di tutta quella folla, si sentì di dominio pubblico. Non le piaceva.

E le piacque ancora meno con il passare lento del tempo. Dopo che l'elaborato buffet venne presentato nella sala da pranzo e preso di mira, la gente tornò nel grande salone per una serata di danze e per il dessert. Se A.J. aveva pensato che il suo ingresso nella sala fosse stato terribile, i balli le sembrarono insopportabili. Gli uomini che avevano trascorso tutta la festa a guardarla, avevano finalmente una scusa socialmente accettabile per toccarla. Una volta in pista, le loro intenzioni erano ovvie, facendole guadagnare occhiate ancora più inferocite dalle loro mogli. Dopo un'ora, le era venuto il mal di testa per via della decina di diverse acque di colonia ed era esausta a furia di respingere braccia disgustose.

La vita di una sirena è sopravvalutata, si disse, grattandosi il naso.

Rifiutandosi di sopportare un altro ballo, cercò di rifugiarsi in una conversazione, ma tutto quello che ottenne fu di rimanere intrappolata con un ex professore di inglese in pensione che aveva lasciato una prestigiosa università, ma non aveva abbandonato la sua vocazione di gradasso logorroico. Era un uomo anziano e burbero, con dei peli bianchi che gli crescevano ovunque. C'erano piccoli ciuffi che spuntavano dalle orecchie, due cespugli sopra gli occhi, e della barba sotto il mento di cui non si occupava da un po'.

Immersa in quel continuo ronzio, A.J. mise il pilota automatico mentre aspettava con ansia i discorsi di ringraziamento, il taglio della torta Montblanc e la fine della serata. Il fatto che avesse i piedi indolenziti e che fosse stanca di avere la sensazione di camminare in cima a una staccionata non aiutava a far passare il tempo più velocemente.

«Dunque, mia cara, questa è la differenza tra una volgare innovazione e un classico che dura nel tempo» disse il professor Rogaine con tono crescente mentre un altro paio di persone si univa a loro. Anche se la loro presenza alleggerì la noiosa conversazione di quell'uomo, A.J. si ritrovò sotto lo sguardo insistente di un tizio che sembrava fin troppo interessato a scoprire cosa nascondesse il suo corpino. Aveva voglia di chiedergli se pensasse di aver perso il suo portafoglio lì sotto.

Liberandosi dal gruppo, si voltò, ma rimase intrappolata in un altro capannello di persone. Fallita la fuga, cercò di fare un respiro profondo, ma sembrava che l'aria fosse stata improvvisamente risucchiata dalla stanza. Sentì un peso sul petto.

Come se tutto il resto non bastasse, adesso doveva affrontare anche la claustrofobia. Rivolse uno sguardo disperato alla porta. Era sul punto di scappare, decisa a fare qualsiasi cosa per ottenere la libertà, anche se questo significava perdersi il brindisi del compleanno di suo padre, quando vide una sentinella che non avrebbe potuto eludere. Tra lei e la salvezza delle scale c'era Regina, che teneva banco.

La sua matrigna si rivolgeva alla gente con atteggiamento pomposo. Al suo fianco c'erano Peter e Garrett, due sculture vegetali che innaffiava con sguardi pieni di adorazione ma che teneva al loro posto con commenti rapidi se ricevevano più attenzioni di lei. Gli adulatori che le stavano intorno pendevano dalle sue labbra, come se ogni sua parola fosse una pillola di magnificenza, il che spiegava la felicità che le irradiava il viso.

O forse era solo il riflesso della luce proiettato da tutti quei gioielli, pensò A.J. osservando il collier di perle e diamanti intorno al collo di Regina, e gli orecchini abbinati che le pendevano dai lobi.

Peter notò lo sguardo di A.J. sul gruppo e le fece un cenno teso. Con un tacito accordo, i due si erano zelantemente ignorati per tutta la settimana. Vederlo dall'altra parte della stanza non fece che aumentare la sua determinazione ad andarsene.

Mentre si voltava verso le porte-finestre della terrazza sul retro, si fermò, provando una strana sensazione. Guardò il calice di champagne. Non lo aveva toccato, e non aveva nemmeno finito l'unico bicchiere di vino che aveva preso.

Non può essere l'alcol, pensò.

Forse l'insonnia di cui soffriva ultimamente stava avendo la meglio su di lei?

Malgrado tentasse di scacciare quella sensazione, non riusciva a liberarsene. Diede un'occhiata dietro di sé in cerca di una spiegazione, ma trovò solo le stesse persone da cui voleva allontanarsi a tutti i costi. Allungando il collo, guardò con più attenzione quelle teste con la messa in piega, chiedendosi cosa avesse provocato quel bizzarro stato d'animo.

Poi vide Devlin.

Trasalì, osservandolo mentre scrutava la stanza. Non appena la vide, cominciò a muoversi tra gli invitati. C'era uno scopo preciso nel suo sguardo, ma qualcosa molto più dolce comparve nei suoi occhi quando li posò su di lei.

Il cuore di A.J. cominciò a battere forte e si sentì frastornata, come se un senso di dislocazione si fosse impossessato di lei. Il rumore delle voci e il tintinnio dei bicchieri, la musica e i balli, tutto scomparve tranne l'immagine di lui che camminava a passi decisi tra la gente.

Emozioni confuse le oscurarono la ragione. Era contenta di vederlo, ma ancora ferita e arrabbiata. Pronta ad ascoltare quello che aveva da dirle, ma certa che la loro conversazione avesse bisogno di privacy. Felice che lui avesse fatto quello sforzo.

E sopraffatta dalla sua bellezza.

Con lo smoking, Devlin era devastante. Le spalle larghe sostenevano la giacca nera come una trave d'acciaio e la camicia bianchissima metteva in risalto la sua pelle abbronzata. Si muoveva con la stessa grazia e potenza di sempre, come se l'abbigliamento formale non fosse niente di particolare e gli ospiti importanti non fossero più speciali dei groom o dei garzoni di scuderia.

Era sé stesso, a prescindere dall'ambiente in cui si trovava.

Quel lato di lui le piaceva molto.

Sentì un calore attraversarle il corpo e la sua mano strinse il calice di champagne talmente forte che pensò si potesse rompere. Fu colpita da un impulso impetuoso di andare da lui, come se fosse il suo nord magnetico. E più si avvicinava, più l'attrazione cresceva.

«Cosa ci fai qui?» gli chiese quando si fermò a pochi passi da lei. Sembrava senza fiato.

«Hai detto che era importante che venissi. Non volevo deluderti. Di nuovo.»

Il suono della sua voce era come una carezza sulla pelle. Coinvolgente e tenero allo stesso tempo. Sentì il suo sguardo scorrerle sulle spalle, sulle curve del seno, e scendere giù fino alla pancia. Osservò le sue pupille dilatarsi di un desiderio che non cercò di nascondere. Quando i loro occhi tornarono a incontrarsi, quelli di Devlin bruciavano di passione. Non poté evitare di esserne toccata, ma era comunque diffidente.

«Sei molto bella» disse con voce roca.

Prima che potesse rispondergli, un uomo si intromise tra loro. Vide il viso di Devlin incupirsi.

«Sono Cosgood Rhett IV» disse con una voce imponente mentre faceva scivolare il braccio intorno alla vita di A.J. «Tuo padre è in affari con il mio, ricordi? Comunque, credo che sia il mio turno. È tutta la serata che aspetto.»

Devlin gli si piazzò davanti, appoggiandogli la mano sulla spalla. Non era un gesto amichevole.

«E dovrai aspettare ancora un po'. Diciamo fino alla fine dell'eternità.»

Sul viso dell'intruso comparve un'espressione truce, finché non guardò gli occhi di ghiaccio puntati su di lui. A.J. soffocò una risatina inappropriata mentre la mano cadeva velocemente dalla sua vita e le veniva rivolta una sfilza di scuse.

«Grazie» disse dopo che l'uomo se ne era andato. «È stata una lunga serata.»

«Non ne dubito» grugnì Devlin osservando l'altro tizio scomparire.

Quando riportò lo sguardo su di lei, la sua espressione si addolcì.

«Questo vestito è...» Lasciò la frase in sospeso. A finirla ci pensarono i suoi occhi.

«Se vuoi la verità, è tutto una farsa. Mi fanno male i piedi, la lampo mi pizzica e credo di aver perso un'oliva nel corpino.»

«Devo dirtelo di nuovo. Sei bellissima.»

Il viso di A.J. esprimeva piacere ma anche cautela.

«Come va il braccio?» chiese.

«Migliora di giorno in giorno.»

«Sabbath sente molto la tua mancanza.»

«Ho cercato di rimanere nelle sue grazie portandogli le carote. Non so se il tentativo di corruzione stia funzionando, ma almeno sta assumendo grossi quantitativi di betacarotene. Immagino che Chester stia cercando di farlo lavorare alla longia?»

«Esatto.»

«Pover'uomo, starà impazzendo.»

«Si sopportano a fatica. E non vanno pazzi nemmeno per me.» A.J. lo guardò incuriosita. «Ultimamente non sono una compagnia piacevole» le spiegò.

«Perché?»

«Mi manchi. Così tanto da stare male» disse a bassa voce.

A.J. staccò gli occhi da quelli di Devlin, rivolgendoli al bicchiere di champagne.

«A.J., ho cercato di starti lontano, come mi hai chiesto. Ma non ce la faccio più. C'è un posto dove possiamo parlare?»

«Lei deve essere Devlin McCloud» disse Regina con voce stridente.

A.J. si voltò e vide la sua matrigna guardare Devlin come se fosse una costoletta di maiale da ispezionare. Doveva aver superato il controllo qualità con il massimo dei voti perché un attimo dopo la donna allungò la mano ingioiellata verso di lui.

«Benvenuto. Io sono Regina Sutherland» disse, rivolgendogli il suo miglior sorriso di cortesia. Era ampio e calcolato, una maschera allegra che non nascondeva affatto i suoi modi taglienti. «Non sapevo che sarebbe venuto.»

La donna lanciò un'occhiataccia ad A.J., poi, come un raggio traente, il suo sguardo si strinse sugli orecchini di rubini.

Mio padre dovrà pagarli due volte, pensò A.J.

«Mi sono imbucato» rispose Devlin.

«Bene, sono felice che abbia scelto la nostra festa per farlo» flirtò Regina.

Peter raggiunse sua madre.

«Non sapevo che avessi un accompagnatore» disse il fratellastro ad A.J. con tono secco.

«Ovviamente lei ha già incontrato mio figlio» commentò Regina. «Visto che fa parte del mondo dei cavalli, sono sicura che avrà sentito parlare di lui.»

«Non sono l'unico» rispose Devlin.

Lei si illuminò, non cogliendo l'allusione.

«Adesso, se volete scusarmi, vorrei ballare con A.J.» disse Devlin.

«Avrete tempo di farlo più tardi» lo liquidò Regina. «Deve assolutamente venire a conoscere...»

«A.J.?» Devlin le porse il braccio.

Regina strabuzzò gli occhi come se le avessero parlato in una lingua sconosciuta. «Ma di sicuro...»

Devlin sorrise e si incamminò portando A.J. con sé.

Mentre se ne andavano, Peter le afferrò il polso. «Ti conviene essere presente al momento del brindisi. Ci sono delle novità che credo ti interesseranno.»

A.J. se lo scrollò di dosso. Con Devlin al suo fianco, aveva cose più importanti a cui pensare.

Non appena raggiunsero la pista da ballo, sentì il tocco familiare delle sue braccia che la circondavano e la stringevano. Nonostante i vestiti, il suo corpo reagiva come se le loro pelli si stessero toccando, e si accorse che Devlin aveva un'erezione. Con il cuore in gola, si lasciò andare al pericoloso piacere di appoggiarsi a lui e inalare il profumo del sapone al cedro.

«Dio, quanto mi sei mancata» sussurrò al suo orecchio con un gemito.

A.J. aprì la bocca per dire qualcosa ma non le uscì niente. Era troppo presa da quel momento, da lui. Si ripeté che prima dovevano parlare, ma la voce della ragione venne ignorata. Solo per un ballo, pensò. E poi troveremo un posto in disparte.

La canzone giunse alla fine troppo presto. «Dove possiamo parlare?» le chiese.

Ma prima che A.J. potesse rispondere, Regina camminò davanti ai musicisti spalancando le braccia con un grosso sorriso come se fosse la star di uno spettacolo a Las Vegas. Devlin e A.J. rimasero intrappolati dalla folla che avanzava.

«Grazie a tutti per esservi uniti a noi in questa speciale occasione» disse Regina, invitando Garrett con un cenno della mano ingioiellata a unirsi a lei. L'uomo la assecondò con riluttanza.

«Garrett e io vi siamo grati di averci onorato della vostra presenza.» Lo disse nonostante sapesse che nessuno nella stanza avrebbe osato rifiutare l'invito. Le feste esclusive erano feste esclusive. Dovevi presenziare, altrimenti non ci sarebbe stata una seconda occasione.

La gente cominciò a spostarsi e A.J. notò che Peter stava cercando di raggiungere sua madre. C'era qualcuno subito dietro di lui, ma non riusciva a vedere chi fosse. Quando emersero dalla folla, riconobbe Philippe Marceau. Dietro al francese c'era una bionda altissima, con le gambe lunghe e più luce tra i capelli che negli occhi. Insieme a Peter, i due si unirono a Regina e Garrett davanti al pubblico.

«Il nome dei Sutherland è legato a una serie infinita di successi» stava proclamando Regina. «E io sono orgogliosa che la generazione futura stia seguendo le stesse orme. Mio figlio, Peter, che con il suo impegno ha reso le Scuderie Sutherland una realtà autorevole nel mondo equestre, sta per annunciare una nuova e importante collaborazione.»

Ad A.J. mancò il respiro.

Peter raggiunse il centro del palco. «È con grande gioia che vi presento la nuova punta di diamante delle Scuderie Sutherland, l'uomo che ci porterà alla vittoria alle qualificazioni, Philippe Marceau!»

La stanza esplose in un applauso. Le persone in sala erano perlopiù uomini d'affari, e anche se qualcuno tra gli invitati apparteneva al mondo dell'equitazione, si trattava di proprietari, non di cavalieri. Gli unici ad avere interesse per il nuovo acquisto della squadra dei Sutherland sarebbero stati gli atleti professionisti, e A.J. non poté evitare di chiedersi perché Peter stesse usando il compleanno di suo padre per dare la notizia.

A meno che il suo scopo non fosse ferire lei.

E a quel punto le sembrava evidente che fosse così.

11

Mentre gli occhi di Peter la cercavano tra la folla, A.J. pensò che il fratellastro non avesse motivo di essere felice e si chiese quanto ci avrebbe messo a scoprire che il suo nuovo investimento era un premio di consolazione.

«Le Scuderie Sutherland sono molto più di un gruppo di proprietari e cavalieri» stava dicendo. «Siamo un'azienda di famiglia nel vero senso della parola, perché tutti i campioni sono imparentati nello spirito. Il legame tra chi ricerca l'eccellenza è più forte di quello di sangue... Sul quale a volte si può fare molto meno affidamento.»

A.J. scrollò la testa, sorpresa dal suo commento. Marceau non era famoso per la sua fedeltà. La lealtà professionale di quel fantino non era più duratura di quella che offriva alle donne con cui andava a letto e che scaricava con il giornale del mattino. Era rimbalzato da un maneggio all'altro dal giorno in cui era passato al professionismo, sempre perché pensava che il suo talento eccezionale non fosse apprezzato a sufficienza. E così, ogni volta che iniziava in un posto nuovo, la gente del circuito faceva partire le scommesse per indovinare quanto sarebbe durato. I vincitori di solito erano quelli che puntavano i soldi su una data entro la fine dell'anno. A.J. avrebbe giurato che Peter lo sapesse.

Ma anche se era una cattiva idea per le scuderie, vedere Philippe Marceau sotto quelle luci con il suo fratellastro le fece ribollire il sangue. Era offensivo essere stata cacciata dal Centro Sutherland così su due piedi, solo per essere rimpiazzata dal famigerato francese. Inconsciamente, piegò il braccio. Le faceva ancora molto male e aveva intenzione di tornare dal dottore nei giorni successivi, ma ora sentiva un bisogno urgente di riprendere l'allenamento. Grazie all'annuncio di Peter, adesso era più determinata che mai a vincere, e non sarebbe rimasta in panchina un minuto di più.

Si voltò verso Devlin e lo fissò a lungo. Nonostante avesse un'espressione intensa, quando i loro occhi si incontrarono, il suo sguardo era fermo e pieno di calore. Non era sicura di cosa il futuro riservasse alla loro relazione, ma sapeva che doveva rimettersi al lavoro. E aveva bisogno di lui al suo fianco.

«Domani ritorno. E assicurati che ci sia la riviera in campo» gli disse.

Devlin annuì e A.J. vide spuntare un'espressione sollevata tra le rughe marcate del suo viso.

Peter andò avanti con il suo noioso discorso finché Regina non gli rubò la scena avanzando sotto le luci. Dopo aver spinto il figlio da parte con un colpo di gomito, cominciò a rivolgere una sequela di commenti leziosi e adulatori a Garrett, una via di mezzo tra un romanzo di Barbara Cartland e la pubblicità di un'automobile. A.J. lo trovò nauseante.

Mentre la madre recitava il suo monologo, Peter scese tra la folla. Marceau e la sua appendice bionda lo seguivano a breve distanza, ed erano tutti diretti verso A.J.

«Non ci fai le congratulazioni per la nostra nuova collaborazione?» disse Peter non appena fu a portata d'orecchio.

«Certo» rispose A.J. «Non credo che voi due siate necessariamente destinati a grandi cose, ma vi auguro il meglio.»

«Marceau porterà il nome dei Sutherland ai vertici.»

«Forse. O magari se ne andrà in un altro maneggio.»

L'atteggiamento sprezzante di Peter esplose. «Quando Philippe comincerà a vincere tutti i concorsi più importanti del circuito, e il nome dei Sutherland sarà sulla bocca di tutti, per questioni di merito, maledirai il giorno in cui hai preferito quel cavallo alla tua famiglia.»

«Ti stai dimenticando che sei stato tu a costringermi a scegliere?»

«Sei stata tu a comprarlo. Adesso vedrai quanto ti è costato.»

La rabbia montò dentro di lei, mascherando la ferita ancora aperta per la decisione di suo padre di affidare il maneggio a Peter. La sua voce si fece tagliente. «Quello stallone mi è costato trentamila dollari e il discutibile piacere di vederti ogni sera a cena. Tutto considerato, sarebbe stato un affare a mezzo milione.»

Il viso di Peter si fece paonazzo. «Non si può neanche dire che ti abbia esattamente spezzato il cuore lasciarci.»

È ora di andare, si disse A.J., accorgendosi che i toni si stavano facendo più aspri del solito. L'ultima cosa che voleva era litigare con lui davanti a tutti durante la festa di compleanno di suo padre.

«Per quanto mi piacerebbe continuare questa discussione,» disse «ti auguro buonanotte e buona fortuna.»

«Le squadre vincenti non hanno bisogno della fortuna» disse accalorato.

«Quando ne trovi una, fammelo sapere.»

«Hai davanti la partnership che rivoluzionerà questo sport. E tu con quell'ammasso di cibo per cani fuori di testa resterai a guardare. La tua carriera è finita.»

In un impeto di rabbia, A.J. non si trattenne più. «Solo perché hai ingaggiato l'unico altro svitato in circolazione con gusti orrendi quanto i tuoi in fatto di vestiti, non significa che detieni la chiave del successo. Serve ben altro che una sconcertante mancanza di gusto nell'abbigliamento e un sarto cieco per vincere in campo.»

Peter si scagliò su di lei, cogliendo tutti di sorpresa.

In un batter d'occhio, Devlin si mise in mezzo per proteggerla, sbarrandogli la strada.

«Stai indietro, Conrad» disse con sguardo truce.

Intorno a loro, la gente si stava voltando incuriosita verso la baruffa, impaziente di vedere un po' più di azione.

A.J. era scioccata dall'esplosione di Peter. Avevano sempre litigato ma lui non aveva mai perso il controllo in quel modo. Quando sentì il suo cuore battere forte e il respiro affannato del fratellastro, si dispiacque sinceramente per il loro rapporto. Perché le cose dovevano sempre andare a finire male tra di loro?

Persa nei suoi pensieri, osservò ammutolita Peter che si allontanava da Devlin. Il suo fratellastro si sistemò la giacca dello smoking con le mani tremanti.

Vedendo che la tensione si era allentata, Marceau colse l'opportunità per intercettare elegantemente il suo nuovo partner. «Non ti curvare al suo livello.»

«Si dice 'abbassare' al suo livello» lo corresse A.J. con aria assente.

Devlin le prese il gomito. «Credo sia meglio andare.»

«Sì, portala via» disse Philippe. «D'altra parte con quella gamba l'unica cosa che ormai puoi fare è il baby-sitter.»

A.J. sentì la rabbia rimontare e moriva dalla voglia di rispondergli per le rime. Ma invece di seguire quell'impulso, si schiarì la voce e raddrizzò le spalle. «Buonanotte, Philippe. Peter.»

La voce del suo fratellastro era piena di rancore. «Te ne pentirai.»

«Sai una cosa? Credo che tu abbia ragione» rispose. «Ti dirò di più, sto cominciando a provare pena per noi.»

Peter la guardò completamente confuso prima che lei e Devlin si dirigessero verso l'atrio.

Quando arrivarono alla porta d'ingresso, si fermarono.

«Mi dispiace che tu abbia dovuto assistere a tutto questo. Per la seconda volta» disse A.J. a Devlin.

«C'è molto astio tra voi due.»

«Sì. Ma è arrivato il momento di cambiare le cose. Vorrei solo sapere come.»

Per quanto Peter potesse scatenare in lei una frustrazione intensa, A.J. non lo odiava e sapeva che non era davvero cattivo. Stava anche cominciando a riconoscere di avere un ruolo nel loro rapporto disastroso. Se si fermava a riflettere per un attimo, quello che davvero la turbava erano le questioni irrisolte con Devlin, e l'enormità di tempo che aveva dovuto stare ferma senza allenarsi a causa dell'infortunio al braccio. L'annuncio riguardo a Marceau e le frecciate di Peter erano state un pretesto per reagire e sfogare la sua ansia. In più c'era il fatto che Peter conosceva bene i suoi punti deboli, e *boom*!

«Non mi piace litigare con lui. Proprio per niente» disse piano.

Si accorse di essere rimasta a lungo in silenzio, ma quando alzò lo sguardo verso Devlin si dimenticò di Peter, della sua famiglia, e delle preoccupazioni legate all'allenamento. Tutto il resto scivolò via.

«Ci stiamo salutando?» gli chiese.

«Solo se tu lo vuoi. Io sono venuto per parlare con te.»

Una coppia passò guardandoli incuriosita.

«Posso accompagnarti alla macchina?» gli chiese.

Devlin sorrise. «Non è una cosa da uomini?»

«In questo quartiere, non sai mai cosa può succedere quando fa buio. Potresti essere avvicinato da un investitore finanziario o da un magnate del mondo delle comunicazioni inferocito.»

«Sempre meglio di un ventenne maniaco di computer che si è messo nei guai» disse aprendo la porta.

Appena uscirono, furono accolti dall'aria frizzante della notte. Mentre i rumori della festa svanivano, nel silenzio A.J. sentì le orecchie che le fischiavano.

Prima di potersi dire qualunque cosa, furono avvicinati da uno dei parcheggiatori in uniforme assunti per la serata. Il ragazzo doveva avere meno di vent'anni e indossava una giacca nera che gli stava grande e un paio di scarpe da ginnastica. Con una scrollata di spalle, Devlin diede il biglietto al ragazzo, che si allontanò a passo spedito lungo il vialetto, scomparendo dalla loro vista.

«In fatto di privacy, la scelta di questo posto non è molto azzeccata» sussurrò A.J. «Mi ero dimenticata dei parcheggiatori.»

Lanciò un'occhiata dietro Devlin verso la schiera di ragazzi che aspettavano annoiati.

«Possiamo fare il giro dell'isolato con la macchina e fermarci a parlare da qualche parte» suggerì.

«Come due adolescenti che si nascondono dai genitori?» Ridacchiò, in parte perché l'idea le sembrava buffa, ma soprattutto perché era ansiosa di sapere cosa le avrebbe detto una volta soli.

«Non hai idea di quanto mi sia mancato sentirti ridere.»

A.J. rimase senza fiato. Vide la mano di Devlin alzarsi e sfiorarle il gomito, ma poi si fermò.

«Sono venuto stasera per chiederti di perdonarmi» le disse piano. «Per scusarmi. E perché voglio che torni a casa.»

Le si illuminò il viso di felicità e provò una tentazione fortissima di buttargli le braccia al collo e dirgli che era esattamente quello che sperava di sentire. Ma non bastava. Era troppo innamorata per poter rischiare di tornare alla fattoria senza sapere di preciso come stavano le cose tra loro.

Il parcheggiatore dal piede veloce tornò senza macchina. Aveva un'aria preoccupata. «Mi scusi, signore. Non riesco a trovare la sua auto.»

«Forse perché è un furgoncino» rispose in modo laconico Devlin.

«Intende dire quell'affare? Con il cassone tutto deformato?»

«So che non ha un bell'aspetto, ma il motore è in buone condizioni.»

«È la parte posteriore che mi preoccupa.» Di colpo, il ragazzo arrossì e si tappò la bocca.

«Cos'è successo al pick-up?» chiese A.J.

Devlin posò una mano sulla spalla del ragazzino, allungandogli un paio di dollari. «Non ti preoccupare. Vado a prenderlo da solo.»

«Ehi, grazie» rispose, guardando i soldi. «Ma non me li sono guadagnati.»

«Con la gente che c'è lì dentro» disse Devlin facendo un cenno con la testa dietro di sé «di sicuro a fine serata te li sarai guadagnati eccome.»

Il ragazzo sembrava contento mentre raggiungeva i suoi amici.

«Cos'è successo al pick-up?» chiese di nuovo A.J.

«Niente di buono.» Devlin scrollò le spalle e si accorse che lei stava tremando. «Non dovresti rientrare? Mi ucciderà, ma posso aspettare fino a domani se significa non farti prendere l'influenza.»

A.J. scosse la testa, pensando che non le sarebbe importato nemmeno se stesse nevicando e fosse a piedi scalzi. Voleva assolutamente sentire cosa aveva da dirle.

«Andiamo» gli disse, incamminandosi lungo il vialetto, nella direzione in cui aveva visto andare il parcheggiatore. Devlin la raggiunse, mettendole la sua giacca sulle spalle e adeguandosi al suo passo.

«È qui a sinistra» disse, mentre si avvicinavano alla fine del vialetto.

A.J. girò senza guardare.

«No, di qua.»

Tornò indietro.

In fondo alla lunga fila di macchine, spiccando tra le Mercedes e le Jaguar, il pick-up sembrava un cavallo da tiro in un campo di purosangue. Destino volle che fosse parcheggiato proprio sotto un lampione, e la luce extra non era clemente con la vernice rovinata e il danno recente.

Che era notevole, si rese conto A.J.

«Buon dio! Cos'è successo al cassone?» esclamò, avvicinandosi per guardare meglio. Schiacciato e ammaccato com'era, si chiese come potesse essere ancora attaccato alla cabina. «Sei andato a sbattere contro qualcosa in retromarcia? Magari una palla demolitrice?»

«Una scaramuccia con il ramo di un albero.»

«Che è piovuto dal cielo come un meteorite!»

«Già, qualcosa del genere» bofonchiò.

A.J. continuò a ispezionare velocemente il pick-up.

«Quegli orecchini sono bellissimi» commentò Devlin mentre si riavvicinava a lui.

«Grazie. Sono un regalo di mio padre.»

«Il colore è magnifico.» A.J. osservò la mano di Devlin allungarsi e accarezzare una delle pietre. «Anche se io preferisco il rosso dei tuoi capelli.»

Si sciolse sentendo il desiderio ardente nascosto sotto quelle parole, ma si rammentò di stare attenta. «Devlin, io...»

«Mi dispiace» disse. «Mi dispiace così tanto. Non riesco a credere di averti gridato contro mentre avevi un braccio ferito e stavi male. E poi me ne sono pure andato, accidenti. Non ti biasimo per essere arrabbiata. Non ho fatto altro che pensare a te nell'ultima settimana, ho cercato di trovare una spiegazione razionale al mio comportamento, qualcosa che mi facesse capire perché ho perso la testa in quel modo. Mentre ti guardavo cadere, ero terrorizzato, completamente terrorizzato. Ti ho immaginata sdraiata in un letto di ospedale, dal quale non ti saresti più alzata. Ripensandoci, mi rendo conto che la situazione non era così grave, ma in quel momento non stavo ragionando. Quando ti sei rimessa in piedi, mi sono detto 'okay, sta bene'. Ma poi sei rimontata sullo stallone, che era come impazzito e sembrava pronto a scappare senza controllo, e ho avuto la sensazione di vivere in un incubo. È stato orribile osservarti mentre ti sostenevi con la sola forza di volontà e affrontavi i salti in sella a quell'animale in preda al panico.»

Scosse la testa tormentato dal rimorso. «Quando ti sei rifiutata di andare dal dottore, ho perso la testa. Non ti stavi prendendo cura di te, e mi hai fatto provare una tale paura che avrei voluto strozzarti. Guardavo la donna che amo, sul punto di svenire...»

«Aspetta un momento. Cos'hai detto?»

«Che mi sembrava di vivere un incubo...»

«No, no. Dopo.»

«Che non ho capito più niente.»

«Un po' dopo.»

«La donna che amo...» Devlin si interruppe, inclinando la testa di lato.

A.J. sentì un calore avvolgerle il corpo.

«La donna che amo.» Ripeté quelle parole lentamente. «L'ho detto. L'ho detto davvero.»

«Hai un'aria sorpresa.» A.J. aveva un sorriso radioso.

Devlin rise. «Solo perché mi sembra così naturale. Considerato che è passato molto tempo da quando l'ho detto l'ultima volta, pensavo che sarei stato un po' più arrugginito. Be', oltre al fatto che l'ultima volta stavo parlando con un cavallo.»

Si avvicinò ad A.J., e lei si lasciò accogliere dalle sue braccia.

«Ti amo davvero» le disse come se non potesse farne a meno. «Sei tutto per me. Ogni volta che guardo i tuoi occhi, non riesco a spiegare cosa mi succede. Mi sento una persona *nuova*.»

Erano le parole che voleva sentire, che le davano un senso di sicurezza e devastazione allo stesso tempo. E sapeva di amarlo anche lei. Disperatamente.

«Mi puoi perdonare?» mormorò, abbassando la testa contro la sua.

«Sì» disse, sfiorando le sue labbra. «Credo di sì.»

Le loro bocche si fusero con una delicatezza speciale, come se si stessero baciando per la prima volta, e A.J. sentì le sue dita accarezzarle il collo dolcemente. In quel momento, si dimenticò del dolore che aveva provato o della separazione che li aveva tenuti lontani.

Quando si staccarono, lei stava sorridendo.

«Se avessi saputo che le cose sarebbero andate a finire così, sarei caduta dallo stallone il primo giorno.»

Si alzò una folata di vento.

«Sarà meglio andare, ti prenderai un malanno vestita così» le disse.

«Non ricordarmelo. Prima mi tolgo questo abito meglio è.»

«Ecco, questa sì che è una buona idea. Vieni a casa con me.»

«Lo vorrei.» Si appoggiò al suo petto. «Non sai quanto.»

«Allora sali sulla mia carrozza, dolce principessa.»

«Non posso.» Sospirò. «Tutti gli anni, alla fine della festa di compleanno di mio padre, io e lui andiamo nel suo studio e accendiamo una candela per mia madre. È il loro anniversario. Oggi festeggerebbero il trentaquattresimo anno di matrimonio.»

Devlin soffocò la frustrazione. «Non puoi mancare.»

«Vengo domani mattina.»

«Per colazione.»

«Magari un po' prima.»

«Promesso?»

Fece scivolare la lingua nella bocca di A.J., che gli afferrò le spalle. Poi le mani di Devlin scesero lungo la sua vita fino a raggiungere il sedere, spingendolo contro il suo bacino. Quando alla fine si separarono, gli brillavano gli occhi al chiaro di luna.

«Sarà meglio che vada,» disse a fatica «prima che sia troppo tardi.»

«Vorrei poter venire con te.»

«Se tu lo facessi, dovrei cancellare il mio appuntamento.»

«Hai un appuntamento?»

«Con una doccia fredda. Non appena metterò piede in casa.» Fece un cenno verso il pick-up. «Vuoi un passaggio fino alla casa?»

«No, preferisco camminare.» A.J. voleva un momento per restare da sola e rivivere quello che era appena successo prima di ripiombare nel rumore e nella confusione della festa.

Devlin aprì la portiera ed entrò nell'abitacolo, un gentiluomo in un furgoncino da agricoltore. Le piaceva quell'immagine.

«Allora, a domani» gli disse A.J. cominciando a sfilarsi la giacca.

«No, tienila. Hai un bel pezzo da fare a piedi.» Dal finestrino abbassato, Devlin le sorrideva con un'aria malinconica che non gli aveva mai visto. «Vieni qui.»

A.J. si avvicinò. Con delicatezza, le prese il viso tra le mani.

«Buonanotte, amore mio.» Le parole erano dolci contro le sue labbra. E poi se ne andò.

La mattina successiva l'alba era freddissima, solo un paio di gradi sopra lo zero. Prima che chiunque altro cominciasse persino a muoversi nel letto, A.J. si alzò, fece una doccia e preparò la valigia. Presa dalla fretta, urtò il borsone contro gli angoli delle credenze antiche, dei tavoli e delle sedie mentre attraversava velocemente le stanze della villa. Era quasi arrivata alla porta sul retro quando si ricordò della giacca di Devlin. Posò le sue cose, fece il percorso inverso, la recuperò e uscì di corsa senza che nessuno la vedesse.

Mentre guidava la sua Mercedes a tutta velocità verso la fattoria, era sveglissima, nonostante avesse dormito poco. Dopo che Devlin se ne era andato, aveva camminato lentamente verso la villa in una nuvola di felicità, ed era tornata alla festa con un sorriso segreto, che solo suo padre aveva riconosciuto come la prova della loro riconciliazione. Quando i festeggiamenti erano finalmente finiti, lei e Garrett erano andati nel suo studio, avevano acceso una candela bianca e l'avevano appoggiata sulla mensola del caminetto, sotto il ritratto di sua madre.

«Domani te ne vai, non è vero?» le aveva detto con dolcezza mentre fissavano il tremolio della fiammella.

Era rimasta in silenzio per un attimo, poi gli aveva risposto. «È ora che io mi ricominci ad allenare. Il braccio è quasi guarito. Ma come facevi a saperlo?»

«Sei radiosa e so che ti sei allontanata per un po' con... Stai tornando da lui?»

Lei non aveva voluto rivelargli troppo, ma nemmeno di mentirgli. «Abbiamo avuto modo di parlare.»

«E si è fatto perdonare, giusto?»

«Sì, è così.»

«Per favore, stai attenta.»

«Mi stai mettendo in guardia perché non ti piace?»

«No. Perché ti voglio bene.»

«Stai tranquillo.»

«Quando tornerai?»

«Non lo so. Tra un po', ti chiamerò.» Gli aveva dato le spalle e stava andando via.

«Arlington?»

«Sì?» Si era girata verso di lui.

«A tua madre sarebbe piaciuto. È un uomo forte e nei suoi occhi vedo l'amore che prova per te.»

Suo padre non la stava guardando. Invece fissava il ritratto della ex moglie. Quando alla fine si era voltato verso di lei, A.J. aveva visto il suo profilo contro l'immagine di sua madre. Le erano venute le lacrime agli occhi.

«Grazie per avermelo detto» aveva sussurrato.

Mentre si abbracciavano, gli occhi di A.J. si erano sollevati verso quelli di sua madre.

Sì, alla mamma sarebbe piaciuto.

Svoltando nel vialetto di Devlin, era impaziente di andare alla fattoria, ma non appena scese dalla macchina sentì Sabbath che la chiamava con un nitrito. Si precipitò nella scuderia e aprì la parte superiore della porta del box.

Il cavallo spinse fuori la testa come una fetta di pane che salta da un tostapane, e la annusò.

«Sono tornata» lo rassicurò mentre gli dava una zolletta di zucchero.

Dopo aver trascorso alcuni minuti con lo stallone, durante i quali controllò che avesse l'acqua e gli passò la mano sulle zampe per accertarsi, per la milionesima volta, che l'incidente non gli avesse provocato nessuna zoppia, fece un respiro profondo. Sabbath era pronto per rimettersi al lavoro. E anche lei.

Chiuse la porta del box, e con un desiderio sfrenato che le infiammava il corpo, tornò come un fulmine alla macchina, prese la giacca dello smoking e il suo borsone, e corse alla fattoria. Trovò Devlin in cucina che riempiva d'acqua la macchinetta del caffè. Non appena la vide entrare, interruppe quello che stava facendo e la prese tra le braccia stringendola con una tale forza che quasi la spezzò in due. Mentre le loro lingue si intrecciavano e le loro mani cercavano chiusure lampo e bottoni, raggiunsero la camera di Devlin e caddero sul letto rotolandosi follemente. Quando entrò dentro di lei, penetrandola con forza, e i loro corpi si unirono tra gli affondi e le spinte, il suo nome esplose dalle labbra di A.J. In un turbinio di sensazioni impetuose, si aggrapparono l'uno all'altra mentre venivano travolti dal piacere.

Dopo essere tornati sul pianeta Terra, rimasero a lungo in silenzio, finché Devlin non alzò la testa e parlò.

«Scusa. Di solito ho un po' più di autocontrollo.»

A.J. si leccò il labbro inferiore, facendolo gemere. «Per quanto mi riguarda, la disciplina è sopravvalutata» disse.

«Dio, ti desidero ancora.»

Nel silenzio del mattino, sentirono dei rumori che provenivano dalla scuderia.

«È Chester» sussurrò Devlin, chiedendosi con rammarico perché il suo vecchio amico una volta tanto non potesse fargli la gentilezza di arrivare in ritardo a lavoro.

Con le magliette e i jeans che volavano per la stanza, i due si rivestirono di corsa, arrivando in cucina esattamente quando il groom spalancò la porta d'ingresso. Aveva stampato sul viso un sorriso felice.

«Be', è un gran piacere vedere la famiglia riunita» disse, guardando A.J.

«Puoi dirlo forte» commentò Devlin, rimettendosi al lavoro con la macchinetta del caffè. Aveva lasciato l'acqua aperta e il lavandino stava per traboccare.

Chester si accorse dell'incidente sventato e sogghignò con l'aria di chi la sa lunga, prima di chiedere ad A.J.: «E la domatrice di cavalli è pronta?»

Lei sorrise mentre si metteva seduta. «E smaniosa di cominciare.»

«Be', lo stallone pure, se vuoi saperlo. Ieri alla longia mi ha dato uno strattone che per poco non ci rimettevo il braccio.» Si sedette al tavolo mentre Devlin gli metteva davanti la sua colazione. «A proposito di braccia, il tuo come va?»

«Alla perfezione. Semplicemente alla perfezione.» Lo piegò per farglielo vedere, nascondendo una smorfia con una risata. «Sabbath era così felice di vedermi stamattina, che era sul punto di parlare.»

«Gli sei mancata, non c'è dubbio» disse Devlin mentre metteva qualche panino a tostare sotto il grill.

«E non solo a lui» si intromise Chester. «Questo qui era insopportabile, l'infelicità fatta persona.»

«Non ero poi così male.»

«In confronto a qualcuno con il piede bloccato in una trappola per orsi, forse no.»

Quando i panini furono pronti, Devlin li posò su un piatto e li offrì a A.J. Dopo averne preso qualcuno per sé, si sedette e allungò le gambe sotto il tavolo per farle piedino. Lei gli sorrise.

«Ti conviene mangiare tutto, ragazza» disse Chester. «Il tuo stallone oggi ti darà un bel da fare e la colazione è il pasto più importante della giornata.»

«Ehi, mi dici una cosa? Da quanti anni prendi le stesse cose per colazione?» gli chiese.

«Da cinquantanove anni.»

«E prima cosa mangiavi?»

«Banane.»

«Solo banane?»

«Già.»

«Nient'altro?»

«No.»

«Sei quello che mangi» suggerì Devlin.

«Hai sempre avuto abitudini alimentari così strane?» domandò A.J.

«Mi piace cominciare la giornata in modo semplice» spiegò Chester. «La vita può diventare complicata da un momento all'altro. Non c'è bisogno di anticipare il caos creando confusione a colazione.»

«Ma nel pomeriggio mangi cose piccanti. Quegli hot dog con il chili che ti ho visto divorare al concorso riuscirebbero a squagliare la vernice sulla portiera di un'auto.»

«Senti, stai parlando a uno che per i primi ventitré anni della sua vita non toccava nessun cibo che non fosse bianco. Al mattino non mi spingo oltre il marroncino del burro di arachidi, ma poi ho bisogno di riempirmi la pancia per compensare.»

«Mangiavi solo cibo bianco? Com'è possibile?»

«Pane bianco, riso, patate, mele sbucciate, spaghetti, pollo, tacchino. Ma non le parti scure, ovviamente. Ci sono un sacco di cose tra cui scegliere.»

Devlin rise. «Guarda un po', io ho sempre pensato che il pollame fosse beige tendente al rosa.»

«Ero disposto a chiudere un occhio.»

«Generoso da parte tua.»

«Non ha senso essere troppo rigidi.»

«Certo che no.»

«Sei fantastico» disse A.J.

«Come se non lo sapessi. Quasi settant'anni e in gran forma. Se trovi qualcosa di buono, non c'è ragione di cambiare.»

«Puoi dirlo forte» disse Devlin, facendo un cenno verso la scodella di Chester. «Sono cinque anni che usi la stessa ciotola in questa casa.»

«Ed è un gran bel pezzo di ceramica.»

Risero tutti.

Quando finirono di mangiare, Devlin scomparve al piano di sopra per un attimo e Chester si chinò verso A.J. che gli era seduta davanti.

«Sai,» disse piano «senza di te non era la stessa cosa.»

«Non c'è bisogno che tu lo dica, ma grazie.»

«È la verità. Gli sei mancata da morire. Era di umore terribile. Voi due siete fatti per stare insieme.»

A.J. sorrise. «Sai una cosa, credo di essere d'accordo con te.»

Giù alla scuderia, Sabbath era fuori di sé dall'eccitazione, e non stava fermo nonostante fosse legato ai due venti mentre A.J. lo governava. Intanto che Devlin e Chester sistemavano gli ostacoli in campo, lei si mise a parlare con lo stallone accorgendosi improvvisamente di quanto le fosse mancato.

«Lì fuori è tutto pronto» disse Chester rientrando.

«Grazie.» A.J. rimise il nettapiede nel bauletto con il kit per il grooming. «A proposito, ho notato che il ferro che dava problemi va molto meglio.»

«Non posso dire lo stesso del maniscalco. D'altra parte, nessuno fa una gran figura con l'immagine di Garfield sull'occhio.»

«Ripeti un po'?»

«Era sul cerotto che gli abbiamo dato.»

«E ne ha avuto bisogno perché...»

«Tony Manero ha deciso di allungare una zampa e di dargli un calcio.»

«Stai scherzando?» A.J. lanciò allo stallone un'occhiataccia.

Sabbath la fissò con aria innocente.

«Non guardarmi così» disse al cavallo. «Quando tornerà, ti conviene comportarti bene.»

«Non lo farà.»

«Ma certo che lo farà. Ci sarò io a tenergli la testa.»

«Non lui, il maniscalco.»

«Eh?»

«Quel tizio non tornerà.»

«Mai più?»

«Non voglio usare le sue esatte parole, visto che sei una signora. Diciamo solo che ci vorrà molto tempo e un cavallo diverso prima che rimetta piede in questa scuderia.»

«Mi stai prendendo in giro.»

«Mi piacerebbe.»

Devlin arrivò nella scuderia. «Siamo pronti?»

«Quasi» disse Chester mentre A.J. andava a prendere la sua sella e le briglie.

Borbottando qualcosa tra sé e sé sui purosangue testa di rapa, entrò nella selleria. E andò a sbattere dritta contro una pila di sacchi di granaglie alta quanto lei. Infilò la testa nel corridoio.

«Cosa ci fa il mangime qui dentro?»

«Aspetta, ci penso io a prendere le tue cose» disse Devlin, passandole di fianco e ricambiando il suo sguardo inquisitore con nonchalance. Mentre si muoveva nella piccola stanza urtando contro ogni cosa, A.J. lanciò un'occhiata a Chester che alzò gli occhi al cielo.

«Diciamo solo che le cose non sono andate molto lisce nel periodo in cui non c'eri.»

«Così pare» mormorò, cercando di non ridere quando Devlin finì con la testa in una pila di coperte.

«Hai visto il pick-up?» sussurrò Chester.

A.J. annuì, nascondendo un sorriso con la mano mentre Devlin riemergeva con i capelli scompigliati e del fieno attaccato al maglione. Sembrava che fosse sopravvissuto a una guerra.

«Tutto bene, campione?» chiese Chester. «Se quei sacchi di cereali ti attaccano in branco, possono essere pericolosi.»

Devlin lo fulminò con lo sguardo mentre passava ad A.J. le bardature. «Di' quello che ti pare. Almeno quella roba è asciutta. Comunque, quando voi due avrete finito di ridacchiare, potete raggiungermi in campo. Vi aspetto lì per cominciare a lavorare.»

«Se si imbarazza diventa scontroso» commentò Chester dopo che Devlin se ne fu andato. «È così da che lo conosco.»

«Non dovresti prenderlo in giro.»

«È l'unico svago che ha ultimamente.»

Dopo aver sellato lo stallone, A.J. si infilò un paio di guanti per tenere le mani al caldo e accettò una spinta da Chester. Ancora prima di entrare in campo, Sabbath cominciò ad agitare la testa e saltellare con aria baldanzosa.

«Facciamolo lavorare in piano» gridò Devlin mentre Chester chiudeva il cancello dietro di loro. «Così si sfoga un po'.»

A.J. annuì. Era una bella sensazione avere un paio di redini tra le mani, ma si accorse subito che il braccio le faceva male. Lo stallone continuava a spingere la testa in avanti, e ogni volta che inarcava il collo, era come una pugnalata nella spalla. Ripetendosi che il dolore sarebbe passato non appena si fosse scaldata, strinse i denti e si sforzò di nascondere le difficoltà che aveva.

Mentre si avvicinavano al centro del campo per una transizione, Sabbath notò la riviera. Impennandosi in protesta, si fermò di colpo. A.J. dovette ricorrere a tutta la pazienza e alle abilità di cui disponeva per convincerlo a passare accanto all'acqua al trotto. Riluttante, il cavallo le obbedì, ma con l'aria di chi si aspetta di vedere qualcuno sbucare all'improvviso per attaccarlo. A.J. si rese conto che avevano un grosso problema.

«Per adesso stiamo lontani dall'acqua. Ci sentiremo tutti meglio dopo che si sarà calmato un po'» gridò Devlin.

Lei annuì e continuò a far lavorare lo stallone in piano, rimanendo vicina alla staccionata, finché insieme non decisero che era arrivato il momento di provare con gli ostacoli più bassi. Lo stallone era pieno di energie, ma non opponeva resistenza come al solito. Anche quando provarono una gabbia, rispose bene, aggredendo gli angoli e accelerando come una catapulta nei rettilinei sotto i suoi comandi.

Sarebbe stata una sessione di allenamento fantastica, se non fosse stato per il dolore.

Dopo un'ora, Devlin la richiamò.

«Ecco, questo sì che è saltare!» esclamò. E poi si accorse che c'era un problema. «A.J., cosa c'è?»

«Niente» rispose, sforzandosi di sorridere. Il braccio pulsava come il suo cuore, e aveva la nausea. «Facciamo un altro giro?»

«No» le rispose piano. I suoi occhi la stavano studiando attentamente. «Sei sicura che vada tutto bene?»

«Certo. Credo che dovremmo rifarlo.»

Devlin scrollò la testa. «È il suo primo giorno dopo una lunga pausa, può bastare.»

A.J. annuì, cercando di nascondere il senso di sollievo mentre conduceva Sabbath verso la staccionata per farlo raffreddare. Quando ritenne che fosse sufficiente, lo portò al passo da Devlin che li aspettava al cancello. Consapevole di essere controllata, smontò con più fluidità possibile e condusse lo stallone verso la scuderia, assicurandosi di impugnare le redini con la mano sana.

12

Non appena legò Sabbath ai due venti, A.J. disse a Chester e Devlin che doveva fare un salto in casa. Devlin fu tentato di seguirla ma non voleva sembrare oppressivo. Sistemandosi contro la porta della scuderia, cominciò a buttare giù gli appunti, ma non riuscì a concludere molto, perché i suoi pensieri erano rivolti ad A.J. Una ventina di minuti più tardi, quando la vide tornare, sembrava stare molto meglio.

«Credo di sapere come convincerlo a saltarla» disse A.J. andando verso lo stallone. Chester aveva finito di governarlo e il suo manto brillava come inchiostro nero.

Lo sguardo di Devlin era inespressivo. Stava ancora pensando a com'era pallida e debole A.J. alla fine dell'allenamento.

«La riviera» insisté.

«Oh, certo. Qual è il piano?»

«Gli insegnerai a nuotare?» disse scherzando Chester, mentre buttava una coperta sulla schiena di Sabbath.

«Più o meno. È lo stesso metodo con cui siamo riusciti a far prendere un aereo a mia cugina. Be', quasi.»

«Droghe?» chiese Devlin.

«Esposizione ripetuta nel tempo. L'abbiamo mandata in un centro per persone con la paura di volare. Loro sono riusciti a farcela salire.»

«Quindi adesso prende l'aereo?»

«Be', non proprio. Ma ci è rimasta seduta per venti minuti, finché non hanno dovuto darle un sacchetto di carta dentro cui respirare.» A.J. aggrottò le sopracciglia. «Forse questo non è l'esempio migliore.»

«Credo che dovremmo fare un tentativo» disse Devlin. «La desensibilizzazione funziona sia con le persone che con gli animali. È una buona idea.»

Soddisfatta, A.J. sciolse le corde che legavano Sabbath. «Allora a quanto pare si ritorna in campo, bello mio.»

Lo portò fuori dalla scuderia, tenendo il braccio infortunato stretto contro il corpo per evitare che lo stallone lo colpisse con la testa. Le pillole che il dottor Ridley le aveva prescritto, che aveva portato con sé alla fattoria, stavano facendo effetto e cominciava a sentire sollievo. Sfortunatamente, la intontivano anche un po', quindi decise che in futuro si sarebbe limitata a qualcosa per cui non serviva la ricetta.

Comunque, domani andrà meglio, si disse. Probabilmente non avrò bisogno di prendere nient'altro.

Devlin aprì il cancello per farli passare e A.J. condusse lo stallone al centro del campo, facendolo fermare a una certa distanza dalla riviera. Sabbath osservò l'acqua con aria tesa. Dopo avergli lasciato un momento per abituarsi, A.J. lo fece avvicinare al passo parlandogli con tono dolce, ma lui si bloccò, allungando il collo dall'altra parte, e ruotando gli occhi in modo selvaggio, mentre caricava potenza nei posteriori. Scavando nella terra, si rifiutava di avvicinarsi a più di un paio di metri dall'acqua.

Con novecento chili che lavoravano contro di lei, A.J. dovette cedere e lo fece allontanare, solo per fargli fare il giro dall'altra parte. Ripeterono questo esercizio diverse volte, avvicinandosi all'acqua ogni volta di più. Per tutto il tempo, A.J. rimase calma e concentrata su Sabbath, cercando di gestire la sua paura, lavorando con pazienza. Quando diventava particolarmente irrequieto, gli faceva fare una pausa e lo portava da Devlin, che offriva a entrambi il suo incoraggiamento. Alla fine della sessione, quando Sabbath si spaventava, guardava A.J., prendendo coraggio dalla sua voce calma e rassicurante.

Più tardi, dopo che erano tornati alla scuderia, A.J. si perse tra le riflessioni. La faceva stare un po' meglio sapere che avevano un piano per far abituare Sabbath all'acqua. Non significava necessariamente che avrebbe funzionato, ma almeno avevano una direzione in cui muoversi.

Quello che la preoccupava era Devlin.

Mentre erano in campo a saltare, lui si era chiaramente accorto del suo disagio e la cosa lo turbava. Glielo aveva letto in faccia, nelle parole, nello sguardo intenso con cui osservava ogni minimo movimento che faceva. Quando le aveva chiesto come si sentisse, avrebbe dovuto dirgli la verità. Invece gli aveva mentito spudoratamente.

Ma cosa avrebbe potuto fare? A giudicare dall'espressione del suo viso, la prima preoccupazione di Devlin era lei, non le qualificazioni. E lo amava per questo. Il problema era che avevano bisogno di allenarsi. Considerato come aveva reagito all'incidente, se avesse saputo quanto stava soffrendo, probabilmente avrebbe preteso che restasse ferma ancora un po'. Ma avevano già perso una settimana. Lo stallone alla sola vista dell'acqua andava fuori di testa. E il tempo a loro disposizione stava per scadere.

L'ultima cosa che voleva era ritirarsi dalle qualificazioni, specialmente dopo aver annunciato a tutti che avrebbe iscritto Sabbath alla gara. Con tutta l'attenzione che aveva suscitato comprandolo e lasciando il maneggio della sua famiglia, la sua mancata partecipazione sarebbe stato come dichiarare pubblicamente che non era in grado di gestire il cavallo. Che avevano tutti ragione e lei torto. Che non era riuscita ad andare fino in fondo e raggiungere il suo obiettivo.

Ma dietro alla sua determinazione non c'era solo la paura di fare una brutta figura. Adesso che per la prima volta stava affrontando qualcosa da sola, era ansiosa di dimostrare di potercela fare senza l'aiuto di nessuno. Voleva che la gente sapesse che non era solo una creazione del denaro di suo padre, ma che aveva talento e poteva gareggiare ai livelli più alti. Era convinta che se fosse riuscita a far cambiare lo stallone, che nessun altro era in grado di gestire, e lo avesse portato in campo alle qualificazioni, si sarebbe affermata come un'importante atleta nello sport che amava. Avrebbe messo la sua carriera nella direzione che voleva. Al diavolo, se avessero fatto bene, poteva guadagnarsi un posto nella squadra olimpionica.

Una cosa era chiara. Se avessero perso altri giorni di allenamento per via del braccio, sarebbe stata costretta a rinunciare. Vista la reazione di Sabbath all'acqua, e il fatto che lei aveva ancora bisogno di lavorare molto agli ostacoli, dovevano darci dentro. Ogni secondo in campo era determinante e non aveva nessuna intenzione di fermarsi perché sentiva dolore. E poi, probabilmente la mattina seguente si sarebbe sentita bene.

Andando verso Sabbath, che stava riposando nel box, gli

accarezzò il muso. Si disse che le sue preoccupazioni per il braccio erano esagerate. Si stava riprendendo da un infortunio e c'era da aspettarsi che le facesse male il primo giorno. Questo non significava che avrebbe continuato a darle problemi.

Con un fischio e un gorgoglio, il sistema automatico di abbeveraggio partì, mandando un flusso d'acqua nel contenitore. Lo stallone agitò le orecchie innervosito e si allontanò il più possibile.

«Chissà perché hai così paura» disse A.J. ad alta voce.

Chester, che aveva cominciato a togliere i sacchi di granaglie dalla selleria, rispose per il cavallo. «Probabilmente ha visto *Lo squalo* quando era puledro e non ha mai superato lo shock.»

A.J. sorrise. «Credo che ci sia dell'altro.»

«Be', ti assicuro che quel film a me ha fatto molta impressione» disse l'uomo mentre usciva con un altro sacco. Lo fece cadere nella carriola che aveva lasciato nel corridoio e spinse il carico pesante in un box vuoto, parlando mentre camminava. «Da quel giorno non ho più nuotato. Nemmeno nell'acqua dolce.»

Ridendo, A.J. grattò un punto speciale sotto il mento dello stallone con l'effetto di tranquillizzarlo.

C'era qualcosa dietro alla sua fobia di cui lei non era a conoscenza; ne era certa. Era un ragazzaccio con la tendenza a improvvisi momenti di esibizionismo e a qualche occasionale dispetto, ma la sua espressione quando si trovava davanti alla riviera era diversa. A.J. sapeva riconoscere la paura sulla faccia di qualcuno quando la vedeva, che fossero persone o animali.

«Per caso sono io a occupare i tuoi pensieri ?» le sussurrò Devlin all'orecchio.

A.J. trasalì. Per essere un uomo grande e grosso, era silenzioso quanto l'aria.

«Non volevo spaventarti.» La circondò con le braccia e lei si rilassò contro il suo corpo.

«Puoi spuntare alle mie spalle tutte le volte che vuoi» mormorò, sfregando i fianchi contro i suoi. Il gemito di desiderio di Devlin la eccitò.

Improvvisamente, sentirono un tonfo nel box accanto. Sabbath fece un forte nitrito mentre A.J. e Devlin correvano in direzione del rumore.

Trovarono Chester a faccia in giù vicino alla carriola.

«Chester!» gridò A.J. sconvolta.

Lei e Devlin si chinarono sull'uomo, che farneticava cose senza senso e si teneva il petto.

«Vado a chiamare un'ambulanza» disse Devlin, e corse fuori.

A.J. gli prese la mano e gli controllò il polso. Era irregolare e accelerato.

«Sento un forte bruciore al petto» disse ansimando.

«Respira lentamente insieme a me.» A.J. lo osservava per capire se stava per perdere conoscenza.

«Stanno arrivando» disse Devlin quando tornò. «Resisti.»

L'attesa dell'ambulanza fu interminabile. A.J. e Devlin comunicavano attraverso lunghe occhiate disperate, angosciati per le sofferenze dell'uomo. Segnati da mormorii di sostegno e dal respiro affannoso dell'uomo, i minuti scorrevano fin troppo lenti considerata l'urgenza della situazione. Quando finalmente sentirono le sirene, Devlin si tirò su e corse fuori, guidando i soccorritori dentro la scuderia.

Le due donne entrarono di corsa e aprirono frettolosamente le loro scatole degli attrezzi bianche e arancioni, esponendo agli occhi di A.J. una strumentazione medica che le diede i brividi. Mentre i medici si mettevano al lavoro, lei e Devlin indietreggiarono, stretti l'uno all'altra con gli occhi fissi sulla scena. Muovendosi in fretta, le donne si passavano tubicini in plastica e aghi parlando una lingua incomprensibile fatta di termini medici. Non appena riuscirono a stabilizzarlo, lo caricarono sull'ambulanza. Devlin salì con lui e A.J. li seguì con la sua macchina.

Arrivata in ospedale, parcheggiò e corse al pronto soccorso, dove trovò subito Devlin, che la prese tra le braccia.

«Come sta?» gli chiese stretta contro la sua spalla.

«Ne sapranno di più tra un po'. Adesso possiamo solo aspettare.»

«Hai avvisato la sua famiglia?»

«Ho lasciato un messaggio alla sua parente più stretta, ma vive in un altro Stato. Io sono tutto quello che ha.» Il viso di Devlin era pallido e teso per la preoccupazione, gli occhi erano limpidi.

«Non credo che ce la farei ad affrontare questo momento senza di te» le disse.

«Sono contenta di esserci» sussurrò A.J.

La portò in una sala d'attesa spoglia e angosciante. A parte una fila di orrende sedie arancioni, gli unici altri mobili erano un paio di tavoli malridotti. I piani in laminato scheggiati, decorati con finte venature del legno, erano coperti da copie di riviste famose piene di orecchie. Nell'angolo opposto a dove erano seduti, c'era un distributore automatico e appesa alla parete una vecchia tv in bianco e nero senza audio, su cui i personaggi di una soap opera si scambiavano emozioni con un'intensità afona.

«Non voglio perderlo» mormorò Devlin. «Perdere Mercy è stato terribile, e adesso anche lui?»

A.J. gli accarezzò la spalla mentre lui si chinava in avanti.

«È come un padre per me» disse.

A.J. si rese conto che, nel trambusto di quell'inferno, Devlin aveva voglia di parlare. «Da quanto tempo lo conosci?»

«Anni e anni. È stato il mio primo capo. Il primo adulto a cui abbia dato retta. Mi ha insegnato a diventare un uomo.» Si passò una mano tra i capelli. «Dio è testimone che non c'è stato nessun altro che abbia voluto o potuto farlo. Io non ho mai conosciuto mio padre.»

«Sei cresciuto con tua madre?»

«No. Ho avuto una serie di genitori affidatari, venivo rimbalzato da una parte all'altra ogni due o tre anni. Nessuno voleva adottare un bambino grande, specialmente dopo che mi sono messo nei guai.»

«Come sei rimasto orfano...?» A.J. arrossì, temendo di metterlo in difficoltà. «Scusa. Non voglio farmi gli affari tuoi.»

«No, non ti preoccupare.» Piegò le braccia e unì le mani, appoggiandovi il mento mentre meditava. «Parlare del mio passato è un modo come un altro per distrarmi» disse.

Dopo un lungo momento di silenzio, disse: «Stando al mio fascicolo, mia madre aveva diciassette anni, non era sposata ed è morta durante il parto. Non è venuto nessuno a reclamarmi. Mio padre aveva abbandonato mia madre quando era incinta, e suppongo che i suoi genitori fossero disgustati dal comportamento poco consono della loro figlia. Non volevano la prova del suo sbandamento morale in giro per la casa.»

«I tuoi nonni ti hanno abbandonato come se niente fosse?»

Devlin annuì.

«Una volta, quando avevo sedici anni, li ho cercati. Un uomo anziano con gli occhi uguali ai miei mi ha sbattuto la porta in faccia dopo avermi detto di non tornare mai più.» Si appoggiò allo schienale della sedia di plastica. «Da ragazzo, ero molto ribelle. Sono stato arrestato più volte per furto. Non mi sono mai diplomato, e il college non era nemmeno lontanamente un'opzione. Quando mi sono allontanato dal sistema, non avevo niente da fare, nessun posto dove andare, ed ero furioso con tutto e con tutti. E all'età di diciotto anni, mentre vagabondavo in giro senza meta nel tentativo di procurarmi il denaro sufficiente a sfamarmi, sono arrivato in una scuderia in cerca di un lavoro come groom. Non so perché pensavo che mi avrebbero preso. Non avevo mai avuto a che fare con i cavalli prima.»

Il sorriso di Devlin era triste. «È stato lì che ho incontrato Ches e lui mi ha salvato la vita. Dopo aver camminato per un lungo sterrato che portava alla scuderia, lui è stata la prima persona che mi sono trovato davanti. Non so cos'abbia visto in me, ma mi ha rivolto uno sguardo e mi ha detto: 'Ragazzo, io mi prenderò cura di te.' E l'ha fatto. Sempre.»

A.J. era rapita da quello che le stava rivelando. Erano dettagli della sua vita che voleva conoscere, cose a cui accennavano gli articoli su di lui, senza mai essere esaustivi e precisi. Provò un'immensa compassione per lui, per quello che aveva passato, mentre immaginava quanto doveva essere stata difficile la sua vita da ragazzo. Quanto doveva essersi sentito solo passando da una casa all'altra, sempre come un estraneo. Quanto l'amore di Chester doveva aver significato per lui. Quanto era incredibile il suo viaggio ai vertici di quello sport.

«Quando hai cominciato a montare?»

«Un paio di settimane dopo il mio arrivo. Stavano portando nella scuderia un purosangue, un campione dei salti, dopo un allenamento. Ho alzato lo sguardo dal letame che stavo spalando e ho detto al cavaliere che il cavallo zoppicava. Quel tizio mi ha ignorato come se fossi sporcizia, ma Chester si è fatto avanti, ha controllato la zampa e mi ha dato ragione. È venuto fuori che la cavalla aveva una lieve frattura all'arto anteriore. Più tardi, Chester mi ha chiesto come facessi a saperlo e io gli ho risposto che lo sapevo e basta. Poi mi ha domandato se ero mai salito su un cavallo. Gli ho detto di no, ma che mi sarebbe piaciuto provarci. Un'ora dopo, ero in campo.» La guardò. «Tutto quello che ho fatto con te durante l'allenamento l'ho imparato da lui. È un maestro in questo e sarebbe potuto diventare famoso ma non è mai stato incline a far sapere in giro di avere talento. È sempre stato uno spirito libero, non ha mai voluto sentirsi legato. Io sono stato l'unico che abbia mai allenato.»

«Allora il suo è stato di sicuro un successo, non credi?»

Devlin alzò le spalle. «Mi ha insegnato a incanalare la rabbia e a usarla a mio favore. Il mio fiuto naturale per i cavalli ha fatto il resto, non serviva altro.»

A.J. sorrise con dolcezza. «So che ci è voluto molto di più.»

«Ma fare qualcosa che ami non è un lavoro.»

«No, hai ragione. Non lo è.»

Condivisero un momento di intesa.

«Dopo il mio incidente, dopo che Mercy è stata abbattuta, Ches ha capito che avevo bisogno di restare solo. Ha sempre detto che sarebbe tornato. Io non gli ho mai creduto. È questa la ragione per cui tu sei così speciale per me» disse, allungando la mano per prendere la sua. «Sei entrata nella mia vita e hai reso possibile tutto questo. E sei l'unica persona a parte Chester di cui sento di potermi fidare.»

A.J. si piegò in avanti e lo baciò sulle labbra. Era un contatto sussurrato con delicatezza, una dolce carezza tra le loro bocche, una promessa piena d'amore.

Sentì che le stringeva la mano, e poi lo osservò appoggiare la testa all'indietro e chiudere gli occhi come se fosse esausto. Lo fissò a lungo, ripercorrendo nella sua mente parti della loro conversazione. Era profondamente toccata da ciò che le aveva raccontato, e aveva la sensazione che non avesse mai rivelato a nessuno molte di quelle cose.

Alla fine alzò lo sguardo verso la tv e si accorse che la soap opera non era ancora finita. Cercò di ricordarsi il titolo. *Le ali della fede?*

No, non era quello.

Guardò i personaggi sfilare con dei vestiti eleganti, gesticolare vistosamente, scambiarsi sporadicamente un bacio o uno schiaffo, e si accorse di riuscire a seguire la storia anche senza l'audio. Ogni tanto, quando qualcuno con un camice da dottore o un'uniforme da infermiera passava per la stanza, tornava alla realtà. La maggior parte delle volte, lo staff medico andava verso il distributore automatico. Il suono metallico delle monete che cadevano nella fessura e il rumore turbinoso del cibo che veniva spinto fuori dal cassettino diventò fin troppo familiare.

Si voltò di nuovo verso la soap opera. Ma, maledizione, non riusciva a ricordarsi come si chiamava.

Le ali della fortuna?

Dopo un po', Devlin si sgranchì le braccia e si alzò per andare a chiedere informazioni come un uomo in una spedizione verso terre ignote. Ritornò qualche minuto più tardi, a mani vuote. A.J. non lo guardò per evitare che si accorgesse della sua delusione.

Sullo schermo, la puntata della soap terminò, con una donna che metteva della polvere bianca nel bicchiere di un uomo. Comparvero i titoli di coda: *Le ali del destino.*

Nelle ore che seguirono, famiglie di altri pazienti si unirono a loro per poi lasciarli di nuovo soli. La gente andava e veniva, il cast dei personaggi nella stanza cambiava eppure rimaneva lo stesso. Ognuno attraversava momenti simili in cui perdeva il controllo, in attesa di una risposta, un aggiornamento, qualche speranza. E nessuno di loro sapeva chi si sarebbe visto restituire la propria vita e chi non sarebbe mai più stato lo stesso.

Finalmente, dopo che A.J. era arrivata alla conclusione di avere il sedere così addormentato che non ne avrebbe più riacquistato la sensibilità, uno dei camici bianchi gridò il nome di Chester. Lei e Devlin saltarono in piedi, studiando il viso del dottore in cerca di un indizio.

È troppo giovane per affrontare questioni di vita o di morte, pensò A.J. inizialmente. Poi vide che i suoi occhi erano molto vecchi dietro agli occhiali con la sottile montatura dorata.

«Siete dei familiari?» chiese il medico con un forte accento del Sud.

«Sta bene? Cosa sta succedendo?» chiese Devlin con insistenza.

«Siete Devlin e A.J.?»

Annuirono.

«Crediamo di sapere qual è il problema. Venite con me.»

Seguirono il loro redentore con il camice bianco lasciandosi dietro l'inferno della sala d'aspetto, attraversarono delle porte da navicella spaziale, ed entrarono nel vero caos del pronto soccorso. Nonostante il corri corri generale, sembrava che tutti sapessero dove andare, e in confronto all'immobilità in cui erano stati, per quanto sconvolgente, quell'urgenza era rassicurante.

Il medico li guidò in una delle corsie, i cui spazi erano separati da delle pesanti tende bianche per fornire un po' di privacy. Cercarono di prepararsi a quello che avrebbero trovato dall'altra parte.

Quando la tenda venne spinta di lato, rimasero di sasso.

Chester era seduto e sorrideva, vispo e vigile come un ragazzino.

«Per l'amor del cielo,» disse «non restate lì impalati. Una delle infermiere potrebbe vedermi con questo affare addosso e non resistere al mio fascino.»

Mentre si avvicinavano al letto, A.J. non sapeva se ridere o piangere. Nonostante i tubi che gli uscivano dal corpo e i rumori dei macchinari a cui era attaccato, sembrava star bene. Aveva ripreso colore e gli occhi avevano perso l'opacità terrificante del dolore. Scoppiò di colpo a piangere, essendosi preparata a tutto tranne che a trovarlo in buone condizioni.

Chester e il dottore la guardarono perplessi. Devlin le mise un braccio sulle spalle, stringendola forte.

«Cosa diavolo è successo?» chiese.

Il dottore cominciò a spiegare, usando termini medici incomprensibili.

«Il *gumbo* mi ha fatto un bello scherzetto» lo interruppe Chester, con un ghigno.

«Cosa?» Devlin fissò il dottore.

«Per usare un termine chiaro a tutti parlerei di disturbi gastrici.»

«Indigestione? Come il tizio nella pubblicità dell'Alka-Seltzer?»

«In un certo senso, sì. Soffre di reflusso gastroesofageo che...»

«Mi è tornato su l'astice.» Chester guardò tutti con un ghigno insolente mentre Devlin scoppiava a ridere sollevato.

«In realtà è un problema serio» disse il dottore. «Deve cambiare le sue abitudini alimentari oppure succederà di nuovo. Il colesterolo è troppo alto e lui non è giovane quanto crede. Ha bisogno di rallentare l'attività fisica e mangiare meglio.»

«Te l'avevo detto che sarebbe successo.» Devlin stava scuotendo la testa. «Tutto quel cibo piccante e speziato, e questo è il risultato. Il fatto che seguiti a fare colazione con roba sbiadita, non significa che nel pomeriggio puoi scatenarti.»

«Cibo sbiadito?» disse il dottore.

«È una lunga storia» bofonchiò Chester.

Devlin intervenne per metterlo al corrente di tutti i dettagli. Quando terminò, il medico era esterrefatto e il paziente aveva l'espressione di chi l'ha fatta grossa.

«Signor Raymond, perché non me ne ha parlato?»

«Non pensavo che fosse importante.»

«Lei deve andare da un nutrizionista.» L'uomo si mise a scrivere su un foglio di carta. «Questo è un antiacido per cui serve la ricetta, e il nome di uno specialista che può lavorare con lei a questa sua specie di dieta.»

«Cosa me ne faccio di un nutrizionista?»

«Mi ascolti, io ne ho sentite tante, ma questa sulle sue abitudini alimentari è in cima alla lista. Mi chiami se ha bisogno di qualcosa.»

Il medico fece un cenno con la testa ad A.J. e Devlin, e se ne andò.

«Non capisco perché dovrei andare a parlare con un tizio di quello che decido di mettere in bocca» brontolò Chester.

«Hai visto il cartellino con scritto 'dottore' sul camice di quel tizio?» disse Devlin. «Non lo danno a tutti i pazzi che entrano qui dentro, altrimenti lo avrebbero dato anche a te.»

A.J. prese la mano ruvida, consumata dal lavoro, di Chester. Sembrava una scarpa di cuoio, e la strinse forte nella sua. «Sono così felice che tu stia bene.»

«Non volevo farvi preoccupare.»

«Be', lo hai fatto eccome» disse Devlin corrucciato. «C'è preso un colpo.»

«Senti ragazzo, non è ancora arrivato il momento di separarci» disse Chester con la voce carica di emozione.

«Grazie al cielo. Non sono pronto a lasciarti andare.»

Asciugandosi gli occhi con il braccio, Chester si schiarì la voce. «Allora, possiamo staccare tutti questi macchinari e andarcene da qui? Non vedo l'ora di buttarmi questa storia alle spalle e dimenticarmene al più presto.»

«Qui non si dimentica un bel niente. Le cose cambieranno» lo avvertì Devlin.

«Ehi, aspetta un momento. Io non ho bisogno della balia.»

«Se farai quello che ti ha detto il dottore non ne avrai bisogno.»

«E lui cosa diavolo ne sa? Sembra uno di quei ragazzini che consegnano i giornali.»

«Chi è stato a finire su un'ambulanza?»

«Stavo solo controllando com'era fatta. Sono sempre stato curioso di sapere come sono dentro.»

Proprio in quel momento, un'infermiera tirò la tenda.

«È pronto per andare a casa?» gli chiese con un sorriso rassicurante.

«Ti aspettiamo fuori» disse Devlin, mettendo il braccio sulle spalle di A.J.

«Una cosa è certa,» disse Chester, mentre l'infermiera si metteva al lavoro «non mischierò mai più i crostacei con la torta all'ananas.»

***

Riuscire a far entrare tutti nella cabriolet con la capote alzata fu un'impresa complicata. A.J. dovette spingere in avanti il sedile il più possibile per fare spazio alle gambe di Devlin, che si sedette dietro. Non era facile guidare attaccata al volante, ma almeno Chester era seduto comodamente sul sedile anteriore. Gli piacque così tanto, che dichiarò di voler investire i soldi del bingo in un autista.

Quando arrivarono alla piccola casa dell'uomo, seppellita tra i boschi non lontano dalla fattoria, era scesa la sera. Devlin fece il possibile per convincere Chester a stare con loro per un po' ma l'uomo non ne volle sapere.

«Possiamo almeno portarti la cena?» chiese A.J.

Chester scrollò la testa. «Ho della zuppa di pollo e dei cracker. Credo che mi terrò leggero per stasera.»

«Saggia idea. Magari dovresti limitarti a mangiare cibo bianco per una settimana.»

«Stavo pensando la stessa identica cosa.» Chester scese dalla macchina e Devlin lo accompagnò alla porta. Nacque una discussione.

«È inutile che tu venga al lavoro domani.»

«Non dirmi quello che devo fare. Non prendo ordini dagli arroganti.»

«Se fosse vero, noi due avremmo preso strade diverse anni fa.»

«Faccio un'eccezione solo perché tu hai un disperato bisogno di me.»

«Su questo ti do ragione, ma non cambiare discorso. Te ne starai a casa per qualche giorno.»

«Uno.»

«Tanti.»

«Uno.»

Devlin imprecò.

«Non pensare di averla vinta, ragazzo. Adesso porta a casa la tua donna.»

A.J., che aspettava in macchina con la portiera aperta e li aveva sentiti, sorrise a quell'ultima frase e salutò Chester con la mano. Quando Devlin si mise a sedere nel posto del passeggero, le lanciò un lungo sguardo d'apprezzamento.

«Cos'hai da sorridere?» le chiese mentre erano diretti verso casa.

«Mi piace l'idea di essere la tua donna.»
Sentì la sua mano accarezzarle la coscia. «Anche a me.»
«Cos'altro fa Chester a parte andare al bingo una volta a settimana?» gli chiese mentre accostava davanti alla scuderia.
«Niente, credo. Perché?»
«Mi sembra che non abbia nessuno. Detesto l'idea di lasciarlo lì da solo dopo tutto quello che ha passato oggi.»
«È un solitario per natura. Lo è sempre stato. Credo che gli piacciano la pace e la tranquillità.»
«Be', forse avrebbe bisogno di allargare i suoi orizzonti.»
Durante la cena, si scambiarono racconti della loro vita equestre e ricordi dei cavalli che avevano lasciato un segno nel loro cuore. Dopo aver sistemato in cucina, si misero a sedere sul divano davanti al camino acceso. Fu una delle più belle serate che A.J. avesse mai passato, senza apprensioni e piena di dolci carezze e occhiate cariche di significato. Per diverse ore non pensò alle qualificazioni o al braccio o a Sabbath, si godette semplicemente il loro amore.
Le preoccupazioni tornarono puntuali il mattino seguente. Con l'arrivo dell'alba, sentì di nuovo il peso dell'obiettivo da raggiungere gravarle sulle spalle. Sdraiata accanto a Devlin, cominciò a rigirarsi, stretta tra due fuochi. Da una parte il desiderio di trascorrere tutto il giorno a letto con lui e dall'altra l'ansia e la frenesia di rimettersi al lavoro.
«Sei una corda di violino stamattina» le disse Devlin.
«Scusa. È solo che sto pensando a Sabbath.»
«E...?»
«Be', è terrorizzato dell'acqua, giusto? E poi ci sono tutte le altre sue fissazioni e le cose che non gli piacciono.»
«Come mangiare da solo.»
«I rumori forti.»
«Il maniscalco» dissero insieme.
A.J. appoggiò la testa sulla mano. «Sono sicura che se sapessimo di più sul suo passato, riusciremmo a comprenderlo meglio. Voglio investigare un po'. Scoprire da dove viene, cercare di capire da dove è iniziato tutto. A volte si comporta male, ma non è un cavallo cattivo. Spero solo che non sia stato...»
«Temi che sia stato maltrattato?»
«Sto provando a pensare ad altre spiegazioni a tutti i suoi problemi. Spero che ci sia un altro motivo.»

***

Dopo una colazione veloce, lasciarono la fattoria. Devlin si diresse al campo per sistemare gli ostacoli, e A.J. cominciò a governare lo stallone. Senza l'aiuto di Chester, ci impiegò più del solito a bardarlo, specialmente con il forte dolore al braccio. Nonostante avesse preso diverse pastiglie di antidolorifico, mandate giù appena Devlin era sceso a preparare la colazione, fece fatica a sollevare la sella per sistemarla sulla schiena del cavallo.

Montarlo si rivelò un compito più arduo. Anche se l'allenamento andò bene, aveva patito le pene dell'inferno. Ogni volta che si erano staccati da terra, e nelle decine di ricezioni brusche, aveva dovuto mordersi il labbro per non gridare. Per nascondere la sofferenza, aveva iniziato a evitare lo sguardo di Devlin, temendo che se ne accorgesse.

Mentre riportavano Sabbath nella scuderia, cercò di discutere del lavoro fatto, ma a quel punto il braccio cominciò a pulsare. Quando Devlin si offrì di aiutarla a pulire lo stallone, quel semplice gesto di cortesia le sembrò una manna dal cielo. Approfittando del fatto che lui era occupato con una striglia in gomma, corse nella selleria a prendere un altro paio di pastiglie. Al suo ritorno, Devlin stava mettendo un sottosella su Sabbath.

«Sei pronta per provare a lavorare ancora un po' intorno all'acqua?»

A.J. annuì, togliendosi i chaps e liberando il cavallo dalle corde a cui era legato. Mentre stava portando Sabbath fuori dalla scuderia, Devlin la fermò.

«Sembri stanca.»

«Sto bene.»

Le mise le mani sulle spalle. «Non hai bisogno di una pausa?»

«Non c'è tempo per le pause» disse brusca, poi addolcì quelle parole con un sorriso. «Almeno non fino a stasera.»

Lo sguardo di Devlin era voluttuoso. «A proposito, non so se lo sai ma su nel sottotetto c'è del fieno sparpagliato in giro.»

«Davvero?»

«Ah-ah. Scommetto che per rotolarsi non è affatto male. Lo dico nel caso non riuscissimo ad aspettare di arrivare fino alla fattoria.»

Il corpo di A.J. fu attraversato da una scarica di calore. Alzò lo sguardo verso gli ostacoli. «Muoviamoci. Prima cominciamo...»

«Prima finiamo» terminò Devlin, dandole un lungo bacio sulle labbra.

A.J. portò velocemente lo stallone in campo e poi verso la riviera. Sabbath, in segno di protesta, cominciò subito a sgroppare spaventato. Ripeterono quell'esercizio all'infinito, si avvicinavano e si allontanavano, guadagnando ogni volta qualche centimetro. Accarezzandogli il collo quando poteva e con movimenti lenti e rassicuranti, A.J. accantonò il dolore fisico e cercò di tranquillizzarlo.

Dopo più di un'ora, portò lo stallone fuori dal campo, scoraggiata ed esausta. Mise Sabbath nel box e gli tolse la capezza, poi Devlin la raggiunse con le braccia piene d'erba che lasciò cadere vicino alla porta. Rimasero entrambi a guardare il cavallo mangiare, il dolce fruscio del muso che sfregava contro l'erba era l'unico rumore nella scuderia.

A.J. stava facendo rotolare il solitario di sua madre tra le dita quando Devlin interruppe il silenzio.

«Devi rallentare.»

Lei alzò lo sguardo sorpresa. «Cosa intendi dire?»

«Sono preoccupato per te.»

«Perché?»

«Perché sei esausta.»

«Oggi abbiamo lavorato sodo.»

«Ti stai riprendendo da una caduta. Devi andarci piano.»

«È un lusso che non posso permettermi» disse piano. «Non ho tempo per rilassarmi.»

«A.J., lo so che sei concentrata sulle qualificazioni, ma con questi ritmi corri il rischio di scoppiare. So che non vuoi sentirtelo dire, ma credo che dovresti considerare il quadro generale.»

Gli rispose tutto d'un fiato. «È quello che sto facendo. C'è sempre una riviera alle qualificazioni, insieme a un mucchio di altre cose. La folla, il rumore, gli altri cavalli. Sabbath sarà fuori di sé. Dobbiamo prepararlo...»

«Non riuscirai a risolvere tutti i suoi problemi in due mesi. Nessuno ci riuscirebbe.»

«Ma...»

«E nessuno vuole che ti faccia del male provandoci. Specialmente io.» Devlin le spostò una ciocca di capelli dietro le orecchie. «Ammazzarti di lavoro non è la soluzione.»

Ma non c'è abbastanza tempo, disse tra sé e sé.

13

Più tardi quel pomeriggio, A.J. salì nello studio di Devlin. Sorridendo davanti alle pile di fogli ordinate ma scoraggianti, si sedette sulla vecchia sedia di legno scricchiolante e si mise comoda, decisa a investigare un po' su Sabbath. Controllò l'atto di vendita e il pedigree. Il nome del precedente proprietario le era familiare e si ricordò che aveva un maneggio a Lexington, nel Kentucky. Dopo qualche mossa astuta con un operatore, riuscì a farsi dare il numero di telefono e chiamò. La voce rauca che le rispose non le ispirava fiducia.

«Sì?»

«Signor Tarlow?» chiese. In sottofondo sentiva i rumori di una scuderia, zoccoli che sbattevano sul cemento e l'eco dei nitriti.

«Un attimo.» La cornetta fu lasciata cadere, urtando contro qualcosa di metallico. Quando un'altra voce venne al telefono le stava ancora ronzando l'orecchio per quel baccano.

«Sono Albert Tarlow.»

«Salve, sono A.J. Sutherland. Ho comprato un purosangue, Sabbath...»

«La vendita è conclusa!»

«Lo so, lo so. Volevo solo farle un paio di domande su di lui.»

«Che genere di domande?» Sembrava sospettoso, come un uomo a cui veniva offerto un pacco dal quale proveniva un ticchettio.

«Sulla sua storia.»

«Non so se posso aiutarla. Non è stato con me a lungo, anche se devo dire che mi è rimasto molto impresso.»

«È una cosa piuttosto comune» disse A.J. in tono sarcastico. «Era a conoscenza del suo problema con l'acqua?»

«E con cosa non aveva problemi? Faceva storie per il box, i cavalieri, gli istruttori, i suoi zoccoli... Lei lo sa che odia i maniscalchi?»

«Sì, ma era dell'acqua che volevo...»

«Quel cavallo ne ha cambiati tre. Sono abbastanza sicuro che li avesse presi per dei sacchi da box. Non ho mai visto niente di simile, e io ne ho viste di cose.»

«Riguardo all'acqua...»

L'uomo la interruppe di nuovo, assorto nei suoi pensieri. «Ma quell'animale aveva un grosso potenziale. Quando decideva di saltare, cosa che non accadeva spesso, era incredibile. Le sta andando bene con lui?»

«Abbastanza.»

«Deve avere la pazienza di Giobbe.»

Veramente io sono più interessata al mondo di Noè, pensò A.J.

«Signor Tarlow, quello che vorrei sapere di preciso è se ha provato a fargli saltare degli ostacoli con l'acqua.»

«Solo una volta.» L'uomo fece una risata cupa. «Ha disarcionato uno dei miei cavalieri con una tale forza che pensavo che avremmo dovuto scavare la terra per tirare fuori quel poveraccio. A quel punto, ho deciso di venderlo. Anche se riuscivamo a fargli saltare i verticali e gli oxer, e comunque avevo grossi dubbi, sapevo che nessuno sarebbe riuscito a fargli affrontare l'acqua. Ha fatto una tale scenata per una pozzanghera profonda quindici centimetri, che sembrava che quella pozza d'acqua gli stesse dando la caccia.»

«Aveva problemi con la canna dell'acqua o il terreno bagnato?»

«Mi ricordo di un groom che dopo un allenamento ha usato la pompa per rinfrescarlo. È impazzito, e intendo impazzito sul serio. Ha calpestato due dei miei uomini, ha strappato un paio di catene con cui era legato ai due venti come se fossero filo interdentale, e si è messo a correre trascinandosele dietro, finché non ha esaurito le forze. Nessuno riusciva a prenderlo.»

«Per quanto tempo è rimasto con lei?»

«Solo sei mesi, su per giù. Mi sono sembrati anni.»

«Da chi l'ha comprato?»

«Mio cugino l'aveva preso perché voleva montarlo lui, e l'ha mollato qui quando si è reso conto che lo stallone era una peste. L'ho sempre detto a Billy, se una cosa costa poco, un motivo c'è. Lui pensava di aver fatto un affare portandolo via a quel tizio, ma in realtà gli aveva fatto un favore.»

'Proprio come lei ne ha fatto uno a me' sottintendeva il suo tono.

«Ha idea da chi lo abbia comprato suo cugino?»

«Questo non lo so, ma credo che abbia avuto diversi proprietari prima che lo prendesse Billy.»

«Grazie molte» disse A.J.

«Buona fortuna» rispose l'uomo, mentre riagganciava.

Guardando il pedigree, trovò il nome della madre di Sabbath e del maneggio a cui apparteneva, e riuscì a rintracciarne il numero di telefono. Sfortunatamente, la manager non ricordava niente di particolare riguardo allo stallone quando era un puledro. Era stato venduto quando aveva meno di due anni a un altro maneggio, ma il nome le sfuggiva.

Frustrata, A.J. si appoggiò allo schienale, picchiettando la penna sul bordo della scrivania mentre cercava di decidere cosa fare a quel punto. Per caso, notò una pila di fatture davanti a lei e diede un'occhiata a quella in cima. Era del veterinario che aveva visitato la zampa di Sabbath dopo che lei era caduta. La spostò per guardare quella sotto, che era del negozio di mangimi, e quella successiva, che era di uno dei maniscalchi. Poi ce n'era un'altra di una compagnia di assicurazioni, una di un negozio di finimenti e il conto di un ferramenta.

Quando fece la somma di quelle cifre rimase sbigottita. Il totale era sconcertante. Devlin si era indebitato per migliaia di dollari per sostenere delle spese che sarebbero spettate a lei. Perché non le aveva detto niente?

Poi un pensiero la colpì. Lei non gli aveva mai dato un centesimo. Avevano deciso dal primo giorno che gli avrebbe pagato un prezzo ragionevole per farle da istruttore e per la pensione di Sabbath, ma era passato più di un mese e lei non aveva sborsato un soldo. Decise che gli avrebbe dato un assegno.

Raggelò.

E come lo copro?, si chiese. Con i duecento dollari che ho sul conto? Si avvilì pensando a quanto era povera.

Quando aveva comprato Sabbath, per la prima volta in vita sua aveva fatto qualcosa da sola. Non sarebbe tornata sulla sua decisione, ma si rese conto che essere caparbi non significava essere autosufficienti. Firmare quell'assegno per trentamila dollari e andarsene dalle Scuderie Sutherland, liberarsi della rete di protezione e fare un passo, anche se un po' in ritardo, verso l'età adulta, erano state tutte cose necessarie. Solo che non aveva pensato all'aspetto finanziario, e adesso ne stava pagando le conseguenze.

O non pagando, a seconda dei casi.

Mentre confrontava quel conto pesante con il suo portafoglio leggero, decise che si sarebbe presa la responsabilità delle sue scelte e non avrebbe chiesto a Devlin di addossarsele per lei. Adesso che non gareggiava più non aveva nessuna entrata, e A.J. non sapeva di quanto denaro disponesse. Ad ogni modo, anche se avesse avuto le tasche gonfie, non era compito suo mantenerla. Avrebbe dovuto trovare un modo per pagare le sue spese da sola.

E non aveva nessuna intenzione di correre da suo padre per approfittare della sua generosità. Non avrebbe compromesso l'indipendenza appena conquistata solo per una questione di soldi.

Facendosi un breve esame di coscienza, si rese conto di quanto avesse avuto vita facile sotto l'ala protettiva di suo padre. Anche se non era mai stata pagata per il lavoro al maneggio, aveva sempre avuto a disposizione molti soldi. Garrett era sempre stato generoso e aveva coperto tutte le sue spese, durante gli studi e dopo. Tutti i vestiti, i finimenti, i cavalli che montava, le auto che guidava, il cibo, le vacanze... Aveva sempre provveduto lui a ogni cosa. A.J. non aveva una carta di credito a suo nome, non aveva mai pagato una bolletta telefonica, non si ricordava di aver mai firmato un assegno a un fornitore.

Di sicuro sembra la vita di una principessa, pensò, colpita dalla strana esistenza che aveva avuto. Tra Peter che gestiva le Scuderie Sutherland, e suo padre che si occupava di lei in tutto e per tutto, A.J. aveva perso completamente il senso delle sue finanze. Come mai non se ne era accorta prima?

Perché fino a questo momento non ho mai davvero pagato qualcosa, pensò, mentre le dita cercavano il solitario e lo facevano ruotare.

Allora come avrebbe fatto a coprire i suoi debiti?

Forse poteva vendere qualcosa.

Il problema era che in realtà lei non possedeva niente. Il che, tutto sommato aveva senso considerato che non aveva mai comprato niente con soldi suoi. Be', tranne uno stallone purosangue estremamente imprevedibile con la fobia dell'acqua e un piacere particolare nel torturare i maniscalchi.

Non sarebbe stato meglio cominciare con qualcosa di meno ambizioso? Magari un pesce rosso?

Passò in rassegna tutte le cose che usava quotidianamente. La cabriolet era intestata alle Scuderie Sutherland per la detrazione fiscale; i mobili di camera sua casa erano più della villa che suoi, i vestiti erano stati segnati su un conto che pagava suo padre. E comunque, era difficile immaginare che ci fosse un grosso mercato di vestiti da lavoro usati.

Cosa poteva fare?

Le dita si bloccarono, la soluzione era tanto dolorosa quanto evidente.

Oddio, crescere è doloroso, pensò, lasciando cadere le mani sulle gambe.

Il mattino seguente Chester si presentò a colazione con un sorrisino impertinente. Quando entrò in cucina, Devlin e A.J. si stavano mettendo seduti.

«Buongiorno! Mi fa piacere vedere che avete apparecchiato anche per me. Vi sono mancato?»

«Bentornato» disse A.J. rivolgendogli un sorriso.

«Come ti senti?» chiese Devlin sospettoso.

«Sano come un pesce. Scoppio di salute. Il solito.» Si mise a sedere al suo posto e sollevò il cucchiaio. «Sono pronto per rimettermi al lavoro. Ieri non ce la facevo più a stare in casa. Ehi, sentite. Dopo l'allenamento, stavo pensando che potrei sistemare quei tubi dell'acqua che sono scoppiati. L'idraulico ha detto di averli aggiustati ma...»

«Tu oggi non farai niente che non sia lo stretto indispensabile e io ti terrò d'occhio» disse Devlin. «Se non ti comporti bene, torni in panchina.»

Chester aprì la bocca per controbattere ma poi evidentemente ci ripensò.

«Bene» brontolò. «Se voi due volete giocare a fare la balia, sono affari vostri.»

«Noto con piacere che inizi a vedere la luce» disse Devlin con un ghigno.

Alla scuderia ripiombarono tutti nei loro ritmi consueti di lavoro ma era solo un atteggiamento di facciata. A.J. dovette sbrigare i suoi compiti con una mano sola, il che significava che era lenta e che le cadeva tutto. La cosa peggiore fu pulire gli zoccoli di Sabbath. Per farlo fu costretta a usare anche l'altro braccio, e quando terminò, delle gocce di sudore le punteggiavano la fronte a causa del dolore.

Dovette sedersi per riprendere fiato, cullando il braccio sul grembo mentre fingeva di scambiare quattro chiacchiere con Chester. Dopo un po' il male passò, ma ci volle più tempo del giorno prima.

Anche Devlin aveva le sue gatte da pelare. Era preoccupato che Chester esagerasse e non sapeva fino a che punto potesse sollevare e portare in giro pesi. Il groom si comportò bene per la maggior parte del tempo, ma quando scese dal sottotetto con un grosso carico di fieno, Devlin dovette intervenire.

«Sei sicuro che sia il caso di sollevare tutta quella roba?»

«L'uomo è fatto per trasportare balle di fieno.»

«La carriola è fatta per trasportare le balle di fieno.»

«Ah, per favore. Sono anni che mi carico sulle spalle pesi come questo.»

«E magari è arrivato il momento di rallentare un po'.» Prima che l'uomo potesse ribattere, Devlin indicò il retro della scuderia. «Sai dov'è.»

Pochi istanti più tardi, Chester tornò borbottando ma spingendo la carriola.

«Molto meglio.»

«Odio quest'affare» si lamentò Chester. «La ruota è storta e non ci sta niente.»

«Allora comprane una nuova. La userai spesso d'ora in avanti, quindi è meglio trovarne una che ti piaccia.»

Chester sembrava pronto a litigare.

«Facciamo così» si offrì A.J. «Io ho delle commissioni da fare oggi. Possiamo prendere in prestito il pick-up e andarla a comprare insieme.»

«Mi stai invitando a uscire?» chiese Chester con aria interessata.

«A quanto pare sì.»

«Offri tu o offro io?»

«Se ti riferisci alla carriola, offro io» intervenne Devlin.

«E il mangiare? Se è un'uscita seria, bisogna mangiare.»

«Non credo che troveremo niente al negozio di ferramenta» disse A.J. con un ghigno. «Considerato che i tuoi pasti a base di chiodi appartengono al passato.»

«Be', se andiamo in quel posto che fa il pollo, il pranzo lo pago io.»

«D'accordo, ma te lo dico da adesso, io non bacio alla prima uscita.»

«Nemmeno io.»

Risero tutti.

Prima di incamminarsi verso il campo, A.J. fece una corsa nella selleria e mandò giù le pastiglie che teneva in una busta di plastica ben nascosta nella tasca dei jeans. Ne aveva prese due appena si era alzata e si era ripromessa di non prenderne altre finché l'allenamento non fosse finito, ma si era resa conto che non sarebbe riuscita ad arrivare alla fine della sessione.

Devlin entrò nella stanza proprio mentre lei piegava la testa all'indietro per ingoiarle.

«Ehi, ti va di...?»

Colta alla sprovvista, le andarono di traverso e cominciò a tossire.

«Scusa» disse a fatica, picchiandosi il petto.

Devlin le lanciò una strana occhiata. «Tutto okay?»

«Sì. Sto bene. Mi hai sorpreso mentre stavo per starnutire» disse, non appena riuscì riprendere fiato.

«Be', se ti serve un po' di respirazione bocca a bocca io sono l'uomo giusto.»

A.J. si avvicinò, mettendogli il braccio intorno alla vita. «Davvero?»

«Ci puoi scommettere» disse, prima di chinarsi per darle un bacio appassionato.

«Quello che ti stavo chiedendo prima che diventassi viola» sussurrò contro le sue labbra «è se ti va di uscire stasera.»

«Uscire?»

«Andare a cena e poi a vedere un film. Noi due soli. Potremmo mangiarci una pizza e poi sbaciucchiarci al buio nelle ultime file di un cinema.» Le accarezzò il labbro inferiore con la lingua. «Ho sentito dire che l'odore dei popcorn è afrodisiaco. Non che a noi serva un aiuto, ovviamente.»

«Mi piacerebbe molto.»

«Bene.» La baciò di nuovo e se ne andò.

Rimasta sola nella stanza, A.J. incurvò le spalle sconfortata. Odiava mentirgli. Odiava il suo infortunio. Pregava solo di guarire in fretta.

Camminando verso le vetrate, vide il campo, gli ostacoli colorati illuminati dai raggi del sole. Allungò una mano, toccando con la punta delle dita il freddo vetro piombato che increspava il paesaggio. È solo fino alle qualificazioni, si disse. Poi mi prenderò una pausa per dare al braccio il tempo di guarire. Si tratta solo di qualche settimana.

Quel pensiero non la rassicurò un granché. Voltando le spalle alla finestra, raddrizzò la schiena. E si preparò a tenere duro.

Dopo la sessione di allenamento, A.J. e Chester salirono sul pick-up e si misero in marcia verso la periferia della città. La prima fermata fu al negozio di ferramenta, dove trovarono una carriola rossa fiammante che accontentava in tutto e per tutto le richieste di Chester. La caricarono sul cassone, la legarono con una corda e ripartirono diretti in centro.

Anche se non era niente di eccezionale, la cittadina era molto ben organizzata. C'era un quartiere finanziario piccolo ma in fermento, due hotel a quattro stelle, un palazzo congressi e una fila ordinata di negozi nella via principale. Sui marciapiedi, la gente camminava verso la propria destinazione senza affrettarsi, con un'aria più socievole di chi si incontra nelle grandi città, ma senza quell'andatura di chi vaga senza meta nei piccoli paesi.

A.J. proseguì lentamente, poi si fermò in un parcheggio davanti a un negozio di antichità. Chester le lanciò uno sguardo perplesso.

«So di essere vecchio e di valere poco, ma non è ancora arrivato il momento di sbarazzarti di me» disse.

A.J. gli rivolse un sorriso teso. «Torno subito.»

La osservò entrare incuriosito. Dalle vetrine ampie che davano sulla strada, vide un uomo ben vestito accoglierla calorosamente e poi osservò i due scomparire in una stanza sul retro. Qualche istante più tardi ricomparvero, e A.J. strinse la mano dell'uomo. Sembrava che stesse cercando di rassicurarlo su qualcosa. Quando uscì, con una ricevuta in mano, aveva un'espressione cupa.

«Tutto bene?»

Lei annuì, ma uscendo dal parcheggio rischiò di urtare un'auto, schivandola all'ultimo solo perché l'altro conducente suonò il clacson. Mentre lei si riprendeva dallo spavento, Chester si accorse che le tremavano le mani.

«Mi dispiace» mormorò, rivolgendogli un'occhiata di scuse.

Preoccupato, Chester si sforzò di rispettare la sua privacy, mentre accostavano davanti alla banca.

«Ci vorrà solo un momento» gli disse.

Quando tornò, si infilò qualcosa nella tasca posteriore. Non gli diede nessuna spiegazione, e lui non gliene chiese. Questa volta, rimettendosi nel traffico, fu molto più cauta. Lasciandosi alle spalle il centro della città, rimasero in silenzio finché A.J. non svoltò nel parcheggio della casa d'aste.

«Proviamo ad aggiudicarci qualcosa?» chiese Chester.

A.J. fece un respiro profondo.

«No, facciamo una piccola indagine» disse, parcheggiando il pick-up.

«Su cosa?»

«Il passato di Sabbath.»

«Non so se la sua fedina penale ti piacerà.»

A.J. cercò di sorridere mentre apriva la portiera. Chester scese con lei.

«Sai una cosa, ti vedo bene nei panni di Nancy Drew» disse. «Determinata, coraggiosa. A parte il cappello abbinato alla borsa. Quelle cose da ragazzina non mi sembrano il tuo genere.»

Questa volta A.J. riuscì a sorridergli in modo più spontaneo mentre attraversavano la strada diretti verso gli uffici.

Chester continuò la conversazione. «Ti dirò di più, non mi stupirei se quella Drew fosse una tua parente, con i capelli rossicci e tutto il resto. Vi ci vedrei in quelle vecchie case che danno i brividi, a scovare passaggi segreti e dissotterrare indizi.»

«In realtà, quella col badile è mia cugina, C.C.»

«Pescatrice di vongole?»

«Archeologa.»

«È la stessa cosa.» Chester le aprì la porta. «Per curiosità, nella vostra famiglia le ragazze hanno diritto a qualcosa di più di un paio di iniziali?»

«In effetti, adesso la chiamano tutti Carter. Continuo a dimenticarmi che siamo cresciute.»

Quando si avvicinarono al bancone, Margaret Mead, la vecchia amica di A.J., uscì dalla stanza sul retro. Non appena la vide, le rivolse un grosso sorriso.

«Ah, bene, questa sì che è una bella sorpresa!» La cadenza irlandese era accogliente. «E chi è questo signore con te?»

A.J. lanciò un'occhiata a Chester, che si era tolto il cappellino da baseball lacero ed era rosso come un peperone. Alzò un sopracciglio, colpita da un'illuminazione.

«È un mio caro amico, Chester Raymond» rispose, dandogli un colpetto per invitarlo ad avanzare. Lui si tirò indietro, toccando a malapena la mano di Margaret che si era sporta dal bancone verso di lui.

«Piacere di conoscerla» disse Margaret facendogli l'occhiolino.

Chester mormorò qualcosa che avrebbe potuto essere un 'ciao'. Magari in un'altra lingua.

«E cosa vi porta qui oggi?» chiese la donna.

«C'è qualcosa in archivio sullo stallone che ho comprato? Si chiama...»

«Me lo ricordo quel cavallo» disse Margaret. «Non dirmi che stai pensando di arrenderti con lui.»

«Neanche per sogno.»

«Ah, lo sapevo che avevi stoffa.» Guardò Chester. «È una brava ragazza, e piena di talento, non crede?»

«Sì, signora» riuscì a dire Chester, mentre trascinava i piedi sul pavimento.

«Che genere di informazione ti serve?»

«Ex proprietari. Conosco il nome dell'allevatore e dell'ultimo maneggio in cui è stato ma il periodo in mezzo è tabula rasa.»

«Mmm. Credo che sia stato venduto qui da noi un paio di volte, ma dovrei controllare. Fammi vedere cosa riesco a scoprire.»

«Te ne sarei grata. Sono alle Scuderie McCloud. Mi troverai lì.»

«Contaci.» Margaret rivolse lo sguardo verso Chester. «E lei come fa a conoscere una creatura adorabile come la signorina Sutherland?»

«Faccio lo stalliere alle Scuderie McCloud.»

«È uno dei miei istruttori» lo corresse A.J.

Chester alzò gli occhi, sorpreso. «Sono stato promosso all'improvviso?»

«Devlin mi aiuta con gli ostacoli» disse A.J. a Margaret. «Chester a non perdere la calma. È molto saggio, profondo...»

Chester si schiarì la voce.

A.J. rimase in silenzio.

A Margaret brillarono gli occhi.

Le due donne si guardarono, unite da un obiettivo comune come da un patto di sangue.

«Grazie ancora, Margaret» disse A.J.

«Mi terrò in contatto» rispose la donna.

Entrambe guardarono Chester, che sembrava stesse per avere un altro attacco.

«Signora» disse, con un cenno verso Margaret.

«Mi ha fatto davvero piacere conoscerla, signor Raymond.»

A.J. si voltò per andare e Chester la seguì, non prima di lanciare un'ultima occhiata alla donna.

«Non sono una macchina usata, sai. Non devi vendermi come se fossi una vecchia carretta che sta cercando un garage per parcheggiare» le disse mentre camminavano verso il pick-up.

«Ti ho dato questa impressione? Io volevo solo essere precisa. Tu sei una parte incredibilmente importante...»

«Quella gentile signora lì dentro non ha bisogno che le venga rifilato un uomo.»

«Allora l'hai notato.»

«Notato cosa?»

«Che è una bella persona.»

«Certo» borbottò. «Ma per quanto ne so, potrebbe essere sposata.»

La sua affermazione rimase sospesa nell'aria come un escursionista su un precipizio.

«Margaret è vedova» disse A.J., lanciandogli una cima di salvataggio. Si mise al volante e infilò la chiave nel blocchetto d'accensione.

«Davvero?» bisbigliò Chester, sedendosi nel posto del passeggero. «Voglio dire, è un peccato. Da quanto tempo?»

«Un paio d'anni. E non esce con nessuno.»

Mise in moto.

«Non che siano affari miei» disse Chester deciso.

«Certo che no» concordò A.J., mentre faceva retromarcia.

Chester le lanciò un'occhiata. «Stai cercando di trovarmi una fidanzata, ragazza?»

«Figurati, perché dovrei fare una cosa del genere? È evidente che sei in grado di badare a te stesso.»

«Esatto. Non ho bisogno di aiuto con le donne.»

A.J. fece inversione, sforzandosi di non sorridere troppo.

«Credi che io le sia piaciuto?» le chiese.

A.J. e Devlin stavano uscendo per andare al ristorante quando lei prese il foglio di carta che le aveva dato la banca e glielo porse.

«Questo cos'è?»

«I soldi che ti devo.»

Lui aggrottò le sopracciglia.

«Quando abbiamo cominciato,» gli disse «eravamo d'accordo che ti avrei pagato per farmi da istruttore e per la pensione di Sabbath. Questo dovrebbe bastare. Almeno stando ai costi delle Scuderie Sutherland.»

Senza guardare l'assegno, cercò di ridarglielo. «Non voglio i tuoi soldi.»

«Devlin, ho visto le fatture.»

«Che fatture?»

«Quelle sulla tua scrivania.»

«E allora?»

«Ammontano a circa duemila dollari. Hai bisogno di questi soldi. Non stai più gareggiando.»

«Grazie per avermelo ricordato» disse con tono cupo.

«Non è quello che intendevo.»

«Quindi credi che rimarrò al verde perché do da mangiare al tuo stallone?»

«Non ho detto questo.»

«In ogni caso, lascia che ti tranquillizzi. Non sarò ai livelli di tuo padre, ma non sono nemmeno a corto di soldi.»

«Devlin...»

«Peccato che tu non abbia guardato anche i fascicoli con i miei investimenti mentre curiosavi in giro. Almeno non ti saresti preoccupata.»

«Non stavo curiosando.»

«Quindi le fatture sono semplicemente cadute nelle tue mani mentre eri al telefono.»

«Senti, sto solo cercando di mantenere gli impegni presi.»

«E io ti sto dicendo di non preoccuparti.»

Lo sguardo di A.J. lo implorò. «Ho trascorso troppo tempo a lasciare che gli altri si occupassero di me. Tu e io dovremmo essere una coppia. Lasciamelo fare, per favore.»

Lo osservò mentre incrociava le braccia sul petto, con l'assegno che gli fumava tra le mani. In attesa che le dicesse qualcosa, si portò la mano al collo per abitudine, ma non c'era niente da sfregare tra le dita. La lasciò cadere.

Devlin cambiò espressione, incerto di cosa mancasse in quel movimento.

«Questi soldi sono tuoi o di tuo padre?» disse alla fine.

«Miei.»

Se fossero stati di suo padre, sarebbe stato più facile strappare quell'assegno. Non aveva nessuna intenzione di accettare il denaro di Garrett Sutherland. E se erano di A.J., si chiese se per lei sarebbe cambiato qualcosa sapere che aveva diversi milioni di dollari tra azioni, conti bancari e beni immobili. Sarebbe stato più semplice per lei lasciare che si addossasse parte delle sue spese?

«Devlin, posso anche aver sollevato la questione perché sono preoccupata di quanto ti stiamo costando io e lo stallone, ma non è solo questo. Si tratta della mia indipendenza. Per la prima volta nella mia vita, voglio mantenermi da sola.» Rimase in silenzio per un attimo. «Ho bisogno di essere autosufficiente.»

«Non mi piace.»

«Lo vedo. Ma sai che è la cosa giusta per me, non è vero?»

Devlin si passò una mano tra i capelli. «Non voglio che pensi che non posso occuparmi di te.»

A.J. si avvicinò a lui, mettendogli le mani sui bicipiti tesi. «So che puoi occuparti di me. Non l'ho mai messo in dubbio.»

La guardò a lungo.

«Non sapevo di essere un tipo tanto tradizionale» mormorò, mettendole un braccio sulle spalle. «Occuparmi della mia donna, e tutte quelle cose da cavernicolo prepotente.»

«Sei molto dolce quando sei protettivo e autoritario.»

Con riluttanza, si infilò l'assegno nella tasca posteriore dei pantaloni.

«Questa è stata la nostra seconda litigata?» chiese mentre le apriva la porta.

«Credo di sì» disse A.J., prendendolo a braccetto. «E mi pare che siamo stati bravi.»

«Questo significa che dopo possiamo fare la pace?»

«Ci puoi scommettere.»

«A proposito, ho chiesto a Margaret Mead di controllare i documenti di Sabbath. Potrebbe richiamarmi nei prossimi giorni» gli disse mentre stavano salendo sul pick-up.

«Hai scoperto qualcosa con il precedente proprietario?»

A.J. scosse la testa. «E non sono riuscita a sapere niente nemmeno dal primo.»

Devlin guidò verso la cittadina più vicina dove mangiarono in un ristorante famoso per le lasagne. Dopo il tentativo fallito di prepararle, A.J. colse l'occasione per farsi dare qualche dritta da professionisti. Il cameriere la assecondò durante tutto il suo interrogatorio, e alla fine lo chef in persona li raggiunse al tavolo. La ragazza prese appunti su dei tovaglioli di carta e ogni volta che sollevava lo sguardo verso Devlin, lui la stava osservando con occhi divertiti e pieni di calore.

Il film che andarono a vedere aveva più effetti speciali che una vera trama, ma a loro non importò. Mentre parcheggiavano davanti alla scuderia al loro ritorno, concordarono di aver trascorso una serata perfetta. Dopo aver controllato Sabbath, entrarono in casa, appesero le giacche e salirono al piano di sopra, uno dietro l'altro. Si spogliarono insieme, misero i vestiti sporchi nello stesso cesto della biancheria, e si lavarono i denti, fianco a fianco. Quando si misero a letto, A.J. chiuse gli occhi, provando un profondo senso di pace.

Devlin, invece, era sveglissimo e fissava il soffitto. Prima di lanciare i pantaloni con il resto dei vestiti sporchi, aveva svuotato le tasche, trovando l'assegno. Era rimasto sorpreso dalla grossa somma che A.J. aveva scritto.

Cosa mi aspettavo?, si disse, mentre rifletteva. Probabilmente avrà un fondo fiduciario al cui confronto Fort Knox sembra un salvadanaio.

La mattina seguente, però, c'era ancora qualcosa che gli ronzava per la testa. Alla prima occasione in cui rimase solo con Chester, gli chiese: «Dove siete andati ieri?»

«Al negozio di ferramenta, da un antiquario e alla casa d'aste.»

«Da un antiquario?»

«Già. E in banca.»

«Quale?»

«La National Savings and Trust.»

«No, intendevo l'antiquario.»

Chester ci pensò su un momento. «Quello molto elegante su State Street. Con tutta quell'argenteria e gioielli in vetrina. Sembra uno di quei posti in cui non ti fanno nemmeno entrare se non superi il controllo crediti. Non c'è bisogno che te lo dica, io sono rimasto nel pick-up.»

Devlin si corrucciò.

«Che problema c'è, ragazzo? Hai la faccia di uno che ha un alveare tra le orecchie.»

«Non è niente. Dimenticati che te l'ho chiesto.»

14

Una settimana più tardi, Devlin stava impartendo comandi, mentre A.J. e Sabbath si scaldavano. Osservandoli dalla staccionata, Chester non credeva ai suoi occhi.

Da totale disastro a poesia in movimento, pensò. Certo, con tutto il lavoro che c'è voluto, si poteva tirare su una scuderia a mani nude.

Muovendosi con agilità, i due passavano da un trotto di lavoro a un canter lento come se fossero una cosa sola. Persino all'occhio esperto di Chester, era impossibile capire quando A.J. usava gli aiuti. Era come se comunicassero telepaticamente, e quando cominciarono a saltare, rimase sbalordito. A colpi di zoccoli e parabole arcuate, attraversavano il percorso, sbarazzandosi con facilità di ostacoli giganteschi. E lo facevano con eleganza e disinvoltura, come se gli venisse spontaneo.

È nato un nuovo campione, pensò Chester, e alle qualificazioni se ne accorgeranno tutti.

Al centro del campo, Devlin stava pensando la stessa cosa. Quando A.J. e Sabbath lo raggiunsero al mezzo trotto, si mise a battere le mani.

«Congratulazioni. È stato fantastico.»

Ma A.J. gli rispose a malapena. Aveva il viso contratto, era pallida, e notò che le tremavano le mani mentre teneva le redini. Era sempre in quello stato alla fine degli allenamenti, e Devlin non riusciva a capire perché. Ma ogni volta che sollevava il discorso, la risposta di A.J. era sempre la stessa: «Sto bene. È solo lo stress. Ci vuole molta concentrazione per tenere in riga Sabbath.» Sempre una giustificazione plausibile. Solo che lui non la beveva più.

«Chester» gridò. «Puoi prendere Sabbath e portarlo un po' al passo?»

A.J. lo guardò sorpresa.

«Tu e io dobbiamo parlare» le disse.

«Riguardo a cosa?»

«Il motivo per cui sembra che tu stia per cadere dalla sella.»

«Sto benissimo.»

«Stronzate. Sei uno straccio.»

«È solo una giornata no.»

«È così tutte le volte che finiamo l'allenamento.»

«È un lavoro faticoso.»

«Non così faticoso.»

A.J. lo guardò corrucciata, il dolore al braccio e la perspicacia di Devlin la spinsero a mettersi sulla difensiva. La sua voce assunse un tono tagliente.

«Apprezzo il fatto che ti preoccupi, ma mi sento bene. E non serve che qualcuno mi aiuti per raffreddare il mio cavallo.» Poi si rivolse a Chester che si stava avvicinando, e gli gridò: «Non preoccuparti, ci penso io.»

Mentre il groom se ne tornava da dove era venuto scrollando le spalle, Devlin le lanciò un'occhiataccia. «Fai come vuoi, ma ne riparliamo a casa. Questa conversazione non è finita.»

A.J. lo osservò uscire come una furia dal campo ed emise un gemito. L'ultima cosa di cui aveva bisogno era una discussione approfondita sui suoi livelli di resistenza. Conducendo lo stallone al passo lungo la staccionata, si lasciò un po' andare e appoggiando il braccio sul grembo fece una smorfia. Il dolore non era migliorato e non la stupiva che Devlin si fosse accorto del suo affaticamento. Essere in costante agonia era estenuante.

E ogni volta trovare delle scuse diventava più difficile.

Quando finalmente smontò da cavallo, dovette mandare giù altre due pastiglie di antidolorifico prima di riportare Sabbath in scuderia. Mentre chiudeva il cancello del campo, esausta, e si preparava mentalmente al faticoso processo di pulire Sabbath, dal vialetto spuntò un'automobile che A.J. non riconosceva. Dalla piccola utilitaria scese Margaret Mead, che salutò con un gesto della mano A.J. e sorrise vedendo Chester che gironzolava sullo sfondo.

Raggiungendola con lo stallone, A.J. si sforzò di mostrarsi allegra con la sua ospite nell'attesa disperata che le medicine facessero effetto.

«Buongiorno» disse Margaret.

«Non c'era bisogno che venissi fin qui» rispose A.J., lanciando un'occhiata dietro di sé a Chester, che era in piedi sulla porta della scuderia. «Ma sono contenta che tu l'abbia fatto.»

Le due donne si scambiarono un'occhiata carica di significato.

«C'è troppo vento qui, andiamo dentro» disse A.J. alzando la voce per farsi sentire. Sperava di dare a Chester il tempo di ricomporsi.

L'uomo, nell'ombra, sfruttò l'opportunità. Si tolse in fretta il cappellino da baseball e si sistemò i capelli radi. Mentre Margaret si avvicinava, il groom spostava il peso da un piede all'altro come un metronomo nervoso.

«Hai scoperto qualcosa?» le chiese A.J., legando lo stallone ai due venti. Il cavallo allungò la testa in avanti, annusando la donna.

«Ebbene sì» rispose, accarezzandogli il muso con un'espressione triste.

A.J. sentì un'ondata di freddo attraversarle il corpo.

«A quanto pare è stato venduto quando aveva circa un anno e mezzo a un maneggio che non era famoso per il trattamento che riservava ai suoi cavalli. Non so dirti esattamente cosa gli sia successo lì, ma se quello che ho sentito su quel posto è vero, è probabile che abbia passato dei momenti molto brutti.»

«Oh, no...»

«Le autorità l'hanno chiuso due anni fa. Ci è capitato spesso di vendere cavalli che erano stati addestrati lì in questi anni, e tutti, in un modo o in un altro, hanno avuto problemi comportamentali. Dopo dei percorsi di riabilitazione, la maggior parte si è ripresa, ma non sono mai tornati quelli di prima. Gli abusi gli rimangono impressi.»

«Non c'è da stupirsene» disse A.J., appoggiando una mano sul collo dello stallone. Lui si voltò per darle un colpetto affettuoso.

Era una spiegazione spaventosamente logica. Le reazioni aggressive che aveva con gli stallieri e nel campo gara, l'insofferenza che mostrava quando gli toccavano le zampe che sfociavano in violenza se gli venivano schiacciate, l'atteggiamento sospettoso nei confronti degli sconosciuti. E poi la paura dell'acqua. A.J. aveva sentito parlare di cavalli che erano stati trattati con crudeltà, era a conoscenza di alcune storie di maltrattamenti, ma di solito i proprietari e i maneggi si prendevano buona cura dei propri animali, anche solo per le grosse cifre che spendevano per i cavalli da gara. Sfortunatamente, c'erano delle tragiche eccezioni.

«Credo di ricordarmi qualcosa su quel posto» intervenne Chester. «Il tizio che lo gestiva era un vero bast... ehm, pazzo. Faceva usare ai suoi groom la pompa dell'acqua sui cavalli. Diceva che era un modo per fargli passare la voglia di comportarsi male. Se i groom si rifiutavano, venivano licenziati. E questo era all'inizio. Quando lo chiusero, l'uomo era completamente uscito di testa. Gli animali venivano lasciati morire di fame e presi a frustate. Era un inferno.»

«Mi dispiace di non averti potuto dare notizie migliori» disse Margaret.

«Già, dispiace anche a me» rispose A.J. tristemente.

Non riusciva a capire come qualcuno avesse potuto fare del male a quel magnifico stallone che le stava mordicchiando il collo della giacca. L'alito di Sabbath era caldo sul suo viso e il muso soffice e delicatissimo sulla sua pelle. Le si spezzava il cuore all'idea che avesse subìto quelle crudeltà, o che altri animali fossero stati vittime di sevizie. Il fatto che il maneggio fosse stato chiuso non avrebbe mai compensato quello che tutti loro avevano dovuto passare.

«Ah, ragazza» disse Margaret, mettendole un braccio sulle spalle. «Tu hai un cuore d'oro. Questo stallone è stato fortunato a incontrarti e tu a incontrare lui. Formate una bella coppia.»

Chester annuì. «Molto bella.»

«Ho bisogno di parlare con Devlin» disse A.J. «Mi scusate ,per favore?»

Margaret le sorrise. «Ma certo.»

«Ci penserò io a pulirlo, lo tratterò con i guanti» disse Chester prima che A.J. glielo chiedesse. «Vai pure.»

Margaret e Chester la guardarono mentre se ne andava.

«È una gran brava ragazza» disse Margaret.

«Già. E dovrebbe vederla su quel cavallo. È da non credere come sia riuscita a cambiarlo.»

«È sorprendente quello che si riesce a ottenere con un po' d'amore.»

Per un attimo rimasero in silenzio.

«Senta,» disse Chester, guardandosi i piedi «a lei piace il bingo?»

***

«Devlin?» gridò A.J. entrando dalla porta.

«Sono qui.»

Seguì il suono della sua voce verso la cucina. Stava mangiando un panino e si offrì di preparargliene uno. Lei scrollò la testa.

«È appena passata Margaret Mead» disse.

Il tono afflitto della sua voce catturò la sua attenzione.

«Cosa ti ha detto?»

Mentre A.J. gli raccontava quello che aveva saputo, il suo viso si incupì.

Dopo che lei ebbe finito di parlare si lasciò andare a un'imprecazione.

«Conoscevo dei cavalieri che lavoravano in quel posto. In quel maneggio c'era un ricambio impressionante, e non mi sorprende. Si dicevano tante cose, ma molta gente dava per scontato che fossero solo voci messe in giro dai groom che si erano visti dare il benservito o da cavalieri che non andavano d'accordo con la direzione. Ci hanno messo troppo tempo a chiuderlo.»

Allungò la mano sul tavolo verso A.J., che la prese e la strinse forte. Parlarono per un po' delle disgrazie che aveva passato lo stallone.

«Ma il suo rapporto con l'acqua sta migliorando» disse A.J., alzandosi. «Credo che sia perché si fida molto di me. Torno fuori con lui adesso per cercare di...»

«Credo che dovresti prenderti il pomeriggio libero per riposarti.»

«Perché?»

Un'espressione frustrata gli attraversò il viso. «Sei provata. Sei stanca.»

«Devlin...»

«Hai bisogno di una pausa.»

«No, invece. Mancano solo tre settimane alle qualificazioni.» Allungò la mano sana dietro di sé per sciogliersi la treccia. Quando terminò, se la rifece e la fermò con un elastico.

«Stai lavorando troppo.»

«Sto be...»

Devlin esplose, picchiando il pugno sul tavolo. «Se ti sento dire ancora una volta che stai bene, do una testata contro il muro!»

A.J. fece un salto all'indietro, sorpresa dall'intensità della sua reazione. Gli brillavano gli occhi dalla rabbia mentre la guardava.

«Non mangi. Sei ridotta uno straccio. Trascorri le notti a rigirarti nel letto.» A.J. aprì la bocca. «E non negarlo. Ci sono anch'io in quel letto con te.»

Devlin sollevò la mano prima che lei potesse difendersi.

«A.J., non ce la farai se non ti rilassi un po'. Ti stai affaticando troppo, e se continui così, il giorno delle qualificazioni non riuscirai a combinare niente. Dammi retta.»

Lei distolse lo sguardo, incrociando le braccia sul petto.

«Perché è così importante per te?» le chiese con un tono molto più dolce.

Devlin si rese conto del tono disperato della sua voce. Era qualcosa che non gli apparteneva, e in altri momenti della sua vita se ne sarebbe vergognato. Ma adesso non gli importava mostrarsi debole. L'unica cosa che contava era la donna di cui era innamorato e le occhiaie sotto i suoi occhi azzurri e spenti.

Vedendo che non gli rispondeva, pensò che si sarebbe chiusa in sé stessa. Invece, con una voce avvilita, A.J. cominciò a parlare.

«Da piccola, la gente mi diceva sempre che assomigliavo a mia madre. Che ero una piccola copia di lei. Crescendo, sono diventata la figlia di papà, la ragazza ricca che andava a cavallo. Adesso la gente mi conosce perché sono allenata da te, e perché ho comprato quel cavallo.» Lo guardò negli occhi. «Quanto accidenti devo aspettare ancora per essere descritta con degli aggettivi che appartengano a me? Da quando me ne sono andata da casa, non ho mai smesso di guardarmi indietro e pensare che la mia vita è stata un lungo treno merci il cui carico era stato scelto da altri. E in parte è stata colpa mia perché ho vissuto sotto l'ala protettiva di mio padre per troppo tempo. Ma adesso basta. Ho scelto *io* Sabbath. Ho scelto *io* di partecipare alle qualificazioni. Sono *io* a lavorare duro.» Fece un respiro profondo. «Non voglio essere la principessa della società Garrett Sutherland. Non voglio essere solo un'altra amazzone irrilevante. E sono disposta a sacrificarmi per ottenere ciò che voglio.»

Devlin si alzò dal tavolo di colpo.

«Mi stai voltando le spalle?» le chiese.

Lui scosse la testa e le offrì la mano.

Appena le dita sofferenti di A.J. si intrecciarono con le sue, la portò al piano di sopra e si fermò davanti alla porta che era sempre stata chiusa dal giorno in cui lei era arrivata alla fattoria. Quando Devlin la aprì, i cardini, inutilizzati per molto tempo, cigolarono.

A.J. rimase a bocca aperta mentre guardava oltre Devlin.

La stanza era piena di trofei, coccarde, fotografie. C'erano grossi vassoi d'argento e coppe, due medaglie d'oro vinte alle Olimpiadi, giacche della divisa della squadra nazionale e coperte per cavalli, foto di Devlin e Mercy su innumerevoli copertine di riviste. Entrando, A.J. non riusciva a credere ai suoi occhi.

La maggior parte degli oggetti era stata sistemata alle pareti, appesa con amore e cura. Ma non tutto. In un angolo c'era una sella che sembrava fosse stata buttata via. Giaceva a terra, deformata dal suo stesso peso. Sul pomo c'era una briglia attorcigliata, e davanti al finimento rovinato un paio di stivali da cavallerizzo erano caduti l'uno sull'altro in modo casuale, come un plotone di soldati feriti.

In tutta quell'anarchia, a coprire persino quelle cose che erano state accuratamente esposte, c'era un grosso strato di polvere.

A.J. si voltò verso di lui con gli occhi spalancati.

«Non volevo che diventasse un santuario» disse Devlin guardandosi in giro. «Ma dovevo mettere tutta questa roba da qualche parte perché continuava ad accumularsi, e con la mia mania dell'ordine, lo è diventato comunque. Adesso è più che altro un mausoleo.»

«Tutte queste fotografie» si meravigliò A.J., concentrandosi su una in particolare. Era di Devlin e Mercy alle qualificazioni. Si ricordava di averli visti dalle tribune quel giorno. «Io c'ero qui.»

Devlin la raggiunse. «È stato molti anni fa. Una vita fa per me.»

«E vi ho visto quando avete vinto questa» disse, avvicinandosi a una delle medaglie incorniciate. Era come ricordare una parte della sua stessa storia. «Ero rimasta incantata a osservare te e...»

A.J. smise di parlare ma continuò a guardare.

«Grazie per avermela mostrata. Mi sono sempre chiesta dove fosse finito tutto» disse, dopo aver terminato di esaminare il contenuto della stanza.

«Questa è la prima volta che vengo qui da... Dio, sembra un'eternità. Per molto tempo, ho fatto addirittura fatica a passare davanti alla porta.» Devlin si avvicinò alla sella afflosciata sul pavimento e la raccolse. «Non sai quanto tempo ho trascorso su questa.»

La ripulì dalla polvere e la sistemò con cura.

«Questo era tutta la mia vita» le disse. «Dall'alba fino alla sera tardi, montare e gareggiare erano le uniche cose che contavano. Non mi importava di nient'altro.»

Quando la guardò, la sua voce assunse un tono stridente. «Ed è per questo che ti sto dicendo di fare un passo indietro.»

A.J. si accigliò di colpo. «Non hai vinto tutti i trofei e le coccarde perché hai mollato. Hai lavorato sodo. Hai fatto dei sacrifici.»

La sua risata era amara. «Eccome se ne ho fatti. Ho sacrificato la mia compagna, maledizione.»

«Non dire così.»

«È la verità. La mattina dell'incidente, ho portato Mercy fuori per un giro di riscaldamento che sapevo benissimo non era in grado di sostenere. Il giorno prima saltando aveva abbattuto un ostacolo e si era ricevuta in modo strano, ma io mi sono detto che stava bene.» La sua voce diventò quasi un sussurro. «Ho scelto di forzarla perché tutto quello che volevo era vincere quella maledetta coppa un'altra volta. L'ho uccisa per una maledetta coppa d'argento.»

Lo sguardo di Devlin si spostò come un proiettile sui quattro trofei in argento sterling delle qualificazioni che erano appesi alla parete. Un'emozione fredda, simile all'odio, si dipinse sui lineamenti del suo viso mentre il senso di colpa lo assaliva.

A.J. gli si avvicinò, accarezzandogli il braccio.

«Posso dirti che non ne è valsa la pena ma so che non mi crederai» le disse.

«Ma certo che ti credo!»

«Allora stai mentendo a te stessa. Questo sport è pericoloso, ma ogni giorno, quando entri in campo con Sabbath al limite dell'esaurimento, fai sì che lo sia ancora di più.»

A.J. gli prese le mani e le avvicinò alle labbra. «Non voglio che ti preoccupi. Posso farcela.»

«Non sono solo preoccupato. Sono frustrato e arrabbiato perché sto cercando di salvarti da te stessa.» Rilasciò un respiro con asprezza. «Il che è inutile. Se qualcuno avesse cercato di frenare me, nemmeno io lo avrei ascoltato.»

«Devlin, io sono forte e determinata ma non metterei in pericolo quello stallone. Mi prendo cura delle sue zampe in modo così scrupoloso. Sto così attenta...»

Lui stava scuotendo la testa. «Non capisci proprio, non è vero? Non si tratta solo di Sabbath. Si tratta di te.»

«E io ho bisogno di farlo.»

«Cosa pensi che succederebbe se non partecipassi alle qualificazioni? Che non ci sarebbero altri trofei da vincere? Altre gare? Non ti fissare così tanto su quello che accadrà fra tre settimane da dimenticare che c'è un anno intero pieno di eventi a cui partecipare. Non deve succedere tutto insieme.»

«Ma sei stato tu a dirmi di non ritirarmi dall'altra gara. Sei stato tu a farmi recuperare la concentrazione dopo che Marceau ci aveva insultato. Perché adesso mi stai dicendo di fare un passo indietro?»

«Perché non hai un bell'aspetto.»

«Grazie» disse offesa, e si allontanò. «Solo perché non indosso la divisa da gara, pensi che non possa farcela.»

«Questo è un colpo basso e lo sai. Oltretutto, quello che ti sto dicendo è di rallentare, non di rinunciare.»

I loro occhi si incontrarono e Devlin sperò di averla fatta ragionare, ma quando A.J. si voltò verso la vetrata, capì che non avrebbe cambiato idea.

«Cosa farai se andrò avanti?» gli chiese alla fine.

«Ti amo» le rispose. «E ti ho fatto una promessa. Io non vado da nessuna parte.»

Vide le spalle di A.J. rilassarsi.

«Non posso farcela senza di te, Devlin.»

«Allora non chiedermi di stare a guardare mentre ti distruggi.»

«Sono molto più forte di quanto pensi.»

Si avvicinò e Devlin sentì le sue braccia cingergli la vita. Accettò il suo corpo che si stringeva a lui, cullandola, augurandosi di poterla proteggere.

Nel suo cuore, pregò che portarla alle qualificazioni non li avrebbe separati.

Devlin e A.J. tornarono alla scuderia in un silenzio carico di tensione, che cercarono di camuffare con una conversazione banale. Chester aveva appena finito di governare lo stallone e stava mettendo via le spazzole.

«Tu torni in piscina» A.J. comunicò a Sabbath. «E questa volta, ti bagnerai i piedi.»

«Hai intenzione di farlo entrare nella riviera?» le chiese Devlin.

«È il mio obiettivo. Più lo esponiamo all'acqua, meglio è. Cosa c'è di più vicino di quattro zoccoli nella vasca?»

«Ma fa freddo.» Devlin rimase in silenzio per un momento. «Aspetta. Se andate a nuotare, credo di avere quello che vi serve.»

«Oh, no» disse Chester. «Quegli affari da palombaro no.»

A.J. gli lanciò un'occhiata incuriosita. «Che affari da palombaro?»
«Sono piuttosto indescrivibili.»
Devlin tornò con un paio dei più brutti, inguardabili stivali scafandro in PVC che lei avesse mai visto. Erano grandi, verde militare, e puzzavano in modo tremendo.
«Mi stai prendendo in giro.»
«Non c'è niente da ridere.»
«Su questo hai ragione.»
«Se vuoi saperlo sono stati fatti apposta.»
«Con dei vecchi sacchi dell'immondizia?»
«Vedrai che poi mi ringrazierai» le disse, passandoglieli.
«Solo se sarò obbligata.»
A.J. se li appoggiò addosso e poi provò a infilare un piede dentro. Era come entrare in una pozza di fango volontariamente.
«Aspetta. Ti devi togliere gli stivali» disse Devlin. «Vanno indossati solo con un paio di calzettoni.»
«E con una benda sugli occhi, se nei paraggi c'è uno specchio» disse Chester.
Con una parolaccia, A.J. si levò gli stivali da lavoro. «Anche perdere un po' di autostima di sicuro aiuta.»
Quando li tirò su, la vita le arrivava alle ascelle e dovette tirare le bretelle al limite. Mentre provava a camminare, il tessuto di gomma in eccesso penzolava facendo un rumore che ricordava un pesce sul fondo di una barca.
«Puzzano come un paio di vecchie scarpe da ginnastica» disse, arricciando il naso.
Chester rise. «Quando li hanno fatti, hanno voluto essere sicuri di offendere tutti i cinque sensi. Per una questione di correttezza.»
«Mi sento come se indossassi il pannolone dell'incredibile Hulk.»
«Basta con le battute» intervenne Devlin. «Ti terranno asciutta e questo è ciò che conta.»
«D'accordo, allora muoviamoci. Con il passare del tempo queste cose peggiorano.»
Liberò Sabbath che era ancora legato e lo vide ispezionare rapidamente il suo nuovo abbigliamento. Sembrava che stesse dicendo 'Mi stai prendendo in giro?'.
«Non iniziare» gli disse. «Tra pochi minuti tu sarai così nervoso che non ti accorgerai nemmeno di quello che ho indosso.»
A.J. e Devlin raggiunsero il campo con lo stallone e lo lasciarono

libero per qualche minuto. Dopo che si era sfogato, A.J. gli attaccò una lunghina e lo portò verso l'acqua, proteggendo meglio che poteva il braccio infortunato. Grazie al duro lavoro di quei giorni, riuscì a farlo stare sul bordo della vasca, ma non appena gli chiese di entrare nell'acqua con lei, si impuntò.

Lo fece voltare dall'altra parte, poi si avvicinarono di nuovo. E di nuovo. Alla fine lo stallone cedette, e provò ad allungare una zampa anteriore e a toccare l'acqua mentre A.J. era dentro la vasca. Poi immerse un altro zoccolo, ma il resto si oppose al battesimo del fuoco. Con le zampe anteriori allargate, aveva quasi tutto il peso sugli arti posteriori e i muscoli enormi tremavano, pronti a contrarsi e a spingerlo indietro nell'istante in cui la paura avesse preso il sopravvento.

E presto lo fece.

Con un nitrito frenetico e una manovra così brusca che sorprese anche A.J., lo stallone provò a scappare. Il risultato fu disastroso. In preda al panico cercando si uscire dall'acqua, Sabbath ottenne il risultato opposto: perse l'equilibrio e finì con tutti e quattro gli zoccoli, e anche un po' di più, nella vasca. L'incidente provocò un violento schizzo d'acqua che lo spaventò ancora di più e bagnò A.J. dalla testa ai piedi, mentre lei si sforzava di tenerlo.

«Direi che può bastare» gridò Devlin dalla sua postazione alla staccionata.

«Non abbiamo ancora finito.»

«Sei fradicia.»

«Grazie, non me ne ero accorta.» Sorrise per addolcire le sue parole. «Ma dobbiamo fare un altro tentativo.»

I tentativi diventarono molti. All'inizio lo stallone si rifiutò di avvicinarsi alla riviera. Avendo ricevuto conferma delle sue paure grazie alla confusione da lui stesso creata, era più che deciso a restare asciutto e distante. Ma le parole dolci e la pazienza di A.J. lo convinsero. Sabbath si stava preparando a mettere di nuovo una zampa dentro quando A.J. notò che Devlin stava camminando verso di loro. Fece spostare Sabbath per dargli una tregua, infastidita dall'interruzione.

«Che c'è?» gli chiese, cercando di nascondere il suo tremore.

«È ora di andare.»

«Solo un ultimo...»

«Basta. Sei più bagnata del fondo di un lago.»

«Stiamo facendo dei pro... progressi» disse a fatica con i denti che sbattevano come nacchere.

«Hai le labbra viola.»

«Mi... mi donano?»

Lo sguardo di Devlin era una chiara sfida. Questa è la tua opportunità di dimostrare di essere responsabile, diceva.

«D'accordo» mormorò, e portò il cavallo fuori dal campo.

Rientrata alla fattoria, A.J. era nuda davanti allo specchio del bagno, e stava sollevando il braccio sopra la testa. Era un test che faceva regolarmente, non appena aveva un momento di privacy. E ogni volta, cercava invano un miglioramento, una riduzione della rigidità e del dolore.

Fece una smorfia e diede le spalle allo specchio. Devlin era al piano di sotto a preparare la cena e un profumo di verdure saltate in padella si levava dalla cucina. Entrando in camera, guardò il letto che condividevano, ricordandosi di tutte le volte che avevano fatto l'amore.

Le tornò in mente la conversazione nella stanza dei trofei e le si strinse il cuore. Giorno dopo giorno, faceva sempre più appello alla forza di volontà per affrontare gli sforzi fisici. E con il passare del tempo, le bugie raccontate a Devlin si accumulavano, alzando la posta in gioco. Rendendosi conto di quanto stava rischiando, le vennero i sudori freddi. Era convinta che se fosse riuscita a tenere duro, lui non si sarebbe accorto dell'infortunio e non avrebbe mai saputo dell'inferno che stava passando. Così non si sarebbe preoccupato. E non avrebbero dovuto litigare riguardo al suo allenamento.

Ma se non ce l'avesse fatta? Cosa sarebbe successo se il dolore fosse arrivato a un punto in cui non sarebbe riuscita più ad andare avanti?

Si raccolse i capelli e cominciò a vestirsi.

Ho abbastanza energia per arrivare alle qualificazioni, si disse ancora una volta. Devo avercela per forza.

«Sei pronta?» le disse Devlin dal piano di sotto.

«Sono quasi vestita.»

«Peccato.»

A.J. sorrise.

E poi prese altri due antidolorifici.

15

Una settimana dopo, Sabbath stava cercando di ottenere una sospensione della pena, disperato come una platessa in una vasca di squali.

«Non sto scherzando» stava dicendo A.J. «Forza, l'hai già fatto prima.»

In piedi in quindici centimetri d'acqua ghiacciata che aveva cominciato a odiare, A.J. tirava la lunghina. Le colava il naso, non sentiva più la punta delle dita nonostante i guanti, e aveva i piedi bagnati. Il che era un mistero. Benché controllasse spessissimo se c'erano dei buchi negli stivali scafandro, non ne trovava mai nessuno. Avrebbero dovuto essere impermeabili, ma le calze fradice raccontavano una storia diversa.

Ecco quel che si dice una brutta combinazione, pensò, guardando com'era vestita. *Quest'affare è orribile e inutile.*

Lo stallone allungò uno zoccolo anteriore come se stessero per amputargli la zampa e lo immerse con un'espressione disgustata. Proseguì con l'altro zoccolo, poi si fermò, controllando se A.J. facesse sul serio. Quando lei si addentrò ancora di più nella vasca, Sabbath rilasciò uno sbuffo profondo e la seguì, immergendo anche le zampe posteriori. Nell'acqua insieme, con A.J. che gli accarezzava il collo e contemporaneamente anche l'ego, il magnifico stallone sembrava disperato. Ma non cercò di scappare.

È la svolta per cui abbiamo lavorato così sodo, pensò A.J. *Anche se sarebbe più appropriata se ti stessi insegnando a nuotare.*

Nonostante i progressi, era difficile non sentirsi frustrata. Considerato che dovevano ancora provare a saltare la riviera, non erano al punto in cui avrebbero dovuto essere.

Starnutì.

Però era molto più vicina a prendersi la polmonite.

Mentre faceva uscire Sabbath dall'acqua, decise di assecondare il suo sguardo implorante e di riportarlo alla scuderia. Stavano per lasciare il campo quando vide Devlin arrivare a bordo del pick-up, dopo essere stato a far riparare il cassone. Lui la salutò con la mano e andò ad aprirle il cancello. Avvicinandosi a Devlin, A.J. pensò che il rumore dell'acqua negli stivali scafandro e gli starnuti sembrassero una brutta banda musicale d'accompagnamento. Eppure, quando sollevò gli occhi verso di lui, il suo sguardo le provocò una sensazione di calore.

«Com'è andata oggi?» le chiese.

«Più o meno come al solito. Molto tempo nella riviera, e neanche un po' nell'aria che c'è sopra. Guardando il lato positivo, proverà a entrare nella squadra olimpica di nuoto. Con tutta l'acqua che riesce a spostare, ha la vittoria nei cento metri farfalla in tasca.»

Camminarono insieme verso la scuderia.

«Ho in testa questa immagine di noi alle qualificazioni» stava dicendo A.J. «Nel bel mezzo del percorso, Sabbath si ferma ed entra nella riviera perché è quello che gli è stato insegnato.»

La testa di Chester spuntò dalla selleria.

«Guarda chi c'è, Esther Williams e Fernando Lamas» disse.

«Direi piuttosto i fratelli Marx» mormorò A.J., mentre faceva entrare lo stallone nel box. Cominciò a slegare il sottosella inzuppato.

«Credo sia ora di saltare la riviera» disse a Devlin.

«Sono d'accordo. La paura è diminuita notevolmente quindi è probabile che riesca a mantenere la calma.»

«Allora è deciso, domani.»

Devlin le passò una coperta che A.J. buttò sulla schiena dello stallone e la allacciò sotto la pancia. Dopo essersi occupata di Sabbath, uscì in corridoio e si tolse le orrende bretelle, sollevata all'idea di liberarsene. Sentendo gli stivali scafandro piombare a terra, pensò che anche loro fossero ansiosi di non rivederla più. Non poté evitare di lanciare loro un'occhiataccia.

Devlin la aiutò a uscirne, e guardò le sue calze bagnate.

«Quando li indossavo io non passava mai l'acqua.»

«Forse tu gli piacevi di più.» Andò ad appenderli nella selleria augurandosi di averli indossati per l'ultima volta.

Raggiunse Devlin, che stava discutendo con Chester delle condizioni della staccionata intorno al campo, parti della quale avevano bisogno di una mano di vernice.

«Ci penso io la settimana prossima» disse Chester. «Prima che faccia troppo freddo.»

«Buona idea.» Devlin controllò l'ora. «Allora, andiamo a mangiare?»

«Io non vengo» rispose l'uomo con tono felice.

Devlin lanciò al groom un'occhiata sospettosa.

«Perché mi stai guardando in quel modo, ragazzo?»

«Sei fin troppo allegro per qualcuno che ha appena rifiutato una cena.»

«Vado al bingo stasera.»

«Sono quasi dieci anni che vai al bingo e hai sempre mangiato qui comunque.»

«E allora?»

«E non hai mai avuto quell'espressione contenta prima di andarci.»

«Non so a cosa tu ti riferisca. Non si può avere voglia di passare una serata a giocare in pace?»

Devlin si voltò verso A.J. «Ti rendi conto che sta rifiutando un pasto e lo fa con un sorriso stampato in faccia?»

Lo sguardo di A.J. si fece amorevole e indulgente mentre si posava sul groom.

«Un momento» disse Devlin. «Cosa diavolo sta succedendo qui? Non avrai un appuntamento galante o roba del genere?»

«E se pure fosse?»

«Stai davvero uscendo? Con un'altra persona?»

«Non c'è bisogno di dirlo come se fosse una specie di miracolo. Non è così incredibile che una signora possa subire il fascino del mio charme e del mio gusto nel vestire.»

Devlin rise e diede una pacca sulla spalla all'amico. «Congratulazioni! Chi è la fortunata?»

«Solo la più bella ragazza del mondo.»

«Mi stai mettendo le corna?» disse Devlin ad A.J.

«Be', in effetti Chester ha un certo non so che. Il suo cibo è ben abbinato ed è pratico di carriole.»

«La mia ragazza si chiama Margaret Mead» annunciò Chester assaporando il suono di quelle parole.

«Margaret della casa d'aste?»

«Già.»
«Allora quando la inviti qui a cena?»
«Vuoi farle i raggi X come se fosse in vendita, per caso?»
«Devo controllarle i denti.»
A.J. starnutì di nuovo. «Vi lascio finire di discutere, io vado a farmi una doccia calda. Ti auguro una splendida serata, Chester.»
«Puoi contarci.»
«Allora come vi siete conosciuti?» stava chiedendo Devlin mentre lei se ne andava.
Non appena rientrò alla fattoria, salì al piano di sopra per andare in bagno. Prima di tutto si tolse le calze bagnate. Poi accese il riscaldamento, aprì l'acqua e cominciò a spogliarsi. Mentre sbatteva i denti e notava che le unghie erano diventate di un grigio allarmante, si chiese se avrebbe mai avuto caldo di nuovo.
Nel sollevare il braccio provò una fitta, e solo dopo numerosi tentativi riuscì a sfilarsi il dolcevita dalla testa. Lamentandosi, cercò di sciogliere i muscoli del braccio mentre ne valutava l'ampiezza del movimento. Nonostante fosse trascorso molto tempo da quando era caduta, la situazione non era ancora migliorata. Forse era addirittura un po' peggiorata, se doveva essere del tutto onesta.
Frugando nel beauty-case, tirò fuori il contenitore delle pastiglie alle quali si era abituata ad affidarsi con una regolarità scoraggiante. Sentì il peso leggero del flacone, e dopo aver tolto il tappo, notò con sorpresa che era quasi vuoto. Ne rovesciò il contenuto sul palmo della mano, e dopo aver mandato giù le ultime capsule bianche, lo buttò nel cestino. Era la seconda confezione che finiva quella settimana e si era fatta un appunto mentale di comprarne un paio non appena fosse passata in farmacia.
Mentre aspettava che la vasca si riempisse, andò alla finestra e guardò il campo.
Domani dobbiamo assolutamente superare la riviera, pensò.

Il giorno seguente, dopo un allenamento completo agli ostacoli, A.J. fece fare dietrofront a Sabbath e lo posizionò davanti alla riviera. Le pulsava il braccio e si chiese se avesse fatto bene a lasciare quel salto per ultimo. Lo stallone era sempre più calmo verso la fine della sessione, ma lei era sempre più provata.
Spostò le redini nella mano sana e allungò di nascosto il braccio, cercando di sciogliere i muscoli. Sotto di lei, lo stallone cominciò a

trottignare sul posto, con gli zoccoli che sfregavano la terra. Sollevò la testa e soffiò un'esplosione d'aria. Stringendo i denti, A.J. si mise in posizione e diede gamba.

Sabbath si lanciò in avanti, verso la riviera. A.J. sentiva la sua tensione aumentare, tuttavia lo stallone non scartò e avanzò con una falcata piena e decisa. Si avvicinarono con una buona velocità, e che fosse perché aveva acquistato sicurezza o per un impulso del momento, comunque saltò. Non in modo elegante, né rilassato, non con stile. Ma arrivarono dall'altra parte tutti interi.

A.J. si era preparata a un rifiuto di Sabbath e a un suo tuffo nell'acqua. Invece, era rimasta piacevolmente sorpresa quando aveva visto la riviera passare sotto di loro.

«Così si fa!» gridò Devlin mentre A.J. portava Sabbath al canter intorno al campo. Chester, in piedi vicino alla staccionata, stava applaudendo.

Dopo un altro paio di tentativi, lo stallone, a disagio ma senza rifiutarsi, cominciava a superare l'acqua con sufficiente fiducia per atterrare in modo un po' più fluido. Esercitando una leggera pressione sulle redini per fermarlo, A.J. pensò che avrebbe dovuto sentire la gioia esplodere dentro di sé per il risultato ottenuto. O un sollievo incredibile, se non altro.

Invece non sentiva niente. Certo, abbiamo superato la riviera, si disse, ma stiamo giocando in casa e il pubblico è rappresentato solo da Devlin e Chester. Cosa succederà in mezzo al caos delle qualificazioni?

Condusse Sabbath verso Devlin, con espressione cupa.

«Non giudicheranno lo stile» le ricordò. «Ma solo il fatto che arriviate dall'altra parte tutti interi.»

«Abbiamo solo sei giorni. Ci serve più tempo.»

«Questo vale per ogni partecipante che scende in campo.»

«Lo so.» A.J. smontò e si tolse il cap. «È solo che nel nostro caso sembra valere più che in altri.»

«Guardami.»

Alzò gli occhi verso di lui.

«Dovresti essere orgogliosa di te stessa. Hai fatto uno splendido lavoro.»

Sentì la sua mano accarezzarle la guancia. Spostò il viso verso il palmo, cercando la sua pelle con la bocca.

«Sai, quanto a incoraggiamento sei piuttosto bravo» gli disse dolcemente.

«Sto solo cercando di rendere felice la mia donna.»

Le sfregò il labbro inferiore con il pollice, lentamente. Mentre continuavano a discutere del piano per le qualificazioni, A.J. si mise a pensare al momento in cui sarebbero finalmente rimasti soli. Il pomeriggio precedente, Devlin era entrato nella vasca da bagno con lei, l'aveva stuzzicata e provocata finché non ne aveva potuto più e avevano fatto l'amore tra le bolle di sapone e il profumo di lavanda. Non era finita lì. Avevano trascorso le ore prima di cena storditi dal piacere finché la fame non si era fatta sentire, obbligandoli a scendere al piano di sotto in cerca di cibo. Troppo impazienti per cucinare, avevano mangiato polpettone freddo e carote crude a lume di candela, con la sensazione che quel pasto fosse un banchetto senza paragoni.

A dimostrazione del fatto che la passione è il miglior condimento, pensò A.J. Nessun intingolo avrebbe retto il paragone.

«A.J.?»

«Scusa?»

«Un penny per i tuoi pensieri.»

Sorrise.

«Puoi averli gratis se li fai diventare realtà di nuovo.» Il suo sguardo era pieno di ardenti promesse.

Devlin si avvicinò, e il suo corpo emanava segnali inequivocabili. «Dimmeli. Voglio sentire le parole uscire dalla tua dolcissima bocca.»

Sabbath agitò la testa, piantando una zampa.

Guardando la sua espressione di disapprovazione, scoppiarono a ridere.

«Non sopporta che la tua attenzione divaghi» disse Devlin mentre lasciavano il campo.

«Sembra proprio che voglia i miei occhi sempre su di lui.»

«Conosco quella sensazione.»

Due giorni prima delle qualificazioni, A.J. andò alla villa per prendere alcune cose da indossare alla gara. Aveva lasciato quasi tutto quello che indossava ai concorsi nella sua vecchia stanza e c'erano un paio di stivali in particolare che stava cercando.

Da quando Sabbath era riuscito a superare con successo la riviera, c'erano stati dei progressi. Adesso riuscivano ad affrontare l'acqua durante il percorso, ma c'erano ancora dei problemi. Non appena si trovavano davanti quell'ostacolo, qualunque ritmo avessero, Sabbath lo interrompeva, rallentando l'andatura. Anche se quel fatto non avrebbe rappresentato un problema nella prima manche, se fossero arrivati al barrage, poteva pregiudicare il loro risultato.

E poi c'era la questione del braccio. A.J. era seriamente preoccupata che il rigore della gara avesse la meglio su di lei. Dal punto di vista della resistenza, la sua efficienza in sella dipendeva da quanto Sabbath si opponeva ai suoi comandi e da quanto dolore riusciva a sopportare. Era un'equazione nella quale avrebbe voluto avere un ruolo maggiore. L'ibuprofene poteva aiutarla solo in parte, e A.J. sapeva di non potersi aspettare un recupero miracoloso, né che Sabbath si sarebbe comportato da perfetto gentiluomo.

Mentre apriva la porta della sua camera, stava pensando al bagno caldo che si sarebbe concessa più tardi.

Non appena entrò, rimase pietrificata.

Per una frazione di secondo si chiese se si fosse persa. O se avesse perso la testa del tutto.

Il pavimento era disseminato di scatoloni riempiti alla rinfusa con trofei e coccarde che prima erano appesi alle pareti. I cassetti del comò erano aperti come bocche spalancate, mostrando magliette e pantaloni. Nemmeno il letto a baldacchino era stato risparmiato, i teli sfilati dalle aste che erano state svitate e giacevano a terra.

In uno stato di stordimento, A.J. mise un piede sopra una pila di libri e si diresse verso il bagno. Era nelle stesse condizioni.

Sbalordita, entrò nella cabina armadio, sollevata che almeno le divise da concorso fossero ancora appese e ben stirate. Prese due giacche e un paio di camicie inamidate e raggiunse un angolo buio dove teneva gli stivali che stava cercando. Mise con cura i vestiti in un portabiti e richiuse bene la lampo, come se volesse proteggerli.

Attonita, si sedette sul letto, chiedendosi cosa fare.

Il che, di per sé, era già un cambiamento.

Solitamente, il suo primo istinto sarebbe stato correre per il corridoio, girare due volte a sinistra e una a destra e picchiare contro la porta di Peter finché non le avesse risposto, o scardinarla a mani nude. Solo lui poteva essere l'autore di quel caos. Nessun altro avrebbe avuto il fegato di cacciarla dalla sua stessa stanza.

Ma, seduta tra le rovine della sua camera, non voleva andarlo a cercare. Voleva solo andarsene.

Poi Peter si presentò alla sua porta.

«Non mi aspettavo di vederti qui» disse, entrando. Indossava la sua solita uniforme casual, dai colori marroni. «Scusa per il disordine ma domani vengono a dipingere la stanza.»

Non sembrava molto dispiaciuto.

«Dove hai intenzione di portare tutta la mia roba?» gli chiese. «E quando pensavi di dirmi che ti stai trasferendo qui?»

«Gli imbianchini metteranno tutto in soffitta. E non c'è niente da dire. Te ne sei andata di tua spontanea volontà.»

«Perché lo stai facendo?» Era più curiosa che ferita.

«È solo una questione estetica. La vista da qui è migliore che dalla mia camera, perciò mi prendo questa.»

La fissò, in attesa di una reazione. A.J. pensò che sembrasse impaziente.

«Be', spero che ti goda il panorama» disse, scendendo dal letto e prendendo il portabiti e gli stivali. «Io l'ho sempre fatto.»

Quando cercò di passargli di fianco, lui le sbarrò la strada.

«Tutto qui?»

«Cosa intendi?»

«Te ne vai così?»

«È molto più invitante che litigare con te.»

«Prima non lo è mai stato.»

«È questa la vera ragione per cui lo hai fatto? Eri in cerca di una litigata?»

«No. Ma me la aspettavo.»

Ci fu una lunga pausa.

«Allora?» incalzò. «Non hai niente da dirmi?»

«No. Davvero niente.»

Strizzò gli occhi. «Cosa ti prende?»

«Deve esserci qualcosa che non va in me solo perché non voglio discutere?»

«Non è la A.J. che conosco e a cui volevo bene» disse in tono sarcastico.

«Evidentemente le cose sono cambiate.»

«Ah, ora capisco. I tuoi orizzonti si stanno aprendo. Sei una donna nuova. Suppongo che McCloud ti abbia insegnato che c'è dell'altro oltre alla posizione del missionario, giusto?»

A.J. rimase a bocca aperta. «Quando dici queste cose, mi ferisci davvero. A dirla tutta, molte delle nostre discussioni mi hanno ferita. Hanno ferito entrambi.»

Peter rimase in silenzio e le sembrò di vedere una luce diversa nei suoi occhi, oltre alla rabbia e alla frustrazione. Quel dolore era qualcosa che aveva provato anche lei. Decise di cogliere l'opportunità per provare a parlargli.

«Peter, quand'è stata l'ultima volta che hai fatto qualcosa che ami davvero?»

«Scusa?»

«Tu non sei felice al maneggio» disse, mettendo giù il portabiti e gli stivali. «Non lo sei mai stato.»

«Solo perché non penso che lo sterco di cavallo sia un profumo non significa che non sia bravo nel mio lavoro. O ti sei dimenticata della piccola promozione che mi ha dato tuo padre?»

«Non ho detto che non sei bravo in quello che fai. Penso solo che sia un modo sciocco di passare la tua vita, intrappolato in un lavoro che odi.»

«Cosa c'entra questa storia con la tua stanza? E io non sono intrappolato!»

«Credo che c'entri assolutamente con questo. Sembri infelice.» A.J. scrollò la testa. «Sai quanto sono felice io di alzarmi al mattino? Non vedo l'ora di scendere nelle scuderie, sentire l'odore del fieno e il suono degli zoccoli nei box. Mi sveglio ogni mattina ringraziando di avere la possibilità di vivere il mio sogno e vado a letto ogni sera, anche se il giorno è stato pieno di fallimenti, aspettando con ansia di ricominciare. Non riesco a immaginare come sarebbe passare la giornata odiandone ogni minuto.»

Peter grugnì, e A.J. osservò la sua frustrazione montare ed emergere dalla punta delle dita, mentre cominciava ad agitare le monete che aveva in tasca e picchettare sullo stipite della porta.

«Questo non funzionerà» mormorò. «Non mi convincerai con paroline dolci a rivelarti qualcosa di me che potrai usare in un secondo tempo. Sto facendo un ottimo lavoro al maneggio. Ho trasformato quei criceti giganti in profitto per tuo padre. Potrà anche averti messo su un piedistallo, ma ci sono io alla guida e ho tutte le intenzioni di rimanerci.»

«Io non voglio dirigere le Scuderie Sutherland. Io sono un'amazzone, non una donna d'affari. Oltretutto, tu sei fantastico in quello che fai.»

Il suo fratellastro smise di agitarsi.

«Cosa diavolo ti ha trasformato in Glinda, la strega buona?»

«Diciamo solo che le mie priorità sono cambiate. Questo non significa che per certi versi non mi sia divertita a battibeccare con te in tutti questi anni. Per quanto dolorose, certe discussioni sono state davvero eccezionali.»

Si lasciò andare a una piccola risata. «Puoi dirlo forte.»

«Peter, non so se saremo mai amici, ma una cosa la so: sono pronta a smettere di essere tua nemica.»

La fissò a lungo, e A.J. sapeva che la stava studiando, confrontando le sue nuove parole con il loro passato.

«Parla con me» incalzò. «Per una volta nella vita, parliamo.»

Peter si guardò in giro, soffermandosi sugli scatoloni con i trofei e le coccarde di A.J. «Non dovevi più essere qui quando io mi sono trasferito.»

«Hai ragione. Avrei dovuto portare via le mie cose. Ormai non vivo più qui...»

«No, intendo dopo il loro matrimonio.»

A.J. aggrottò le sopracciglia.

«Prima di risposarsi, mia madre mi chiese cosa pensavo di Garrett. A me piaceva molto e le dissi che andava bene, perciò quando accettò di diventare sua moglie, io avevo dato per scontato che lo stesse facendo per me. Pensai che tu te ne saresti andata così io avrei potuto avere ciò che era mio. Immagina la mia sorpresa quando venni a vivere qui e tu eri ancora in giro. Dio, odiavo vivere nella stessa casa con te. Tu eri la studentessa perfetta, la figlia perfetta, eri perfetta in tutto. Montavi bene, cantavi bene, scrivevi bene. Non solo io non ottenni tutta l'attenzione per me che pensavo fosse parte del pacchetto, ma dovevo anche competere con una maledetta supereroina.»

«Ma tu andavi bene a scuola» disse, sorpresa.

«Non come te. Io non ho mai fatto niente bene come te.»

«Questo non è vero. Tu gestisci il maneggio...»

«Io mi occupo della contabilità, ma sei tu il leader.» Rise duramente. «Sei sempre stata il leader. Mi ricordo che i primi tempi, quando scendevo in maneggio, tutti ti guardavano con rispetto. Avevi la metà degli anni di quei campioni eppure loro *sapevano* che tu eri speciale. Hanno sempre saputo tutti che eri speciale. Persino mia madre.»

«Tua madre mi disprezza.»

«Solo perché Garrett ama una donna morta più di lei. Mia madre non è mai stata il vero amore di suo marito e non lo sarà mai.»

«Ma loro stanno insieme da molto tempo. Io so che lui la ama.»

«Tuo padre ha una sola stanza in questa casa che è sua. Di chi è il ritratto appeso al muro?» Si mise le mani in tasca. «E per quanto riguarda te, tu sei l'immagine sputata di una rivale che lei non potrà mai battere. Ma questo non le ha impedito di usarti contro di me. A volte credo che tu le piaccia più di me.»

«Peter, tua madre ti adora. Non fa altro che tessere le tue lodi.»

«In pubblico, sì. In privato, è più propensa a inchiodarmi al muro. E tu sei il suo martello preferito. Tutti quei trofei,» indicò gli scatoloni «ognuno di essi mi è stato conficcato dentro. Conosco ogni punteggio, ogni trionfo contro le previsioni, ogni manovra leggera che tu abbia fatto. Pregavo che perdessi solo per non doverne più sentir parlare. Quella donna mi ha messo a confronto con te dal giorno che ti ho incontrato, e ti ho odiato per questo.»

«Ma il successo del maneggio...»

«Ogni trimestre, devo andare da lei ed esaminare i conti della Sutherland come se fossi davanti a un consiglio d'amministrazione. Ha sempre temuto che il tuo piccolo hobby fosse troppo costoso per il centro. Sai com'è fatta riguardo ai soldi. Se non ne beneficia lei, è molto sospettosa. Ogni volta che trovavi qualcosa da comprare, un nuovo articolo o una nuova attrezzatura, mi assillava. Ho dovuto renderle conto di ogni centesimo che spendevi, e io lo detestavo. Non sopporto di difenderti.»

«Non ne avevo idea.»

«Lo so. Tu non ti rendi conto di un sacco di cose, sei sempre stata così. La tua vita è un continuo correre da un obiettivo a un altro, senza notare cosa devono fare le altre persone per accontentarti. E adesso che te ne sei andata, non hai idea di quanto sia difficile andare in quel maledetto maneggio. La gente sente la tua mancanza, e dà la colpa a me. Sanno che sono io la ragione per cui ti sei allontanata.» Si fermò. «Ogni giorno, è come camminare in un campo armato e tutte le pistole sono puntate contro di me.»

«Non sapevo che a qualcuno importasse che me ne sono andata.»

«Certo che gli importa. La metà delle persone in quel maledetto posto è innamorata di te, e l'altra metà vorrebbe essere te.»

«Non stai parlando seriamente.»

«Te lo assicuro, ho passato molto più tempo di te a esaminare la tua vita.»

A.J. lo fissò con gli occhi sgranati. Era scioccata dalle sue riflessioni e da quello che le sue parole rivelavano su di lui. Era molto più consapevole di quanto lei pensasse o di quanto lo ritenesse capace.

«Non credevo che fossi così... intelligente» disse.

«Lo prendo come un complimento.»

«Lo è.»

«Be', grazie.» Ci fu una lunga pausa. «La gente sente molto la tua mancanza al maneggio.»

«Questo mi sorprende. Insomma, io cerco di essere gentile con tutti ma non faccio uno sforzo particolare per piacere agli altri.»

«Le persone sono sempre state attratte da te.» Peter spostò il peso e si appoggiò allo stipite della porta. «Sai tutti quegli uomini al maneggio? Quelli con cui hai trascorso tutto quel tempo ad allenarti? Venivano sempre da me, per sapere come potevano fare per uscire con te.»

«Ma nessuno me lo ha mai chiesto» disse A.J., ricordandosi i sabati sera passati in casa. «Tu cosa gli dicevi?»

«Semplice» rispose. «Che sei lesbica.»

Ci fu un momento di silenzio e poi scoppiarono entrambi a ridere.

«Questo spiega molte cose» disse A.J.

«C'è qualcos'altro che dovresti sapere. Sono stato io a convincere Garrett a mettermi a capo del maneggio. È qualcosa di cui mi pento. Dopo che te ne sei andata, tuo padre è entrato in depressione. Mia madre incolpava me per averlo reso infelice e per aver mandato via una delle stelle delle Scuderie Sutherland. Mi dispiace di aver fatto pressione su tuo padre in quel modo. Mi dispiace davvero. E mi dispiace di averti buttato fuori.»

«Grazie» disse con dolcezza. «Vorrei solo che ne avessimo parlato molto prima.»

«Sai una cosa? Anch'io.» Si guardò in giro. «Senti, riguardo alle tue cose...»

«Non ti preoccupare. Avrei dovuto toglierle io quando me ne sono andata.» A.J. raccolse i suoi vestiti. «Tornerò a prenderle.»

Peter fece un passo indietro, uscendo in corridoio.

«Se non ti vedo prima del concorso, buona fortuna. Sinceramente.»

«Grazie.»

Dopo un momento di imbarazzo, A.J. se ne andò. Mentre si allontanava dalla villa, si sentiva ottimista riguardo alla loro conversazione. Era stata del tutto inaspettata, anche se era necessaria da tempo. Un presagio, sperava, delle belle cose che sarebbero arrivate per entrambi.

«Allora il tuo fratellastro non è orribile quanto pensavi?»

Devlin si stava infilando i pantaloni del pigiama di flanella mentre A.J. si metteva a letto.

«No, non lo è per niente» rispose, guardandolo con un sorrisetto.

«Perché fai quella faccia?»

«Quello è lo stesso pigiama che indossavi la prima sera che sono arrivata qui.»

Strinse il cordoncino in vita e lo legò contro lo stomaco muscoloso. «Ah sì?»

«Ho pensato che fossi incredibilmente sexy quando hai aperto la porta. Non riuscivo a credere ai miei occhi quando ho visto il tuo corpo al chiaro di luna. Mi sono sciolta.»

Gli occhi di Devlin si riempirono di desiderio.

«Davvero?» disse, avvicinandosi pianissimo.

A.J. annuì, rispondendo alle scintille che stavano scoccando tra di loro. «E credo che tu sia sexy anche adesso.»

«Sai cosa farò?» Devlin allungò una mano, appoggiando un dito sul labbro inferiore. Con un movimento lentissimo, lo fece scendere giù verso il collo fino alla clavicola.

«Cosa?» domandò A.J., ansimando.

Tirò via la mano di colpo. «Andrò in bagno a lavarmi i denti. C'era molto aglio in quella salsa alle vongole.»

A.J. cominciò a ridere.

«E poi, quando tornerò, comincerò a baciarti partendo dai piedi e salirò percorrendo ogni centimetro del corpo.»

Con la voce affannata, gli disse di sbrigarsi.

Mentre attraversava il corridoio ed entrava in bagno, il corpo di Devlin fremeva all'idea di quello che sarebbe successo. Avvicinandosi al lavandino, aprì l'armadietto e prese un tubetto di dentifricio tutto pressato. Quando non ne uscì niente, sapeva di essere l'unico responsabile. Era da qualche settimana che continuava a strizzarlo e adesso quell'affare era stritolato e deformato, e si rifiutava di lasciar andare quel poco rimasto. Imprecando, lo arrotolò dal fondo, spingendo dal basso verso l'alto, poi lo appoggiò sul bordo del lavandino e premette con il palmo, finché non riuscì a coprire le setole con un quantitativo striminzito di dentifricio.

Si chinò per buttare via il tubetto e rimase paralizzato quando notò qualcosa che lo turbò. Si piegò e raccolse un flacone vuoto di ibuprofene tra il filo interdentale e mucchi di fazzoletti. Nell'ultimo periodo ne aveva visti molti nella pattumiera. Mettendo insieme le scoperte apparentemente non collegate, l'ansia crebbe.

A.J. stava sfogliando impaziente l'ultima copia di *Horse Illustrated* quando Devlin arrivò con il flacone vuoto.

«Questo cos'è?» le chiese.

A.J. alzò gli occhi.

«Perché ti sei messo a rovistare nel cestino?»

«Perché stai prendendo così tante pastiglie?»

Ci fu una pausa.

«Trovi una boccetta vuota...»

«Non è la prima. Cosa sta succedendo?»

«Niente. E non guardarmi così. L'ultima volta che ho controllato, quella roba non era una sostanza vietata.» Si rimise a guardare la rivista, girando la pagina in modo brusco. «Non c'è nessun pericolo.»

«Perché ne prendi così tante?»

«A volte dopo l'allenamento mi sento indolenzita. Non c'è niente da dire.»

«Credo che tu mi stia mentendo.»

A.J. buttò via la rivista. «Non c'è niente di cui preoccuparsi.»

Ci fu un lungo silenzio.

«D'accordo» disse Devlin alla fine. «Come vuoi tu.»

Si voltò e se ne andò. Sentendolo scendere al piano di sotto, A.J. perse il contegno e affondò il visto tra le mani.

Posso farcela, si disse mentre il senso di colpa e la frustrazione si impossessavano di lei. Posso farcela. Posso farcela.

Erano così vicini alle qualificazioni. Mancavano meno di quarantotto ore. E poi avrebbe potuto dire di aver preso lo stallone che nessun altro riusciva a controllare e di averlo portato fino a quel concorso. Si ripeté che quell'impresa sarebbe stata, in tutto e per tutto, un risultato di cui poteva essere fiera. Qualcosa che poteva ritenere suo. E che la sensazione di avercela fatta l'avrebbe ripagata di tutta quella pressione.

Sarà così.

Quando Devlin tornò di sopra, A.J. aveva spento la luce ed era sdraiata sul fianco, a guardare i prati oltre la fattoria immersi nella luce della luna. Sentì il letto abbassarsi mentre Devlin si infilava tra le lenzuola e fu sollevata quando allungò una mano verso di lei. Le loro dita si intrecciarono.

«Ti amo» le sussurrò.

«Anch'io ti amo» rispose A.J., desiderando con tutta sé stessa che le qualificazioni fossero già alle loro spalle.

16

BOREALIS HUNT AND POLO CLUB, diceva il cartello discreto. Era scritto in nero su uno sfondo verde e nero, a malapena leggibile. Sotto, la didascalia INGRESSO RISERVATO AI SOCI era in bianco, molto leggibile. L'entrata del club si intonava al cartello. Sobria, con un paio di colonne in pietra e qualche cespuglio potato con cura. La guardiola, però, non lo era.

«Eccoci di nuovo nella terra dei prescelti dal cuore di ghiaccio» disse Chester, facendo riferimento ai suoi membri aristocratici.

Quando il van si fermò davanti alla postazione di controllo, uscì un uomo dall'aspetto scontroso con un'uniforme verde e nera. Sporgendosi dal finestrino della cabina, Devlin mostrò le giuste credenziali che furono esaminate meticolosamente. Mentre gliele restituiva, il vigilante si accorse di A.J. Sul suo viso spuntò un sorriso cordiale.

«Ma buongiorno!»

«Buongiorno» disse lei. «Come sta?»

«Bene, bene. Passate pure, e buona fortuna» disse con un cenno della mano.

«È sorprendente cosa si riesce a ottenere con una bella ragazza» disse Chester. «Ogni anno passo da quel cancello sentendomi un criminale. Pensavo che quell'uomo non sorridesse perché gli mancavano i denti davanti.»

«Essere soci ha i suoi privilegi» disse Devlin a bassa voce.

Chester si voltò verso A.J. «Tu fai parte di questo club?»

«Sì, ma ci vengo solo ogni tanto a cavalcare.»

«È un posto notevole.»

«Sì, ma solo per le brioche al miele con le noci. Il cibo è troppo cotto, in stile inglese, ma con il forno, be', ci sanno davvero fare.»

«A pranzo ci sarà un gran viavai di pane bianco.»

A.J. forzò una risata e guardò Devlin con la coda dell'occhio. Il suo profilo era duro come il marmo, il suo bel viso teso. Provò una stretta al cuore rendendosi conto che, nonostante fossero seduti fianco a fianco, Devlin le mancava come se non lo vedesse da giorni. Da quando aveva trovato il flacone di pastiglie vuoto, le cose non erano andate bene. Non era ancora riuscita a trovare il modo di parlargli della distanza che si era creata tra loro, e di dirgli quanto le facesse paura il suo atteggiamento distaccato.

Si voltò di nuovo verso il finestrino. Stavano percorrendo un viale serpeggiante costeggiato da una fila di querce, che saliva per quasi un chilometro. In cima alla strada maestosa, la club house dominava il paesaggio, dimostrandosi all'altezza delle aspettative. Era una struttura imponente, dalle linee formali e maestose che dicevano molto sulle radici della storia americana e sulla ricchezza dei suoi fondatori. Costruita alla fine del XVIII secolo, quell'opera monumentale aveva un ingresso solenne, impreziosito da colonne corinzie e da un portico. Dal corpo centrale, composto di tre piani altissimi, partivano due ali a forma di L. C'erano lunghe vetrate su ogni lato, portali affiancati da persiane nere che risaltavano contro le assi in legno bianche che rivestivano i muri. E intorno all'edificio, i prati ondeggianti si estendevano a perdita d'occhio.

Dietro alla club house c'erano le scuderie, i campi di allenamento e i paddock, e un campo da polo, che ogni anno veniva usato per le qualificazioni. Lì, in quella vasta distesa pianeggiante di erba perfettamente curata, erano stati disposti gli ostacoli. Da un lato si levavano le tribune verdi e nere. Più tardi sarebbero state occupate dai soci, che erano abituati alla seduta dura del legno e l'apprezzavano, e dagli spettatori, che invece non ci erano abituati né le apprezzavano.

Le tribune inospitali erano solo uno dei tanti modi del club per far sapere che la comodità dei quadrupedi era più importante di quella dei bipedi, a prescindere da quello che poteva suggerire la scala gerarchica dell'evoluzione. Mentre le giumente e gli stalloni avevano box riscaldati e acqua calda per i bagni, fuori dalla club house la gente era obbligata a usare bagni pieni di spifferi e senza specchi, e rubinetti dai quali sarebbero anche potuti uscire cubetti di ghiaccio.

La disparità tra i comfort per gli animali e quelli per gli umani era parte della tradizione del posto e delle qualificazioni. Il Borealis ospitava quello spettacolo dalla sua prima edizione alla fine del XIX secolo, ma era bizzarro che un club famoso per la sua esclusività scegliesse di promuovere un simile evento. L'iscrizione aperta al concorso, che garantiva l'accesso alla gara a qualunque cavaliere professionista, posto che avesse il coraggio di affrontare il famigerato percorso, era un fatto curiosamente democratico per quel posto, considerato che diventare membro del Borealis era pressoché impossibile.

Un'altra incongruenza tra la policy a porte chiuse del club e le qualificazioni era l'attenzione che suscitava l'evento e la conseguente invasione di persone che non ne erano membri. Per un giorno all'anno, degli intrusi varcavano le soglie sacre del Borealis. Questo era causa di non poca costernazione da parte dei soci, molti dei quali sarebbero stati felici di essere gli unici a trarre beneficio da quello spettacolo e di non doverlo condividere con nessuno. Esprimevano il loro malcontento assicurandosi che i forestieri fossero trattati nel modo più inospitale possibile. A prescindere da quanto fossero ricchi o importanti, il regolamento negava agli outsider l'accesso alla club house. Questo significava che c'erano molte persone ben vestite che usavano i bagni delle scuderie, generando ulteriore malcontento tra chi aveva già il sedere indolenzito grazie alle tribune. I non-membri avevano la netta sensazione, seppure non confermata, che i bagni migliori fossero quelli a cui loro non erano ammessi. Ovviamente avevano ragione, e per i soci non c'era niente di più divertente di una donna in abito Chanel che si muoveva a fatica sull'erba per raggiungere un bagno che non avrebbe fatto usare nemmeno al suo giardiniere come capanno per gli attrezzi.

Nelle prime luci del mattino, A.J. notò che il pubblico non era ancora arrivato, anche se la stampa aveva già invaso il posto in massa. Senza perdere tempo, avevano cominciato subito a fotografare i concorrenti, ancora tranquilli nei loro vestiti da lavoro, e i membri del club, molti dei quali sfoggiavano la giacca del Borealis e un'espressione di disprezzo quando venivano avvicinati. Ai loro occhi l'afflusso annuale dei cronisti era ancora più fastidioso dell'arrivo della folla. Se fosse esistito un modo per impedire alla stampa di usare i bagni del tutto, lo avrebbero fatto.

Da questo disdegno era nato il rigido sistema di casta del concorso. In cima c'erano i soci, perché era il loro prato, e il loro atteggiamento tendeva a creare insicurezza tanto nei vincitori di premi Nobel quanto nel proletariato. I cavalli erano al secondo gradino della scala, una posizione che veniva ricordata alla folla ogni volta che si trascinava nelle scuderie e ammirava il lusso di cui godevano gli animali. I cavalieri venivano dopo i cavalli, e molto, molto prima di chiunque altro. Dopo una gara particolarmente fangosa, era stata fatta persino un'eccezione al regolamento. Ai concorrenti era stato concesso l'uso delle docce nella club house.

Si diceva che fosse così che i non-membri avevano scoperto quanto fossero migliori gli altri bagni.

Diversi gradini sotto i cavalieri, parecchio sotto, c'erano i proprietari di cavalli non iscritti al club. E a far loro compagnia, le loro appariscenti mogli o, nel caso di proprietari donne, i loro giovani amanti, più i vari intrusi di turno, che pensavano che camminando sul prato del Borealis avrebbero fatto un passo per innalzare il loro status. L'ultima fermata verso la strada dell'inferiorità era occupata dalla stampa, benché tutti, tranne i soci, facessero solo finta di non sopportarla. I partecipanti di solito volevano essere intervistati, specialmente se vincevano, e i patiti di mondanità volevano essere fotografati. Era per questo che indossavano quegli stravaganti cappelli.

Grazie alla fotografia comparsa di recente sui giornali, e a tutte le conseguenze che aveva provocato, il pensiero di A.J. sulla stampa era più in linea con quello degli altri soci del club, e si sforzò di sorridere mentre i fotografi e i cronisti cominciavano a correre dietro al van delle Scuderie McCloud. Quando Devlin parcheggiò, il covo di arpie li raggiunse e i flash cominciarono a scoppiettare come mortaretti.

«Ti conviene tenerti pronta» disse Chester aprendo la portiera.

«Sabbath amerà questa gente più o meno quanto i maniscalchi» mormorò A.J.

In un attimo, i cronisti cominciarono a farle domande, insinuazioni taglienti che lei ignorò mentre andava a controllare Sabbath nel retro. Si stava chiedendo come avrebbe fatto a tirarlo fuori senza che si spaventasse per tutto quel fracasso, quando il van dei Sutherland le offrì una tregua. Avventandosi come un branco di iene, l'orda corse dietro all'autotreno. A.J. sapeva che sarebbero tornati, perciò doveva agire in fretta.

Lo stallone aveva sopportato bene il viaggio ed era eccitato quando A.J. lo fece scendere dal van, agitando le orecchie mentre gli zoccoli picchiavano sulla rampa. Non appena il mantello risplendette nel sole, un fotografo rilasciò un urlo che scatenò un'altra ondata di attenzione su di loro. Stringendo la lunghina con due mani, A.J. si preparò alla reazione del cavallo, aspettandosi che si impennasse e si avventasse su tutti loro.

Invece, Sabbath guardò con calma dietro la sua spalla e sbatté le ciglia. Mentre lei superava lo shock, lui flirtava con gli obiettivi, e A.J. avrebbe giurato che si stesse mettendo in posa per offrire il suo profilo migliore.

«Per l'amor del cielo, non sei Barbra Streisand» gli sussurrò.

Ma perché diavolo mi lamento, pensò, mentre Chester cominciava a togliergli le fasciature da viaggio. Se proprio Sabbath voleva giocare a fare la star di Hollywood, era sempre meglio che dover ripagare un mucchio di macchine fotografiche rotte.

Quando la stampa finalmente si disperse, A.J. si voltò per cercare Devlin.

«È andato a registrarti» le disse Chester senza che glielo chiedesse.

Sorrise, e cercò di focalizzarsi sul cavallo, ma senza successo. Adesso che avrebbe dovuto concentrarsi sulle qualificazioni, sullo stallone e sul lavoro da svolgere, le preoccupazioni riguardo alla sua relazione erano l'unica cosa che le occupava la mente. La terrorizzava la distanza che c'era tra lei e Devlin, la angosciava l'effetto che quella gara poteva avere su di lui. E si chiedeva quando sarebbero tornati alla normalità.

Si sentiva in trappola. Una parte di lei non vedeva l'ora che il concorso terminasse per risolvere i loro problemi. Ma c'era anche qualcos'altro, una tremenda paura che non ci sarebbe stato più niente da sistemare se avesse aspettato anche quel poco tempo. Da quando le aveva chiesto spiegazioni, due sere prima, Devlin si stava comportando in modo strano. Le parole che le aveva rivolto erano state ponderate, scelte con cura per affrontare una normale conversazione, ma fredde. Tuttavia la cosa peggiore era che di notte non l'aveva più toccata né abbracciata, né le aveva preso la mano mentre camminavano verso la scuderia. I pochi baci che le aveva dato erano stati brevi e frettolosi, solo dei tiepidi bacini sulla guancia.

Era come se l'avesse lasciata pur essendo ancora lì con lei. La solitudine che avvertiva era insopportabile, e l'unica volta che era stata sul punto di tirare fuori il discorso, Devlin se ne era andato di corsa dalla stanza, rinchiudendosi nel suo studio, senza uscirne fino a notte fonda. Sembrava che non volesse farla preoccupare prima della gara, e secondo lei questo significava qualcosa di molto negativo. Forse del genere senza rimedio.

Quel pensiero fu come un pugno allo stomaco.

Mentre svolgeva il rituale della preparazione di Sabbath, provò un terrore che le ghiacciò il sangue come mai le era successo prima.

Devlin camminò tra la folla che aumentava in uno stato di stordimento, portando a termine in modo meccanico la registrazione di A.J. e Sabbath e dando un'occhiata al percorso. Era difficile per lui credere di essere di nuovo lì, e non era il solo a esserne sorpreso. Passando vicino agli altri cavalieri, percepì lo stupore e l'incredulità nei loro sguardi. Li ignorò. Quando dei cronisti gli si avvicinarono, ansiosi di avere una piccola dichiarazione su cosa provasse a trovarsi di nuovo lì, li respinse.

Con profonda amarezza, si rese conto che nessuno aveva la più vaga idea di quello che sentiva realmente. Nessuno aveva capito niente. Lui non era in lutto e non stava pensando al passato.

A.J. gli provocava un dolore al cuore di cui non riusciva a liberarsi. La amava più di qualunque altra cosa al mondo, ma dentro di sé sentiva un gelo assoluto. Una premonizione orribile gli diceva che lei era in rotta di collisione con una catastrofe, e non sapeva come fermarla. Era come avere le mani legate, ed era terribile.

In conseguenza di ciò, si era allontanato da lei pur sapendo che questo l'aveva ferita e confusa. Vedere la tristezza nei suoi occhi lo addolorava, ma non sapeva cos'altro fare. Era sul punto di scoppiare dalla frustrazione e l'ultima cosa di cui A.J. aveva bisogno era un'altra litigata. Creare una distanza tra loro era l'unico modo che conosceva per tenere a freno le sue emozioni ed evitare di caricarla di un peso maggiore mentre stava per affrontare la gara.

Si fermò vicino al campo da polo, con i fogli della registrazione di A.J. stretti tra le mani. Qualche concorrente stava già osservando il percorso da fuori con il suo istruttore. Quando un gruppo gli passò accanto, sentì le loro voci abbassarsi fino a un sussurro. Ignorandoli, cercò di concentrarsi sulla pallida luce del mattino che gli batteva sulla schiena.

Per quanto fosse calda, non poteva offrirgli nessun sollievo contro la morsa fredda delle sue emozioni.

Devlin era grato al torpore. Aveva la sensazione che fosse l'unico modo per arrivare alla fine di quella giornata. Era combattuto tra il desiderio di essere il suo istruttore e il suo uomo, tra la volontà di portare a termine il suo lavoro e quella di prendere A.J. e lo stallone e ritornare a casa tutti insieme.

Si sforzò di concentrarsi sul campo gara e fissò dritto davanti a sé. All'inizio non riusciva a vedere nient'altro che barriere ed erba. Lentamente, però, cominciò a riconoscere gli ostacoli e a ricostruire il tracciato. Il percorso era stato ideato in un modo prevedibilmente insidioso, con pochissimo spazio tra un ostacolo e l'altro. La disposizione compatta significava angoli stretti e l'impossibilità di recupero se un concorrente sbagliava la falcata o perdeva l'equilibrio.

Pensò ad A.J. e Sabbath e tornò al van.

«Lo stallone sta bene?» chiese a Chester, che stava spazzolando il mantello del cavallo.

«Sembra di sì, è più tranquillo della sua ultima uscita in pubblico.»

A.J. spuntò da dietro l'angolo. Ansiosa di capire lo stato d'animo di Devlin, studiò il suo viso. «Ho un buon numero?»

«Il sedici.»

«Si può già fare la ricognizione del percorso?»

«Tra dieci minuti. Ci conviene avviarci.»

«Va bene.»

Quando Devlin si voltò per andare, A.J. notò che aveva il viso contratto, la bocca tesa. Camminarono insieme verso il campo, attirando l'attenzione della gente che ignorarono meglio che poterono.

«Sabbath sembra piuttosto calmo» disse.

Devlin annuì.

«I ferri sono fissati bene. Anche quello che di solito è allentato è strettissimo.»

Non disse niente.

«Devlin, stai bene?» Quando non ricevette risposta, gli mise una mano sul braccio. «Per favore, parlami.»

Si fermò con riluttanza. «Non credo che tu voglia parlare adesso.»

«È da due giorni che sono in agonia. È come se te ne fossi andato. Cosa succede?»

«A.J., questo non è il momento di affrontare il discorso.» Si guardò in giro, incrociando occhiate curiose. «E di sicuro non è il luogo.»

Riprese a camminare.

A.J. lo raggiunse. «Tutto questo deve essere difficile per te, insomma, tornare dopo quello che è successo...»

Si voltò e le afferrò le braccia con forza.

«Per me conti solo tu, d'accordo? Non mi interessa quello che mi è successo l'anno scorso. Io sto pensando solo a te.»

«Se io sono l'unica cosa che hai in testa, perché mi sembri così distante?»

«A.J., lascia perdere. Andiamo a osservare il percorso.»

«No!» sibilò, sforzandosi di tenere la voce bassa. «Accidenti, ti decidi a dirmi cosa sta succedendo?»

L'espressione di Devlin si fece ancora più dura. «Cosa vuoi da me? Hai davvero bisogno di sentirti dire quanto sembri stravolta ed esausta? Io di sicuro non voglio tirare fuori il discorso delle pastiglie che stai prendendo e del fatto che non dormi. Abbiamo già litigato per queste cose e siamo comunque qui, alle qualificazioni. Niente ti ha fatto cambiare idea, e grazie alla tua disciplina, io sono sul punto di impazzire, immaginandomi che quando entrerai in quel campo avverrà il peggio.»

Imprecò accorgendosi degli sguardi rivolti verso di loro. Mentre lasciava cadere le braccia lungo i fianchi, sembrava avere un'espressione sconfitta, che non gli apparteneva.

«A.J., adesso non hai bisogno di ascoltare queste stronzate. Devi pensare solo al percorso, allo stallone e a te stessa.»

«Ma io non voglio che tu sia arrabbiato.»

«Allora fammi un favore. Dimenticati di tutto il resto e pensa alla gara. Allontana tutte le distrazioni. Dovrai fare molta attenzione se vorrai arrivare tutta intera alla fine del percorso e almeno io sarò un po' più tranquillo se so che sei concentrata.» Si passò una mano tra i capelli. «Maledizione, in questo momento dovrei dirti che ammiro la tua forza di volontà e l'impegno e la tua determinazione. È questo che dovrebbe fare un istruttore, accidenti. Ma credo che per me sia più importante saperti al sicuro che vincente.»

«Devlin, io...»

Dall'altoparlante arrivò l'annuncio che il campo gara era aperto per la ricognizione.

«Forza» le disse. «Andiamo.»

«Aspetta. Io...»

«Vuoi essere una campionessa, giusto?» Guardò i partecipanti e gli istruttori dietro di lei che si stavano dirigendo verso gli ostacoli. «Se è così, dobbiamo muoverci.»

Ma A.J. rimase dov'era, immobile. Stava cercando di trovare le parole per fare pace e rassicurarlo, una combinazione magica di sillabe che allontanasse le sue paure e li riavvicinasse.

Si rese conto che non esisteva. A meno che si fosse ritirata. Inconsciamente piegò il braccio.

«Sarai qui quando tutto questo sarà finito?» gli chiese. «Dopo la manche?»

Devlin sembrava esausto. «Ma certo.»

«Voglio dire, sarai davvero qui?» disse, guardandolo dritto negli occhi. «Sarai con me, non solo vicino a me?»

Nel lungo silenzio che seguì, il suo cuore stava per scoppiare.

«Sì, ci sarò.»

Solo a quel punto si incamminò. Devlin la seguì.

Non appena entrarono in campo, senza volerlo, il suo passo rallentò. Le era già capitato di osservare un percorso delle qualificazioni, soltanto che non lo aveva mai fatto con la prospettiva della concorrente.

«La vista è molto più entusiasmante dall'alto» disse, facendo un cenno verso le tribune.

Devlin aspettò che A.J. si ambientasse, ricordandosi della prima volta che aveva visto il tracciato delle qualificazioni da dentro. Le ci volle un po' per abituarsi e non era l'unica a sembrare sotto shock. Solo la metà degli iscritti alla fine decideva di gareggiare. Nonostante l'iscrizione fosse molto salata, ogni anno c'era un alto tasso di rinunce dopo che il campo gara veniva aperto per il giro di ricognizione.

A.J. cercò di fare un bel respiro. Aveva visto ostacoli di quell'altezza e girate altrettanto strette, solo non così tanti nello stesso percorso. Nel complesso erano quattordici salti, inclusa una riviera, e avevano tutti un aspetto minaccioso, con i colori verde e nero del club.

Le cose si facevano da subito difficili con tre oxer in fila, una combinazione brutale che avrebbe smosso il prato sin dall'inizio. Ci sarebbe voluta una girata stretta a sinistra per affrontare l'ostacolo successivo, un muro lungo e basso, che era seguito da un verticale altissimo e altri due oxer. Una curva inquietante a destra precedeva una gabbia di verticali, e una grossa siepe prima della riviera. E subito dopo, i partecipanti avrebbero dovuto effettuare un dietrofront per saltare su una montagnola, dalla quale bisognava lanciarsi giù per superare un verticale con barriere dall'altra parte. Gli ultimi due ostacoli erano separati da una curva a gomito.

Il percorso era all'altezza della sua reputazione.
Forse anche troppo, pensò A.J., fissando dritto davanti a sé.
Fecero il giro due volte, discutendo falcate e angolazioni, e quali erano i punti più pericolosi. Per quanto strano, la riviera non era la sua preoccupazione maggiore. Per pura fortuna, era disposta nello stesso modo di quella su cui si era esercitata di recente. Sabbath si sarebbe trovato a suo agio con l'ingresso dritto e la curva stretta che seguiva. Quello che non la lasciava tranquilla era come avrebbe risposto lo stallone alle girate del percorso con tutti quegli spettatori.
Quando lei e Devlin tornarono al van, le tribune erano al completo, e A.J. notò le prime esponenti dell'alta società. La vista dei capi di alta moda le fece venire in mente la sua matrigna e si chiese dove fosse la sua famiglia. Guardandosi in giro, individuò il van dei Sutherland con facilità. Riusciva a vedere la gente che girava lì intorno, scaricando cavalli che lei conosceva bene. Su una trentina di partecipanti, tre, compreso Philippe Marceau, facevano parte delle Scuderie Sutherland, che a giudizio di chiunque era una buona presentazione. Strizzando gli occhi per la luce del sole, riconobbe la giumenta roana di Marceau che veniva governata da un membro dello staff.
Spostando lo sguardo su Sabbath, pensò che il loro momento era finalmente arrivato. Chester gli stava fasciando le zampe e lei lo studiò per valutarne l'umore. Sembrava allegro ma non particolarmente aggressivo. Si augurò che durasse.
Raggiunta la cabina del van, A.J. prese la sua borsa e i vestiti da gara e andò nel retro per cambiarsi in uno dei box inutilizzati, come aveva fatto la volta precedente. Quando uscì, Devlin era appoggiato al portellone posteriore.
«Sei pronta?» gli chiese serio, osservando la sua mano salire al collo e poi ricadere sul fianco.
«Sì.»
«Come vanno i nervi?»
«Adesso che mi sono messa la divisa meglio.»
«Vuoi chiedermi qualcosa?»
A.J. gli fece un paio di domande sulla strategia di gara e poi discussero degli avversari e del buon comportamento di Sabbath fino a quel momento. Mentre le parlava, Devlin pensò di nuovo che A.J. fosse la donna più bella che avesse mai visto, e probabilmente l'unica che avrebbe mai amato davvero. In piedi sotto la luce del sole e

un cielo azzurro terso che gli ricordava ancora una volta il colore dei suoi occhi, desiderò con tutto sé stesso che le cose fossero diverse tra loro. Che la distanza che li separava non esistesse.

Quando sentirono l'annuncio all'altoparlante che il campo prova era aperto per i partecipanti, A.J. prese il cap e il frustino. «Vediamo se il suo buonumore resiste.»

«Aspetta» disse Devlin. «Ho qualcosa per te, un portafortuna.»

Infilò la mano nella tasca del giaccone e tirò fuori una piccola bustina di velluto. «Chiudi gli occhi.»

Appena A.J. obbedì, Devlin svuotò il sacchetto e poi le mise qualcosa intorno al collo.

«Non dovresti avere bisogno di aprirli per sapere che cos'è» le sussurrò all'orecchio.

Quando le dita di A.J. si avvicinarono per toccarlo, si sentirono a casa.

Spalancò gli occhi e abbassò lo sguardo sul diamante di sua madre.

«Come hai...»

«Ho i miei mezzi.»

«Ma questo l'avevo venduto per pagare i miei debiti.»

«Ho pensato che l'avresti voluto in questa giornata. Possiamo litigare a proposito delle finanze più tardi.»

A.J. guardò la pietra, e vide la luce brillare nelle sfaccettature familiari. «Era di mia madre.»

«Sapevo che doveva avere un significato speciale. Tu non porti gioielli, nemmeno l'orologio, e questo non te lo toglievi mai. Non riesco a capire perché tu l'abbia venduto per pagare i debiti.»

«Era l'unica cosa che avevo che fosse davvero mia.»

«Be', adesso è di nuovo tua. E capisco che sia molto importante per te provvedere a te stessa. Troveremo un modo.»

«Grazie» disse A.J., infilando il diamante dentro la camicia. Le parole non bastavano a esprimere la sua gratitudine. Sperava che l'amore nei suoi occhi facesse il resto.

«Prego.» Devlin esitò, poi le accarezzò la guancia con il dorso della mano. «Vacci piano sugli ostacoli, d'accordo?» le disse con una voce carica di emozione.

A.J. gli strinse il palmo. «Te lo prometto.»

Chester li interruppe. «Che numero siamo?»

«Sedicesimi su diciassette» rispose Devlin, distogliendo a malincuore lo sguardo da lei. «Il campo sarà distrutto, ma almeno sapremo con certezza quali sono i punti che fanno più vittime.»

«Lo sello?» chiese Chester.

Devlin annuì.

Proprio in quel momento, Garrett e Regina superarono la folla e si avvicinarono. A.J. notò che suo padre era a proprio agio tra i cavalli. Era vestito con il pullover del club e un paio di pantaloni scuri in lana e tra i denti stringeva una pipa. Le nuvole del tabacco profumato si sollevavano come una scia dietro di lui. Regina, invece, indossava un completo Ungaro color mandarino. Le scarpe in seta, in tinta con il resto, erano già sporche di terra. Sembrava che si fosse persa e non le piacesse dove l'errore di percorso l'aveva condotta.

A.J. gli andò incontro, sforzandosi di sorridere.

«Buongiorno a tutti» disse Garrett, guardando solo A.J.

Lei si lasciò abbracciare e lo baciò sulla guancia. «Ciao, papà.»

«Sei pronta?» le bisbigliò all'orecchio.

«Credo di sì.»

«E lui?» Fece un cenno verso Sabbath.

«Lo stallone è in gran forma e il suo cuore appartiene a me. Faremo del nostro meglio.»

«A prescindere da come andrà, ti voglio bene.»

«Lo so.»

«Tesoro, sarà meglio andare ai nostri posti» disse Regina dietro di lui. Sembrava pronta a trascinare via suo marito, ma poi notò qualcosa che catturò il suo interesse. «Oh, guarda! Ci sono Winnie e Curt Thorndyke. Lei è stata eletta presidentessa del ballo natalizio del Borealis per il secondo anno di fila. Winnie!»

Sparì tra la folla più in fretta di quanto i tacchi alti le permettessero. Il suo obiettivo assunse un'espressione di abietto terrore e si infilò di corsa in una selleria.

Garrett scosse la testa. «Ti fa anche lei i suoi più sentiti auguri.»

«Grazie.»

«Arlington, so che devi cominciare a riscaldarti. Volevo solo essere sicuro che sapessi che farò il tifo per te dalle tribune. Spero che tu vinca, se è quello che vuoi.»

La abbracciò di nuovo e A.J. fu colpita da quanto suo padre l'amasse. Poi si avvicinò a stringere la mano di Devlin, e lei gliene fu grata. Quella sensazione era ancora forte dentro di lei quando le portarono Sabbath, bardato e pronto ad andare. Pensò di essere fortunata a essere arrivata tanto lontano con lui. Dopotutto, erano alle qualificazioni. E stavano per entrare in campo.

E il risultato quale sarebbe stato? Questo l'avrebbe deciso il destino. Ma lei avrebbe fatto di tutto perché la fortuna la assistesse concedendole di cavalcare meglio che mai.

Con Chester che teneva le redini, Devlin le diede una spinta. I loro occhi si incontrarono e si fissarono a lungo.

Mentre A.J. si sistemava sulla sella, il groom fece un discorsino allo stallone.

«Adesso ascoltami, piantagrane che non sei altro. Ti faccio una proposta. Fai il bravo, sii educato e quando tornerai ti farò trovare un secchio di mangime ad aspettarti. Sei ti comporterai male avrai solo erba secca per il resto del mese.»

Sabbath sbatté le palpebre e fece un piccolo nitrito, come se approvasse la sua proposta.

Il primo cavaliere che scese in campo fu eliminato dopo che il suo cavallo si rifiutò di saltare il muro. L'inizio nefasto si dimostrò profetico. Dei primi otto concorrenti scesi in campo, altri due erano stati squalificati per rifiuto, uno era caduto e tre avevano totalizzato dodici penalità.

Era il genere di concorso-carneficina che ci si aspettava.

Nel campo prova Sabbath era ben disposto, saltava con un buon controllo e stava diventando solo leggermente esuberante con gli altri cavalli. Sembrava accettare quello che A.J. gli chiedeva e per lei questo fu un enorme sollievo, visto che voleva tenere il braccio infortunato a riposo il più a lungo possibile. Aveva preso delle pastiglie subito prima di montare in sella, e fino a quel momento le sembrava di avere abbastanza forza nell'arto, ma più energia riusciva a risparmiare prima che toccasse a lei, meglio era.

Mentre si scaldavano, notò Philippe Marceau al canter con la sua giumenta roana. A.J. aveva saputo che sarebbe entrato per decimo. Come al solito, stava prestando più attenzione agli altri concorrenti che al suo riscaldamento, e mandò ad A.J. diverse occhiate compassionevoli, nessuna delle quali nascondeva bene il suo scopo reale. Concentrandosi su Sabbath, lo ignorò e non guardò nemmeno il suo giro, né controllò il suo punteggio.

Prima di quanto pensasse, Devlin stava accompagnando lei e Sabbath verso il campo gara.

«Stai attenta alla montagnola» disse. «È lì che stanno cadendo tutti.»

A.J. annuì. «Non lasciarmi.»

«Non lo farò.»

L'altoparlante chiamò il suo nome e Sabbath rispose ai suoi talloni. Agitando la coda nera, avanzarono caracollando ed entrarono in campo. Dall'alto, lo speaker annunciò alcuni dei suoi più recenti risultati, con vocali aristocratiche e le 'r' che rotolavano come palline da croquet.

A.J. e Sabbath si presentarono davanti al presidente del club, e A.J. si tolse il cap per salutare lui e la giuria. Un minuto più tardi, sentì la campana e mise lo stallone al canter. Fecero un ultimo giro prima di posizionarsi davanti al primo ostacolo e superare la linea di partenza.

Lo stallone affrontò i primi oxer con una tale grazia che persino A.J., nonostante la concentrazione, riuscì a sentire l'approvazione della folla levarsi. Quando impostò la prima girata, Sabbath non si oppose; al contrario sembrava capire le sue intenzioni, e si ritrovarono in posizione perfetta per il salto successivo. Con una combinazione impressionante di eleganza e potenza, superarono il muro e proseguirono.

Ostacolo dopo ostacolo, la folla si appassionava sempre di più a loro, conquistata dalla forza dello stallone e dal pieno controllo che A.J. aveva su di lui. Osservando dalla staccionata, Devlin sentiva i sospiri del pubblico in contemplazione davanti a ogni salto affrontato con maestria, e sapeva che stava assistendo a un momento storico. A.J. e Sabbath stavano saltando meglio e più velocemente di qualunque altro concorrente, e di qualunque previsione.

Quando si avvicinarono alla riviera, A.J. fece una leggera pressione sulle redini per rallentare l'andatura, concedendo a Sabbath un po' di tempo per tranquillizzarsi. Sentiva la sua esitazione, una leggera tensione nelle zampe, ma lo stallone non si tirò indietro, e quando si levò da terra con una sicurezza sorprendente, superarono l'ostacolo atterrando molto oltre.

Come avrebbe commentato la gente in seguito, era il giro perfetto.

Finché non accadde l'impensabile.

Dirigendosi senza penalità verso gli ultimi tre ostacoli, Sabbath e A.J. si avvicinarono alla montagnola con la piattaforma sollevata seguita dal verticale con barriere. Avevano una buona velocità e la giusta angolazione. A.J. in sella si sentiva sicura. Con gli zoccoli che picchiavano a terra, lo stallone si stava preparando al salto senza incertezze. Ce l'avrebbero fatta.

All'improvviso, un'esplosione di luce colpì il viso di Sabbath. Un fotografo, determinato a ottenere uno scatto del binomio, si era dimenticato di disattivare il flash.

Accecato, lo stallone ruppe l'andatura e si spostò di lato. A.J. cercò di correggere la loro traiettoria buttando il peso nella direzione opposta e tirando indietro le redini. Ma andavano troppo veloce, e la piattaforma si avvicinava in fretta. Sabbath fu costretto a saltare su un angolo, e così atterrarono sull'erba completamente sbilanciati.

Per evitare che affrontasse il verticale da quella posizione e che piombassero a terra con una ricezione che avrebbe messo in pericolo le sue zampe, A.J. tirò indietro le redini, cercando di riportare Sabbath verso la piattaforma. Lo sforzo fu troppo per il suo braccio. Una fitta acuta che partì dalla spalla la paralizzò. Lo stallone si spostò da una parte, per saltare il verticale, e lei venne sbalzata dall'altra, perdendo le staffe.

Spaventata a morte, A.J. sentì che perdeva l'aderenza con la sella, poi osservò disorientata, con un movimento a rallentatore che preannunciava un infortunio, lo stallone che superava l'ostacolo senza di lei. Il suo ultimo pensiero prima di urtare il suolo fu quanto fosse bello Sabbath mentre volava. Atterrò con un tonfo e svenne.

Mentre i soccorsi la raggiungevano, la folla si azzittì sotto shock. Poi un rumore ritmico di colpi invase l'arena. A cominciare dai piedi dei soci del club, e diffondendosi in un'ondata di compassione e rimpianto, tutto il pubblico batté gli spalti, annunciando la terribile notizia. Il rumore si sollevò sempre più forte, finché tutti interruppero quello che stavano facendo, con il cuore in gola. C'era una sola ragione per quel suono, una specie di marcia statica di morte.

Qualcuno era caduto. E non poteva rimontare in sella.

17

Devlin osservò in preda al terrore A.J. cadere dallo stallone. Con un salto, superò la recinzione e corse in campo, subito dietro ai soccorritori. Una paura selvaggia montò dentro di lui mentre i medici facevano le prime valutazioni e le inserivano una flebo nel braccio. Quando la caricarono su una barella, A.J. spalancò gli occhi. Devlin corse al suo fianco e le prese la mano.

«Sabbath?»

Devlin si era completamente dimenticato del cavallo. Guardò dietro di sé e vide che Chester lo aveva già ripreso e lo stava facendo passeggiare lentamente.

«È con Chester.»

«Sta bene?»

Annuì per tranquillizzarla. Non bastò.

«Le zampe?» Cercò di tirarsi su.

Devlin le mise una mano sulla spalla, spingendola giù dolcemente. Non guardò nemmeno lo stallone. «Se la caverà.»

«Puoi assicurarti che Chester lo fasci stretto?»

«Te lo prometto.»

«Il linimento. Quello che puzza...»

«Che odiano tutti e due. Lo so.»

«Arlington!» La voce di Garrett Sutherland si sollevò tra la folla mentre l'uomo correva da sua figlia.

A.J. stava mormorando sillabe incomprensibili.

«Lei è il marito?» chiese un medico a Devlin mentre la caricavano sull'ambulanza.

«Io sono suo padre» intervenne Garrett. «Vado io con lei.»

Devlin aprì la bocca per obiettare, ma lui stava già salendo. Un attimo prima che chiudessero il portellone, A.J. si sollevò dalla barella, gridando il suo nome.

«Ci vediamo in ospedale» le urlò, poi le ante li separarono.

Quando l'ambulanza partì, sentì il mondo che gli crollava addosso. Di nuovo.

Rimasto lì a fissare il vuoto, un flash scattò davanti a lui. Quella scarica di energia lo risvegliò. Nella frazione di secondo in cui la forte luce sfumava, passò da uno stato di shock che lo aveva paralizzato, a una rabbia feroce. Lanciandosi come una furia, agguantò la macchina fotografica dalle mani dell'uomo e la scaraventò a terra.

«Ehi, mi hai spaccato la...» disse l'uomo.

Devlin afferrò il fotografo per la camicia e lo tirò a sé. «Quando trovo il bastardo tra voi che ha fatto partire quel maledetto flash, ci sarà molto più di una lente rotta.»

«Vacci piano, ragazzo.» La voce calma di Chester lo raggiunse in un baleno. «Lascialo andare. Vieni via.»

Devlin spinse via l'uomo. «Levati di torno.»

Senza ulteriori proteste, il fotografo raccolse i pezzi della macchina fotografica e scomparve di corsa. Il resto della stampa indietreggiò.

Devlin si voltò verso Chester, che era lì con lo stallone. Faceva fatica a formulare una frase. «Come stanno le zampe?»

«È zoppo. Anteriore destro. Ma guarirà.»

«Bene, sono contento di non averle mentito.»

Vedendo che Devlin non si muoveva, Chester lo prese per una spalla. «Ragazzo, guardami.»

Devlin fece del suo meglio.

«Ha bisogno di te.»

«Lo so.»

«Allora vai.»

«Come farai a riportare indietro lo stallone?»

«Gli darò io un passaggio.» Devlin e Chester si voltarono sorpresi dalla voce di Peter Conrad. «E potrete usare le nostre attrezzature, se vi servono. Qualunque cosa vogliate, ce l'abbiamo. È tutto vostro.»

«È molto gentile» rispose Chester.

«Lo stallone dovrebbe andarci subito dopo essere stato visitato dal veterinario. Dovrà fare dell'idroterapia già da domani mattina» disse Devlin.

«Chiamerò per avvisare che preparino un box. Sai che l'hanno portata al County, vero?» gli chiese Peter. «Devi prendere la superstrada verso sud...»

«Conosco la strada» disse Devlin.

Peter arrossì. «Ma certo che la conosci.»

Stordito, Devlin salì sul van e percorse i quindici chilometri per arrivare all'ospedale in cui lo avevano portato l'anno prima. Ritornare nel luogo in cui era stato operato e si era ristabilito con difficoltà era così surreale che stentava a crederci. Pensò che dovesse trattarsi di un incubo. Le coincidenze della vita non potevano essere così crudeli.

Quando riuscì a trovare A.J. nel pronto soccorso, un ortopedico le aveva fatto una lastra e stava spiegando l'esito a lei e a suo padre. Il medico lo vide entrare e si interruppe.

«Devlin!» esclamò A.J., allungando la mano. Era seduta su un lettino, con un braccio appoggiato su un cuscino che teneva sul grembo. Andò da lei.

Il dottore riprese a parlare. «La frattura precedente non si era saldata bene. A causa del movimento che ha fatto tirando le redini, l'osso si è rotto di nuovo, provocando quel dolore che ha sentito prima di cadere. Poi, atterrando sopra il braccio, la lesione si è aggravata. Dovremo metterle il gesso, ma dovrebbe essere come nuova tra circa sei settimane.»

A.J. grugnì.

«Ah, vedo che lei è un'amazzone incallita...» disse il dottore mentre annotava qualcosa sulla sua cartella clinica. «Non so come ha fatto a cavalcare con quel braccio. Deve aver provato molto dolore. Quando se l'è rotto la prima volta?»

A.J. alzò lo sguardo verso Devlin e vide il suo viso irrigidirsi. «Sono caduta un paio di settimane fa.»

Il dottore la guardò sorpreso. «E da quant'è che ha ripreso a utilizzarlo?»

A.J. bofonchiò qualcosa, sperando di cambiare discorso.

«Lei è una donna molto forte.» Chiuse la copertina di metallo della cartella clinica. Il rumore risuonò con forza nell'aria tesa. «Tornerò con il gesso.»

«Arlington,» disse suo padre non appena la tenda si richiuse «come hai potuto essere così incosciente?»

Gli bastò ricevere un'occhiata per azzittirsi. Era stato congedato, e lo sapeva.

«Devlin, puoi accompagnarla a casa tu?» disse schiarendosi la voce.

«Certo.»

Salutò suo padre in modo goffo e frettoloso perché era ansiosa di restare da sola con Devlin. Non appena vide Garrett uscire, allungò una mano verso di lui. Le braccia con cui la circondò erano tese, e A.J. ebbe paura.

«Sabbath non si è fatto niente di grave» le disse con tono distaccato. «Chester lo stava fasciando per bene e il tuo fratellastro si è offerto di farci usare l'attrezzatura alle Scuderie Sutherland per la riabilitazione. Gli ho detto di portarlo lì.»

«Devlin?»

Non la guardò. A.J. sentì un peso freddo sul petto.

«Devlin, riguardo al braccio...»

Il dottore e un'infermiera rientrarono nello stanzino.

Un'ora dopo, A.J. stava uscendo dall'ospedale con il gesso e il cuore spezzato.

Durante il viaggio verso casa, Devlin non le rivolse la parola. Quando accostarono davanti alla fattoria, si incamminò verso casa senza aspettarla. Era buio e accese le luci una a una, muovendosi per la casa come un fantasma. A.J. aspettò che si fermasse, con il cuore che batteva come se avesse corso una maratona.

«Devlin, lo so che sei arrabbiato» disse vedendolo uscire dalla sala da pranzo.

«Non sono arrabbiato» rispose.

Osservò il suo viso in cerca di un segno di dolcezza. Non lo trovò.

«Mi dispiace di averti nascosto l'infortunio.»

«Ti credo.»

«Il mio braccio guarirà. Io sto bene. Sabbath si riprenderà presto. Possiamo ricominciare ad allenarci qui...»

«Non qui.»

Quando sentì quelle parole dure, fu come cadere a terra di nuovo.

«Cosa vuoi dire?»

«Gli accordi erano che vi avrei portati alle qualificazioni. L'ho fatto. Adesso dovete andarvene.»

«È solo Sabbath che deve andare via?» gli chiese, con la gola secca.

Le sembrò di aver aspettato una vita quando arrivò la sua risposta.

«No.»

Le lacrime, calde e bagnate, cominciarono a caderle dagli occhi.

«Non puoi parlare seriamente. Non puoi. Non può finire così.»
Stava aspettando che si smentisse, che mostrasse un segnale di incertezza dopo quella durezza. Non ne trovò nessuno.
«Mi hai mentito» le disse. «Mi hai mentito deliberatamente sulle tue condizioni fisiche, e lo hai fatto ancora e ancora. Ogni volta che entravi in campo su quel cavallo.»
«Non volevo che ti preoccupassi per me.»
«Quando facevamo l'amore, e tu eri nuda contro di me, pensavo che niente avrebbe potuto intromettersi tra noi. Quando ti tenevo fra le braccia, e mi dicevi che mi amavi, io ti credevo. Quando ti chiedevo come stavi, io davo per scontato che tu fossi sincera.»
«Devlin, io...»
«Sapevo che qualcosa non andava, ma ero così innamorato di te... Ho voluto credere alle tue parole invece di guardare in faccia la realtà.»
A.J. rimase scioccata, rendendosi conto che aveva parlato al passato.
«Non mi ami più?»
«Non mi fido di te. Non può esserci amore senza fiducia. E peggio ancora, non mi fido più di me stesso. Questa è la seconda volta che ignoro il mio istinto. Dopo Mercy, avrei dovuto imparare la lezione.»
«Oh, dio» mormorò. «Non farlo. Deve esserci qualcosa che posso fare. Qualcosa che posso dire...»
«Adesso esco» le disse. «Quando torno, ti aiuterò a portare le tue cose alla villa. So che il braccio deve farti molto male.»
Le passò accanto per raggiungere la porta. E se ne andò senza voltarsi.
Mentre cadeva in ginocchio nell'ingresso, tormentata dal senso di colpa e dal dolore, A.J. scoppiò in un pianto a dirotto. Abbandonandosi al dolore, provò per la prima volta una sofferenza così profonda che pensò l'avrebbe ridotta in mille pezzi.

18

Un mese più tardi, Devlin uscì dalla fattoria per prendere il giornale che era atterrato sull'erba ghiacciata. Mentre si voltava per rientrare, guardò sopra di sé. Nuvole grigie avevano oscurato il sole, e il vento freddo agitava gli alberi spogli che si muovevano con rigidità contro il cielo scuro.

Non aveva alzato lo sguardo perché era interessato al tempo. Stava ignorando di proposito le scuderie. E il campo. E i paddock e i sentieri.

Ma si sentiva comunque intrappolato dalla loro vicinanza.

Tuttavia, grazie alla telefonata che aveva fatto il giorno prima, le cose sarebbero cambiate. Stava per mettere in vendita la proprietà. L'agente immobiliare era entusiasta dell'incarico e gli aveva assicurato che non ci sarebbe voluto molto a trovare un acquirente, nonostante si trattasse di una grossa cifra. Voleva concludere le cose in fretta, anche se non era sicuro di dove si sarebbe trasferito. Stava considerando un posto lontano, sia da un punto di vista geografico che spirituale. Ad esempio la California. O le Hawaii. Dopotutto, aveva molti soldi e niente radici. Era libero di andare ovunque volesse.

Be', di certo era libero di scegliere di andarsene, ma non dal peso che sentiva dentro di sé.

Il fantasma del suo amore per A.J. lo perseguitava, notte e giorno, tra le tenebre e alla luce. Pensava a lei ogni momento, quasi al punto di esserne ossessionato, cercando di accettare quello che li aveva separati. Si sentiva tradito e infelice. Oltre al dolore per essere stato ingannato, era ancora arrabbiato per non aver considerato i rischi che stava correndo. Gareggiare con un braccio in quelle condizioni era stato imprudente. Pericoloso. Avrebbe potuto ferirsi ancora più gravemente. Avrebbe potuto...

Scosse la testa. Basta, si disse. Ci aveva già pensato troppe volte.

Rientrato in casa, chiuse la porta dietro di sé per non fare entrare il freddo. Il fuoco che aveva acceso alle quattro del mattino, quando si era messo a vagare per la casa senza meta, si era spento, ma la brace emanava ancora calore. Si sedette a osservare il bagliore rosso, buttando il giornale sul tavolino. Dopo aver fissato il vuoto, interruppe i suoi pensieri prima che diventassero ancora una volta troppo angoscianti. Per distrarsi, aprì l'*Herald Globe*, cercando di riempire la luce vuota del giorno con qualcosa. Qualunque cosa.

Quando raggiunse le pagine sportive, trasalì

A fissarlo, da una fotografia sfocata, c'era A.J.

Divorò l'articolo con una voracità dolorosa.

A.J. aveva deciso di non denunciare il cronista il cui flash aveva accecato lo stallone. Ma non era quella la cosa sconvolgente. Voleva vendere Sabbath. E si ritirava dalle competizioni.

Rilesse quelle parole all'infinito. Gareggiare era la cosa più importante della sua vita. E adesso stava abbandonando tutto?

Chiamò Chester, che aveva seguito lo stallone dai Sutherland. A parte il fatto che era l'unico groom da cui Sabbath si lasciava avvicinare, alle Scuderie McCloud non c'era più lavoro. Un'altra volta.

«Sì, chi è?»

«Ches, dimmi che non ha davvero deciso di smettere» disse Devlin. Non poteva credere che fosse vero. Dopo tutto quello che avevano fatto con lo stallone, tutti i progressi di A.J. Tutto quello che lei aveva sacrificato. Come la loro relazione.

«Allora hai letto l'articolo.»

«Perché lo fa?»

«Ha perso la grinta.»

«Ma è brava. Non posso credere che voglia mollare. Il braccio non è guarito?»

«Il braccio va bene. Dice solo che non ha più gli stimoli. Ma resterà alle Scuderie Sutherland. Il fratellastro se ne è andato. Si occuperà della gestione, ma non vuole mai più partecipare a un concorso.»

«Ma lei ama gareggiare.» Devlin stava scuotendo la testa, incredulo. «E lo stallone? Lei ama Sabbath.»

«Quell'animale ha il cuore spezzato. Non vuole mangiare. È ridotto uno straccio.»

Ci fu un lungo silenzio.

«Ches, se andassi da lei, pensi che mi parlerebbe?»

«Dipende da quello che hai da dirle. Vuoi che le dica che hai intenzione di andarci?»

Ma Devlin aveva già riagganciato.

Qualcuno bussò alla porta dell'ufficio e A.J. alzò lo sguardo dalla scrivania.

Il suo ufficio. La sua scrivania.

Il pronome possessivo le faceva ancora uno strano effetto. Era da un paio di settimane che era lì, ma stava ancora cercando di abituarsi al suo nuovo lavoro.

«Avanti» disse.

Uno dei groom infilò dentro la testa. «Quando viene il veterinario?»

«Domani mattina. Che succede?»

«Sleeping Beauty ha avuto un'altra colica.»

«Stai scherzando?»

«Non ha toccato il cibo e gira intorno al box.»

«Accidenti. Sarà meglio chiamare il proprietario. Johnson c'è?»

«Sta montando Juggernaut. Dovrebbe tornare tra poco.»

«Quando arriva, digli che ho bisogno di parlargli. Se Beauty è KO, dovremo cambiare il programma del pomeriggio.»

«Va bene, capo.»

«Grazie.»

Appena la porta si richiuse, A.J. girò la sedia e guardò fuori dalla finestra, verso gli alberi spogli. Era arrivato l'inverno. Al mattino c'era uno strato di ghiaccio sul terreno quando andava a lavorare, e aveva cominciato a indossare il parka nelle scuderie. Stavano anche usando il campo coperto per gli allenamenti.

Decise di andare lei a cercare Johnson, perciò si alzò dalla sedia e si mise il giaccone. Con il gesso, vestirsi era un processo complicato in cui non sembrava fare progressi. Nelle ultime quattro settimane, aveva sviluppato un odio nei confronti di quel peso morto e non vedeva l'ora di sbarazzarsene. Più del fastidio fisico, quel gesso le ricordava cose a cui non sopportava di pensare.

Aveva la mano sulla maniglia quando sentì di nuovo bussare.

«Johnson, Beauty è fuori uso per oggi...»

Appena aprì la porta, rimase senza fiato.

«Devlin.»

Pensò che si trattasse di un sogno.

Nelle prime settimane della loro separazione, tutte le volte che qualcuno aveva bussato alla porta, che il telefono aveva squillato, che un van era arrivato al maneggio, A.J. aveva pensato che fosse lui. Le delusioni l'avevano torturata finché finalmente, molto di recente, ci aveva rinunciato. Perdere la speranza era stato un colpo terribile, ma almeno non sentiva più l'agonia del rifiuto in ogni momento di ogni singolo giorno.

Quando sbatté le palpebre e lui era ancora davanti a lei, gli chiese: «Cosa ci fai qui?»

Devlin non le rispose subito. Invece, A.J. sentì il suo sguardo che si muoveva su di lei come se stesse cercando di imprimerla nella sua mente.

«Ho sentito dire che vendi Sabbath.»

«È così.»

«Perché?»

«Non monto più e lui merita di continuare a saltare.»

«Perché hai deciso di smettere?»

«Sei venuto qui solo per interrogarmi?»

Pregava che le rispondesse di no.

Ci impiegò molto prima di parlare.

«Sono venuto per farti cambiare idea perché non puoi smettere di gareggiare e sprecare il tuo talento. Ma adesso che sono qui... sembra che ci siano così tante altre cose da dire.»

A.J. gli fece segno di entrare e richiuse la porta.

«Bell'ufficio» disse.

Mentre Devlin si guardava in giro, lei aspettò che parlasse osservandolo con desiderio. Era così attraente il modo in cui si muoveva, e notò che si era da poco tagliato i capelli. Ripensando a quando gli aveva passato le mani tra le onde scure sentì una fitta al cuore così forte, che dovette chiudere gli occhi per resistere al dolore.

«Come va il braccio?» le chiese.

«È quasi guarito.»

«C'è un motivo per cui non puoi più montare una volta tolto il gesso?»

«No, ma non ha importanza.» Girò intorno alla scrivania. Si mise a sedere. Giocherellò con una penna per distrarsi e non dirgli che l'amava.

«Fra quanto te lo tolgono?»

La frustrazione prese il sopravvento su di lei.

«Senti, Devlin, non sono sicura del perché tu sia venuto, ma se non arrivi al dunque, comincerò a gridare. Mi fa troppo male stare nella stessa stanza con te, perciò prima finisce questo supplizio, meglio è. Sei venuto per riaprire una porta o per chiuderla definitivamente?»

Devlin si voltò lentamente verso di lei.

«Gareggiare era tutto per te e adesso vuoi smettere. Perché?»

«Non puoi gareggiare senza sentire il fuoco.»

«Tutti i tuoi sogni...»

Il dolore la fece esplodere.

«Cosa vuoi? Sentirti dire che perdere te mi ha fatto detestare lo sport che amavo e tutto quello che volevo dimostrare a me stessa gareggiando? Che mi pento amaramente di non averti detto del mio stupido braccio? Che vorrei poter rifare tutto dall'inizio? Queste cose sono tutte vere, ma preferirei evitare di entrare nei dettagli, se non ti dispiace. Mi manchi. Vorrei che fossi ancora nella mia vita ma sto andando avanti. Perché è l'unica cosa che posso fare.» Scosse la testa con tristezza. «Senti, è meglio che tu vada.»

Ma Devlin non se ne andò. Rimase lì, a guardarla negli occhi intensamente, mentre la sua espressione si trasformava in un mix di dolore e tensione. Il cuore di A.J. cominciò a battere forte mentre osservava il suo cambiamento.

E poi si avvicinò a lei. Quando le porse la mano, A.J. la guardò incuriosita, incapace di rifiutare quel gesto. Poi Devlin si chinò e la strinse, avvolgendola tra le sue braccia e ricordandole quanto le fosse mancato quel paradiso. Sentire le sue spalle larghe contro la guancia, l'odore pungente del suo dopobarba, la forza del suo corpo, fu travolgente. Restando rigida, pregò di non crollare e pensò quanto fosse ingiusto da parte sua avvicinarsi. Cercò di spingerlo via.

«Hai già chiuso la nostra storia una volta» disse A.J. con la voce spezzata. «Non chiedermi di affrontarlo di nuovo.»

Devlin mormorò qualcosa e la tenne stretta.

«Lasciami andare.»

«Non posso» disse scandendo le parole.

Il cuore di A.J. si arrestò mentre si chiedeva se lo avesse sentito bene. «Cosa?»

«Non posso lasciarti andare. Non posso.»

Dentro di lei il timore e la felicità battagliarono. Aveva un bisogno disperato di credergli, ma aveva paura di soffrire ancora.

«Oddio, quanto mi sei mancata» disse Devlin contro i suoi capelli. «Cercare di starti lontano è stato insopportabile. Ti sogno, e non riesco a dormire. Ovunque mi giri in casa, vedo la tua ombra. Ho messo in vendita il maneggio, perché l'unico modo per non vederti era andare via.» Fece una risata nervosa. «Anche se mi sto rendendo conto adesso che non sarei riuscito ad andarmene.»

A.J. si allontanò con la forza. «Devlin, cosa stai dicendo esattamente? Io... io non ce la faccio a leggere tra le righe. Mi fa troppo male.»

«Quando ho visto il giornale questa mattina, non riuscivo a crederci. So quanto significhi per te gareggiare, e di colpo, vuoi abbandonare tutto? Ero allibito. Ho pensato di venire a farti cambiare idea ma adesso sto accorgendo che era solo un pretesto.» Allungò un braccio e le prese le mani. «Dopo aver scoperto che mi avevi tenuto nascosto l'infortunio al braccio, ero arrabbiato, specialmente perché così facendo avevi avuto un altro incidente. Mi sono chiesto cos'altro mi stessi nascondendo. Mi sembrava di non potermi più fidare di te. Di noi. Maledizione, perché non mi hai detto che stavi così male?»

A.J. cercò di spiegarglielo con voce titubante. «Quando ho ricominciato ad allenarmi dopo essere caduta la prima volta, e mi sono resa conto che il braccio non era guarito, avevo paura di dirtelo. Ho ripensato alla litigata che c'era stata perché non era voluta andare dal medico. Temevo che avresti preteso che mi ritirassi dalle qualificazioni.»

Devlin scosse la testa per il rimorso. «Mi dispiace di aver perso la calma quel giorno. Mi sono fatto trascinare dalle emozioni e quello è stato uno sbaglio. Ma non sopportavo di vederti soffrire.»

«Devlin, è stato stupido da parte mia non dirti la verità. Mi sentivo una persona terribile. Mi dispiace davvero tanto. E non ho mai mentito su nient'altro. Devi credermi.»

A.J. osservò la sua mano sollevarsi e poi sentì le sue dita accarezzarle la guancia. «Ti credo.»

Ci fu un lungo silenzio, poi le disse: «Non posso stare senza di te. Ti amo. Ho bisogno di te nella mia vita.»

Le lacrime le inondarono gli occhi e mentre si abbracciavano non riusciva a parlare. La sola cosa che riusciva a fare era stringerlo, e giurare a sé stessa che non lo avrebbe mai più lasciato andare. Stretti l'uno all'altra, petto contro petto, fianco contro fianco, A.J. sentì il battito del cuore di Devlin contro la sua guancia, il calore del corpo di lui filtrare nel suo, le sue mani che le accarezzavano la schiena e i capelli. Quando le mise il dito sotto il mento, A.J. sollevò le labbra per incontrare il suo bacio, dolce, delicato, una dichiarazione d'amore.

«Non venderlo» sussurrò Devlin.

Si tirò indietro sorpresa.

«Sabbath è il tuo cavallo. Nessun altro sarà in grado di montarlo come te.»

«Stai dicendo che dovrei tornare a gareggiare?»

«È la cosa che ami. Quello per cui sei nata.»

«Ma come puoi...»

Devlin la baciò, affogando le sue parole. Questa volta la sua bocca si mosse con passione, la lingua entrò accarezzando la sua con un desiderio che A.J. contraccambiò con trasporto.

«Voglio tutto di te. E questo significa anche lo stallone, e le gare. Non sto dicendo che non ci scontreremo più ma so che possiamo trovare un modo per risolvere qualunque cosa. Il nostro amore è abbastanza forte. Di questo sono sicuro» le disse appena le loro bocche si separarono.

A.J. chiuse gli occhi per trattenere le emozioni che si affollavano dentro di lei. Sentiva gratitudine, sollievo, felicità. Quando lo guardò, si portò la mano di Devlin alle labbra, baciandola prima di parlare.

«Perderti, e sapere di esserne responsabile, è stata la cosa più difficile che abbia mai dovuto affrontare in vita mia.» Fece una risata amara. «Non so. Forse dalle qualificazioni ho ottenuto quello di cui avevo bisogno. Anche se non è finita come mi aspettavo o come volevo, mi sento cresciuta. Non basta separarmi dalla mia famiglia o scendere in campo su un cavallo spettacolare. Se voglio essere presa seriamente, devo essere più assennata. Smetterla di comportarmi in modo impulsivo e irresponsabile. Capisci cosa voglio dire?»

«Sì.»

A.J. si sentì riscaldare dal rispetto e dall'amore che brillavano negli occhi di Devlin.

«E sono pronto ad allenarti, se vuoi. Credo che potremo essere un'ottima squadra» le disse.

«Anch'io» rispose, mentre premeva le labbra contro le sue.

***

Due settimane dopo si sposarono in una chiesetta sulle colline della Virginia. Chester, il testimone di Devlin, indossò uno smoking per la prima volta nella vita. Gli piacque così tanto che dichiarò di voler gettare via la salopette. Margaret disse che lo amava con o senza la fascia dello smoking. Carter Wessex, la cugina di A.J., prese dei calmanti per salire su un aereo per la prima volta in dieci anni e li raggiunse dal sito archeologico in cui si trovava. L'occasione, a suo dire, era più importante della sua paura. E Garrett accompagnò sua figlia all'altare con sguardo sereno, ma un peso sul cuore perché la madre di A.J. non gli era mai mancata tanto come in quel momento.

Peter fu una grossa sorpresa. Dopo l'incidente di A.J., aveva mollato il lavoro, era andato via dalla villa e si era trasferito in un attico a New York. Aveva fatto tutto nel giro di tre giorni, e prima ancora di avere una linea telefonica funzionante, aveva firmato con un agente perché lo rappresentasse come attore. Sia il trasferimento che l'agente si erano rivelati due ottime decisioni. Gli piaceva la vita della grande città e aveva appena scoperto di essere stato scelto per entrare nel cast di una importante soap opera e interpretare un cattivo che la gente avrebbe amato odiare. Quando raccontò la novità ad A.J., disse che il ruolo di Brock O'Rourke in *Le ali del destino* sarebbe stato complicato, ma considerato tutto quello che loro due avevano passato, aveva il personaggio in tasca.

In chiesa, Peter si sedette davanti, e per la prima volta a dire di tutti, c'era qualcuno al suo fianco che non fosse sua madre. La donna che lo accompagnava era una morettina, con un bel sorriso e gli occhi vispi. Una consulente finanziaria, che amava la vita mondana; l'aveva incontrata a una mostra. Regina l'aveva odiata all'istante.

Sarebbe stata una battaglia ad armi pari, aveva detto Peter ad A.J.

Dopo i festeggiamenti, e il ricevimento al Borealis Club, gli sposi tornarono alla fattoria. Mentre oltrepassava la soglia tenendo A.J. in braccio, Devlin schivò gli scatoloni con le cose di lei che erano stati consegnati il giorno prima, e poi la portò di sopra nella loro camera da letto. Lì, le tolse il velo e aprì uno a uno, i circa cento bottoni di perle che erano sulla schiena del vestito da sposa della madre di A.J. Quando finì, fece scivolare a terra i metri di raso che le coprivano il corpo e poi si tolse i suoi vestiti per restare nudo con lei.

«Sei bellissima» le disse piano, accarezzandole le scapole con le labbra. A.J. sentì le sue mani sulla vita che la tiravano verso di lui. La pelle di Devlin era morbida, il suo corpo duro. «Adesso che sei mia moglie, ho bisogno solo di un'altra cosa per essere completo.»

«Che cosa?» gli chiese ansimando.

Devlin indietreggiò e le sfilò le forcine che aveva tra i capelli, lasciando che le onde si liberassero dallo chignon. «Si può sapere per cosa stanno le tue iniziali?»

Le loro risate riempirono la stanza.

«Non hai guardato sulla licenza di matrimonio?»

«Ero accecato dall'amore. Allora?»

«Non ci crederai.»

«Mettimi alla prova» disse, mentre l'ultima forcina cadeva sul pavimento. Affondò il viso tra i suoi capelli ora sciolti sulle spalle.

«La A sta per Arlington.»

«Non male. Meglio di molte altre parole che cominciano con questa lettera.» Il suo sorriso era pieno di calore.

Lei gli lanciò un'occhiata severa. «È il nome della città in cui sono nata.»

«Così è più facile da ricordare.»

«La J invece sta per *Juniperus*.»

Devlin si bloccò, incredulo. «Ginepro? Ti hanno dato il nome di un cespuglio?»

«È una gran bella pianta, un arbusto resistente.»

«E il nesso sarebbe...?» le chiese ridendo.

«Credo di essere stata concepita sotto uno di quelli.»

«Questo sì che è avventuroso.»

«Non ho fatto molte domande.»

«Mi sembra giusto.»

Gli occhi di Devlin la osservarono con un desiderio e un amore che la riempirono di felicità. Sentendo la sua mano sulla nuca che la spingeva verso di lui, lo baciò con trasporto. La passione li incendiò mentre i loro corpi si scioglievano, i loro cuori battevano forte e il sangue scorreva veloce nelle vene.

Quando non ebbero più fiato per continuare, Devlin si tirò indietro e mormorò contro la sua bocca: «Qualunque siano le origini, credo che A.J. ti stia bene. È un nome forte, per una donna forte.»

«Io sono più forte con te» gli disse con dolcezza. La lingua di Devlin scivolò nella sua bocca facendola gemere, e lei si aggrappò alle sue spalle, graffiandogli la pelle con le unghie. Mentre le sue labbra scendevano verso il basso per baciarle il collo, A.J. lasciò cadere indietro la testa. «E pensare che è cominciato tutto per un cappellino da baseball» mormorò.

Piegandosi per baciarle i seni le lanciò un'occhiata confusa.

«Se non avessi raccolto da terra il mio cappellino il giorno dell'asta, chissà...» Le sue parole si persero mentre le succhiava il capezzolo indurito.

«C'è solo un'altra cosa» disse Devlin, inginocchiandosi. Aveva le mani sulla sua schiena e le fece scorrere sui fianchi.

«Ancora?» disse A.J. senza fiato, mentre sentiva la sua lingua sulla pancia.

«Non abbiamo deciso cosa fare per la luna di miele.»

A.J. si tirò indietro, con gli occhi che le brillavano.

«Oh, no» si lamentò Devlin. «Hai di nuovo quell'espressione.»

«Quale espressione?»

«A cosa stai pensando?»

«Be', visto che hai sollevato l'argomento, c'è un'asta in Florida e c'è questa giumenta di cui ho...»

«Non dirmi che si chiama Babylon.»

«No.» A.J. cercò di fare un'espressione innocente.

«Lasciami indovinare, è una vera peste.»

«Potrebbe aver bisogno di un po' di lavoro ma ha un bellissimo...»

Devlin si mise in piedi e la azzittì con un bacio potente, spingendole la lingua in bocca e avvinghiandosi a lei con le braccia forti come l'acciaio. Quando si staccò, le disse: «Ovunque tu voglia andare, qualunque cosa tu voglia fare, io ci sono. E questo include le aste per cavalli in Florida.»

A.J. sospirò mentre la prendeva in braccio e la portava sul letto.

«Devlin?»

«Mmm?» disse, appoggiandola con delicatezza.

«Credo che si chiami Angel.»

Le lanciò un'occhiata ironica.

«E credo che lei e Sabbath farebbero dei puledri bellissimi...»

Per consultare il nostro catalogo
visita il sito www.fanucci.it
e iscriviti alla newsletter
per essere continuamente aggiornato
sulle nostre pubblicazioni.
Seguici su:

Finito di stampare nel luglio 2024 presso
Elcograf S.p.a., Cles (TN)
Printed in Italy